나쁜 게임

: 미스 몬테크리스토

§ 나쁜 게임 §

2014년 11월 24일 초판 1쇄 인쇄
2014년 11월 27일 초판 1쇄 발행

지은이 § 하나이
발행인 § 곽중열
기획&편집디자인 § 신연제, 이윤아
발행처 § (주)조은세상

등록 § 2002-23호(1998년 01월 20일)
주소 § 경기도 연천군 미산면 청정로 1355
Tel § (02)587-2977
e-mail romance@comics21c.co.kr
블로그 http://goodworld24.blog.me

값 9,000원

ISBN 979-11-5512-821-3

하나이 장편소설

GOOD WORLD ROMANCE NOVEL

나쁜
게임

: 미스 몬테크리스토

(주)조은세상

목

차

프롤로그.

책을 읽던 재현은 눈이 피로해져 책을 덮었다. 창밖은 까만 어둠이 깔려 있고 기내 안에는 은은한 조명이 비추고 있어 피곤함을 느낀 승객은 얇은 잠에 빠져 있었다. 비즈니스석 안은 쾌적했고 조용했다. 시계를 확인했다. 도착하자면 세 시간 정도 남았다. 재현은 잠을 청하려 했지만 쉬이 잠이 오지 않았다. 잡스런 생각들이 잠을 방해하고 불편하게 만들었다. 재현은 자신의 머리를 클리어했으면 좋겠다고 생각했다.

"음."

어디선가 소리가 들려왔다. 원체 남의 일에는 관심을 두지 않는 편이라 재현은 무시했다.

"괜찮으세요?"

그러나 들려온 여자의 음성에 재현은 고개를 돌렸다. 소리를 낸 남자의 옆 좌석에 앉은 여자가 묻고 있었다. 여자는 몸을 돌리고 있어 재현의 위치에선 뒷모습만 보였다. 얼굴을 볼 수 없었지만 스타일만으로도 여자는 꽤 매력 있었다. 재현은 여자의 얼굴이 보고 싶었다.

남자는 고통스런 표정을 짓고 있었다. 30대 후반으로 보이는 마른 체구의 남자였다. 소리를 미미하게 내던 남자는 갑자기 발작을 일으키기 시작했다. 남자는 몸에 경련을 일으키며 거품을 물었다. 여자는 다급하게 스튜어디스를 불렀다.

스튜어디스는 남자의 좌석을 뒤로 젖혀 편하게 했다. 그리고 다른 스튜어디스를 불러 의사나 간호사가 있는지를 알아보라고 했다. 잠시 후, 삼십 대 중반쯤 보이는 여자가 왔다.

"저는 수간호삽니다. 간질발작입니다. 언제부터 이랬나요?"

"3분 정도 됐습니다."

옆 좌석의 여자가 말했다. 여자는 여전히 얼굴을 보여주지 않고 있었다.

"괜찮을까요?"

여자는 걱정스런 어조로 물었으나 간호사는 대답하지 않고 대신 담요를 가져다달라고 스튜어디스에게 부탁했다. 스튜어디스가 신속하게 담요를 가져오는 동안 간호사는 남자를 바닥에 눕혔다. 간호사는 좌석 손잡이나 딱딱한 곳에 부딪히지 않도록 경련하는 남자 주위로 담요를 둘렀다. 그리고 남자의 허리벨트를 풀어 느슨하게 하고 침이 고이지 않도록 남자를 옆으로 누였다. 그 모든 일이 2분 안에 이루어졌다.

"입에 뭔가 물려야 하지 않을까요?"

스튜어디스 말에 간호사는 고개를 저었다.

"자칫하다가는 더 위험할 수 있습니다."

남자의 경련은 잠시 후 멎었다. 남자는 곧 정신을 차렸지만 자신에게 무슨 일이 있었는지 깨닫지 못했다. 간호사의 설명에 남자는 그제야 알아들었다.

"안정을 취해야 합니다. 상태를 체크해야 하니 제가 옆에 있는 게 안전할 겁니다."

간호사의 말에 여자는 자신의 자리를 양보했다.

"아무래도 환자분이 염려스러우니 제가 자리를 바꿀게요. 자리가 어딘가요?"

"제가 있는 곳은 이코노미석인데 불편하지 않겠어요?"

"괜찮습니다."

여자가 뒤돌아섰다. 여자는 재현과 눈이 마주치자 빙긋 웃어주었다. 그 모습에 재현의 가슴에 묘한 파동이 일었다. 여자는 곧 이코노믹으로 자리를 옮겼다. 남자는 더 이상 발작을 일으키지 않았다. 그러나 재현은 여자의 모습에 한동안 마음이 산란해졌다.

이코노미석으로 자리를 옮긴 류진은 창밖을 보며 생각에 잠겼다. 간호사를 보자 떠오른 요한나. 그동안 삶에 떠밀려 그녀의 존재를 잊고 있었다. 자신에게는 더없이 고마운 은인인데…… 류진은 한국에 도착하면 요한나를 꼭 만나야겠다고 마음먹었다. 그녀는 변하지 않았을 것이다. 예전처럼 자신을 보면 활짝 웃으며 따뜻하게 안아줄 것이다. 그 생각만으로도 류진은 그리워졌다.

1.

    재현은 목덜미를 잡고 고개를 뒤로 젖혔다. 피로가 몰려왔다. 이번 기획 때문에 이틀을 밤새운 상태였다. 최근 들어 스트레스가 장난 아니게 쌓이고 있었다. 커피라도 시킬 양으로 인터폰을 누르려는 순간 문이 벌컥 열렸다.

    "손님, 이러시면 안 됩니다. 사전에 약속을 하시고 오셔야……."

    재현의 정신이 번쩍 들었다. 비서를 밀치고 들어온 여자는 훤칠한 키에 늘씬한 몸매와 완벽한 라인을 하고 있었다. 차갑고 도도해 보이는 얼굴. 자신에게 몸을 던지려는 여잔가? 가끔씩 이런 여자들이 나타날 때마다 짜증이 났지만 오늘은 달랐다. 육감적인 바디와는 달리 이지적으로 보이는 분위기. 그러면서도 부성애를 자극하는 여자. 복잡하고 묘한 분위기를 가진 여자였다. 재현은 여자에게 강한 호기심을 느꼈다.

    "나가봐요."

재현은 비서를 내보냈다. 비서는 재현의 반응에 얼떨떨해하며 나갔다. 재현의 무표정한 얼굴이 여자를 보았다.

"무슨 일인가요?"

긴 갈색 머리가 부드럽게 곡선을 그리며 여자의 얼굴을 감싸고 있었다. 하얗다 못해 창백한 작은 얼굴에 커다란 검은 눈이 재현을 도전적으로 보고 있었다. 그리고 그 아래로 도톰한 붉은 입술은 의도하지 않아도 재현의 눈길을 끌었다. 여자는 다가와 팔을 짚은 채로 상체를 재현에게 기울였다. 깊이 파인 블라우스 사이로 여자의 가슴골이 자극적이었다.

"제 이름은 가말리엘 드 몬테크리스토예요."

여자는 대담하게 재현의 책상 끝에 엉덩이를 들이밀고 앉아 기다란 다리를 꼬았다. 옆으로 트인 원피스가 여자의 허벅지를 여실하게 드러냈다. 그 효과를 여자는 알고 있는 듯했다.

"당신에게 제안하고 싶은 게 있어요."

재현은 아무 말도 하지 않았다. 느닷없이 나타나서 주제넘게 제안을 하다니. 꽤 매력적이긴 하지만 자신을 노린 거라면 이 여자는 헛다리를 짚은 것이다.

"물론 당신은 별다른 흥미를 못 느끼겠죠?"

여자가 방긋 웃었다. 하얗고 가지런한 이가 입술 사이로 드러나자 재현은 자신의 가슴에 파동이 이는 걸 느꼈다. 차가운 여자의 얼굴은 웃음으로 인해 순식간에 해맑은 모습으로 바뀌었다. 얼음과 햇살인가?

"하지만 듣지 않고는 모르는 일이죠."

여자는 자신의 풍만한 가슴에서 명함을 꺼내 재현에게 내밀었다.

"궁금하면 연락하세요."

여자는 더 이상 볼일이 없다는 듯 책상에서 내려와 엉덩이를 털었다. 그리고 처음 들어왔을 때처럼 당당하게 걸어서 나갔다. 나가는 동안 그녀는 재현을 한 번도 돌아보지 않았다. 재현은 어이없는 여자의 출현에 여자가 나간 문을 한참 보다가 손에 든 명함으로 책상을 두드렸다.

여자가 원하는 건 보지 않아도 명백했다. 자신과의 결혼. 양자라는 타이틀 때문인지 여자들은 자신을 쉽게 봤다. 재현은 조소를 머금었다. 그 타이틀이 명망 있는 집안에선 혼사를 꺼리는 이유가 되기도 했다. 결국 걸리는 것이 어중간한 졸부들의 집안이었다. 이 여자도 그중 하나일 테지. 재현은 명함을 찢어버렸다.

류진은 호텔로 돌아오자마자 다리가 후들거려 침대에 쓰러졌다. 얼굴이 화끈거리고 정신을 차릴 수가 없었다. 어떻게 시작하고 어떻게 끝났는지도 몰랐다. 류진에게는 이것도 하나의 일이었다. 평생 남자를 사귀어본 적도 없는 자신이 그런 짓을 할 수 있었던 것도 일로 생각했기 때문이었다.

이건 복수를 위한 명백한 비즈니스였다. 박재현을 공략하는 것도 그의 관심을 끄는 것도 하나의 일일 뿐이었다. 그랬기에 할 수 있었다. 그에게 했던 자신의 행동을 생각하자 온몸이 오글거리고 창피했다.

효과는 있었을까. 자신을 내쫓지 않은 것과 명함을 받아든 것으

나쁜
게임

로 봐서는 크게 영향을 주지는 못했다 해도 나쁘지는 않았던 것 같았다. 류진은 창피함으로 상기된 얼굴이 쉬이 가라앉지 않았다. 목이 탔다. 류진은 냉장고에서 생수를 꺼내 마셨다.

두 번을 할 수 있을까. 그녀는 고개를 저었다. 차라리 일이 나았다. 사적인 관계를 만들어야 하는 이런 일은 힘들고 불편했다. 업무적인 사이에선 감정을 나타내지 않은 페이스를 갖기는 쉬웠지만 이 상황에선 쉽지 않았다. 더구나 그 남자 눈빛이 너무 강해 명함을 줄 때는 자칫하면 손이 떨릴 뻔했다. 마음속으로 이건 일이라고 자신에게 수도 없이 세뇌했다. 일을 망치지 않아서 다행이었다. 이제는 기다리기만 하면 되나?

류진은 옷을 벗고 샤워를 하러 욕실로 들어갔다. 박재현의 눈빛이 떠올랐다. 그 남자 누군가를 원하면 통째로 삼켜버릴 거야. 그 사람이 쳐다보면 누구도 저항할 수 없을 거야. 경서도 그랬듯이…….

류진의 눈에 불길이 타올랐다. 모두 다 뺏을 거야. 경서가 가진 모든 걸 뺏을 거야. 네가 나에게서 뺏었듯이 모든 걸 다……. 류진은 몸을 오그리며 증오로 부들부들 떨었다. 마치 찬물벼락을 맞는 사람처럼 온몸에 경련을 일으키며.

출근한 재현은 브리핑을 하기 위해 들어오는 김 비서의 표정이 심상치 않은 것에 의아했다.

"사장님 처리하셔야 할 일이 생겼습니다."

"뭔가?"

"어제 서울백화점에서 데니스 리를 만났습니까?"

재현은 고개를 끄떡였다.

"그 사람 게이인 건 알고 계셨습니까?"

"게이?"

재현은 김 비서가 뭘 말하려는지 이해하지 못했다.

"어제 잠복해 있던 기자가 둘이 나오는 걸 찍었던 모양인데 그걸 기사화할 모양입니다."

"그게 문제 될 게 있나?"

"문제는 사장님이 여자관계가 깨끗하다는 게 문젭니다. 그런 상황에서 데니스 리를 만났으니 사람들은 사장님이 혹시 이반이 아닐까 의심할 겁니다. 기사도 그런 내용을 다룰 것입니다. 학교 동창이 그곳에서 일해서 제가 여기 있는 거 알고 살짝 귀띔해준 겁니다."

망할. 이 모든 게 회장의 두 번째 부인 때문에 벌어진 일이었다. 사람을 만나기로 한 그 여자는 회장을 구슬려 통역사로 재현이 가도록 만들었다. 그토록 싫어하는 자신을 왜 데려가는지 이해하지 못했지만 통역사를 제대로 못 구해서 그러거니 했다. 하지만 정말 가고 싶지 않았다. 그의 걸음을 움직이게 만든 건 가서 도와주라는 회장의 단호한 명령 때문이었다. 회장의 뜻을 거스를 수 없었다.

회장 부인은 평소와 전혀 다르게 재현을 친절히 대했다. 외국에 사는 친구의 아들인데 이번에 한국에 오게 되어서 자신에게 인사를 하러 왔다고. 유명한 패션디자이너인데 이번에 한국에서 런칭을 하게 되어서 오게 됐다. 한국말을 전혀 할 줄 모른다. 묻지도 않는 내용들을 구구절절 설명했었다. 재현은 회장 부인의 태도가 이상했지만 굳이 신경 쓰지 않았다. 한시라도 빨리 일을 끝내고 회장 부인에게서 떨어지는 것이 급선무였다.

호텔 레스토랑에서 식사를 하고 후식을 들 때 회장 부인은 전화를 받더니 갑자기 급한 일이 생겼다며 재현에게 데니스를 부탁하며 황급히 가버렸다. 어쩔 수 없이 재현이 그가 묵는 호텔로 데려다주었다. 이제 보니 이 모든 게 회장 부인의 계략이었다. 기자에게 얘기를 흘린 것도 그 여자일 가능성이 농후했다.

"기사가 언제 나온대?"

"내일 나온답니다."

"알았어. 브리핑은 좀 있다 하지."

김 비서가 나가고 나자 재현은 해결 방법을 궁리했다. 기사가 나오기 전에 그 기사를 무마할 대안을 마련해야 했다. 어떻게 한다? 초조함에 책상을 손가락으로 두드리던 재현은 머릿속으로 번개처럼 지나가는 생각에 전화번호를 찍었다.

"잘 지냈어?"

-선배 어쩐 일이에요?

"지금 당장 만날 수 있을까?"

-선배가 원한다면 언제든지요.

"삼십 분 후에 만나지."

재현은 사무실을 나가며 김 비서를 불러 세웠다.

"기자회견을 할 거야. 내가 연락하면 바로 열 거니까 준비해줘."

"어떻게 하시려는 건지……."

김 비서는 영문을 몰라 어리둥절했다.

"시키는 대로만 해."

"알겠습니다."

모든 것이 해결됐다. 자신은 경서를 만나 약혼을 제안할 것이고 그 즉시 기자 발표를 할 것이다. 약혼 발표가 기사화되면 자신이 게이라는 오명은 의미가 없게 될 것이다. 야심 많은 경서 역시 자신의 회사 타이틀을 갖게 된다면 사회적으로 득이 될 것이다. 거절할 이유가 없었다.

회장 부인 때문에 자신의 상황이 불편해졌지만 그 여자의 뜻대로 되지 않았다. 이번 사건으로 자신의 이미지가 망가지고 대외적으로도 매장되기를 원했겠지만 그건 어림도 없는 소리였다.

재현은 카페로 들어섰다. 먼저 와서 기다리던 경서가 반가운 얼굴로 맞았다. 그는 거두절미하고 본론으로 들어갔다.

"약혼하는 게 어때?"

경서는 놀라지도 않고 그의 얘기를 쭉 들었다. 그리고 그의 예상대로 그녀는 흔쾌히 승낙했다. 그들의 약혼은 그렇게 이루어졌다.

약혼식은 간소했다. 경서 측은 부모가 없는 관계로 혼자 나왔고 재현 역시 양부와 단둘이 조그만 고급 식당에서 이뤄졌다. 회장의 둘째 부인은 재현의 단호한 요청에 의해 참석하지 못했다. 이 모든 원인이 둘째 부인 때문임을 아는 회장은 재현의 결정에 대해 아무 말이 없었다.

축복해줄 하객도 필요했으므로 각자 회사의 간부들이 참석했다. 경서 측 간부 중에 김성태 상무도 참석하고 있었는데 그의 표정이 영 좋지 않았다. 심기가 불편한 표정이었다. 그의 눈은 경서에게 꽂혀 있었는데 경서는 전혀 안중에 없는 듯 연신 미소를 지으며 재현을 바라보고 있었다.

서로의 반지가 오가고 케이크가 잘라지고 모두의 축복 속에 약혼식이 끝났다. 경서는 자신의 시아버지가 될지도 모르는 회장에게 다가가 인사를 했다.

"회장님 앞으로 잘 부탁드립니다. 사적으론 재현 씨와 맺어졌지만 사회적으론 두 기업 간의 화합으로 봐야겠지요."

경서가 생글거리며 회장을 보자 회장은 기분 나쁠 만큼 냉랭하게 대답했다.

"난 사적으로 맺어진 관계는 사적으로 볼 뿐 사업으로 이어진다고 생각하지 않아."

웃던 경서의 얼굴이 살짝 굳어졌다.

"무슨 소리신지요?"

"글쎄 그렇다는 거지."

경서는 회장의 심드렁한 태도에 이를 물었다. 단출한 약혼식도 마음에 들지 않았다. 경서가 생각한 약혼식은 최대한 화려하게 모든 사람들이 다 쳐다보도록 모두의 이목을 끄는 약혼식이었다. 그러나 재현은 많은 사람의 주목을 받고 싶어 하지 않았다. 간단하게 끝내자고 말했다. 그의 비위를 거스르고 싶지 않아 그의 생각을 따랐다.

경서도 이 약혼식의 의미를 알고 있었다. 재현을 루머에 휩싸이게 만드는 사건에서 벗어나기 위한 것이었다. 그렇지만 약혼식으로만 끝나지 않을 것이다. 재현을 어떻게든 자신의 남자로 만들어 진짜 결혼식을 할 것이다. 경서는 자신의 생각에 흡족해 미소를 지었다.

한편 재현은 약혼식을 끝내고 먼저 식당을 나왔다. 대기해 있던 기자들이 그에게 플래시를 터트리며 말을 걸어왔다.

"기자회견에서 하셨던 말씀 정말입니까? 매스컴을 받기 싫어 사랑을 몰래 키워왔다고 하셨는데 약혼식치고는 너무 소박한 거 아닙니까?"

"형식은 중요하다고 보지 않습니다. 겉치레 또한 낭비지요. 사업가는 현실적이고 실용적이어야 한다고 생각합니다. 저는 그에 맞춰 약혼식을 하는 것뿐입니다."

"들리는 말에는 추문을 덮기 위한 수단으로 약혼식을 한다고 하던데요?"

재현은 상당히 불쾌한 표정으로 말했다.

"대답할 가치가 없네요. 약혼식이 장난입니까? 지금 그 말에 책임질 수 있습니까? 소속이 어딥니까?"

재현의 진지한 태도에 기자는 기가 눌려 말을 잇지 못하고 뒤로 물러났다. 그러자 다른 기자들이 앞다투어 질문을 했다. 그러나 좀 전과 같은 질문은 더 이상 나오지 않았다.

인터뷰를 끝내고 재현은 급히 차에 올랐다. 질문을 끝내지 못한 기자들이 차창을 두드리며 마이크를 들이댔지만 김 비서는 차를 출발시켰다.

　재현의 입에서 저절로 한숨이 흘러나왔다. 모든 계획은 끝이 났다. 재현은 휴식을 취하듯 눈을 감고 등을 기댔다. 그때 핸드폰이 울렸다. 재현은 통화버튼을 눌렀다.

　"나다."

　회장이었다.

　"약혼식은 오래가지 않겠지?"

　약혼식이 재현에게 발생한 사건을 무마하기 위한 수단이란 걸 회장이 알고 있다는 소리였다.

　"알아서 하겠습니다."

　"항상 속을 보이지 않는군."

　회장은 업무적인 일을 몇 가지 더 물어본 후 전화를 끊었다. 속을 보이지 않게 만든 건 회장이었다. 회장 역시 자신의 속셈을 그에게 보이지 않고 있었다. 자신을 전적으로 믿고 있다고 생각했던 회장은 최근 들어 의심스런 냄새를 풍기고 있었다.

　"김 비서, 기사는 어떻게 됐어?"

　"윗선에서 잘렸답니다. 일이 이렇게 된 이상 정확한 증거도 없이 사진 한 장만으로 떠들었다가는 회사 입장에선 오히려 손해가 될 수도 있다고 생각한 듯합니다. 물론 사장님의 소송을 걸겠다는 엄포도 많은 영향을 끼친 듯합니다."

　재현은 고개를 끄떡였다.

　"잠시 눈 붙일 테니까 도착하면 깨워줘."

　재현은 급격히 몰려오는 피로를 잠시 풀기 위해 잠을 청했다.

김 비서는 차를 몰며 속으로 생각했다. 약혼식을 끝내고 바로 회사로 향하는 상사. 사장은 정말 일에 미친 사람일까? 김 비서는 그런 사장이 존경스러우면서도 이해되지 않아 고개를 저었다.

재현은 차를 차고에 넣고 현관을 들어서며 자신의 앞에 서 있는 여인에게 형식적으로 인사를 했다.

"참 뻔뻔도 하네. 근본도 모르는 놈을 회장님은 무슨 생각으로 예뻐하시는지 이해할 수가 없어."

재현은 여자를 향해 조용히 웃어 보였다.

"여자 엉덩이만 보고 다니는 사람에게는 미래가 없다고 생각하셨겠죠."

여자의 아들을 가리키는 말이었다.

"뭐라고! 어디서 굴러먹다 온 개뼈다귀인지도 모르는 천한 놈이 뭘 안다고 입을 함부로 놀려."

여자는 흥분해서 얼굴이 벌게졌다. 본처에게서 자식을 얻지 못했던 회장은 평소 몸이 허약해 병원 신세를 지던 부인이 유명을 달리하자 한 달 만에 지금의 여자와 재혼했다.

회장이 이 여자를 고른 이유는 단지 자식을 잘 낳을 수 있는 신체조건을 갖고 있다는 이유였다. 회장에게 학벌이나 외모는 중요하지 않았다. 자꾸만 먹어가는 자신의 나이에 불안과 함께 어떻게든 대를 이어야 한다는 강박관념이 지금의 여자를 택하게 만들었다.

회장의 소원대로 여자는 재혼하고 오랜 시간이 지나지 않아서

나쁜
게임

임신을 했고 기특하게도 아들을 낳았지만 아들은 커갈수록 공부를 누구보다 싫어했으며 재미있고 즐거운 일에만 관심을 보였다.

뭐든 아쉬울 게 없는 환경이었다. 돈은 넘치게 많았고 굳이 공부를 잘하지 않아도 뭐든 가질 수 있었다. 사춘기를 넘어서며 회장의 아들은 쾌락에 빠져들었으며 누구보다도 잘하는 게 오입질이었다.

"들어가 보겠습니다."

"회장이 널 예뻐하는 게 오래갈 줄 알아? 지금은 내 말을 무시하지만 그 기고만장도 오래가지 못할걸? 결국 피는 물보다 진한 거 아니겠어?"

여자는 2층으로 올라가는 그의 등에 대고 코웃음을 쳤다. 재현의 등이 굳어졌다. 뒤돌아선 그의 얼굴에는 싸늘한 냉기가 감돌았다.

"뺏어보십시오. 자신이 있다면 말입니다."

재현은 덤덤하게 맞받았다. 여자는 분한 듯 씩씩거렸지만 말을 잇지 못했다. 재현은 여자를 조롱하듯 어깨를 으쓱하고는 계단을 마저 올라갔다.

"역시 막돼먹은 놈은 은혜를 몰라. 내가 저를 어떻게 대했는데."

어떻게 대했는데 뼛속까지 철저히 실감하는 사람은 바로 재현이었다. 회장이 보는 앞에서는 잘해주는 척 온갖 너스레를 다 떨었지만 보이지 않는 곳에서는 철저한 냉대와 구박이 기다리고 있었다.

재현은 여자가 어떤 짓을 하든 꿋꿋이 참고 견뎠다. 힘을 가지게 되는 그날까지 이곳에서 살아남으려면 끝없는 인내밖에 없었다. 그리고 결국 그 힘을 손에 넣었다. 그는 여자의 말을 뒤로하고 자신의 방으로 들어왔다.

"김 비서, 난데."

―아, 사장님 무슨 일이십니까?

"어제 보기로 했던 서류 메일로 보내주면 좋겠어. 오늘 아무래도 봐야 할 것 같아서."

―알겠습니다. 지금 당장 보내겠습니다.

재현은 전화를 끊으며 한숨을 쉬었다. 마음이 어지러울 땐 일이 최고였다. 메일로 파일을 열며 재현은 한숨을 쉬었다. 일에 집중하면 어떤 것도 그를 방해할 수 없었다. 재현은 자신이 어떻게 해야 살아남는지를 잘 알고 있었다. 그리고 지금은 무엇보다 그것이 가장 중요했다. 재현은 옷도 벗지 않은 채 의자에 앉아 일에 몰두했다. 그의 살아가는 방식이었다.

❁

"상황은요?"

경서는 김성태 상무를 바라보며 이맛살을 찌푸렸다.

"약속한 어음을 제날짜에 막지 못하면 부도는 막을 수 없어."

"모험이었지만 후회하지는 않아요."

"말렸잖아. 넌 무모해."

경서는 김성태 상무를 쏘아보았다.

"나한테 이래라저래라 하지 말아요. 어차피 사업은 모험이에요. 난 내가 투자했던 사업이 지금도 잘못됐다고 생각하지 않아요. 다만 시기가 일렀던 것뿐이에요."

"경서야 넌 아직 사업이 어떤 건지를 몰라."

경서는 김성태를 무섭게 노려보며 말했다.

"날 가르치려 들지 말아요! 당신이 내 육체를 가졌다고 해서 내 전부를 가졌다고 착각하는 모양인데 어디까지나 이 회사 사장은 나예요. 날 가졌다고 날 휘두를 수 있다는 착각은 버려요. 보장된 지위와 눈엣가시 같은 사장이 죽는 바람에 당신은 얻은 게 많잖아요?"

"착각은 네가 하고 있어. 사장이 죽고 넌 사업에 대해선 아무것도 모르는 초짜였어. 그런 널 지금 이 자리까지 받쳐준 건 나야. 내가 없었다면 넌 아무것도 할 수 없었어."

"날 가진 건 당신으로서도 나쁠 게 없었기 때문 아닌가요?"

"나로서도 쉬운 선택은 아니었어. 널 가진 건 네가 내 여자라고 생각했기 때문이야."

경서는 코웃음을 쳤다.

"웃기는군요. 이 사태를 어떻게든 막을 수 없다면 난 당신을 버릴 수밖에 없어요. 애초에 당신을 택했던 건 이용 가치가 있다고 판단했기 때문이에요."

"그럼 삼정에 박재현 사장과 약혼한 것도 이용 가치가 있기 때문이었어?"

"내 육체를 가진 거로는 만족하지 않나요?"

"난 네 모든 걸 원해."

"자신이 뭐라고 생각해요? 거울을 봐요. 당신이 나한테 가당키나 한지. 대체 무슨 생각을 하는 거예요? 결혼이라도 하겠다는 거예요?"

"못할 건 뭐야?"

김성태가 얼굴을 붉히며 말하자 경서는 조롱하듯 보았다.

"뭐래? 이젠 손주를 볼 나이에. 웃기지도 않아!"

김성태의 얼굴은 참혹하게 일그러졌다.

"무서운 아이군. 유혹할 땐 언제고 이젠 날 뒷방 늙은이 취급하며 밀어내려 하다니. 네가 생각하듯 나 그렇게 무능력하지 않아. 어떻게든 해결 방안을 찾아낼 거야. 그렇게 하면 박재현 사장과 파혼할 거야?"

다소 매달리는 듯한 김성태의 태도에 경서는 음흉스런 미소를 지었다.

"생각해볼게요."

경서의 애매한 태도에 김성태는 생각하는 듯하더니 입을 열었다.

"솔직히 하나 충고할까?"

경서는 또 무슨 헛소리를 하려고 그러냐는 표정으로 김성태를 보았다.

"넌 아직 사업의 사자도 몰라. 회사를 네 측근으로 물갈이시킨 것도 나였고 지금처럼 네가 사람들로부터 인정받을 수 있었던 것도 내 도움이 있었기 때문이야. 그렇지만 네 자발적인 판단으로 추진했던 일들은 모두 실패했지. 저번 투자 사업도 그랬고 이번 건도 그랬고. 더구나 이번 투자는 회사를 부도 사태로 몰고 갔어. 그렇게 반대했던 내 말을 귓등으로 흘린 결과지."

"난 사장이에요. 더 이상의 무례는 용서하지 않겠어요."

김성태는 자기 뜻대로 되지 않자 얼굴이 벌게졌다. 그 바람에 흰 머리가 더욱 두드러져 보였다.

"맹랑한 아이군. 널 처음 봤을 땐 천사 같다고 생각했는데. 아내가 죽고 처음 눈에 들어온 여자가 너야."

"그런 순수한 마음이었다면 같이 자진 않았겠죠. 어쨌거나 당신이 이 일을 제대로 해결 못 한다면 우린 둘 다 끝난 거예요."

김성태의 얼굴이 더욱 붉어졌다.

"일을 저지르는 건 너고 언제나 뒤치다꺼리는 나야. 이번 일은 나로서도 감당하기 어려워. 하지만 어떻게든 해볼 거야. 너를 박재현에게서 떨어놓기 위해서라도."

경서는 손가락으로 문을 가리키며 나갈 것을 요구했다. 김성태는 문 쪽으로 가다 뒤돌아보았다.

"누굴 사랑한 적이 있긴 하니?"

"난 나 자신 외에는 누구도 사랑하지 않아요."

김성태는 한숨을 쉬었다. 그의 얼굴에 그늘이 졌다.

❀

회장실로 들어가는 재현의 얼굴이 어두웠다. 지금 회장은 자신의 편이었지만 그 마음이 언제 뒤집어질지 몰랐다. 고아원에서 본

회장의 눈빛은 냉혹했다. 자신의 아들을 고르러 온 것이 아니라 좋은 물건을 고르러 온 구매자의 모습이었다.

자신이 부잣집 양아들이 될지도 모른다는 기대감과 설렘을 보이는 애들과 달리 재현은 일찌감치 회장의 의도를 파악했다. 세밀한 판단 끝에 서류로 고른 선택받은 열 명의 아이들. 그 속에 재현이 섞여 있었다.

담담하게 묻는 회장의 질문에 갖은 애교를 떠는 애들 속에서 재현은 무뚝뚝함으로 일관했다. 그의 판단대로 회장은 재현에게 관심을 보였다.

"넌 이름이 뭐냐?"

"이재현."

"몇 살이냐?"

"서류 봤잖아? 아저씨가 원하는 게 뭐야?"

회장을 보는 재현의 눈은 공격적이었다. 고아원 아이들을 시장에 내놓은 물건 보듯 하는 회장의 시선이 마음에 안 든 것도 있었지만 그는 느낌으로 회장이 원하는 게 만만한 아이가 아니라는 것을 알았다. 재현은 본능적인 감각으로 냄새를 맡았다.

"난 강한 놈을 원해."

그 말에 그때까지 미소를 짓던 아이들 표정이 얼어버렸다. 어쩌면 자신의 양아버지가 될 사람이 원하는 건 강한 사람이란 걸 깨달은 아이들은 예전의 표정을 지워버리고 나름대로 강해 보이려고 노력했지만 표정만 짓는다고 해서 되는 게 아니었다. 아이들은 어찌할 바를 몰랐고 서로 울상을 지었다. 그 속에 오직 재현만이 인상을 구긴 채 회장을 노려보고 있었다.

"난 당신이 마음에 들지 않아."

그건 사실이었다. 그는 거짓말을 할 줄 몰랐다. 회장을 따라가고 싶은 마음도 강했지만 자신의 뜻을 굽히고 싶은 생각도 없었다. 어차피 처음부터 잘못 태어난 인생이었다. 여기서 실패해봤자 제자리일 뿐이었다.

"난 네가 마음에 들기 시작한다."

"그건 아저씨 마음이야. 하지만 난 영리해. 머리 좋은 아들을 원한다면 날 택해. 그렇다고 해서 내가 강아지가 될 순 없어. 날 길들이는 사람은 누구보다 싫어."

재현의 당돌한 말에 회장은 더욱 관심을 보였다.

"그래? 네놈이 머리가 좋단 말이지? 그럼 그걸 증명해봐!"

회장의 커다란 눈은 꿰뚫을 듯이 어린 재현을 보고 있었다. 재현은 회장의 제안에 입을 꽉 다물었다. 어떻게 한다? 어떻게 해야 회장의 마음에 들까?

두 사람의 긴장된 분위기를 느끼고 아이들도 고아원 원장도 숨죽인 채 지켜보고 있었다. 아랫입술을 검지로 퉁기며 깊은 생각에 빠져 있던 재현이 입을 열었다.

"어차피 아저씬 손해 볼 것 없잖아? 마음에 안 들면 다시 보내면 그만이야. 어차피 인생은 도박이야."

"그런 말 어디서 배운 거냐?"

도박이란 말은 아이의 입에서 나올 말이 아니었다. 회장은 인생을 바닥까지 살아본 사람의 입에서나 나올 말이 아이의 입에서 나오자

적잖이 놀랐다.

"아버지야. 날 두고 도망가기 전까진."

2년 전 그의 아버지는 이곳 대문 앞에 그를 버려두고 갔다. 늘 도박에 빠져 있던 아버지. 그렇지 않으면 술에 절어 있던 아버지는 빚에 쫓기다 그를 버리고 자신의 몸을 숨겼다. 지금까지 연락이 없는 것으로 봐 재현은 아버지가 죽었다고 생각했다.

"네 말이 맞다. 나랑 같이 가자."

그래서 그의 운명은 결정되었다. 그때의 회장과 지금의 회장은 많은 변화가 있었다. 세월을 나타내듯 머리는 거의 백색에 가까웠고 입가는 완고함으로 굳어져 있었다.

"방갈로르에 진출하기로 한 IT계열 건은 어떻게 되었나?"

재현의 예상대로 회장은 제일 먼저 이 문제들 들고 나왔다.

"이미 외국 기업이 많이 들어와 있는 상태라서 다소 시간이 걸리겠지만 좋은 해결을 보리라 봅니다."

"내가 전자계열 쪽 외에도 이 분야를 맡긴 건 널 믿어서야."

"압니다."

"실망시키지 마라."

"알겠습니다."

재현은 감정을 드러내지 않은 채 말했다. 회장은 재현의 생각을 읽으려 했지만 결국 알아내지 못하고 포기했다.

포커페이스. 그가 친부에게 유일하게 얻은 소득이라면 바로 감정을 나타내지 않는 얼굴이었다. 그의 친부는 그 표정을 시험 삼아 보여주었다.

"인생은 도박이야. 도박판과 하나도 다를 바 없어. 어느 누구도 믿어선 안 돼. 그리고 니 자신을 보여줘서도 안 돼. 상대방이 네 패를 알게 된 순간 그때부터 네 인생은 바닥을 치는 거야. 절대 얼굴에 감정을 나타내선 안 돼. 상대방에게 네 생각을 들켜선 안 돼."

재현이 아버지를 떠올리면 기억하는 것은 정상적이지 않는 모습과 아픈 매질이었다. 아버지를 보며 그가 다짐한 것은 자신은 절대 저렇게 살지 않겠다는 것이었다.

"참, 민호는 어떠냐?"

요즘 들어 회장은 자신의 아들에 대해 부쩍 관심을 보였다. 재현으로선 유쾌한 일이 아니었다.

"늘 같습니다."

"지 애미가 군대를 면제시켜달라고 그러는데 정신 차리려면 보내는 게 나을까?"

"회장님이 판단하실 일입니다."

회장은 긴 한숨을 내쉬었다.

"생각해봐야겠군."

재현은 회장에게 목례를 하곤 회장실을 나왔다.

재현은 자신의 사무실로 가다 울리는 벨소리에 핸드폰을 봤다. 그는 얼굴을 찌푸렸다.

—저예요.

"응."

—바빠요?

"조금."

-오늘 만날 수 있어요?

재현은 핸드폰을 한동안 보며 생각에 잠겼다.

"아홉 시쯤 보자."

-어디서요?

"파라다이스 스카이라운지."

-알았어요.

경서의 음성에 경쾌함이 실렸다. 재현의 입에서 저절로 한숨이
나왔다.

"피곤한 인간들뿐이군."

그의 입가가 깊게 패였다.

갔으리라 예상했던 약속 장소에 경서는 기다리고 있었다. 시간
을 보았다. 벌써 한 시간이 지나 있었다.

"재현 선배, 힘들었구나?"

"너도 일조했어."

경서는 피 하며 입술을 삐죽거렸다. 그러다 말 잘 듣는 강아지처
럼 고개를 숙이고 다소곳한 모습을 보였다. 그러나 입가에는 야비
한 미소가 흘렀다.

"선배, 우리 진짜 연애하는 건 어때요?"

재현은 대답하지 않았다. 그의 기분이 좋지 않다는 걸 깨달은 경
서는 얼른 꼬랑지를 내렸다.

"농담이에요. 선배 혹 만나는 여자 있어요?"

경서의 조심스런 말투에 재현은 자신의 술을 잔에 따랐다. 그리

고 단숨에 삼켰다.

"물론 그런 일이 있을 리가 없지만 단순히 즐기는 차원에서 만날 수 있는 거고……."

경서의 말에 재현은 다 마신 잔을 탁자에 소리 나게 놓았다.

"끝내고 싶어?"

재현은 싸늘하게 내뱉었다.

"무슨?"

아무런 감정도 담겨 있지 않은 그의 눈. 그 눈에 감정이 담기게 한다면 얼마나 짜릿할까. 하지만 몇 년 동안 그는 늘 같은 눈으로 자신을 보았다.

"귀찮은 건 딱 질색이야. 약혼녀 행세라도 하겠다는 거야?"

끝을 내는 듯한 그의 말에 경서는 자신의 말을 얼른 거둬들였다.

"아뇨. 그냥 궁금했어요."

경서는 애써 미소 지었다.

"그만 가지."

재현이 일어나자 경서는 후다닥 자리에서 일어났다. 스카이라운지를 나오자 경서는 무척 생각해주는 척 말했다.

"선배 오늘 피곤한데 그냥 가세요. 저도 택시 타고 갈게요. 사실 오늘 술 마신다고 차를 안 가져와서……."

"그렇게 해."

재현은 엘리베이터를 타고 지하 1층 버튼을 누른 뒤 경서를 1층에서 내려주고 갔다. 1층에서 내린 경서는 약이 올라 발을 동동 굴렀다.

"저 새끼 미친 거 아냐? 차를 안 갖고 왔다고 했는데 어떻게 그냥 보내? 내가 얼마나 잘 나가는데 나를 이딴 식으로 취급해? 결혼하면, 결혼만 하면 다 갚아줄 거야! 한 번만 봐달라고 애원해도 절대로 안 봐줄 거야!"

경서는 재현이 자신에게 매달리는 모습을 그리며 만족한 미소를 지었다.

스카이라운지 한편에서 두 사람을 지켜보던 사람이 있었다. 구석진 곳에 있어 보이지 않았지만 두 사람과 비교적 가까운 거리라 볼륨을 낮춘 음악 사이로 두 사람의 말소리가 다 들렸다.

두 사람이 나가고 나자 류진은 바텐더 앞으로 가 주문을 했다.

"데낄라 선라이즈 한 잔 주세요."

바텐더는 금세 만들어서 류진 앞으로 내밀었다. 붉은빛을 띤 오렌지 색깔이었다. 칵테일을 한 모금 마시고 류진은 생각에 잠겼다.

갑작스런 약혼식. 두 사람 사이에 그런 일이 진행되고 있었단 말인가. 서로 간에 내왕이 있었고 경서가 어떻게든 박재현 사장과 엮이고 싶어한다는 건 알고 있었다. 경서에겐 어려운 회사를 지원해 줄 조력자가 필요했다. 경서가 자신의 미인계로 어떻게든 박재현 사장을 유혹하리란 것도 짐작했다. 그래서 자신이 먼저 나선 것인데……. 그 통로를 아예 차단해버릴 생각이었는데 약혼까지 할 줄은 몰랐다.

그런데 일이 재밌게 돌아가고 있었다. 박재현 사장은 경서에게 그다지 흥미를 보이지 않고 있었고 오히려 쩔쩔매는 건 경서였다. 약혼으로 인해 자신의 계획이 진행되기 어려우리라 생각했는데 의외의 성과였다.

정말 놀라울 정도로 운이 좋았다. 기분이라도 풀 양으로 눈에 보이는 곳으로 들어온 것인데 그곳에서 두 장본인을 발견할 줄이야. 더구나 자신이 먼저 온 탓에 두 사람은 어두운 조명 안에 있는 류진을 발견하지 못하고 지나쳤다. 일석 이조였다. 애초에 경서의 회사를 도와줄 지원을 막는 것뿐만 아니라 경서의 남자까지 뺏을 것이다. 이제 그녀의 복수가 시작되고 있었다. 류진은 아이러니하게도 카타르시스를 느꼈다.

류진은 이경래 전무와 만나기로 한 약속 장소로 서둘러 갔다. 류진이 한국으로 돌아올 계기를 만들어준 사람이었다. 그는 다른 말은 하지 않았다. 다만 류진에게 다시 회사를 되찾을 기회가 왔다는 소리만 했다.

아버지의 죽음 이후 모든 재산은 경서에게 돌아갔다. 아무런 능력 없이 자포자기하고 있을 때 이경래 전무는 정신병원으로 찾아와 말했었다. 사장님이 돌아가신 건 순전히 경서 때문이라고. 이 회사의 주인은 너라고. 얼른 정신 차려서 자신이랑 손을 잡고 회사를 되찾자고.

그러나 그 당시 류진은 나약했고 무기력했다. 이경래 전무의 설득은 류진에게 아무런 영향을 끼치지 못했다. 복수를 불태우고 힘을 얻었을 때 류진은 이경래 전무에게 연락을 취했다.

자신은 프랑스에서 돈 많은 사람의 양녀로 있으며 아버지의 회사를 다시 찾고 싶다고. 정확히 9년 만의 일이었다. 이경래 전무로부터 빠른 응답이 왔다. 빠른 시간 내에 한국으로 귀국하라고. 이경래 전무는 신중한 사람이었다. 류진은 그 한마디만 듣고 바로 한국으로 갈 것을 결정했다. 이미 오래전부터 계획해왔던 일이었다.

약속 장소로 들어서자 눈에 익은 얼굴이 들어왔다. 오랫동안 보지 않아 잊고 있었다고 생각했는데 그는 그녀가 기억하는 그대로의 모습으로 남아 있었다. 다만 머리가 약간 더 희어져 있을 뿐이었다.

류진이 앞에 앉자 이경래는 손을 들어 종업원을 불렀다.

"뭐로 할래?"

그의 태도는 어제까지 만났던 사람의 친근한 모습이었다.

"아메리카노요."

그가 빙긋이 웃었다.

"몰라볼 뻔했다. 내가 기억하는 너의 모습은 나이에 비해 어리고 작은 소녀였는데 언제 이렇게 키가 커버린 거냐?"

그랬다. 류진이 요양원을 갈 때만 해도 키가 158센티도 되지 않은 발육조차 제대로 되지 않는 어린애였다. 류진이 생리를 하기 시작한 건 한국 땅을 떠날 때였다. 깊이 뿌리박은 정신적인 스트레스와 상처가 그녀의 몸을 성장하지 못하도록 만들어버렸다.

지금의 류진은 달랐다. 168센티의 늘씬한 키에 발육 또한 놀라울 정도로 발달된 누가 봐도 한 번쯤은 돌아볼 만한 매력을 가진 모습으로 바뀌어 있었다. 류진 또한 자신의 그런 모습을 잘 알고 있었다.

"잠시 잊고 있었구나. 네가 나이가 들었다는 사실을. 내 눈에 넌 늘 열여덟 살이구나."

"여전히 건강하시네요."

"예전엔 그게 원망스러웠다. 특히 사장님이 돌아가셨을 때는."

류진은 갑자기 아버지 생각이 나 목이 메었다.

"경서는…… 잘 있죠?"

류진이 복수를 꿈꾸던 그날부터 언니의 호칭은 빠졌다. 지금 류진의 육체와 정신을 점령하고 있는 것은 차가운 냉기와 뜨거운 분노만이 가득 찬 스물일곱의 여자였다.

"신기하게도 나쁜 짓을 많이 한 인간일수록 모진 목숨을 갖고 태어나더구나."

"회사는 어때요?"

"간당간당하고 있어. 나도 네 아버지 회사가 잘되길 바라지만 경서는 애초부터 내 생각을 따를 생각이 없었어. 마치 원수라도 되듯 내 일에는 딴지를 걸며 반대하고 나섰지. 하지만 나를 쉽게 제거하지 못해. 무시하지 못할 지분을 갖고 있으니까."

이경래. 태사주식회사의 전무. 또 다른 이름은 아버지의 가장 친한 친구이기도 했다. 학창시절 류진우 사장, 이경래 전무 그리고 류진우 사장처럼 이 세상에 없는 임준, 이 세 사람은 삼총사란 별명을 가질 정도로 우애가 돈독했다. 경서는 임준의 딸이기도 했다.

"제가 아버지 회사를 되찾도록 도와주실 건가요?"

이경래가 대답을 하기도 전에 종업원이 커피를 들고 왔다. 잠시 둘 사이에 침묵이 흘렀다. 이경래는 커피를 천천히 한 모금을 마시고는 잔을 테이블에 놓았다.

"이미 약속했고 널 여기까지 오게 했잖니?"

그의 한 마디는 류진을 안심시켰다. 이경래가 한숨을 쉬었다.

"그런데 경서는 삼정그룹의 도움을 받아 회사를 살리겠다는 생각이야."

"알고 있는 사실이에요."

"언제 그것까지 알아낸 거냐? 삼정그룹의 후계자라 할 만한 박재현과 약혼한 사이야."

그것도 알고 있었다.

"박재현은 어때요?"

"좋아하니까 약혼했겠지 기업 간에 약혼이나 결혼은 비즈니스적인 것이 많이 작용하니까. 정말 좋아했다 해도 뭐, 박재현이라는 남자 자체가 감정을 보인다는 게 신기한 일일 테니까. 경서는 삼정의 힘을 빌려 회사를 다시 살리겠다는 생각인데 박재현이 어찌 나올지는 모르지."

"약혼했다면서요?"

"박재현 사장은 공과 사는 확실해. 약혼녀가 아파 죽어가도 중요한 비즈니스가 있으면 일하러 뛰어갈 사람이야. 들리는 소문이 찔러서 피가 나도 퍼런 피가 나올 거라고 얘기들 해."

"무슨 소리예요?"

"냉혈한이란 소리지. 그렇지만 사람 마음이란 또 모르는 거니까."

류진은 생각에 잠겼다. 경서는 뭐든 좋은 건 자신이 가졌다. 자신의 것을 뺏는다면 어떤 반응을 보일까?

"박재현이라는 남자 어떤 인물인가요?"

"삼정그룹 회장이 양부야. 고아원에서 큰 모양이야. 들리는 바로는 냉혹하고 감정이 없는 자로 알려져 있어. 미래에 삼정그룹을 이끌 후계자라고 인정하고 있는데 어떻게 될지는 미지수다. 회장의 둘째 부인과의 사이에 아들을 하나 낳았는데 골칫거리에 망나닌데 그래도 핏줄이라서. 언제 회장의 마음이 바뀌어 자신의 친아들에게 회사를 물려줄지도 모르지."

"그 사람 여자관계는 어때요?"

"여자들이 많이 들러붙기는 하는데 깨끗해. 여자한테 손끝 하나 안 댄다는 거야. 게이라는 소리도 들리지만. 경서랑 약혼한 거면 그건 아니라는 소리겠지."

어쩌면 그럴 수도…… 그렇다면 복수를 할 필요가 없고 자신이 쓸데없는 짓을 한 것이다. 하지만 그 눈빛. 남자를 좋아하는 사람으로는 보이지 않았는데…….

"그럼 경서의 계획은 실패하겠군요."

"모르지. 아까도 얘기했지만 남녀 사이의 일은 어떻게 될지 모르니까. 게이가 아닐 수도 있고 정말 경서를 사랑해서 도와줄지도 모르는 거고."

"가능성은요?"

이경래는 고개를 저었다.

"알아볼까?"

"그건 제가 알아볼게요."

이경래 전무도 잘 알지 못했다. 가장 잘 아는 건 자신일지도 몰랐다.

"어쨌든 다른 회사에 흡수되는 건 막아야 해요. 그 가능성이 단 1%라 해도 말이에요."

"어떤 방법으로?"

"지금부터 생각해봐야죠."

"근데 돈을 돌릴 여력은 되는 거니?"

"필요한 만큼은요."

그 때문에 류진은 준비를 해온 것이다. 이경래는 말없이 류진을 보았다.

"많은 준비를 했구나. 대체 너에게 무슨 일이 일어났던 거니?"

"얘기하자면 길어요, 아저씨."

류진은 어색하게 미소 지으며 손을 들어 머리를 넘겼다. 이경래는 손보다 더 파리한 그녀의 얼굴을 보며 이 아이는 자신이 생각했던 것보다 훨씬 더 고생을 많이 했다고 짐작했다. 하지만 그녀가 정말 미치지 않았다는 것, 경서의 농간으로 그렇게 됐다는 것을 이경래는 알지 못했다.

그가 짐작하는 거라곤 자신의 친구 아내가 갑자기 드러누워 세상을 등졌다는 것과 그 때문에 어린 딸이 무척 상심해 결국 마음의 병을 얻었다는 것이었다. 요양원에 있는 동안 류진은 거의 정상적으로 돌아오고 있는 것 같았다. 류진이 갑자기 양녀로 떠날 줄은 전혀 생각 못한 일이었다. 이경래는 미소 지으며 입을 열었다.

"어떻게 지냈던 거니? 그 긴 이야기를 들어보고 싶구나."

❀

류진은 다시 재현의 사무실을 찾아갔다. 용이한 만남을 위해 사전 예약을 하고 갔다. 비서는 이번엔 친절하게 맞아주었다. 그리고 류진을 사장실로 안내했다. 재현은 들어오는 류진을 쳐다보고도 놀라는 기색이 없었다. 소파에 앉으라고 제스처를 취했다.

그가 선뜻 만나준 이유가 뭘까. 먼저 미팅 의사를 비친 것도 그의 마음을 떠보려는 의도였다. 혹 자신의 어설픈 유혹이 먹힌 걸까? 그는 자신의 자리에서 일어나 인터폰으로 차를 시키고는 류진의 맞은편에 앉았다. 비서는 이내 차를 들고 들어왔다. 류진은 처음 왔을 때와 똑같이 긴장되는 걸 느꼈다. 무표정한 얼굴. 그의 얼굴에선 어떤 감정의 표현도 찾아볼 수 없었다.

"전화가 없으시더군요."

그는 대답하지 않았다. 아무 일 없다는 듯이 차만 마실 뿐이었다. 이 남자를 공략해야 한다. 하지만 어떻게? 일로 부딪힌다면 어떻게 해보겠지만 개인적 호기심으로 남자를 끌어당기기는 쉽지 않았다. 류진은 초조한 기색을 보이지 않으려고 마음을 다스리며 차를 마셨다.

남자의 눈길이 류진의 옷에 잠시 머물렀다. 이 남자 아예 관심이 없진 않았다. 오늘 입은 옷은 노골적인 지난번 옷과는 달리 적당히 절제됐지만 은밀한 옷차림이었다. 팔이며 목이 가려져 있지만 시스루로 되어 있어 가슴 부분만 가리고 있는 흰색 블라우스에 무릎까지 오는 길이지만 라인을 그대로 드러내듯 밀착되어 있어 상당히 야해 보이는 흰색 스커트였다.

"용건만 얘기하죠."

재현의 말에 류진은 대답하지 않았다. 류진도 재현을 놀리듯 조용히 차만 마셨다. 그러나 그는 전혀 초조한 기색이 없었다. 차를 다 마시고 나서야 류진은 입을 열었다.

"미리 얘기하면 재미없죠."

재현의 눈이 가늘어졌다.

"류진 씨 난 한가한 사람이 아닙니다."

"저도 그래요."

류진은 빙긋 웃으며 자리에서 일어났다.

"그건 다음에 얘기하죠. 차 잘 마시고 가요."

재현은 여자에 대한 호기심과 짜증을 동시에 느꼈다. 재현은 자신답지 않게 생각보다 행동이 먼저 나갔다. 그는 나가려는 류진의 팔을 낚아챘다.

"원하는 게 난가?"

갑작스런 그의 행동에 류진은 당황했다. 재현의 저돌적 행동은 그녀를 혼란에 빠트렸다. 바로 그가 눈앞에 있었다. 그의 뜨거운 숨결이 류진의 볼에 느껴졌다. 가까이서 보는 그의 눈에는 마력이 있었다. 무엇이든 빨아들일 것 같은 흡입력. 류진은 자신을 삼켜버릴 것 같은 위험에 도망치듯 팔을 뿌리쳤다.

"잘난 척이 심하시군요."

류진은 그가 잡았던 팔을 아픈 듯 다른 손으로 쓸었다. 내가 원하는 건 경서야. 경서의 장난감을 뺏을 거야.

"아니라고?"

"당연 아니죠. 일종의 룰렛게임 같은 거예요. 확률이 있어야 뭔가를 걸 수 있지 않겠어요? 오늘은 그 확률을 보러 온 거죠."

처음으로 그의 얼굴에 감정이 나타났으나 순식간에 사라져 류진은 알아차리지 못했다.

"안타깝군요. 당신의 자만심을 만족시키지 못해서."

류진의 말이 채 끝나기도 전에 재현은 그녀의 허리를 낚아챘다. 그리고 그녀의 입술에 자신의 입술을 단숨에 밀어붙였다. 두툼한 그의 혀가 그녀 입 안으로 들어와 그녀의 혀를 탄력적으로 휘감았다. 자신의 혀로 그녀의 혀를 단단히 가두고 포획물처럼 탐욕스럽게 즐겼다. 사정없이 빨고 쓸고 휘감고 보드라운 입술을 자신의 입 안으로 빨아 당겨 잘근잘근 씹으며 그녀의 맛을 즐겼다. 재현은 불시에 습격했던 것처럼 불시에 입술을 뗐다.

"자만심은 충분히 만족했어."

류진은 흐트러진 감정을 수습하려 숨을 내쉬었다. 이건 어디까지나 내 계획을 위한 하나의 과정일 뿐이야. 일이야. 그냥 일이야. 마음이 진정되었다. 그가 이겼다. 그러나 자신도 이겼다. 자신의 의도대로 그는 관심을 가지기 시작했으니까.

"나중에 연락하죠."

류진은 형식적으로 고개를 까닥하고 사무실을 나갔다. 재현은 류진이 나간 문을 물끄러미 보고 있었다. 여자를 잊었다고 생각했다. 그러나 여자가 비서를 통해 미팅을 요청해왔을 때 재현은 딱 자르지 못했다. 그녀에 대한 강한 호기심을 누르지 못했기에.

그래, 손해 볼 건 없지. 어떻게 나오는지 반응을 보는 것도 나쁘지 않아. 만만한 여자가 아니었다. 대체 꿍꿍이가 뭘까? 대체 뭘 하는 여잘까? 생각하면 할수록 궁금증은 커져갔다. 알아볼까? 재현은 고개를 저었다. 조급해할 필요 없다. 여자는 연락을 한다고 했다. 굳이 자신이 나설 필요가 없다.

그러다 재현은 갸웃했다. 어쩐지 이 여자 낯이 익다. 분명 어디선가 본 듯한 기억이 있는데…… 설마? 그럴 리가 없었다. 자신과 엮였던 여자라면 기억했을 것이다. 재현은 쓸데없는 생각이라며 고개를 저었다.

만만한 상대가 아니야. 류진은 호텔 룸으로 와서 예전과 같이 침대에 쓰러졌다. 그를 만나고 온 날은 모든 에너지를 쓴 것처럼 온몸이 녹초가 되었다. 긴장할 대로 긴장했던 순간이 일시에 풀려서일 것이다. 몇 번이고 상황을 예상하고 준비를 했음에도 상황은 류진이 의도하지 않은 쪽으로 흘러갔다.

키스라니. 그녀는 자신의 입술을 만져보았다. 남자와 키스라니. 그것도 첫 키스. 재현과의 상황을 떠올리자 얼굴이 화끈거리고 온몸에서 열이 났다. 자신의 이상반응에 류진은 당황했다.

그녀는 서둘러 옷을 벗고 욕실로 향했다. 차가운 물에 샤워를 하면 정신도 몸도 맑아질 것이다. 샤워를 하고 나오는데 전화벨이 울렸다. 류진은 가슴이 덜컹 내려앉았다. 박재현이 전화한 게 아닐까? 두려움과 함께 기대감이 동시에 들었다.

이경래였다. 안도의 한숨과 함께 묘하게도 실망감이 자리했다.

—상무가 어음을 막는 바람에 고비는 넘겼어. 하지만 잠시 동안일 뿐이야. 다음에 돌아올 어음은 액수가 더 커. 두 달 정도의 여유가 있긴 하지만 아무리 상무라 해도 그건 막을 수 없을 거야. 그때 우리가 움직이는 거야.

이경래의 상황보고에 류진은 정신을 차렸다.

"저쪽에선 합병할 회사가 몬테크리스토라는 것만 알고 있어야 해요. 내 존재는 나중에 알릴 거예요."

—알았다. 저들의 동선을 파악하고 조심스럽게 움직여야 해.

"알고 있어요, 아저씨."

전반적인 얘기를 더 나눈 뒤 전화를 끊었다. 수화기를 내려놓으며 류진은 살짝 한숨을 쉬었다. 수건만 두른 류진의 몸이 물기를 머금고 있었다. 수건 밑으로 살짝 드러난 탐스런 엉덩이가 탄력적이었다. 류진은 자신의 방으로 가 몸의 물기를 닦고 외출복을 갈아입었다.

체류 기간이 아주 길어질 것 같은 예감이 들었다. 이미 각오는 하고 있었지만 결코 녹록한 상황은 아니었다. 한 번도 경서 앞에서 기를 편 적이 없었다. 언제나 상황을 주도했던 경서. 이제는 달랐다.

"내 고통, 상처 너도 똑같이 느끼게 될 거야."

류진은 그때의 일을 생각하는 것만으로도 괴로웠다. 대문을 나서며 문득 차를 구입해야 할까 하는 생각이 들었다. 있을 기간을 정확히 파악할 수 없는데다 프랑스로 돌아가고 나면 다시 한국 땅을 밟게 될까도 의문이었다. 나중에 생각하자. 류진은 지나가는 택시를 잡았다.

"홍대로 가주세요."

홍대 근처 북카페인 '쉴만한 물가'에 차가 섰다. 오래된 카페였다. 그녀는 간판을 보며 예전의 기억을 다시 더듬었다. 카페로 들어서자 창가 쪽에 낯익었지만 이젠 낯설어진 얼굴을 발견하고 그쪽으로 갔다. 맞은편에 앉자 상대편 남자는 놀란 눈으로 그녀를 보았다.

"잘 지냈어?"

"잘 지내죠?"

류진은 이 남자를 다시 만날 것인가를 고민했었다. 이 남자를 만났을 때 자신의 감정이 덤덤할 수 있는지도 궁금했다. 이 남자를 만나는 것은 예전의 못났던 자기 자신이 아직도 남아 있는지를 확인하는 작업이었다. 남아 있다면 없애야 했고 남아 있지 않다면 과거의 자신을 깨끗이 정리하는 일이 될 것이다.

"나야 군대 갔다 와서 공부하느라 외국 다니고 나름대로는 자리를 잡았지."

"전 프랑스에서 지냈어요."

"외국으로 갔다는 소린 들었어."

나쁜
게임

"누구한테요?"

류진의 음성에 날이 섰다. 자신이 정신병원에 들어간 사실까지 알고 있을까. 그 부분이 류진을 예민하게 만들었다. 자신의 사적인 일을 알고 있을 사람은 몇 되지 않았다. 설훈이 그 사실을 알고 있을 리 없었다.

"여기저기서 소문으로."

경서와 연락을 주고받는다면 알고 있을 수도 있다. 아직까지도 잊지 못하고 있을까? 류진은 남자를 찬찬히 보았다. 지금은 그저 평범하고 아무것도 아닌 남자를 그때는 왜 그렇게 좋아했던 걸까. 그를 만나 감정의 동요가 있을까 우려했던 류진은 자신의 마음이 의외로 담담한 것에 안심했다. 과거의 나약한 자신이 더 이상 존재하지 않았다.

"언니……와는 연락하고 있어요?"

그 호칭을 쓰기 힘들어 무던히 애를 쓰며 류진은 어렵게 말을 뱉었다. 결코 언니로 여기고 싶지 않은 여자였다. 자신의 가정과 자신을 송두리째 삼켜버린 여자였다.

"그럴 리가 있나. 그때는 참 순진했어. 여자가 어떻다는 것도 몰랐고 시각적인 것에 많이 좌우되던 시절이었으니까. 경서는 나에게 좋은 경험이었어. 여자가 어떻다는 걸 알게 해줬으니까."

처음으로 사랑했던 남자. 고등학교 시절 교회에서 알게 됐던 남자. 가슴이 설레는 것이 어떤 기분인지, 사랑한다는 것이 얼마나 아픈지를 깨닫게 해준 남자.

그러나 정작 당사자는 류진이 사랑한다는 사실을 알지 못했다.

그는 류진을 귀여운 여동생 이상으로 생각하지 않았다. 그의 행동에 마음이 아팠지만 차라리 무관심한 것보다는 낫다며 자신을 위로했었다.

류진이 이 남자를 사랑한다는 걸 알자 경서는 그냥 뺏고 싶다는 마음에 아무런 가책 없이 그를 유혹했다. 남자는 끈끈이주걱에 걸린 벌레처럼 빠져들어 헤어 나오질 못했다. 그와 육체적 관계를 맺은 날 경서는 류진에게 그 사실을 얘기했다.

"네가 그토록 끔찍이 생각하는 설훈이라는 남자 별거 아니었어. 그런 시시한 남자를 좋아하는 널 이해할 수 없어."

"그 오빠 좋은 사람이야. 잘해줘, 언니."

경서는 코웃음을 쳤다.

"뭐래? 그는 이제 필요 없어. 흥미를 잃었어."

류진은 처음으로 화를 냈다.

"언니 어떻게 사람을 장난감 취급할 수가 있어?"

"남자는 나에게 다 장난감이야. 그저 누군가가 가져가서 놀아주길 바라는 멍청한 장난감일 뿐이야."

"너무해!"

언니는 이기적이다. 사람을 어떻게 저런 식으로 대할 수 있지? 류진은 경서의 행동을 전혀 이해할 수 없었다. 경서는 류진을 향해 싸늘한 표정으로 말했다.

"나에게 대들 생각하지 마. 조금이라도 거스르면 당장이라도 사라지게 할 테니까."

경서의 말은 엄포로 끝나지 않았다. 그러고 정확히 여섯 달 뒤에 류진은 요양원에 입원했다.

"이런 말을 해도 될지 모르겠지만 앞으로 만날 수 있을까?"

"네?"

류진은 설훈의 뜻밖의 말에 놀랐다. 어린 시절 남몰래 좋아했던 남자는 류진이 관심을 잃은 지금 아이러니하게도 관심을 표명했다.

"널 관심 있게 봤어. 하지만 그 당시 넌 날 싫어하는 것 같았어. 말을 걸려고 하면 도망치고 나만 보면 피했잖아."

그랬었다. 그러나 싫어서가 아니었다. 류진은 그가 너무 좋아서 부끄러웠던 것이다. 그를 제대로 볼 수도 말을 할 수도 없었다. 그의 옆에 있으면 심장이 너무 뛰어서 터져버릴 것 같았다.

"그래서 널 만날 수 있는 자리를 마련해달라고 경서에게 부탁했어. 그런데 경서는 네가 나를 너무 싫어한다고 하는 거야. 그러면서 나한테 말했어. 날 좋아하고 있었다고. 포기하는 심정으로 사귀었어. 얼마 지나지 않아 경서가 그만 만나고 싶다고 했을 때 오히려 안도했다."

항상 어느 일에든 중심에 경서가 있었다. 결국 자신은 경서에게 들은 잘못된 정보로 상처받았던 것이다.

"그런데 시간이 지나도 네가 잊히지 않았어. 사실 만나자고 연락 왔을 땐 너무 놀라서 믿어지지가 않았어. 오랜 시간이 지났지만 기쁘기도 하고. 그래서 말인데 우리 앞으로 만날 수 있을까?"

고백. 예전에 이 고백을 들었다면 얼마나 좋았을까. 얼마나 가슴 떨리고 설레었을까. 이제 과거의 류진은 없었다. 설훈의 고백은 류진에게 아무런 감흥도 일으키지 않았다. 새삼 그를 좋아했었다는 말을 하고 싶지도 않았다.

"연락을 했던 건 한국에 남아 있던 추억들이 그리워서였어요. 다른 뜻은 없었어요."

"많은 걸 바라는 건 아니야. 차가 생각난다거나 대화를 나눌 친구가 필요할 때 부르라는 거지."

류진은 설훈을 보았다. 자신에게 매달리는 남자. 찌질해 보였다.

"부담 가질 필요 없어. 내가 먼저 전화하지는 않을 거야. 네가 정말 날 부르고 싶을 때 전화해. 그때까지 기다릴게. 오빠도 좋고 친구도 좋고 어떤 관계로든 좋아. 그냥 편할 때 편한 마음으로 부르기만 하면 돼. 예전처럼 포기하고 싶지 않아서 그래."

"추억은 추억일 뿐이에요. 전 현실을 중요시하죠."

류진은 자리에서 일어났다.

"계산은 제가 할게요."

류진은 카운터로 갔다. 계산을 끝내고 나오며 설훈이 앉아 있는 쪽을 보았다. 설훈은 그때까지도 멍한 표정으로 충격에서 깨어나지 못했다. 류진은 빙긋 웃으며 문을 열고 나왔다. 이제 더 이상 예전의 내가 아니야. 류진은 자신의 반응에 만족하며 경쾌하게 걸어갔다.

2.

재현은 지친 몸을 이끌고 오피스텔로 들어왔다. 열쇠로 열고 안으로 들어가자마자 옷을 그대로 벗어 던지고 욕실로 향했다. 온몸에 열이 뻗치고 답답해서 찬물로 샤워라도 한바탕하고 싶었다. 차가운 물을 뒤집어쓰고 욕실을 나오는데 초인종이 울렸다. 가운을 입고 타월로 젖은 머리를 털며 문을 열었다. 문밖에는 뜻밖에도 자신의 사무실을 두 번이나 방문했던 여자가 서 있었다. 여긴 어떻게 알고 왔을까. 주위에 알리지 않고 비밀리에 구했었는데. 볼수록 보통내기가 아니었다.

"당신이 관심을 가질만한 걸 들고 왔어요."

재현은 여자가 들어올 수 있도록 옆으로 비켜섰다. 여자는 자연스럽게 소파에 가 앉았다. 여자는 재현에게 항상 두 가지 감정을 동시에 불러일으켰다. 짜증스러움과 호기심. 오늘의 옷차림은 상당히 얌전했고 화장기 없는 맨얼굴까지 해서 단정했다.

재현은 여자에게 양해도 구하지 않고 냉장고에서 맥주 캔을 꺼내 갈증을 채웠다. 재현이 맞은편 의자에 앉을 때까지 여자는 침묵을 지켰다.

"지금 무척 피곤해서 오래 들어줄 도량은 안 돼."

"단도직입적으로 묻죠. 태사와 합병할 마음이 있나요?"

정말 뜬금없는 질문이었다. 그걸 묻기 위해서 자신을 방문했다는 말인가. 그런 질문이라면 처음 왔을 때 해도 될 일이었다. 대체 이 여자가 원하는 게 뭔가?

"얘기할 필요성을 못 느끼겠군."

"당신 회사 지금 방갈로르 진출하려고 하고 있죠?"

재현은 여자가 그 사실까지 알고 있다는 것에 놀랐다. 이 여자 정말 재미있는 캐릭터군. 그는 흥미로운 눈길로 여자를 보았다.

"그렇다면 이렇게 말하죠. 제 성을 들으면 떠오르는 게 없나요?"

가말리엘 드 몬테크리스토라고 했던가? 한국 이름은 류진. 류? 몬테크리스토? 몬테크리스토라고? 문득 머리에 떠오른 생각을 재현은 믿을 수 없었다.

"당신이 말도 안 된다는 생각을 하셨다면 맞아요. 전 몬테크리스토 회장 딸입니다."

재현은 믿을 수 없었다.

"만약 못 믿으시겠다면 제가 바로 회장님을 연결해서 직접 통화하게 해드리죠."

이 여자는 왜 성까지 들먹이며 얘기를 꺼낸 걸까. 자신과 협상이라도 하겠다는 건가?

"다시 묻죠. 태사와 합병할 건가요?"

재현은 느긋하게 뒤로 기댔다.

"이렇게 얘기하지. 할 수도 아닐 수도."

여자는 길게 한숨을 쉬었다. 사실 재현은 경서의 회사와 합병하겠다는 생각조차 한 적 없었다. 두 사람 다 상대의 타이틀이 필요해서 합의 하에 한 약혼일 뿐이었다.

"지금껏 나를 찾았던 이유가 그것뿐인가 미스 몬테크리스토?"

묘하게 가라앉은 그의 음성이 은근하게 들려 류진은 무심코 그를 보았다. 샤워를 한 지 얼마 안 됐는지 물기 젖은 머리칼. 느슨한 가운 사이로 보이는 탄탄한 가슴 근육. 더구나 모든 걸 흡수시킬 것 같은 강한 눈빛. 류진은 이내 눈을 떨구었다.

남자와 일대일로 이런 자리에 있다는 것이 그녀에게는 익숙하지 않았다. 더구나 사적인 부분을 갖고 있는 이런 자리는……. 그래서 처음 들어올 때부터 남자와 담판을 지을 때까지 남자를 똑바로 바라보지는 않았다. 그러나 그와 눈이 마주친 순간 류진은 그와의 키스를 떠올리고 얼굴이 화끈거렸다.

"나한텐 중요한 일이에요."

이런 식으로 해서 그를 차지하고 경서의 회사까지 뺏을 수 있을까. 너무 단순하게 생각했던 건 아닐까. 그에게 자신은 어리숙한 애송이였다. 협상 상대로 턱없이 부족한…….

"내 여자가 되어준다면 생각해보지. 비공식적으로."

류진은 당혹했다. 그러나 곧 결정을 내렸다. 어쩌면 그녀가 원하는 방식이었다. 그의 마음을 얻을 거라는 생각은 애초부터 하지 않았다. 연애 경험도 없는 자신이 무슨 수로 남자의 마음을 뺏을 수 있단 말인가. 최소한 육체적으로라도 그와 엮인다면, 그걸 빌미로 경서에게 내민다면 상당한 타격이 될 것이다. 합병도 무산된다면 모든 것은 자신의 계획대로 돌아가게 되는 것이다.

"좋아요! 지금 당장 필요해요?"

류진은 거침없이 위에 입은 블라우스 단추를 풀기 시작했다. 저돌적인 류진의 행동에 재현은 놀랐다. 그러나 류진의 서툰 연기는 이내 탄로 났다. 그녀는 너무 긴장해서 마지막 단추를 풀지 못하고 고전하고 있었다.

"쉬뜨!"

류진의 욕설에도 그는 아무런 반응도 나타내지 않았다. 오히려 즐기고 있었다. 결국 류진은 블라우스를 벗고 풍만한 가슴을 그에게 드러냈다. 그의 눈이 그녀의 가슴골에 고정됐다. 그래, 섹스 따위 두렵지 않아. 경험이 없었다 해도 그게 대수야? 박재현이 자신을 가지고 경서와 끝장난다면 무슨 짓이라도 할 수 있어. 류진의 손이 스커트로 옮겨갔다.

"잠시 멈춰."

재현은 가슴에 묘한 파동이 이는 걸 느꼈다. 이 여자 무턱대고 들이닥쳐서는 자신을 혼란스럽게 만들고 있었다. 그의 눈은 여전히 그녀의 가슴에 머물러 있었다.

"한 번 해본 말을 비즈니스로 착각하다니. 허접하군."

그의 말은 모욕적이었다. 그렇다면 애초부터 그렇다고 할 것이지. 그의 말을 너무 진지하게 받아들인 게 문제였다. 업무적으로는 늘 이성적이었는데 어째서 이 남자와 있을 땐 평정을 유지하지 못하는 것일까.

류진은 울컥해서 벗어놨던 블라우스를 다시 걸쳤다. 창피함으로 얼굴이 붉게 달아올랐다. 재현은 탐스런 가슴이 사라지자 아쉬움을 느꼈다.

"원하는 게 뭔지 말해요. 이번엔 진지하게."

재현은 몬테크리스토 회장을 먼발치에서 한 번 본 적이 있었다. 그는 한국인이었다. 그것도 입양된 한국인이라는 사실을 재현은 알고 있었다. 그녀가 한국인의 모습을 하고 있었던 게 이해가 갔다.

"옷을 벗던 모습보다는 이편이 더 자연스럽군."

여자가 얼굴을 붉혔다. 자신의 말에 여자가 반응했다는 것에 재현은 즐거움을 느꼈다.

"삼정그룹이 방갈로르에 진출할 수 있는 루트와 정착할 수 있는 모든 지원을 원해."

"고려해보죠."

"고려해본다면 나도 고려해보지."

정말 여우야. 류진은 혀를 내둘렀다. 일어서는 류진의 팔을 재현이 낚아챘다. 그 바람에 류진의 몸이 균형을 잃고 재현의 품속으로 넘어졌다. 그의 품이 올가미처럼 류진을 가두었다. 불시의 습격에 창피함과 당혹스러움으로 그녀의 몸이 새빨갛게 달아올랐다.

자신을 통제하지 못하게 흔들어놓는 이 남자가 마음에 들지 않았다. 오히려 화가 날 지경이었다. 프랑스에서의 자신은 누구에게든 영향 받지 않는 여자였다. 지금처럼 느닷없는 스킨십이나 돌발 행동으로 자신을 흔드는 사람은 없었다. 재현이 입을 열었다.

"태사와 어떤 관계지?"

"노코멘트."

"자신의 몸을 던질 만큼의 값어치가 있단 말이지?"

그는 류진의 턱을 치켜세워 자신을 보게 했다.

"당신은 어떤 여자지, 미스 몬테크리스토?"

그는 류진의 진의를 파악하려는 듯 그녀에게서 시선을 떼지 않았다. 류진은 자신의 아픔을 생각했다. 내가 어떤 여잔지 당신은 절대 알 수 없을 거예요. 류진은 나약한 감정을 떨쳐버리고 똑바로 그를 보았다.

"그게 당신에게 중요한가요?"

류진은 기습적으로 그의 입술에 자신의 입술을 붙였다. 그녀의 행동에 그는 깜짝 놀란 표정을 지었다. 빙고!

"곧 연락드리죠."

류진은 아무렇지 않은 얼굴로 가볍게 목례를 했다. 그리곤 소리나지 않게 문을 닫고 나갔다. 류진이 나가고 간 집 안에는 그녀의 향기가 공기처럼 감돌고 있었다. 시원하고 달콤한 향기. 그녀만큼이나 감칠나는 향기였다. 그러나 기이하게도 여자의 눈에는 감정이 없었다.

"제기랄!"

재현은 혼자 욕을 내뱉다 류진을 떠올렸다. 투덜거리며 프랑스 욕을 하던 그녀. 완전 허당이야. 처음부터 이 얘기를 꺼냈다면 아예 들으려 하지 않았거나 거래를 하지 않았을 것이다. 그러나 여자에게는 뭔가 아슬아슬하게 하는 구석이 있었다. 그 부분이 그에게 믿음을 주지 못하고 있었다. 재현은 고개를 절레절레 저었다.

❋

전화 신호음이 울린 후에 저쪽에서 전화를 받는 소리가 들렸다.

"안녕하세요, 류경서 씨?"

경서는 자신을 알아보지 못하고 경계하고 있었다. 잠시의 침묵 후 목소리가 들렸다.

―누구신가요?

"나야. 류진."

다시 침묵이었다.

"놀랐나보네?"

류진은 능청스럽게 말했다. 이제 칼자루는 자신에게 있었다. 경서의 칼날은 경서를 향해 있었다.

"지금 한국이야."

―한국이라고?

경서의 음성이 히스테릭하게 커졌다. 예상했던 반응이었다.

"우리 만나야 하지 않을까?"

－아버지가 누구 때문에 돌아가셨는데. 너 따위는 만나고 싶지 않아!

경서는 흥분해 있었다. 그래, 지금 너에게는 내가 걸리적거리고 불편한 존재겠지. 경서가 흥분할수록 류진은 느긋해지는 걸 느꼈다.

"그렇게 생각해? 내가 어떻게 바뀌었는지 궁금하지 않아?"

경서는 아무 말도 하지 않았다. 너는 지금 나를 만나지 않으려고 모든 핑계를 떠올리고 있겠지?

"아 참! 박재현이라는 사람도 만났어."

경서에게서 즉각적인 반응이 왔다.

－네가 재현 선배를 봤다고?

경서의 음성이 커졌다. 류진은 경서의 반응이 만족스러웠다.

－보자! 어디서 볼래?

경서에게서 다급함이 느껴졌다. 류진은 최대한 느긋하게 말했다.

"서두르지 않아도 돼. 꼭 보고 싶다면 4시에 다빈치에서 봐."

전화를 끊는 순간 짜릿한 전율이 몸을 타고 흘렀다. 류진은 목이 타 물부터 마셨다. 물로도 흥분은 쉽게 가라앉지 않았다. 정말 미쳐가고 있는지도 모른다. 복수에 대한 감정은 그녀를 또 다른 감각으로 이끌고 있었다.

흥분과 긴장으로 외출을 준비했다. 시간에 맞춰 카페에 갔지만 경서는 아직 오지 않았다. 커피를 시키고 마음을 가라앉혔다. 절대로 감정을 보여선 안 돼. 흥분으로 계획을 망쳐선 안 돼. 그 얼굴을 보면 도저히 차분해질 수 없겠지만 참아야 해. 넌 잘할 수 있어. 류진은 마인드컨트롤을 했다.

문이 열리며 경서가 들어왔다. 조금도 달라지지 않았다. 그 당시 컸던 키는 그대로 머물러 오히려 류진보다 더 작았다. 욕심과 집착으로 번들거리는 눈이며 외국 인형같이 오똑한 코며 예쁘지만 냉정해 보이는 얇은 입술은 하나도 변하지 않았다. 경서의 악함만큼이나 변함없었다. 가장 변한 건 어쩌면 자신인지도 모른다. 그때와 달리 자신은 적당히 사악해 있었다. 경서는 맞은편에 앉자마자 다리를 꼬았다. 류진을 쳐다보는 눈이 못마땅했다.

"너 좋아 보인다?"

류진은 여유롭게 웃었다. 그러나 테이블 밑으로 류진의 손은 주먹이 쥐어져 있었다.

"그치? 좋은 부모 만나서 잘 지냈어."

"아버지 죽이고 간 애치고는 참 잘 살았네. 멍청한 것도 여전하고."

류진은 놀랍다는 표정을 지었다.

"그랬나? 아버지를 죽인 건 너라고 생각했는데? 뭐든 네 거로 만들어야 직성이 풀리는 애잖아, 넌?"

"이게 어디서 말을 함부로 해? 난 네 언니야."

"언니다워야 말이지."

"미친년!"

류진은 경서의 뻔뻔스러움에 온몸으로 피가 확 몰렸다. 그러나 그녀는 중심을 잃지 않고 페이스를 찾았다.

"재현 선배를 만났다는 게 무슨 소리야?"

"그것 때문에 나온 거야? 난 또 내가 보고 싶었다고."

류진은 여유롭게 받아들였다. 직원이 류진 앞에 커피를 놓고 경서의 주문을 받으려고 기다렸지만 경서는 손으로 내쳤다.

"빨리 얘기해. 어떻게 된 거야?"

류진은 커피를 천천히 한 모금 마셨다. 경서를 안달 나게 하려는 의도였다. 경서가 당장이라도 죽일 듯이 쳐다보자 류진은 빙긋 웃어 보이곤 입을 열었다.

"어쩌다 만나게 됐어. 근데 알고 보니까 그쪽 피앙세던데?"

"그래서?"

"좀 이상하더라. 연인 사이라는데 그쪽에 대해서 별 관심이 없어 보이더라고."

"네가 뭘 안다고?"

"나한테서 명함도 받아갔는데?"

류진을 노려보던 경서는 속에서 불이 나는지 연신 숨을 내쉬며 물을 마셔댔다.

"프랑스론 언제 갈 거야?"

류진은 딴청을 부렸다. 오른팔을 쭉 뻗어 손등을 보며 말했다.

"글쎄. 일 때문에 와서 오래 걸릴 거야."

"그냥 프랑스로 돌아가는 게 네 신상에 좋을 거야. 아니면 험한 꼴을 당하게 될걸?"

경서는 위협하는 표정을 지었다. 류진은 놀란척했다.

"무섭네? 그런데 어쩌나? 하나도 무섭게 안 느껴지는데? 앞으로 재밌는 일들이 많이 생길 거야. 류경서 씨는 구경만 하면 돼."

"너!"

류진은 빙긋 웃어 보였다.

"안 무섭대도 그러네. 재밌을 거야, 꽤."

류진은 자리에서 일어났다.

"커피 값은 내가 계산할게. 뭐라도 마시고 가. 요즘 들리는 소문에 힘들다면서? 나중에 봐."

카운터로 가는 류진을 지켜보던 경서의 물컵을 잡고 있는 손에 힘이 들어갔다. 팍. 유리잔이 금이 가며 깨졌다. 경서의 손이 날카로운 유리 조각에 베여 피가 흘렀다. 그 광경을 본 직원이 달려왔다.

"괜찮으세요?"

"놔둬!"

직원이 유리잔을 치우는 동안도 경서의 손에선 피가 뚝뚝 흘렀다. 그녀는 그런 것에 아랑곳하지 않은 채 어떤 생각에 사로잡혀 있었다.

"죽여버릴 거야! 내 눈에 거슬리는 것들은 모두 다! 그리고 너도!"

류진은 문을 열고 나가기 전 경서의 그런 모습을 쭉 지켜보았다. 이제 시작이야, 류경서. 내가 느꼈던 아픔, 고통, 절망 고스란히 느끼게 해줄게. 한 치의 부족함의 없이 고스란히 다…….

류진은 온몸을 엄습하는 한기에 어깨를 움츠렸다. 습관처럼 함께했던 한기였다. 이젠 더 이상 느끼지 않아도 된다. 그러나 한기는 쉽게 가시지 않았다. 그건 네가 느껴야 해. 류경서. 그녀의 안에

퍼지는 분노는 남아 있던 한기를 깡그리 날려버렸다. 독기를 품은 류진의 입가에 싸늘한 미소가 감돌았다.

자신의 오피스텔로 온 재현은 방에 누군가가 와있다는 걸 느꼈다. 자신이 여기 있다는 걸 알고 올 사람이 누굴까. 아무런 연락도 없이 도둑놈처럼 숨어들 사람은 없었다. 재현은 오피스텔 키를 주방 식탁에 던져놓고 물을 마신 뒤 느긋하게 자신의 방으로 향했다. 거실에는 불이 켜있지 않았지만 재현은 누군가 와있다는 걸 알 수 있었다.

문을 열고 들어서자마자 문 옆에 위치한 스위치를 켰다. 방 안이 밝아지며 사물들이 눈앞에 들어왔다. 전혀 예상하지 못했던 인물이었다. 경서가 실오라기 하나 걸치지 않은 차림으로 침대에 누워 가슴까지 이불로 가리고 있었다.

경서가 아무것도 입지 않았다는 것은 침대 밑에 떨어져 있는 그녀의 옷가지들로 짐작할 수 있었다.

"무슨 일이니?"

재현은 그러면 안 된다고 생각했지만 경서의 존재가 귀찮아지기 시작했다.

"우린 약혼했어요. 이러는 거 당연하잖아요?"

"어떻게 들어왔어?"

경서는 침대 옆에 놔둔 열쇠를 흔들어보였다.

"사람을 불렀죠. 열쇠를 잃어버렸다고 하니까 간단하게 만들어 주던데요?"

재현의 미간에 주름이 잡혔다. 급히 구하느라 오래된 오피스텔을 얻은 덕분에 옛날식 열쇠를 사용하고 있었다. 빠른 시간 내에 다른 키로 바꿔야겠다고 생각했다.

"많이 변했구나."

"제가요?"

경서가 벌떡 일어나는 바람에 가슴을 가리던 이불이 내려갔다. 의도한 경서의 행동에도 재현은 무심하게 쳐다보았다.

경서는 여자로서도 재현에게 흥미를 느꼈다. 경서가 겪어왔던 많은 남자 중에 이만큼 성적인 매력을 풍기는 남자를 본 적이 없었다. 분명 미남의 얼굴은 아니었다. 그러나 개성 강한 남성적인 매력을 가진 그의 모습은 경서를 안달 나게 만들었다. 더구나 아무리 유혹해도 넘어오지 않는 그가 탐났다. 갖고 싶은 건 꼭 가져야 하는 경서를 더욱 안달 나게 했다.

"옷이나 입고 나와."

재현이 방을 나가며 말했다. 경서는 그의 말을 들을 생각이 없었다. 오늘은 어떻게든 재현을 유혹할 생각이었다. 넋 놓고 있다간 류진 그년한테 뺏길지도 몰랐다. 밀폐된 공간. 방해할 사람은 아무도 없었다. 경서는 방을 나왔다.

재현은 주방에서 커피를 탔다. 경서는 천사같이 선한 외모와 밝은 성격을 가지고 있었다. 그 때문에 쉽게 약혼을 생각하게 됐는지도 몰랐다. 비록 형식적이긴 하지만 결혼해도 무리가 없는 성격이라 생각했다. 다만 요즘 들어 경서의 행동은 재현을 갸웃거리게 만들었다. 경서는 많이 변했다. 늘 명랑하고 솔직하다고 생각했는데

근래 보이는 경서 모습은 적극적이고 과하게 유혹적이었다.

커피를 잔에 따라 탁자에 내려놓는데 뒤에서 누군가 재현을 끌어안았다. 그 사람이 누군지 보지 않아도 알 수 있었다.

"손 떼."

재현은 자신에게 둘려진 팔을 거칠게 떼어냈다. 팔목을 쓸며 앞으로 다가오는 경서를 보는 재현의 얼굴은 무표정했다. 경서는 타고난 몸매를 갖고 있었다. 그러나 그 몸을 보고도 재현은 아무런 생각도 들지 않았다. 경서는 손으로 자신의 가슴을 둥그렇게 원을 그리며 가볍게 쓸어내렸다.

"내가 탐나지 않으세요? 설마 여태껏 여자랑 자보지 않았다는 건 아니겠죠?"

경서의 손이 아래로 향했다. 그리고 은밀한 그곳을 쓰다듬었다.

"난 아무한테나 몸을 주지는 않아요. 내 마음을 움직이는 남자에게만 해당돼요. 그리고 난 꽤 까다로워요."

"옷 입어!"

"싫어요! 내가 선배를 얼마나 좋아했는지 아세요? 우린 약혼까지 했어요. 왜 망설이는지 이해할 수 없어요. 내가 여자로서 매력 없어요?"

"아니. 내가 관심이 없을 뿐이야."

경서는 재현을 쏘아보았다.

"내 자존심을 처참히 망가뜨리는군요. 너무 심하단 생각 안 드세요?"

"옷 입어!"

그의 비위를 거슬러 좋을 게 없었다. 경서는 이쯤에서 물러나는 것이 현명하다고 판단하고 방으로 들어가 옷을 입었다. 거실로 나오며 경서는 열쇠를 흔들어보였다.

"이거 어쩌죠?"

"가져. 어차피 자물쇠는 바꿀 거니까."

경서는 자신이 들고 있는 열쇠를 잠시 보더니 쓰레기통에 던져버렸다. 그리곤 현관으로 향했다.

"난 언제쯤 선배 여자가 되나요?"

"합의 봤잖아. 우린 계약으로만 맺어진 관계라고."

경서는 슬프게 웃어 보이곤 문을 열고 나왔다. 복도를 지나 엘리베이터를 타는 순간 그녀의 본색이 드러났다.

"개자식! 감히 날 거부해?"

경서는 손톱을 물어뜯으며 불안하게 이리저리 생각을 굴렸다.

"분명 무슨 수가 있을 거야. 그년한테 절대 뺏기면 안 돼."

그녀는 엘리베이터 안을 왔다 갔다 하며 혼자 중얼거렸다.

"분명 방법이 있을 거야."

"이게 사실이에요?"

류진은 눈앞의 사실을 믿을 수 없다는 듯이 말했다.

"예상한 대로야. 경서는 영리하다 못해 간교한 애야. 상무를 그렇게 구워삶기 위해 자신의 육체를 이용하다니."

이경래의 말이 류진의 귀에는 들어오지 않았다.

"박재현이라는 사람 경서와 어느 정도의 사이인가요?"

"글쎄. 정확히는 모르지만 어쨌든 경서가 목매고 있는 것만은 사실이야. 그 외의 남자들은 전부 한때의 놀잇감이야. 가장 중요한 건 김성태 상무와 박재현이지."

박재현과 벌써 육체관계까지 간 건가?

"회사 상황은 어때요?"

"늘 아슬아슬해. 살얼음판을 걷는 기분이야. 경서는 간부들의 얘기를 들을 생각이 없어. 자기만 옳다고 생각하고 있어. 상무의 얘기조차 경서에게 받아들여지지 않는 것 같다. 그 애는 사업을 소꿉놀이쯤으로 생각하고 있어."

"곧 판가름 나겠군요. 이제 준비를 해야죠."

"그렇지. 가장 절박할 때 개입하는 거라 경서는 웬 떡이냐 하고 덥석 받아먹겠지."

그래, 네 발등에 불이 떨어지기 전에 네 가슴에 불이 떨어지게 해줄게. 류진의 얼굴에 차가운 미소가 감돌았다.

"김성태 상무가 막을 가능성은 없나요? 다른 루트가 있는 건 아닌가요?"

"이번엔 힘들어. 그로서도 불가능해. 낌새를 눈치챈 투자자들이 자금을 회수하고 있어. 오래 버티지 못해."

"그럼 됐어요!"

"프랑스 쪽에는 연락한 거냐?"

"그동안 계속 상황을 보고했어요. 이제 전면적으로 나설 때죠."

"내가 잘하는 짓인지 모르겠다."

류진은 이경래를 보며 확신에 찬 눈빛을 보냈다.

"아저씨, 아버지도 저 세상에서 기뻐할 거예요. 그런 사악한 여자가 맘대로 휘두를 회사가 아니에요. 아버지의 피와 땀이 담긴 회사를 그런 식으로 망칠 수 없어요."

"그래."

이경래는 류진의 손을 토닥거렸다. 이경래는 자리에서 일어났다.

"가봐야겠구나."

"식사라도 하고 가세요."

"먹을 음식은 있고?"

"아, 그러네요. 죄송해요, 아저씨."

이경래는 류진의 어깨를 다독이며 현관으로 향했다.

"혹시 연락할 일 있으면 전화하마. 그리고 너도 꼭 전해야 할 일이 있으면 내 핸드폰으로 바로 연락해라."

"알겠어요. 저, 아저씨……."

머뭇거리는 류진의 말에 이경래는 인자한 모습으로 보았다.

"박재현이라는 남자와 류경서 정략적인 걸까요 아니면 진짜 약혼했을까요?"

"어쩌면 둘 다일 수도 있겠지. 둘은 가끔씩 만났고 좋은 사이같이 보였으니까."

어쨌든 자신에게 가능성은 있었다. 이경래가 나가고 다시 혼자 남게 된 류진은 차가운 정적에 몸을 움츠리며 거실 소파로 가 앉았다. 누군가가 필요해. 누군가의 따뜻한 품이 필요해. 자신을 감싸줄 든든하고 넓은 품이 필요했다.

한 번씩 찾아오는 견딜 수 없을 만큼의 병적인 외로움. 프랑스에선 양부가 있어 위로받을 수 있었다. 그러나 그는 지금 너무 멀리 있었다. 아버지. 류진은 오랜만에 죽은 생부를 떠올렸다. 프랑스 땅에서 잊고 있었던 생부를 다시 한국 땅을 밟으며 떠올린 것이다. 류진은 두꺼운 이불을 덮었지만 한기가 가시지 않았다. 그녀의 육체만큼이나 마음도 차갑게 얼어붙었다.

"알아보라고 한 건 어떻게 됐어?"

김 비서가 그의 사무실로 따라 들어오며 말했다.

"미스 몬테크리스토에 대한 자료는 거의 다 알아냈습니다만 그녀가 왜 한국에 귀국하게 됐는지는 알 수 없었습니다. 개인적인 비밀이 있는 것인지 회사 내에서도 아는 사람이 없더군요. 마침 그 회사에 근무하는 사람과 친분이 있어 빨리 알아낼 수는 있었지만 이것도 어디까지나 개인이 아는 정보라 정확한 거라 할 수 없습니다."

김 비서는 자신이 한 일에 대해 변명을 붙였다. 자신으로서도 백 프로 확신할 수 없는 정보라 그랬을 것이다. 재현은 김 비서에게서 정보를 받아들었다.

"미스 몬테크리스토를 가까이서 모시던 여자가 이런 말을 했다더군요. 한국에는 정리해야 할 일이 있어서 간다고 했다던데요."

"정리할 일이라?"

이해할 수 없는 일이었다. 회사도 알지 못하는 일을 그녀가 하려는 것일까. 아니면 몬테크리스토 회장과 비밀리에 진행되는 일일지도 몰랐다. 그녀가 정리해야 할 일은 대체 뭘까. 정말 알려고 하면 할수록 모든 것이 의문에 싸인 여자였다. 재현은 골똘히 생각에 잠겼다.

프랑스에서 오자면 비행기를 타고 왔겠지. 언제쯤 왔을까? 순간 하나의 얼굴이 떠올랐다. 정말 잊어버리고 있던 일이었다. 비행기 안에서의 그 여자. 새삼스레 그 여자의 얼굴이 왜 떠올랐을까. 어렴풋이 떠오르던 영상은 선명하게 모습을 찾아갔다. 그 위에 미스 몬테크리스토의 얼굴이 겹쳐졌다.

재현은 자리에서 벌떡 일어났다. 비행기에서의 여자가 미스 몬테크리스토라니! 왜 알아차리지 못했을까? 사람의 인연이란 참으로 묘했다. 어쩌면 우리의 삶에도 모르고 그렇게 몇 번을 스쳐간 인연이 있을 수도 있었다. 그러자 재현은 정리할 일이란 게 더욱 궁금해졌다. 그리고 몬테크리스토란 여자에 대해서도 더욱더······.

재현은 쉽게 잠을 이룰 수 없었다. 어째서 류진이 자꾸 떠오르는 것인지 이해할 수 없었다. 탐스럽던 여자의 가슴골과 빵빵한 애플힙 아래로 유혹적인 허벅지. 여자는 그를 자극했다. 그러나 자극적인 것과 다른 강한 뭔가가 그를 사로잡고 놓아주지 않았다.

딩동!

재현은 투덜거리며 일어나 불을 켜고 현관 쪽으로 갔다. 그는 초인종이 자신을 방해한 것에 화가 났다. 재현은 인터폰 화면을 보고 깜짝 놀랐다. 류진이 서 있었다. 그녀의 생각을 하니 마치 약속이라도 한 듯이 나타났다.

재현은 자신의 팔을 꼬집었다. 아팠다. 분명 꿈은 아니었다. 그
는 인터폰을 눌렀다. 문이 열리는 소리가 나고 류진이 들어왔다. 재
현은 순간 자신의 아랫도리가 솟아오름을 느꼈다. 한 번도 나타나
지 않던 현상이었다. 그게 욕구든 일이든 그는 어떤 상황에서든 영
향을 받지 않았다. 그런데 지금 류진이 자신에게 영향을 끼치고 있
었다.

"무슨 일이지?"

"우리 일을 마무리 지으러 왔어요."

재현은 시간을 확인했다. 열한 시가 넘어가고 있었다. 이 시간
에? 재현은 류진을 찬찬히 보았다. 과하다 싶을 만큼 진한 화장은
그녀를 다른 사람으로 보이게 했다. 그러나 천박하다기보다는 도
발적인 느낌이 강했다. 그녀가 위에 걸치고 있던 재킷을 벗자 그
느낌은 더욱 강해졌다. 한 치의 틈도 없이 몸에 밀착되어 있는 검
은 드레스는 허벅지 근처에서 트여 속살을 여과 없이 드러내고 있
었다.

그녀는 다소 긴장된 몸짓으로 소파에 가 앉았다. 그리고 다리를
꼬려고 올렸으나 불편한지 다른 편 다리를 올렸다. 그 역시도 불편
한지 결국 무릎을 나란히 하고 앉았다.

"당신이 말한 제안 프랑스 본사에 얘기해놨어요. 진출할 시기를
얘기하면 방갈로르에 있는 우리 쪽 간부들에게 연락이 갈 거예요.
당신 쪽 사람들이 가면 그들이 연결시켜줄 거예요. 한 가지 제안이
더 있어요. 그전에 물 좀 줘요."

제안이 더 있다고? 재현은 주방으로 가 물을 따라와 퉁명스럽게

류진에게 내밀었다. 류진은 목이 말랐는지 그 물을 단숨에 마셨다. 그녀는 잔을 탁자에 내려놓고 재현을 정면으로 보았다. 이 여자가 하려는 제안은 무엇일까? 왜 이리 서두르는 것일까?

"나 마음에 들어요?"

재현은 대답하지 않고 그녀를 보았다.

"원하면 날 가질 수 있어요."

재현은 그녀의 옆으로 가 앉았다. 그는 그녀의 가슴골 사이로 손을 집어넣어 아무렇지 않게 가슴을 주물렀다. 류진이 보기에 그는 너무도 무표정했다. 이 남자는 정말 감정이 없는 건가?

재현은 포커페이스를 유지하고 있었지만 육체는 지독할 만큼 흥분했다. 재현은 아랫도리에 아플 만큼 힘이 들어가는 걸 느꼈지만 애써 냉정을 유지했다.

"조건은?"

"약혼녀와 파혼하세요. 그리고 나랑 약혼해요."

재현은 자신의 귀를 의심했다. 그는 류진의 가슴에서 손을 뺐다.

"내가 왜 그래야 하지?"

"내가 유리한 패니까요. 생각해봐요. 약혼녀로 어느 쪽이 더 우세한지."

류진은 나름 웃으려고 노력했으나 뜻대로 되지 않았다. 류진은 자신의 어색한 연기에 화가 났다.

"그리고 당신이 원한다면 내 육체는 덤이에요."

재현은 조롱하듯 휘파람을 불었다.

"싫다면?"

재현이 빤히 보자 류진도 지지 않고 재현의 눈빛을 맞받았다.

"난 지금 최선을 다하고 있는 거라고요! 이리저리 빙 둘러 말할 줄 몰라요. 선택하세요. 태산지 몬테크리스톤지."

얼굴을 붉히며 자신을 도전적으로 보는 여자. 그리고 잠들었던 자신의 성적 욕구를 자극하는 여자.

"고려해보지."

"좋아요!"

류진은 백을 들고 자리에서 일어났다.

"결정되면 연락 주세요."

자신의 앞을 지나치려는 류진의 허리를 재현이 잽싸게 낚아채 무릎에 앉히고 입술을 덮쳤다. 그의 혀가 류진의 입 안으로 들어왔다. 류진은 바둥거렸으나 재현은 힘으로 그녀의 턱을 제압하고 입속으로 파고들었다. 그의 혀는 공격적으로 무자비하게 헤집고 다니며 자신의 것으로 낙인찍었다. 심지어는 감각까지 장악했다. 류진은 갑자기 쏟아지는 감각의 소나기에 정신을 차릴 수가 없었다. 그 여파에 류진의 몸이 후들거렸다. 그러나 재현의 혀는 저번처럼 그녀의 입 안에서 순식간에 빠져나갔다.

"참고하지."

류진은 자신이 당했다는 사실에 모멸감이 일어 벌떡 일어났으나 중심을 잡지 못해 비틀거렸다. 재현이 얼른 류진을 붙잡았다. 류진의 얼굴이 벌겋게 달아올랐다. 류진은 입술을 깨물며 할 말을 찾았다. 그에게 일격을 가하고 싶었다.

"맛보기로는 나의 진가를 알 수 없을 거예요."

류진의 말에 재현은 조소를 머금었다. 류진은 자신이 아무런 영향도 끼치지 못했다는 것을 깨달았다. 류진은 창피했지만 아무렇지 않은 척 자신의 머리를 넘기며 나갔다. 재현은 그녀의 뒷모습을 보며 자신이 매혹될만하다고 생각했다. 비행기 안에서처럼 그녀는 여전히 매혹적이었다.

그녀의 제안을 받아들여? 파혼했다 다시 약혼한다는 것은 결코 좋은 이미지가 아니었다. 지금 그대로 있는 것이 어찌 보면 더 나은 이미지가 될 수 있었다. 그렇지만 비행기 안에서의 그녀를 잊을 수가 없었다. 찰나적으로 스쳐갔지만 그 느낌은 강했다. 그녀를 놓치고 싶지 않아. 그리고 방갈로르 건도 놓칠 수 없는 히든카드였다. 재현은 고민했다.

집으로 들어서자마자 침실로 가 옷을 벗고 욕실로 향했다. 뜨거운 물이라도 한바탕 맞고 쉬고 싶었다. 뜨거운 물이 머리를 타고 온몸으로 흘러내렸다. 뜨거운 기운이 온몸으로 퍼지자 마음이 편안해졌다. 불안하고 초조했던 마음도 가라앉는 것 같았다.

류진은 샤워볼에 거품을 내어 몸을 문질렀다. 목을 거쳐 어깨 가슴으로 스치자 불현듯 재현이 자신의 가슴을 만지던 모습이 떠올랐다. 그때는 미처 깨닫지 못했던 야릇한 감각이 온몸으로 퍼졌다. 그의 손길, 피부에 와 닿던 감촉, 그리고 가슴을 두근거리게 만드는 그의 눈빛. 류진은 몸이 뜨거워졌다.

그리고 기습적인 그의 키스. 류진은 아래에 뻐근한 통증을 느꼈다. 거친 그의 혀놀림이 그녀를 서서히 흥분시켰다. 가슴을 쓰다듬던 그녀의 손길이 아래로 내려가 은밀한 그곳을 건드렸다. 손가락이 조용히 파고들어 갈라진 살 사이를 헤집고 깊숙이 들어 갔다.

"흑."

그의 손길이라고 생각하자 류진은 흥분했다. 류진은 더욱 깊숙 이 찔러 넣어 바쁘게 움직였다. 그의 눈빛을 떠올리자 숨이 가쁘고 몸이 불덩이처럼 달아올랐다. 가슴을 주무르던 그의 손길을 떠올 리며 기슴을 주물렀다.

"흐읏."

그의 혀가 자신의 가슴을 빨고 그의 남성이 자신의 안으로 들어 온다고 생각하자 류진의 아래가 자극으로 팽창해 부풀었다.

"박재현."

류진은 흐느끼듯이 중얼거렸다. 다리에 힘이 풀려 류진은 바닥 에 주저앉았다. 미친 욕구였다. 이렇게 느낀 적도, 사람을 통해 자 극을 받은 적도 없었다. 갑자기 떠올리는 것만으로도 이런 짓을 하 다니. 자신이 분명 정신이 나간 거였다. 그녀는 다시 몸을 씻고 욕 실을 나와 침대에 누웠다. 완전히 채워지지 않는 욕구가 류진을 괴 롭혔다. 류진은 가셔지지 않는 감각에 혼란스러워하며 잠을 청해 야 했다. 그러나 잠은 쉬이 오지 않았다.

✿

"어떻게 됐어요?"

경서는 가슴이 바짝바짝 타들어갔다. 약속한 어음 날짜가 얼마 남지 않았다.

"이번엔 내 힘으로도 어쩔 수 없어."

"그런 무책임한 말이 어디 있어요?"

경서는 상무를 노려보며 말했다.

"난 책임을 다했어."

"역시 늙은이를 믿는 게 아니었어."

경서의 냉정한 말에 상무도 지지 않고 맞받아 노려보았다.

"나도 마찬가지야. 달면 삼키고 쓰면 뱉겠단 소리냐?"

"그게 세상 이치 아닌가요?"

경서는 코웃음을 쳤다.

"교활한 애였군. 그런 너를 믿고 내 모든 열정을 다 쏟았다니."

"그건 당신 선택이었어요. 어쨌든 양아버지에게 회사를 물려받았을 때 요긴하긴 했어요. 조금은 고마운 생각이 드는군요."

"이제 어쩔 생각이야?"

"방법을 알아봐야죠."

김성태는 다급하게 물었다.

"박재현이랑 언제 끝낼 거야?"

"내가 왜 그래야 하죠?"

"저번에 어음 막을 때 약속했잖아?"

"난 끝낸다고 약속한 적 없어요."

김성태는 버럭 화를 냈다.

"그놈과 잘되는 꼴 못 봐!"

"그래서 어쩌겠다고요? 이번 막아낼 수 있어요? 그럼 생각해볼 게요."

"아까도 말했잖아! 안 된다고!"

"그럼 할 수 없죠."

경서는 마지막 카드를 쓰는 수밖에 없다고 생각했다.

"그럼 난? 난 너에게 뭐였어?"

김성태는 경서가 자신에게 남은 애정을 보이길 바랐다. 그거라 도 붙잡고 싶었다.

"당신까지 내가 책임질 순 없어요. 퇴직금이나 챙기세요."

"뭐라고?"

"내 발등의 불도 끄기 힘들 지경이에요."

"그럴 작정이었던 게야!"

상무의 얼굴은 분노로 붉게 물들었다.

"무슨 소리예요?"

"내가 갖고 있던 주식을 넘기라고 했던 것도 다 계획되어 있었던 거야."

"가격은 쳐서 줬을 텐데요?"

그녀는 상관없는 사람을 보듯 냉정하게 보았다.

"최소의 가격으로 줬어. 그땐 네가 내 여자가 될 거라고 생각했 으니까 주식 같은 거 필요 없다고 생각했었지."

"그래서 당신이 멍청하다는 거야. 나이를 그 정도로 먹었으면 영 리해야지. 아직까지도 정에 연연해서 뭐가 중요한지도 모르고 팔 아버리다니. 난 누구의 소유도 되지 않아. 필요에 의해서만 육체를 이용할 뿐이야."

그때 노크소리가 났다.

"들어오세요."

들어온 건 이경래 전무였다. 김성태는 이경래와 경서를 번갈아 보며 화를 폭발시켰다.

"어떻게 된 거야?"

"서로 타협하기로 했어요. 당신이 해결책을 만들어줬다면 그를 거절했겠지만 이제 믿을 사람은 이 사람밖에 없어요."

"적과 손을 잡겠다고?"

분노로 김성태의 음성이 부르르 떨렸다.

"멍청한 당신을 믿고 있다간 아무것도 건질 수 없어. 일단은 회사가 무너지는 걸 살리고 봐야겠어."

"그를 믿어선 안 돼!"

"믿은 당신은 아무것도 보여준 게 없어. 뭔가를 증명해준다면 생각을 달리하죠."

김성태는 눈이 돌아갔다.

"이제 그만 나가주세요."

경서가 말이 떨어지자마자 김성태는 경서에게 덤벼들었다. 그는 경서의 멱살을 잡고 분노를 터트렸다.

"망할 년! 어린 것이 나를 갖고 놀아? 가만두지 않겠어!"

이경래는 김성태를 경서에게서 떼어놓고 사람을 불렀다. 경비원이 뛰어들었다.

"이 사람 회사 밖으로 내보내세요."

"이경래, 너 이 자식! 너도 다를 줄 알아? 너도 똑같은 꼴 돼! 저년이 보통 년인 줄 알아?"

김성태의 말은 밖으로 끌려감으로써 더 이상 들리지 않았다. 경서는 불쾌한 표정을 애써 지우며 이경래를 향해 웃었다.

"앞으로 잘해보도록 해요, 아저씨."

경서가 손을 내밀었지만 이경래는 잡지 않았다. 경서는 어색해진 손을 아무렇지 않게 내리며 웃음을 잃지 않았다.

"정말 외국 기업이 우리 회사와 손을 잡겠다고 했나요?"

이경래는 고개를 끄떡였다.

"관심을 보여서 기쁘긴 한데 이해가 되지 않는군요. 어째서 그런 큰 회사가 이런 작은 회사에 관심을 보이는 것인지. 특별히 주목받을 아이템이 있는 것도 아니고."

"일단은 주도하고 있는 간부들이 젊고 뛰어난 인재라는 것도 있지. 특히나 몇 번 새로운 시도를 하기도 했잖아?"

경서의 얼굴에 미소가 걸렸다. 역시 자신의 사업적 판단이 잘못되지 않았다.

"맞아요! 너무 진보적인 발상이라 아직 빛을 발하진 못했죠. 역시 세계적인 회사라 보는 눈이 다르군요."

그 때문에 여러 번 회사를 위험하게 했다는 사실이 경서에겐 안중에 없었다.

"하긴 작은 회사라고는 할 수 없죠. 아직 전국적으로 손을 뻗고 있지 못하지만 나름의 인지도가 있잖아요."

그 인지도를 말아먹은 사람이 류경서였다. 이경래는 분노가 치밀었지만 전혀 내색하지 않았다.

"앞으로 전망 있는 회사라는 판단이 서서 이번에 합병을 제의한 것 같다."

경서는 조금은 미심쩍은 눈빛으로 이경래를 보다 나름대로 판단을 내렸다.

"좋아요! 어차피 이 방법 말고는 회사를 살릴 방법이 달리 없잖아요. 아저씨를 그동안 멀리했던 게 무척 어리석었다는 생각이 드는군요. 어쨌든 아버지 회사잖아요. 그리고 아저씬 아버지의 친구였고."

삼총사. 이경래는 잠시 경서의 양부와 친부를 떠올렸다. 그때의 일이 오랜 추억이 될 만큼 많은 시간이 흘렀다. 그러나 눈앞의 아이는 그 둘과 결부하기엔 너무도 사악함을 지니고 있었다.

"앞으론 잘 지내기로 해요. 전 사실 아저씨와 좋게 지내고 싶었지만 상무님이 가까이 지내지 않는 게 좋겠다고 해서 피했을 뿐이에요. 정말 회사를 생각하는 건 아저씨라는 걸 빨리 깨달았어야 하는 건데."

경서는 친밀한 표현을 하기 위해 그의 팔을 살짝 당겼다. 자신을 향해 미소를 짓고 있는 이 아이는 은밀한 동맹을 제의해오고 있었다. 경서의 손이 자신의 가슴을 살짝 문지르자 이경래는 눈살을 찌푸리며 뒤로 물러났다. 이 아이는 사악하긴 하지만 그에 비견되는 영리함은 갖추고 있지 못하다. 이 아이가 갖고 있는 허영이 그 영리함을 죽이고 있다.

어쨌든 이경래에겐 잘된 일이었다. 그녀가 그런 영리함을 갖고 있다면 이 계획이 애초에 들통 났을 것이다. 잘나가는 외국인 회사가 단지 그 이유만으로 미래를 걸었다는 건 누구나 생각해도 이해되지 않는 사실이었다.

"난 단지 친구의 회사가 이렇게 끝나는 건 보고 싶지 않을 뿐이다."

"알고 있어요. 아까도 얘기했지만 앞으로 잘 해봐요."

경서가 이번엔 대담하게 안겼지만 이경래는 이번 역시 경서를 자신에게서 떼어놓았다.

"널 돕는다고 해서 우리 관계가 그릇 뒤집듯 그렇게 간단하리라 예상하진 마라."

경서는 투정부리는 표정을 지으며 말했다.

"알아요. 아저씨가 저에게 많이 화가 나 있다는 것. 그렇지만 이젠 잘할게요. 저 알잖아요? 아저씨가 예뻐했던 경서예요. 잠깐 정신이 나가서 아저씨를 홀대하긴 했지만 전 지금도 여전히 아저씨를 좋아해요."

자신의 애교가 전혀 먹혀들지 않는다는 걸 깨달은 경서는 이번엔 태도를 바꿨다.

"그쪽 회사에는 우리 회사에서도 그 제의를 환영한다고 전해주세요. 근데 계약은 언제쯤 이뤄질까요? 어음 날짜가 가까워져서 말이에요."

"걱정할 거 없잖아? 투자자들에게는 몬테크리스토 회사와 합병하게 되었다고 얘기하면 그뿐이지. 자신들이 안전하다는 걸 알게됐으니 날짜를 더 미뤄주겠지."

"그렇군요! 그쪽 대표는 언제 온대요?"

경서는 손거울을 꺼내 자신의 얼굴을 확인했다. 그리고 자신의 미모에 만족했다.

"한 달쯤 뒤에. 정확한 날짜는 언급하지 않았어."

"잘하면 채권업자들을 설득할 필요도 없겠군요. 남잔가요?"

"글쎄."

"남자겠죠. 설마 회사 대표로 여자를 보내겠어요?"

경서는 다시 거울을 들어 자신의 얼굴을 보았다.

"일단 온다면 잘 모셔야겠군요. 혹, 그쪽 회장 아들이라곤 하지 않던가요?"

"오너의 자식이 회사 일을 맡고 있다는 소리는 들었어. 잘하면 이번 건을 해결하러 올지도 몰라."

경서는 그렇게 되길 간절히 바랐다. 양놈이든 한국 놈이든 상관없었다. 자신의 미모가 세계에서 통용되지 않을 리가 없었다. 일단 온다면 어떻게든 유혹할 자신이 있었다. 어찌 보면 박재현보다야 훨씬 큰 떡밥이었다.

"수고했어요, 아저씨. 저 잘할게요."

이미 늦었어. 이경래는 씁쓸했다. 한때는 자신의 친한 친구의 딸이었다. 서로가 적이 돼서 한쪽은 도와주고 한쪽은 버려야 한다는 사실이 마음에 들지 않았지만 어쩔 수 없었다. 경서는 자신이 저지른 일에 대해 책임을 져야 한다.

이경래는 말없이 사장실을 나갔다. 이경래가 나가고 나자 경서는 분주해지기 시작했다. 한 달 남았다면 그동안 만반의 준비를 하고 있어야 했다. 경서는 전화를 걸어 미용실을 예약했다. 믿을 수 있는 건 자신의 몸이었다. 육체를 이용해서 여태껏 모든 것을 이루어왔다.

천사 같은 외모도 뛰어난 몸매도. 어떤 남자든 경서에게 넘어오지 않는 사람은 없었다. 이번에도 예외는 아니었다. 그러나 특별한 존재인 만큼 좀 더 완벽하게 수행해야 했다. 그녀는 만족의 한숨을 쉬며 기분 좋게 기지개를 켰다.

"선배랑 이뤄졌으면 더 좋았을 텐데. 끝내야 하는 건가?"

경서는 입맛을 다셨다. 아쉬움이 컸다. 그러나 무엇보다 자신이 중요했다.

"나에게 중요한 건 회사야. 회사를 위해서라면 난 무슨 짓이든 할 거야."

경서는 자신의 그런 모습에 만족했다. 진정한 사업가로서의 면모라고 생각했다. 경서는 나른한 한숨을 쉬었다. 어떤 일이든 길이 있게 마련이다. 이번에도 고비의 순간에 기회의 손길이 다가왔다. 이제 던진 낚싯대를 잡기만 하면 된다. 새로운 출발이었다.

❀

회장의 호출은 뜻밖이었다. 더구나 대낮에 자신을 불러들인 적이 없었다. 재현은 비서에게 인사한 뒤 회장실을 노크했다. 들어오라는 회장의 음성이 들렸다. 문을 열고 안으로 들어가자 회장은 전화를 받던 중이었던지 전화기를 내려놓았다.

"앉아라."

오늘따라 부드러운 말투. 뭔가 부탁할 일이 있나보군. 회장은 뜸을 들이듯 헛기침을 몇 번 한 뒤 입을 열었다.

"민호가 회사 일을 배우고 싶어해."

재현은 속으로 코웃음을 쳤다. 그 한량이 그럴 리가 없다. 아마도 둘째 부인의 농간일 것이다.

"군대 문제는 어떻게 됐습니까?"

"그래도 고생도 안 해본 애를 어떻게 험한 일을 시켜?"

능구렁이 같은 영감탱이.

"재현아."

따뜻한 음성이었지만 그 안에는 계산이 깔려 있었다. 회장은 한 번도 자신을 이렇게 부른 적이 없었다.

"말씀하십시오."

"네가 좀 가르쳐줬으면 한다."

절대 노우였다. 그 얼간이를 자신보고 가르치라고? 차라리 바위를 가르치는 게 나았다.

"민호에게 일일이 붙어 있을 수 없을 정도로 바쁘다는 건 잘 아시지 않습니까? 일단은 실장에게 자리를 하나 내서 일을 맡겨보도록 하지요."

회장은 반색했다. 실권은 자신이 쥐고 있다고는 하나 재현의 존재를 무시할 수 없었다. 양아들이긴 하나 회사의 주요 간부들도 그의 능력을 인정하고 있었다. 이런 일로도 양아들의 눈치를 봐야 한다는 사실이 회장은 마음에 들지 않았다.

"그렇게 해라. 그래도 간간이 신경 좀 써주고."

회장은 양아들의 비위를 맞추지 않을 수 없었다. 재현이 손을 놓아버리면 회사가 제대로 작동되지 않는 건 누구나 아는 일이었다.

"알겠습니다."

물론 회장의 말을 들어줄 생각은 없었다.

"그래, 그만 물러가라."

재현은 가볍게 목례를 하고 회장실을 나왔다. 비서가 미소를 지으며 인사를 보냈지만 재현은 무시하고 엘리베이터로 향했다. 알고 있었다. 직원들이 그의 위력을 무시할 수 없어 굽실거리고 있으나 한편으로는 고아원 출신이라는 과거 내력이 안줏거리가 됨을. 재현은 회사 내에서 대리석이라는 별명을 갖고 있었다. 고급스럽고 매끈해서 멋있어 보이지만 차가움 때문에 쉽게 손을 댈 수 없는 그러니까 접근하기조차 겁나는 존재라는 의미였다.

류진이라는 여자가 떠올랐다. 요 며칠 그 여자 생각을 머리에서 지울 수 없었다. 신경 쓰지 않으려 해도 자꾸만 떠올랐다. 어떤 일을 당해도 일만 손에 잡으면 곧 집중되었는데 일이 집중되지가 않았다. 재현은 안절부절못했다. 어째서 자신이 이러는지 그 이유를 알 수 없었다.

그래, 결정을 내리지 않아서 그런 거야. 그 여자에게 결정을 알리고 일을 마무리 지으면 괜찮을 거야. 재현은 류진에게 전화했다. 신호가 흐르고 상대방의 목소리가 흘러나왔다. 맑고 부드러우면서도 약간은 허스키한 음성이 재현을 두근거리게 했다. 직접 듣는 음성과 전화 음성은 달랐다. 그녀의 목소리는 상당히 섹시했다.

"박재현이야."

−가말리엘이에요.

"한번 보지."

−결정했나요?

"직접 만나서 얘기해. 지금 집 앞으로 가지."

얼마 전 이경래 전무를 통해 경서가 내놓은 아버지 집을 다시 구입했다. 류진이 너무도 원하던 일이었다. 자신의 소중한 집을 그가 보는 것이 싫었다. 집에 들여놓는 것도 왠지 꺼림칙했다.

−밖에서 보죠.

"약혼자를 집에도 못 들여놓겠단 소리야?"

류진은 그의 비위를 건드려 이득 될 게 없다고 판단하고 집주소를 가르쳐주었다. 전화를 끊자 차분했던 가슴은 들끓기 시작했다. 박재현이 자신의 집에 온다. 그 위험한 남자가 결정을 알리기 위해 지금 오고 있다. 류진은 이상한 두근거림을 느꼈다. 미세한 파닥거림은 점점 커져갔다. 기분이 붕 뜨는 거 같고 불안하고 초조했다. 우울증의 후유증일까?

류진은 숨을 크게 내쉬고 주방으로 가 물을 마셨다. 그리고 자신의 방으로 와 거울을 보았다. 세수를 하고 화장을 했다. 너무 과하진 않을까. 이상하게도 신경이 쓰였다. 앞에는 더 진하게 하고 간 주제에 왜 신경이 쓰이는지 알 수 없었다.

옷차림도 마음에 들지 않았다. 몇 벌 되지 않는 옷을 꺼내 몇 번을 입어보다 제일 처음 입었던 수수하고 여성적인 원피스를 골랐다. 류진은 심호흡을 하고 거울 속 자신을 보았다.

류진 넌 강해. 할 수 있어.

류진은 마음을 다잡았다.

재현은 쉽게 류진의 집을 찾을 수 있었다. 집은 생각보다 훨씬 컸다. 기와로 지어진 아주 오래된 집이었다. 잠시 있을 여자가 어째서 이런 집에 살고 있는지 의아했다. 아는 지인의 배려로 잠시 머물기로 한 것일까. 남의 일인데 자신이 왜 그런 것까지 관심을 두지? 재현은 고개를 저었다. 그는 차에서 내리는 대신 전화를 걸었다.

"지금 집 앞이야."

"나갈게요."

전화를 끊으며 재현은 심장이 꿈틀댔다. 낯선 자극에 재현은 인상을 찌푸렸다. 몸에 이상이라도 있는 걸까? 재현이 차에서 내리자 대문이 열렸다. 류진이 나오고 있었다. 아무렇게나 묶은 머리는 느슨하게 풀어져 몇 가닥이 목덜미에 내려와 있었다. 빨리 나오느라 약간은 상기된 볼과 그보다 더 붉은 입술. 그리고 그 모든 것에 바탕을 두고 있는 하얀 피부는 여성스러움과 더불어 야릇함을 자아내고 있었다. 오늘따라 수수한 그녀의 옷차림은 그녀의 외모를 더욱 육감적으로 보이게 했다.

"날 초대하는 건가?"

류진은 아무런 대꾸 없이 옆으로 살짝 비킴으로써 방문을 허락한다는 뜻을 표시했다. 재현이 대문으로 들어오자 그녀는 앞장서 걸었다. 그녀의 뒤 자태는 여전히 유혹적이었다. 재현은 몸이 뜨거워지는 걸 느꼈다.

거실로 들어오자 류진은 재현에게 소파에 가 앉으라 말하고 주방으로 향했다. 소파에 앉은 재현은 주변을 관심 있게 보았다. 가구가 별로 없었다.

그는 어떻게 결정했을까. 류진은 차를 준비하려 했지만 너무 긴장한 탓인지 손이 떨렸다. 그녀는 심호흡을 하고 마음을 가라앉혔다. 자신의 어설픔 때문에 어쩌면 거절할지도 몰랐다. 왜 이리 못났을까. 못난 오리 새끼였던 자신은 여전히 변하지 않은 걸까. 자책과 함께 실망감이 들었다.

류진은 다시 심호흡을 하고 준비된 차를 들고 거실로 향했다. 류진은 맞은편에 앉아 차를 놓았다. 재현은 차를 입으로 가져갔다. 차맛이 마음에 들지 않는지 그는 인상을 찌푸렸다. 류진이 먼저 입을 열었다.

"결정했나요?"

재현은 아무 말도 하지 않은 채 다시 차를 입으로 가져갔다. 이 남자는 여길 와봤을까. 한때는 경서가 살았던 이 집에 와봤다면 모를 리가 없을 텐데. 알면서 시침을 떼고 있는 걸까. 두 사람은 어떻게 만나게 됐을까.

"약혼녀는 아니 두 사람 어떻게 알게 됐나요?"

"예전부터 알고는 있었지."

"약혼녀를, 좋아하나요?"

그는 소리 나게 찻잔을 놓았다.

"그건 조건을 제시하기 전에 물었어야지."

"그냥 궁금했을 뿐이에요."

"그럼 개인적인 호기심으로 남겨둬."

그가 류진을 보았다. 결정을 말하려는 눈빛이었다. 류진은 갑자기 두려워졌다. 그 결정을 미루고 싶었다. 류진은 생각지도 않은 말을 뱉었다.

"약혼까지 했다면 약혼녀 집에는 가보셨겠네요?"

"아니. 바빴어."

생각 없이 물은 말이었지만 뜻밖의 수확을 얻었다. 그는 말처럼 바빠선지 아니면 관심이 없어선지 이 집의 존재를 알지 못했다. 안도와 함께 기뻤다. 두 사람은 형식적인 관계일지도 몰랐다.

"결정했나요?"

재현은 류진을 물끄러미 보았다. 그는 탁자 위에 서류봉투를 놓았다. 류진은 의아해서 봉투를 열어 서류를 확인했다. 몬테크리스토 회사가 방갈로르의 진출을 적극적으로 도와준다는 계약서였다. 내용은 세밀하게 항목까지 정해 일목요연하게 정리되어 있었다. 그렇다면 그는 류진의 제안을 받아들인 것이다. 그의 싸인은 이미 되어 있었다.

"몬테크리스토 회장에게 직접 보낼 건가?"

"모르시겠지만 난 모리스 아니 몬테크리스토 회장의 대리 역할도 하고 있어요. 그가 몸이 안 좋을 땐 내가 싸인을 하죠."

"누구도 믿을 수 없지. 난 몬테크리스토 회장의 직접적인 싸인을 원해."

"좋아요. 프랑스로 직접 보내도록 하죠. 끝난 거죠?"

"일단은."

류진은 안도했다. 재현은 일어나 현관으로 나가 신발을 신었다. 류진은 배웅을 하며 문득 궁금해졌다.

"그런데 저한테 왜 반말이시죠?"

"글쎄."

왜 반말을 할까? 재현도 이유를 알 수 없었다. 오늘 가말리엘을 굳이 방문한 이유까지…….

"당신은 다시 오겠죠?"

류진의 눈이 재현에게 꽂혔다. 나에게 도발하는 건가? 재현은 가말리엘이 자신을 만만하게 봤다는 것이 마음에 들지 않았다.

"나를 유혹하는 건가?"

"절대."

"아님 두 번째 제안을 말하는 건가?"

"두 번째 제안?"

류진은 생각하지 못했다는 표정으로 그를 보았다. 그는 류진을 끌어당겨 자신의 품에 안았다. 그리고 그녀의 가슴을 주무르고 옷 위로 은밀한 그곳을 만졌다.

"내가 결정하면 이 모든 게 내 것이 된단 말이지?"

그의 손길이 닿는 곳마다 감각들이 즉각적인 반응을 했다. 지금은 상상이 아니라 현실이었다. 여유롭던 그녀의 연기는 당장이라도 탄로 날 판이었다. 심장이 쿵쿵 뛰고 정신을 차릴 수가 없었다. 류진은 자신의 허리에 두른 그의 팔을 풀었다.

"약속해요."

그러니까 제발 경서와 파혼해요. 그녀는 당장이라도 그렇게 소리치고 싶었다. 류진은 그의 목을 팔로 감았다. 그의 눈이 바로 눈앞에 있었다. 심장이 떨려서 눈을 감고 싶었지만 모든 용기를 내어 가까스로 그의 눈을 맞받았다.

류진은 태연한 척하며 얼굴을 비스듬히 기울여 그의 입술에 자신의 입술을 붙였다. 그에게선 아무런 반응도 없었다. 쥐뜨. 그녀는 속으로 되뇌며 조심스럽게 그의 입술을 혀로 핥았다. 미비한 소리가 그의 입에서 나오며 입이 벌어졌다. 류진은 그대로 자신의 혀를 그의 입 안으로 넣었다. 그는 여전히 반응이 없었다.

류진은 대담하게 자신의 손을 그의 아래로 가져갔다. 그리곤 눈을 질끈 감고 그의 남성이 있는 부위에 손을 댔다. 바지 위로 단단함이 느껴졌다. 류진은 용기를 내어 그의 남성을 감아쥐었다.

그에게서 즉각적인 반응이 나타났다. 류진의 혀를 그가 휘감아 빨아 당겼다. 그의 호흡은 뜨겁고 거칠었고 키스는 격렬했다. 그는 자신에게 도발을 한 류진을 응징하듯 그녀의 입술을 강하게 빨고는 입술을 뗐다. 류진의 입술이 빨갛게 퉁겨졌다.

"결정하겠어. 조만간."

그는 의미심장한 눈빛을 주고는 그대로 나가버렸다. 그가 나가고 나자 류진은 그 자리에 주저앉아버렸다. 그와 같이 있는 건 팽팽한 고무줄처럼 아슬아슬했다. 언제 끊어질지 모른다는 두려움이 늘 뒤따랐다. 내가 바라고 가고 있는 걸까. 내가 하는 행동이 옳은 걸까. 이내 고개를 저었다. 아닐 리가 없다. 그것 때문에 자신이 존재하는 거니까.

프랑스행을 서둘러야 했다. 전화로 얘기했지만 직접 양부를 만나 이 계약서를 처리하고 앞으로의 합병 건도 얘기해봐야 했다. 그리고 합병에 필요한 인력도 알아봐야 했다. 류진은 항공사에 전화해 티켓을 알아봤다. 잠시 양부의 얼굴을 볼 수 있다는 사실에 류진은 기뻤다.

3.

류진은 자신이 있었던 병원 건물을 보자 마음이 불안해지고 긴장되었다. 예전의 류진으로 돌아간 것 같았다. 약해지려는 마음을 지워버리며 되뇌었다. 난 가말리엘 드 몬테크리스토라고. 프랑스에 간 일은 잘 해결되었다. 모리스는 그녀의 일을 적극적으로 지원해줬다. 그 여파로 회사의 어느 정도의 손실이 있을 걸 알면서도 양부는 감수했다. 류진은 고맙고도 죄스러웠다.

류진은 과거의 기억을 떠올렸다. 하얀 벽, 하얀 병실, 하얀 침대 그리고 머리를 하얗게 지워버리는 하얀 약 알갱이들. 이곳에선 인격이나 존중이라는 단어가 없었다. 오로지 노인과 사람 취급도 받지 못하는 약에 취한 환자만이 있을 뿐이었다.

이곳에 보내지는 환자들은 보호자들로부터 버림받은 환자였다. 면회나 연락을 원하지 않는 보호자들이 자신들의 귀찮은 짐들을 덜어내기 위해 이곳에 많은 돈을 주고 짐짝처럼 버려졌다.

그러나 모두가 나쁜 사람만 있는 건 아니었다. 유일하게 자신을 따뜻하게 대해 주던 요한나. 그녀는 이곳에서 세례명으로 불리었고 정확한 이름은 알지 못했다. 류진이 고통스런 추억이 떠오르는 곳을 굳이 찾은 것은 요한나를 만나기 위해서였다.

요한나는 류진이 약을 먹지 않도록 배려해줬다. 애초부터 류진이 미치지 않았다는 것을 요한나는 알고 있었다. 요한나는 류진에게 배정되는 약들을 중간에서 빼돌렸다. 류진이 다시 밝아질 수 있었던 것은 요한나 덕분이었다.

류진이 이곳을 떠나는데 결정적인 역할을 했고 그 동기를 마련해준 것도 요한나였다. 아직도 환자들은 약에 취해 멍하게 침을 흘리고 있거나 자신만의 세계에 빠져 벽을 향해 중얼거리고 있을 것이다.

류진이 면회실로 들어서자 깐깐해 보이는 간호사가 맞았다. 그 표정엔 놀라움이 깃들어 있었다. 그럴 수밖에 없는 것이 누군가를 찾아온다는 것은 이례적인 일이었다.

"사람을 찾는데요."

"여긴 환자들의 신분이 보장되어 있어 보호자 외에는 누구도 만날 수 없습니다."

간호사의 목소리는 인상만큼이나 카랑카랑했다.

"제가 찾는 건 환자가 아니에요. 요한나라는 간호사를 찾는데요?"

"요한나?"

더한 놀라움이 간호사의 표정에 나타났다.

"본명은 몰라요. 그냥 요한나라고 불린 사람이에요."

"그 사람은 여기 없어요."

"어디로 갔나요?"

"다른 요양병원으로 갔다는 소리만 들었어요."

간호사는 생각하는 표정을 지었다.

"요한나에게 무슨 일이 있었나요?"

"그건 사적인 일이라 말할 수 없군요. 연락처는 알아봐줄 수 있어요."

"부탁합니다."

간호사는 면회실에서 나갔다. 류진은 잠시 의자에 앉아서 간호사가 나타날 때까지 기다렸다. 이곳에선 많은 일이 있었다. 요한나, 지금 양부의 형인 이진태, 그리고 양부와의 첫 만남. 그녀가 생각에 빠져 있는 사이 간호사가 들어왔다. 또각거리는 간호사의 구두 소리에 류진은 생각에서 깨어났다.

"여기 오래 있었던 사람에게 물으니 다행히 연락처가 있더군요. 그런데 그 사람이 참 이상한 말을 하더군요. 요한나가 이 주소를 가르쳐주면서 누군가가 꼭 자신을 찾아올 거라고 그때 이 주소를 전해주라고 했다는군요."

요한나는 류진이 자신을 찾아올 것을 예측하고 있었다. 류진은 기쁜 마음에 처음으로 간호사에게 미소를 지어 보였다. 이례적인 방문만큼이나 류진의 미소는 간호사에게 낯설었다. 류진 또한 미소를 짓는 자신이 새롭긴 했다. 모든 것을 잃어버린 이후로 웃은 적이 몇 번이나 될까. 받아든 종이를 보았다.

외곽지대에 위치한 요양병원이었다. 쉽게 만날 수 없으니 보고
싶은 마음이 더욱 간절해졌다. 류진은 꼭 요한나를 보고 가리라 마
음먹었다. 생각만큼 먼 거리는 아니었다. 류진은 요양원 정문을 향
해 걸어 들어갔다.

"무슨 일이십니까?"

부딪힌 병원 직원에게 사람을 찾고 있다고 말하자 그녀를 사무
실로 안내했다.

"찾으시는 분의 성함이?"

"요한나. 본명은 몰라요. 아마 이곳에서도 그 세례명을 쓸 것 같
은데요?"

"잠시만요."

직원은 류진만 남겨두고 사무실을 나갔다. 잠시 후, 간호사 복장
을 한 여자가 들어왔다. 통통한 몸매의 중년의 여자. 문을 열고 들
어와 고개를 든 순간, 따뜻하게 빛나는 그 눈을 본 순간 류진은 자
신이 찾던 요한나임을 한눈에 알아봤다.

"요한나."

"지니니?"

요한나의 얼굴에 인자한 미소가 퍼졌다. 요한나는 류진을 부를
때 애칭처럼 항상 지니라고 불렀었다. 요한나는 팔을 벌려 그녀를
꼭 안았다.

"많이 컸구나. 못 알아볼 뻔했다."

류진의 눈가에 물기가 어렸다. 요한나는 류진의 볼을 쓰다듬으
며 그리운 듯 하나하나 눈으로 새겨갔다.

"몬테크리스토 씨는 잘 계시고?"

류진은 목이 메어 고개만 주억거렸다.

"내가 처음 그 병원에 들어왔을 때가 생각나는구나. 불안에 떨고 있는 어린 새와 같았지. 무언가에 겁을 먹은 듯 떨고 있었어. 그 이유는 나중에 알게 됐지만."

"항상 고맙게 생각해요. 요한나가 아니었다면 난 이진태 아저씨도 모리스 아저씨도 알지 못했을 거예요."

"이진태 씨도 알고 보면 참 불쌍한 사람이었어. 그분에게 널 소개한 건 참 잘한 일이라는 생각이 든다. 그 덕분에 그분은 남은 생 동안 행복하게 보낼 수 있었지."

"오히려 행복한 건 저였어요. 그 아저씨가 절 딸처럼 잘 대해 주셔서 외롭고 힘들던 제 마음이 즐거워질 수 있었어요."

그들은 사무실 소파에 앉았다. 요한나는 류진의 손을 놓지 않은 채 토닥거리고 있었다.

"그분은 항상 마음의 한을 갖고 계셨어. 자신의 하나밖에 없는 어린 동생을 외국으로 입양 보내고 그게 모두 자신의 탓이라고 자책했지. 결국 며느리에게 구박받아 미친 사람 취급받으며 병원에 입원한 것을, 전부 자신이 지은 죄 때문에 천벌 받은 것이라고 생각했지."

"아저씨는 미치지 않았어요."

요한나는 류진을 지그시 보았다.

"대부분은 정상이었지. 하지만 마치 딴 세계에 있는 사람처럼 가끔씩 멍하니 넋이 나가 있을 때가 있었단다. 이진태 씨는 그곳보다는 이곳에 맞는 사람이었지. 그 요양원은 말만 요양원이었지 환자에겐 더없이 불행한 곳이었어. 원장 자체가 돈에 미친 사람이었으니까."

"아저씬 불행했어요."

"난 그렇게 생각하지 않는단다."

요한나는 그녀를 보며 미소 지었다.

"그분의 한이었던 동생 모리스 씨와 연락이 닿아 직접 그분을 찾아오지 않았니. 난 이진태 씨와 모리스 씨가 만나던 일을 잊을 수 없단다. 그렇게 서럽게 울던 걸 본 적이 없단다. 이진태 씨는 동생을 만남으로써 자신의 모든 설움과 한을 다 비워버렸다고 생각해. 울음이 그쳤을 때 그분 얼굴은 평온했거든. 물론 다음날로 눈을 감아버렸지만 말이야."

"세상은 불공평해요. 좋은 사람들은 왜 늘 당하거나 일찍 가버리는 걸까요?"

"넌 신의 존재를 믿니?"

"믿어요."

"신이 불공평하다고 생각하니?"

"대부분은요."

요한나는 류진의 양어깨를 두 손으로 잡으며 말했다.

"신이 뭔가 일을 행하실 때는 다 이유가 있는 거란다. 이유 없는 결과란 존재하지 않는단다. 넌 원래 신의 존재를 믿지 않았지. 하지만 신은 너에게 이진태 씨와 모리스 씨를 연결해주셨고 자신의 품으로 널 인도하지 않았니."

"아직도 전 신의 의도를 알 수 없어요."

"너에게 뭔가 보여주실 거다."

"아줌마는 왜 이곳으로 오게 된 거예요?"

"이진태 씨가 죽는 걸 보고 널 보내고 더 이상은 그곳에서 견딜수 없을 것 같았다. 뭔가 보람 있는 일을 하고 싶었지. 이곳 역시 슬프긴 마찬가지지만 좋은 점도 있단다. 사람이 떠나기 전에 어떻게 마무리를 하고 가야 하는지 그걸 느끼게 한단다. 그리고 마지막 여정을 편안하게 보내드리는 게 내가 할 일이지."

"행복하세요?"

"늘 행복했단다. 널 만나서도 행복했고 여러 환자와 지내면서도 행복했어. 아마도 내가 힘이 닿는 날까지는 이곳에서 일하지 않을까 싶다. 참 마음에 드는 곳이거든."

요한나는 사랑스러운 어린 딸을 대하듯 류진의 머리를 쓰다듬었다.

"요한나, 아직까지도 난 이해되지 않아요. 왜 모리스 아저씨가 날 덜컥 양녀로 데리고 갈 생각을 했는지."

"지니야 모리스는 아픔을 많이 간직한 사람이야. 내가 이진태 씨에게 들은 바로는 어린 시절 배가 고파 도둑질에 구걸도 많이 했다고 하더구나. 그런 생활을 더 이상 시킬 수 없다고 생각해 이진태 씨는 열 살이나 어린 동생을 고아원 문 앞에 버리고 왔어. 그리고 세월이 흐른 후 동생을 찾았을 땐 외국으로 입양되어 갔다는 사실이었어. 아무리 찾으려고 해도 찾을 수 없었지. 이진태 씨의 삶도 결코 쉽지는 않았어. 겨우 안정을 찾고 살아가는 것도 잠시 이번에는 사랑하는 아내가 사고로 죽어버렸지. 아들과 둘이 남겨진 그는 열심히 일만 했어. 아내를 잃은 슬픔이 그를 일로 몰고 갔지만 그 덕분에 아들의 애정을 잃어버렸어. 아들은 성인이 돼서 결혼을 했고 나이 든 아버지를 모시고 살았지만 사이가 좋지 않았어. 며느리 또한 마찬가지였지. 치매 있는 시아버지를 좋아할 며느리는 없어. 결국 저주받을 그 요양원에 넣은 거지."

"나도 아저씨께 듣긴 했어요. 아들이 자신을 미워한다는 소리를. 그런데 왜 그곳으로 보냈을까요?"

"이런 시설 좋은 요양병원은 돈이 무척 비싸. 그게 부담스러웠을 거야. 몬테크리스토 씨와 좀 더 일찍 연락을 닿았다면 이진태 씨도 그렇게 빨리 가진 않았을 거야. 어쨌든 모리스 눈에 넌 자신의 어린 시절을 생각나게 했을 거야. 그리고 형을 따뜻하게 잘 보살펴줘서 고맙다고 생각했을 거고. 결정적인 작용을 한 것은 이진태 씨의 편지였지만. 하루 보고 가버린 형이 그리웠을 거야."

"모리스 아저씨는 마음이 따뜻한 사람이에요."

"알고 있어. 처음 그의 눈을 보고 알았어."

"요한나, 자주 찾아와도 되죠?"

요한나는 고개를 저었다.

"너와 나의 인연은 여기까지야. 한 번은 네가 찾아오리라 생각했어. 넌 사람의 관계를 그렇게 하찮게 생각하는 사람이 아니니까. 하지만 이제 과거를 털어버리고 살아야 할 필요가 있어. 새로운 인생을 살아."

"난 아줌마도 잊고 싶지 않고 나를 아프게 했던 인간도 잊고 싶지 않아요. 내가 겪은 만큼 꼭 되갚아줄 거예요."

"지니야, 그런다고 해도 넌 얻는 게 없을 거야. 결국 허무감만을 느끼게 될 거야. 마음을 고치렴. 널 아프게 한 사람은 널 강하게 만들었잖니. 어떤 면에선 널 크게 만든 사람이기도 해."

류진은 강하게 고개를 저었다.

"절대 아니에요! 내 인생을 지옥으로 만들었던 사람이에요. 내 모든 것을 무너뜨린 사람이에요. 절대 용서 못해요! 내가 느꼈던 좌절, 절망, 바닥까지 떨어지는 것이 어떤 건지 꼭 알게 해줄 거예요!"

"신은 사랑을 가르쳤지."

"내가 원하는 건 복수의 하나님이에요! 신은 내 소원을 들어줄 거예요."

요한나는 고개를 저으며 한숨을 쉬었다.

"널 말릴 방법이 없구나. 언젠가는 깨닫게 될 거야. 나처럼."

"아줌마도 누군가를 복수했나요?"

"그랬지. 얻어지는 건 아무것도 없었단다. 그래서 여생을 참회의 시간으로 보내고 있단다."

"대체 무슨 일이 있었던 거예요?"

요한나는 자리에서 일어났다.

"이제 여기서 작별을 해야겠구나. 난 항상 바쁜 사람이란다. 지니, 늘 예쁘고 건강해. 네가 갖고 있는 선한 마음을 결코 버려서는 안 돼. 그 마음이 떠나버리면 신은 더 이상 널 돌봐주지 않는단다."

류진의 눈가에 다시 눈물이 맺혔다.

"내가 찾아와도 만나주지 않을 건가요?"

"그래. 자꾸 찾아온다면 난 또 다른 곳으로 가게 될 거야. 이번엔 주소를 남기지 않을 거고."

눈물 한 줄기가 류진의 볼을 타고 또르르 흘러내렸다. 그 눈물을 요한나가 닦아주었다.

"네가 이렇듯 나도 너에게 많은 정을 줬단다. 보내기가 무척 힘들었어. 이제는 정말 보내야 할 것 같구나. 잘 가라, 지니야."

"요한나, 오래오래 살아야 해요."

요한나가 장난스런 표정으로 말했다.

"그건 나에게 욕이란다."

울고 있는 류진의 입가에도 미소가 떠올랐다. 요한나는 류진을 병원 입구까지 마중했다. 류진은 울지 않으려고 이를 앙다물며 꿋 꿋이 걸어갔다. 그러나 그 마음은 몇 분도 가지 않아 뒤를 돌아보 았다.

요한나가 여전히 손을 흔들고 있었다. 이제 다시는 요한나의 모 습을 볼 수 없다고 생각하자 슬픔이 물밀듯이 밀려왔다. 류진은 입 술을 깨물며 다시 걷기 시작했다. 눈물이 끊임없이 볼을 타고 흘렀 지만 울음소리는 나오지 않았다. 다만 류진이 울고 있다고 느낄 수 있는 것은 가늘게 떨리고 있는 어깨의 흔들림이었다.

❀

"약혼자가 찾아오셨는데요."

"들어오라고 해."

경서는 변함없었다. 아름다운 것도 그를 향해 미소 짓는 것
도……. 변한 건 재현의 마음이었다. 최근 들어 시시때때로 떠오르
는 여자가 있었다. 그녀는 잠자는 꿈속에서도 재현을 괴롭혔다.

"선배가 궁금해서 잠시 들렀어요."

"알았으면 그만 가."

경서는 슬픈 표정을 지었다.

"저한텐 아무도 없어요. 오늘이 제 생일인데 아무도 축하해줄 사
람이 없어요. 그래서 온 거예요. 선배한테라도 축하받고 싶어서."

금세라도 울 듯한 경서의 모습에 재현은 심했나 하는 생각이 들
었다.

"뭐하고 싶은지 애기해."

"술 사주세요."

재현은 시간을 확인했다. 오후 다섯 시가 조금 지나 있었다.

"나가지."

재현은 슈트 재킷을 걸치고 사무실을 나갔다. 그 뒤를 경서가 따
랐다. 차에 오르자 경서가 조수석에 앉아 안전벨트를 맸다.

"잘 아는 데가 있어요. 가요!"

경서가 알려준 레스토랑은 호텔 안에 있는 곳이었다. 재현은 주
차장에 차를 세우고 엘리베이터를 탔다. 경서가 팔짱을 끼는 게 불
편했으나 따로 뭐라 하지 않았다. 오늘은 경서의 생일이니까. 그리
고 자신의 결정을 알려야 했다.

레스토랑 직원의 안내를 받아 창가로 가 앉은 재현은 주위를 둘
러보다 한곳에 시선이 멈췄다. 미스 몬테크리스토? 평소와는 달리

밝고 화사한 옷차림과 명랑한 표정에 누군지 쉽게 알아보지 못했다. 류진은 맞은편에 앉은 나이 든 남자와 화기애애하게 얘기를 나누고 있었다. 자신과 있을 때에는 전혀 보지 못한 부드럽고 따뜻한 표정이었다. 류진은 웃음을 터트리며 테이블에 놓인 나이 든 남자의 손에 자신의 손을 겹치며 토닥거렸다. 재현의 마음이 불편해지며 남모를 불길이 일었다.

남자가 없다고 했는데 잘못된 정보였나? 저렇듯 허물없는 표정을 짓는 걸 보면 분명 연인 사이일 것이다. 재현은 자신도 모르게 주먹을 불끈 쥐었다. 뭔지 모를 분노가 끓어올랐다.

"난 선배가 먹는 걸로 먹을래요."

경서의 말에 정신이 돌아온 재현은 직원에게 코스요리를 시켰다.

"너무 기뻐요! 선배가 생일을 챙겨줘서."

경서는 기분이 좋아 연신 조잘거렸지만 재현의 시선은 다시 류진에게 가 있었다. 그녀의 미소. 볼을 패이며 웃는 류진의 미소는 참 밝고 환했다. 그 미소는 그녀의 이미지를 백팔십도 달라지게 만들었다.

"선배 어디 보는 거예요?"

경서의 말에 재현은 시선을 돌렸다.

"인테리어가 괜찮아서."

경서는 자신의 접시를 어느새 말끔히 비우고 있었다. 대단한 식욕이었다. 요리는 계속해서 나왔지만 그때마다 경서는 자신의 양만큼을 다 비웠다. 재현은 전혀 식욕이 일지 않았다. 속은 뭣 때문인지 불편하고 거북했다.

"선배 오늘따라 이상하네? 회사에 무슨 일 있어요?"

"점심을 늦게 먹어서 그래."

"죄송해요. 저 때문에. 괜히 여기 오자고 했나 봐요."

"괜찮아."

후식이 나오지도 않았는데 재현은 일어났다. 류진이 일어나 나가고 있었다. 이대로 보낼 수는 없다! 재현의 심장이 절박해졌다. 왜? 나이 든 남자에게 강렬한 질투심을 느꼈다. 둘은 어디로 가는 걸까? 재현의 불쾌한 상상은 점점 커졌다. 류진을 따라가야 한다.

"술 마시러 가자."

어리둥절하며 경서가 일어났다.

"서두르지 않아도 되는데?"

재현이 먼저 앞장서 걸어가 카운터에서 빠르게 계산을 마치고 밖으로 나갔다. 마치 누군가를 쫓는 사람처럼 급했다. 경서는 그의 행동이 이상하다고 생각했다. 그러나 원래 속을 알 수 없는 사람이니 그러려니 하고 밖으로 나왔다.

재현을 따라 나오던 경서는 자신의 앞에 걸어가고 있는 여자를 보며 고개를 갸우뚱했다. 나이 든 남자와 젊은 여자가 걸어가고 있었는데 분명 처음 보는 사람일 텐데 여자의 뒷모습은 어딘가 낯이 익었다.

설마? 그럴 리가 없었다. 경서는 자신의 바보 같은 생각에 실소를 터트렸다. 남자가 정문 앞에서 프랑스식 이별인사를 하며 나갔다. 늙은 남자는 한국 사람 같긴 했으나 어딘가 이국적인 느낌을 풍겼다. 남자가 사라지자 여자는 몸을 틀어 경서 쪽으로 걸어왔다. 여자는 분명 류진이었다. 경서는 충격을 받았다.

"너…… 너!"

경서는 말을 잇지 못했다. 경서를 본 류진은 당황하긴 했으나 곧 침착성을 되찾고 다가갔다.

"오랜만이야."

류진의 얼굴엔 동요가 없었다.

"네가 어떻게……."

경서는 류진의 존재가 자신의 앞에 있다는 사실에 놀라움을 금치 못했다.

"왜? 난 이런 데 오면 안 돼?"

류진이 맞받아치자 경서는 갑자기 재현을 인식하고 태도를 바꿨다.

"무슨 소리야? 설마 이렇게 만날 줄은 몰랐지. 많이 걱정했어."

가식적으로 웃는 경서의 미소는 어색했다.

"이상하네? 내가 아는 류경서라는 사람은 남을 걱정할 사람이 아닌데."

류진은 말을 하다 경서와 떨어져 있는 남자를 보고 놀랐다. 류진은 경서와 재현을 번갈아 보았다. 그의 얼굴은 여전히 무표정했다. 류진은 계속 말을 이었다.

"어쨌든 잘 지내는 거 같아서 다행이네."

"그러게. 물론 그쪽도 잘 지내는 거겠지?"

경서는 재현을 흘낏 보았다. 그리고 류진을 보며 슬픈 표정을 지었다.

"아빠랑 너 걱정 많이 했어. 너 때문에 아빠가 얼마나 괴로워하셨는지…….."

그게 누구 때문인데! 류진은 끓어오르는 증오로 이를 악물었다.

"그 얘긴 하고 싶지 않아."

경서는 한숨을 쉬며 애처로운 표정으로 말했다.

"넌 여전하구나. 아직까지도 정신을 못 차리다니."

경서는 고개를 절레절레 저었다. 류진은 경서와 더 있다가는 정말 미칠 것 같았다. 그러나 지금은 감정대로 행동해서는 안 된다.

"잘 지내. 곧 보게 될 거야."

"뭐, 얼마든지!"

경서는 류진의 앞에서 보란 듯이 재현에게 팔짱을 꼈다.

"난 재현 씨와 일이 있어서."

경서는 우쭐했다. 언제나 자신은 류진보다 우월했다.

"선배, 가요!"

경서는 재촉하며 재현을 끌어당겼다. 재현은 류진에게 잠시 시선을 주다 경서를 따라갔다. 멀어지는 그들의 뒷모습을 보며 류진은 생각했다. 박재현, 그의 본심은 뭘까. 경서와 헤어질 생각이나 있는 걸까? 류진은 한숨을 쉬며 전화를 했다.

"아저씨, 방금 아버지를 만났어요. 가까운 일본에 볼일이 있어서 일을 끝내시고 들르셨어요. 지금 진행상황을 말씀드렸고 프랑스에서도 프로젝트에 참여할 팀들이 보낼 거예요."

－경서에게 언제 말할 거냐?

"좀 더 두고 볼 생각이에요. 끝까지 간 상태에서 말해야 제대로 된 복수가 되지 않겠어요?"

류진의 말이 이경래는 놀라웠다. 류 사장이 자리에 드러눕고 어린 경서는 상무의 손에 놀아났다. 정확히 말하자면 사악하고 영리했던 경서는 상무를 갖고 놀았다. 보이기는 상무가 사장 대행으로 회사를 운영하는 것으로 보였으나 실질적 운영자는 경서였다.

아버지의 회사를 이 지경까지 만들었으니 화가 날만도 하지만 류진의 반응은 좀 과하다는 생각이 들었다. 류진에게 경서는 어떤 아이였을까. 상무를 갖고 놀 정도면 보통내기는 아니었을 것이다. 류진이 이토록 화를 내는 것으로 봐서도 분명 둘 사이가 좋지 못했을 것이다. 그렇다고 해도 류진에게 험한 짓을 한 것도 아니고 류 사장을 죽인 것도 아닌데 류진의 말은 섬뜩할 만큼 차갑고 냉정했다.

좋은 양부모 밑에서 자랐을 아이가 어찌 이리 인간미 없는 말을 내뱉을까. 류 사장을 잃은 충격이 컸던 것일까. 아니면 몸이 아파서 류 사장과 멀리 떨어진 일로 경서에게 질투를 느끼는 것일까. 이경래는 고개를 저었다.

　－그렇게까지 할 필요가 있을까? 어차피 네 계획은 아버지 회사를 되살리는 것이 아니었니?

"맞아요. 그치만 경서를 용서할 수 없어요."

덤덤한 류진의 말은 어떠한 분노보다도 강했다. 이경래는 이렇게 되어버린 둘의 관계가 안타까웠다. 경서 때문이 아니라 류진

때문에 더 마음이 아팠다. 누구보다도 여리고 착해서 벌레 하나 죽이지 못하던 아이. 이경래가 기억하는 류진의 모습이었다.

－꼭 그래야 하겠니?

"꼭 그래야 해요."

류진은 힘주어 말했다. 이경래는 전화를 끊으며 긴 한숨을 쉬었다. 자매끼리 싸워선 안 된다. 경서의 행동은 잘못되었지만 서로 인연을 끊는다면 류 사장은 하늘에서 슬퍼할 것이다. 죄는 미워해도 사람은 미워하지 말란 말이 있지 않던가. 이경래는 어떻게 해야 경서에 대한 류진의 마음을 풀 수 있을까 고민되었다.

경서가 엘리베이터에 타자 스카이라운지로 갈 줄 알았던 재현은 지하 1층 버튼을 눌렀다.

"선배 어디 가는 거예요? 우리 술 마시러 가는 거 아니었어요?"

"아니. 술은 다음에 먹자. 집까지 데려다줄게."

"그런 게 어딨어요! 갑자기 이러는 이유가 뭐예요?"

"급한 일이 생겼어."

"좀 전까지 아무 말 없었잖아요? 전화 온 곳도 없는데 갑자기 이러는 이유가 뭐예요?"

"잠시 잊고 있었어. 나중에 보자."

엘리베이터에서 내려 재현을 뒤따르며 경서는 화가 나 애꿎은 바닥만 찼다. 조수석에 앉은 경서의 입은 불만으로 튀어나왔다. 그러거나 말거나 재현은 차를 출발시켰다.

"집이 어디야?"

경서는 자신이 사는 아파트를 얘기했다.

"원래 도곡동에 살지 않았어?"

"아버지도 안 계시고 혼자 살기 너무 커서 옮겼어요. 마침 가격을 잘 쳐준다는 사람이 나타나서요."

그러고 보니 류진도 도곡동에 살고 있었다.

"류진이라는 여자와는 아는 사이야?"

경서의 눈이 가늘어졌다.

"선배는 그 애와 어느 정도 아는 사이예요?"

지금은 얘기하기 이르다. 하지만 곧 얘기하게 될 것이다.

"일 때문에 잠시 봤어."

"내 동생이에요."

경서가 내뱉는 말은 충격적이었다. 재현은 도저히 운전을 할 수 없어 길가에 차를 댔다.

"동생이라고? 그게 가능해? 멀쩡하게 혈육이 살아 있는데 왜 입양된 거야?"

경서는 재현이 류진의 입양사실까지 아는 것에 놀랐다. 대체 어느 정도까지 알고 있는 것일까.

"얘기하자면 길어요."

"요점만 얘기해."

재현은 차를 다시 출발시켰다.

"친아빠는 지금의 아빠와 친구였어요. 아빠가 사고로 돌아가시자 지금의 아빠에게 입양되었어요. 그 아인 날 무척 싫어했어요. 그 집에 양녀로 들어가자 날 학대하기 시작했어요."

차갑게 보이긴 했지만 그런 짓을 할 사람으로는 보이지 않았다. 사람은 겉모습만 보고 모르는 걸까?

"양부모는 나에게 류진과 같은 방을 쓰라고 했어요. 동생이 생겼다는 사실에 무척 기뻤어요. 그래서 친하게 지내야겠다고 생각했어요. 그런데……."

경서는 마치 악몽이라도 되는 듯 두 손으로 얼굴을 가렸다.

"그런데?"

재현이 되묻자 경서는 마음을 진정시키려고 심호흡을 한 뒤 입을 열었다. 눈가가 붉게 물들어 있었다.

"그 아이가 나보고 침대에 한 번 누워보라고 하는 거예요. 그래서 시키는 대로 했는데 베개로 얼굴을 눌렀어요. 숨이 막혀 죽을 것 같아 마구 허우적거리자 그 아이는 장난으로 그랬다며 웃었어요. 아주 재밌다는 듯이."

경서의 말이 맞는다면 류진은 악마 같은 여자였다. 그런 성격을 갖고 있으면서 어떻게 그처럼 냉정하고 아무렇지 않은 모습을 할 수 있는 걸까.

"그런 동생이 밉지 않아?"

"그래도 동생인걸요. 부모님은 저에게 참 잘하셨어요. 그 은혜를 잊으면 사람이 아니죠."

재현은 경서를 새삼스럽게 보았다.

"널 잘못 본 것 같군. 아주 욕심 많고 영리한 애라고 생각했는데."

"전 욕심 같은 건 없어요. 단지 아빠의 회사를 잘 운영하고 싶었어요. 그런 점들이 선배에게 그렇게 비쳤는지도 몰라요."

"그럴 수도 있겠군. 그 후에도 동생은 계속해서 널 괴롭혔겠군?"

"더한 일도 있었지만 말하고 싶지 않아요. 동생을 나쁘게 말하기 싫어요."

경서의 말이 정말일까. 류진을 대하던 경서의 태도에는 동생에 대한 배려는 보이지 않았다. 어느 쪽이 진실일까. 차는 경서의 아파트에 도착했다.

"미안. 술은 다음에 하자."

"선배, 류진을 절대 가까이해선 안 돼요. 그 애를 가까이하면 주변 사람들이 불행해져요. 선배가 양아버지처럼 되는 건 싫어요."

"양아버지가 돌아가신 게 동생 탓은 아니지."

"아뇨! 선배가 그 애에 대해 알아둬야 할 일이 있어요."

경서는 좀 전 류진을 보고 불안해졌다. 류진은 변해 있었다. 더 이상은 자신이 갖고 놀던 장난감이 아니었다. 오히려 지금은 경서를 위협하고 있었다. 그년이 꼬리를 쳐서 박재현을 뺏어버리는 걸 아닐까 걱정이 되었다. 그년을 철저히 봉쇄할 필요가 있었다.

"그 애는 한때 미쳤었어요."

경서의 폭탄선언에도 재현의 얼굴엔 감정의 동요가 없었다. 미쳤다는데도 놀라지 않다니. 이 남자의 심장은 철로 만들어진 것일까. 밖으로 많이 돌아다닌 탓인지 적당히 그을려 있어 남자다움이 드러나는 검은 피부, 검고 짙게 위로 향해있는 눈썹, 쭉 뻗어 강해 보이는 매부리코, 그리고 감정을 나타내지 않고 꽉 다물고 있지만 부드럽게 풀린다면 분명 매력 있을 풍부한 붉은 톤의 입술.

외관적으로 재현을 보면 잘생겼다기보다는 개성 있게 생겼다는 표현이 옳았다. 그러나 그 때문에 미남이 흔히 갖고 있는 연약함은 보이지 않았고 오히려 재현이 한 번 눈을 부라린다면 어떤 사람도 감히 근접할 수 없는 카리스마를 갖고 있었다. 그 눈에 욕망이 실린다고 생각하자 경서는 짜릿함을 느꼈다.

재현을 노린 건 그의 물질적인 배경과 힘이었지만 개인적으로도 무척 관심이 가는 남자였다. 어떤 남자도 유혹하면 넘어왔는데 유일하게 그녀에게 노우를 선언한 남자가 박재현이었다.

경서는 재현에 대한 오기와 자신을 거절했다는 분노, 자신에게 관심 없는 남자를 어떻게든 넘어오게 만들겠다는 자만심으로 재현을 갖고 싶었다.

"어머니가 돌아가셔서?"

"아뇨. 그 앤 어렸을 때부터 광기가 있었어요. 그런데 어머니가 죽고 나자 더 심해졌고 나를 학대하는 빈도수와 강도도 같이 심해졌어요. 난 견디기 힘들었지만 아빠가 위로해줬어요. 어머니가 돌아가셔서 그런 거니 이해하라고."

어머니? 재현은 고개를 갸웃했다. 그처럼 잘해준 양부모고 친하다면 여자 같은 경우 어머니를 가리킬 땐 엄마라고 하지 않나? 경서가 어머니를 말할 땐 어쩐지 거리감이 느껴졌다.

"하지만 나아질 기미가 보이지 않았고 결국 아빠는 그 애를 정신병원에 넣었어요. 그 애는 그곳에서 난동을 자주 부렸고 아프셨던 아빠의 병이 그 애로 인해 급격히 악화되었어요."

마치 비련의 여주인공이라도 된 듯한 경서의 표정을 보며 재현은 혼란스러웠다. 경서의 말을 믿을 수도 안 믿을 수도 없었다. 진실이라고 생각해야 하는데 경서가 하는 얘기 중에는 약간은 핀트가 안 맞는 구석이 있었다.

"낫기는 한 건가?"

"글쎄요? 그리고 몇 달이 지나서 아빠가 쓰러지고 난 회사를 맡느라 정신없이 지내야 했어요. 나 자신조차 챙길 수 없었는데 어떻게 진이를 챙길 수 있었겠어요? 그러는 사이 시간은 지나가고 회사가 안정선에 들어섰다 생각할 무렵 그 애는 이미 한국에 없더군요."

"그 사이 무슨 일이 동생에게 생겼는지 전혀 모르겠군."

경서는 고개를 끄떡였다.

"영리한 거 같아요. 얼핏 듣기로는 돈 많은 노인을 물어서 양녀가 됐다고 하더군요. 사실 어떻게 알겠어요? 그 둘이 어떤 관계인지."

재현은 경서의 말투가 천박하다고 생각했다. 경서의 말을 믿을 수 있을까.

"다음에 연락할게."

"언제요? 선배는 말뿐이잖아요!"

재현은 차를 출발시켰다. 류진. 대체 어떤 여자일까. 사람의 말이란 한쪽만 들어보고는 모르는 일이다. 재현이 살아온 경험으로는 양쪽의 얘기를 다 들어봐야 정확한 진실을 알 수 있었다.

류진을 떠올렸다. 경서와 식사를 하는 자리에서 류진을 보았다. 류진은 그가 상상도 할 수 없는 환한 미소를 지으며 맞은편 남자를 보고 있었다. 애정이 넘치는 시선과 남자의 손을 토닥거리는 따뜻한 손길.

저럴 수도 있는 여자였다. 저렇게 따스하게 사람을 대할 수도 있는 여자였다. 그 따스함이 저 남자에게만 통한다는 사실에 화가 났다. 자신에게는 조금의 감정표현도 하지 않던 여자였다. 참을 수 없을 만큼 화가 났다.

재현은 잠시 눈길을 거두었지만 그의 신경은 내내 류진에게 머물러 있었다. 류진이 나가려고 일어서자 재현은 자신도 모르게 일어났다. 지금 류진을 놓치면 안 될 것 같았다. 둘이 나간다는 사실이 재현의 불안감을 증폭시켰다. 어디로 가는 걸까. 혹시 호텔 객실로? 재현은 끓어오르는 분노를 느꼈다. 어떻게든 방해하고 싶었다.

다행히 류진의 남자는 류진과 헤어졌다. 그 둘이 어떤 사인지 궁금해서 미칠 지경이었다. 물어보지 않고는 도저히 견딜 수가 없었다. 경서를 데려다주며 류진에 대한 얘기를 들었다. 그 얘기를 듣고서도 자신의 마음은 변하지 않았다. 모든 것을 알아볼 생각이었다.

재현은 차를 돌려 류진의 집으로 향했다. 류진은 아직 오지 않은 듯 집 안의 불빛은 꺼져 있었다. 재현은 차 안에서 류진이 오기를 기다렸다.

잠시 후, 택시 한 대가 대문 앞에 섰다. 그리고 그 안에서 류진이 내렸다. 내릴 때도 단정한 류진의 몸가짐을 보고 이 여자가 과연 미친 적이 있을까 의문이 들었다.

류진이 대문을 열고 들어가려는 순간 재현은 차에서 내렸다. 차문을 닫는 소리에 류진은 재현이 있는 쪽을 보았다. 그녀는 놀란 표정을 지었다.

"얘기 좀 해."

"할 얘기 없어요."

류진이 무시하고 대문으로 들어가는 순간 재현이 류진의 몸을 밀치고 들어왔다.

"이봐요."

류진이 따지려는 순간 재현은 류진의 팔을 아프게 잡았다.

"난 얘기를 해야겠어!"

"아파요."

찡그린 류진의 표정에 재현은 팔의 힘을 늦췄다.

"솔직히 내가 왜 이런 맘이 드는지 모르겠어. 그런데 아주 기분이 나빠. 기분 더러워."

류진은 재현이 왜 이러는지 알 수 없었다. 자신의 약혼자도 아니었고 결정을 내린 것도 아닌 상황에서 남자는 무슨 권리로 이러는 걸까.

"난 돌려서 얘기할 줄 몰라. 바로 물을게. 그 남자 누구야?"

"당신한테 말할 필요성을 느끼지 못하겠는데요?"

자신은 화가 나서 미칠 것 같은데. 감정이 폭발해서 돌아버릴 것 같은데 이 여자는 아무렇지 않은 표정으로 나한테 말하고 있다. 재현은 이 여자를 벌하고 싶었다. 그 늙은 남자가 이 여자의 애인이라고 한다면 자신이 어떻게 변할지 몰랐다.

"당신이 나한테 이럴 권리 없어요."

류진의 말은 재현을 도발했다.

"그 권리를 만들어주지!"

류진의 여린 입술에 재현의 뜨겁고 단단한 입술이 거칠게 밀고 들어왔다. 아픔에 류진의 입술이 살포시 벌어지자 재현의 혀가 틈을 놓치지 않고 거침없이 들어왔다. 만족을 모르는 혀는 류진의 입 안을 빨고 휘감아대며 타액으로 중독시켰다.

재현은 곱게 숨어 있는 류진의 혀를 휘감았다. 휘감은 혀를 그는 자신의 입 안으로 빨아 당겼다. 올가미처럼 꽁꽁 감은 재현의 입은 류진의 혀를 빨고 또 빨았다. 탐욕스런 재현의 소유욕은 지칠 줄 몰랐다.

류진이 떨어지려고 바둥거렸지만 재현의 손이 그녀의 허리를 쇠사슬처럼 가뒀다. 주체할 수 없는 욕망에 재현은 숨을 헐떡였다.

"이제 말해. 그 남자 누구야?"

흥분으로 흐려진 류진의 눈이 재현을 보았다.

"말하라구!"

"아까도 말했지만 당신은 그럴 권리 없어요."

재현은 그녀의 얼굴이 뚫어지기라도 할 듯이 노려보며 이 사이로 말을 내뱉었다.

"좋아 그 권리를 말해주지! 앞으로 난 당신의 약혼자야."

그는 으르렁거리는 맹수 같았다.

"그럼 파혼할 건가요?"

"그래."

류진은 자신의 계획이 이뤄졌다는 사실에 희열을 느꼈다.

"그 남자 누구야?"

류진은 살며시 미소 지었다. 어라, 이 여자? 그녀는 조용히 속삭였다.

"몬테크리스토 회장. 내 아버지."

"젠장!"

재현은 속았다는 사실을 알았지만 화보다는 안도감이 들었다. 그녀에게는 남자가 없었다. 그 사실이 그를 안심하게 만들었다. 재현은 그녀가 입을 열려는 순간 키스했다. 이 여자가 악녀라 해도 상관없었다. 재현은 류진을 갖고 싶었다. 제어되지 않는 격정과 욕망이 재현의 이성을 마비시켰다. 여자의 숨결, 살냄새 그 모든 것이 자신을 사로잡았다.

이 여자와 약혼한다면 머리끝에서 발끝까지 온전히 자신의 것이었다. 모험을 해볼 필요는 있었다. 그 순간 류진이 재현의 목을 끌어안았다. 자신의 욕망에 응답하는 류진의 작은 반응이었다. 희열을 느꼈다. 재현은 류진을 가뿐하게 안아 집안으로 들어갔다. 현관에서 재현이 신발을 벗는 동안 류진도 발을 흔들어 자신의 신발을 벗었다. 마주치는 두 사람의 눈빛에 웃음기가 담겼다.

그러나 웃음은 욕망에 삼켜졌다. 재현은 류진의 입술을 다시 탐닉했다. 서로의 혀가 엉겨 붙어 끈적한 열기를 토해냈다. 타액과 타액이 섞여 진득한 키스가 이어졌다. 그들은 허기진 사람처럼 서로의 입술에 집착했다.

재현은 류진을 안은 채로 침실로 갔다. 그는 류진을 안은 상태로 문을 열어 침대로 향했다. 침대에 눕히자마자 셔츠를 밀어 올렸다. 브래지어에 가둬진 가슴이 부풀어 올라 당장이라도 터질 것 같았다. 몸을 뒤척일 때마다 흔들리는 가슴이 그를 흥분시켰다.

재현은 가슴에 얼굴을 파묻었다. 말랑하고 찰진 감촉이 못 견디게 좋았다. 브래지어를 풀자 자유로워진 가슴이 출렁거리며 재현의 얼굴에 부드럽게 부딪혔다. 아름답게 핀 두 개의 분홍빛 꽃봉오리가 수줍은 듯 도드라져 있었다. 재현은 그 열매를 맛보기 위해 입안으로 삼켰다. 입 안에 감겨오는 달큰한 맛에 재현은 정신없이 빨아댔다.

"생각보다 훨씬 대단해."

재현은 탐욕스런 눈길로 류진을 보며 거추장스럽다는 듯이 자신의 옷을 벗어버렸다. 남자의 벗은 몸은 생각보다 단단하고 우람했다. 탄탄한 근육이 있는 몸에는 불필요한 살은 보이지 않았다. 류진은 재현의 얼굴에서 아래로 감탄한 듯 바라보다 눈을 질끈 감았다. 툭 솟은 남성이 위협적으로 보였다.

재현은 류진의 몸을 달래듯이 부드럽게 쓸어내렸다. 가늘게 떨던 류진의 몸이 어느새 그의 손길에 반응하고 있었다. 다른 모든 면을 제외하고라도 성적인 부분에서 남자는 노련했다.

처음임에도 류진은 충분히 느낄 수 있었다. 자극적이고 은근한 손길은 류진의 마음을 간질거리게 하고 온몸을 뜨겁게 달궈갔다. 류진은 두려우면서도 좋았다. 부드러우면서도 강한 손길은 류진의 감각을 들쑤셔놓았다. 그와의 섹스는 생각했던 것보다 훨씬 멋졌다. 저절로 신음이 흘렀다.

"흐윽."

흥분으로 흐려진 류진의 눈이 재현을 보았다. 재현의 눈은 동굴처럼 끝없이 깊어 보였다. 재현의 혀가 류진의 가슴을 휘감아 핥기 시작했다. 축축한 타액에 젖은 혀가 젖꼭지를 건들자 딱딱하게 굳어졌다.

"진."

재현은 나직이 불렀다. 류진은 응답하듯 흥분으로 감았던 눈을 떴다.

"내 이름을 불러."

"이름?"

류진은 격정에서 헤어 나오지 못한 눈으로 재현을 보았다.

"그래."

류진은 재현을 멍하니 보았다. 욕망에 젖은 그녀의 눈은 자극적이었다.

"재현 씨."

류진이 작게 속삭였다.

"좀 더 크게."

"재현 씨."

아까보다 더 큰 류진의 음성에 재현의 입가가 올라갔다. 전화기에서 듣던 그 섹시함이 묻어 있던 음성이었다.

"달콤하군."

재현의 눈은 여전히 깊어 보였다. 다른 가슴으로 옮아가는 재현의 입술이 벨벳처럼 부드러웠으나 여전히 음란했다. 그 입술은 류진을 자극하고 어르며 여전히 지분거렸다.

"아, 아……."

류진의 눈앞으로 하얀 무지개가 넘실거리고 있었다. 재현의 손
과 혀가 류진의 몸 사이를 유영하며 끊임없이 자극하고 있었다. 재
현의 손이 흠뻑 젖어 있는 그곳을 건드리자 고여 있던 애액이 엉덩
이를 타고 흘러내렸다. 그는 박차를 가하듯 안으로 손가락을 넣어
내벽을 자극하기 시작했다. 빠른 그의 손놀림에 류진은 견딜 수 없
어 엉덩이를 번쩍 들었다.

"아…… 재현 씨."

들뜬 류진의 음성에 재현은 흥분을 느꼈다. 재현은 들린 허리를
양손으로 붙잡은 채 류진의 다리 사이로 얼굴을 집어넣었다. 촉촉
하고 부드러운 속살의 감촉이 혀에 느껴졌다. 혀로 맛을 보면 볼수
록 멈출 수 없었다. 재현의 혀는 더욱 집요하고 음란해졌다. 타액
가득한 혀가 류진의 갈라진 곳을 헤집고 안으로 파고들었다. 문지
르고 핥고 다시 문지르고. 혀의 자극에 단단해진 클리토리스는 물
기를 머금고 반들거렸다.

처음엔 톡톡 건드리듯 부드럽던 터치는 서서히 강도를 더해 클
리토리스를 쭉쭉 빨아 당겼다. 빨아 당기는 압력에 류진은 쉴 새
없는 탄성을 질렀다. 흥분으로 붉게 부풀어 있는 그곳은 물기를
머금은 채 재현을 기다리고 있었다. 재현의 아래가 터질 듯이 부
풀어 올랐다. 성난 남성은 바위처럼 딱딱해져 불거진 혈관을 드러
냈다.

재현은 호흡을 조절했다. 재현이 그녀의 안으로 다시 손가락을

집어넣자 속살은 기다렸다는 듯 손가락을 꽉 물고 놓아주지 않았다.

"음."

조여 오는 안의 수축에 재현의 입에서 저절로 신음이 흘러나왔다. 재현은 그녀의 탐스러운 엉덩이를 양손으로 잡아들었다. 재현은 큼직하고 두툼한 남성을 류진의 안으로 깊숙이 찔러 넣었다.

부드럽게 천천히 움직이던 재현의 허리에 속도가 가해져 격렬해졌다. 타이트하게 쪼여진 재현의 엉덩이 위로 쭉 뻗은 등에 땀이 흐르고 있었다. 그 등을 파고들고 있는 류진의 손이 아픔을 말하듯 깊이 박혀 있었다. 엉덩이는 류진을 향해 끊임없는 욕망의 펌프질을 하고 있었다.

재현의 양손에 힘이 가해지자 잡혀 있는 류진의 가슴이 일그러졌다. 분홍빛 유두가 당장이라도 터질 듯이 바짝 솟아 있었다. 살과 살이 부딪히는 질척한 마찰음이 끈적한 공기와 함께 열기를 더해갔다. 재현은 흥분해있는 클리토리스를 문질러대며 자신의 남성을 류진의 안에서 격렬하게 휘저었다.

"아흑!"

류진의 온몸으로 전율이 일었다. 류진은 흥분을 견뎌내지 못하고 눈물을 흘렸다. 재현은 류진의 다리를 자신의 어깨에 걸치고 그녀의 허리를 들어 더욱 깊숙이 찔러 넣었다. 꽉 조여지는 내벽은 재현이 혼미해질 만큼의 자극을 가져왔다. 재현은 솟구쳐 오르는 욕망을 가까스로 참으며 이를 질끈 물었다.

"간다!"

이미 흥건한 애액으로 인해 살이 부딪힐 때마다 쩍쩍거리는 마찰음이 났다. 류진도 밀려오는 흥분을 견딜 수가 없어 이를 악물었다.

"흐으."

재현의 몸이 부딪칠 때마다 류진의 풍만한 가슴이 출렁거렸다. 류진은 재현의 손가락을 자신의 입에 넣어 빨았다. 강한 자극에 재현은 얼굴을 일그러뜨렸다.

"요부."

움직임이 빨라졌다. 재현의 허리는 격렬하고 리드미컬하게 움직였다. 재현은 절정을 향해 정신없이 내달렸다. 진한 윤활액이 그의 남성이 움직일 때마다 부드럽고 강한 자극을 가져왔다. 땀방울이 재현의 얼굴에서 뚝뚝 떨어졌다. 류진의 격렬한 반응이 재현을 더욱 흥분시켰다. 숨을 쉴 수조차 없을 만큼 온몸이 뜨거워졌다. 마지막 힘까지 끌어 몰아 격하게 내달린 순간 재현은 자신의 결정물을 류진의 내벽에 아낌없이 쏟아냈다.

재현은 잠시 그대로 류진의 몸에 자신의 몸을 뉘었다. 류진이 떨고 있다고 느꼈다. 재현은 류진을 살피려고 불을 켰다. 류진의 가늘고 여린 몸이 불빛에 그대로 드러났다.

"이만 가주세요."

류진의 마지막 말은 삼키듯이 잦아들었다.

"다시 올게."

재현은 문으로 향했다. 재현은 문을 열기 전 다시 뒤돌아보았다.

류진의 볼 위로 눈물이 흐르고 있었다. 재현은 류진의 모습에 놀랐으나 아무 말도 못하고 그 집을 나왔다. 재현은 차를 출발시키며 생각에 잠겼다. 그녀는 왜 울까. 분명 자신의 욕망에 흥분했던 그녀였다. 그런데 왜?

그렇다 해도 그녀를 놔줄 생각이 없었다. 류진은 이미 재현의 욕망을 중독 시켰다. 이제는 멈출 수 없었다. 재현의 가슴이 다시 꿈틀거렸다. 그 반동이 그에게 묘한 감정을 가져다줬다. 약간은 떠있는 기분이기도 하고 설레기도 한 미스터리한 감정이었다.

"미쳤어!"

사춘기 소녀도 아니고 무슨 짓이람. 의연해야 할 상태에 눈물을 보이다니. 어차피 그 일로 그가 결단을 하게 만들지 않았나. 그렇다면 기뻐해야 할 일인데 바보같이 눈물을 보이다니. 류진은 욕실로 향했다.

양부는 류진의 과거를 다 알고 있었고 류진이 하려는 복수를 이해하고 도와주었다. 이경래 전무도 류진을 도와주었으며 부모님의 집이었던 이 저택도 별다른 어려움 없이 다시 찾을 수 있었다. 모든 것이 계획된 대로 이뤄지고 있었다. 기뻐해야 할 일이었다.

류진은 재현과의 키스를 떠올렸다. 키스를 하는 순간 류진은 모든 것을 잊어버렸다. 자신의 정신도 이성도 자제심까지 모두. 키스에서 아무것도 생각할 수 없었다. 류진이 느끼는 건 오로지 재현의 체온과 움직임이었다.

처음 관계도 아니었다. 처녀라는 타이틀이 거추장스러워 얼굴도 모르는 남자와 하룻밤을 지냈다. 그리고 깨달은 것은 허망함과 자신에 대한 혐오감이었다.

재현은 자신이 가진 모든 것으로 류진의 통제력을 송두리째 무너뜨렸다. 재현의 터치 하나하나는 스파크를 일으키며 류진을 꼼짝 못하게 했다. 황홀한 고통이 류진에게 찾아왔다. 한 번도 느껴보지 못한 그 느낌은 언제까지 계속되기를 원할 만큼 짜릿했다.

자신의 몸이 더럽게 느껴져야 하는데 전혀 그렇지 않았다. 음탕한 자신의 짓에 죄책감을 느껴야 하는데 그렇지 않았다. 재현이 밉지도 않았다. 자신에게 그런 짓을 했는데. 자신을 이상하게 만들었는데 그런데도 밉지 않았다. 머리가 복잡했다.

넌 잘하고 있어. 경서에게서 남자를 뺏었잖아. 어차피 그와 섹스를 한 건 계획에 들어 있는 일이었어. 가책을 느낄 필요 없어. 경서도 이미 똑같은 짓을 했잖아. 그 여자는 벌을 받아도 싸. 그리고 그는 이제 자신의 약혼자였다. 약혼자와 섹스를 한 게 나쁜 건 아니었다. 류진은 자신에게 나름의 타당성을 두었다.

재현을 떠올리자 살짝 피어오르는 아련한 욕망의 기운을 류진은 냉정히 잘라버렸다. 그가 원하면 언제든 섹스를 할 거야. 그건 어디까지나 계획을 위한 거야. 그에 대한 사적인 감정 따위는 아예 없애버려야 해.

류진은 마음을 가라앉히고 다독였다. 아직 이른 시간이었지만 침대에 누웠다. 축축하게 젖은 머리가 베개를 적셨지만 개의치 않았다. 류진의 몸은 두드려 맞은 것처럼 여기저기 아프며 꼼짝도 하기 싫었다. 류진은 눈을 감았다.

모든 걸 잊는 거야. 오늘 있었던 일은 잊어버리는 거야. 그래, 내일 할 일만 생각하자. 류진은 내일 스케줄을 꼼꼼히 되짚어보았다. 그러자 마음이 차분해지며 본래의 자신으로 돌아왔다. 그녀는 일찍 잠들었다. 그리고 다음날 아침이 되었으나 눈을 뜨지 못했다.

4.

　재현의 호출에 경서는 기뻤다. 그가 선택한 곳은 고급 레스토랑 밀실이었다. 이런 곳을 예약해놓은 걸 보면 어쩌면 뭔가 은밀한 행동을 하려는 게 분명했다. 혹시 결혼 프러포즈라도 하려고 그런 걸까. 사실 약혼하고 시간이 지났으니 그도 결혼을 생각해볼 것이다.

　경서는 자신의 옷을 점검했다. 나쁘지 않았다. 그를 유혹하기에는 부족한 구석은 있었지만 자신의 미모로 충분히 커버되었다. 경서는 나른한 한숨을 쉬며 그가 나타나길 기대했다. 정확히 2분 전 그는 모습을 드러냈다. 경서는 반색하며 자리에서 일어났다.

　그의 표정은 항상 같았다. 일관된 무표정. 아마 죽음을 선고받는다 해도 표정은 바뀌지 않을 것이다. 그는 경서의 맞은편에 앉았다. 직원이 주문을 받으러 왔다.

　"늘 시키는 요리로."

직원은 인사를 하고 물러났다. 경서는 그가 말을 꺼낼 때까지 느긋하게 기다려야 했지만 궁금해서 견딜 수가 없었다.

"오늘 무슨 날이에요?"

재현은 경서를 물끄러미 보았다.

"식사 후에 얘기하지."

경서는 아무것도 모른다는 표정으로 고개를 끄떡였다. 그녀는 내심 이 순간을 즐기고 있었다. 앞으로 자신에게 있을 일에 대해 희열까지 느꼈다. 식사가 끝나자 그가 입을 열었다.

"우리의 형식적인 약혼에 대해 정리를 할 때가 왔다고 생각해."

"그래야겠죠."

경서는 미소를 지으며 그를 보았다. 여전히 무표정했지만 평소와 달리 그의 눈빛에 감정이 실렸다. 지금의 상황을 상당히 불편해하고 있었다. 감정이 실린 눈빛은 곧 사라졌지만 경서는 읽어냈다. 그는 결혼을 말하려는 것이 아니다. 여우 같은 년! 결국 그년이 재현을 흔들어놓은 것이다. 대체 어떻게? 경서는 속으로 이를 갈았다. 분해서 미칠 지경이었다. 재현이 입을 열려 하자 경서가 말을 가로막았다. 자존심이 상하는 건 죽기보다 싫었다.

"그전에 나도 할 말이 있어요."

재현은 의아한 듯 보았다. 자신을 바라보는 경서의 태도가 뭔가 바뀌어 있었다.

"우리 파혼해요!"

경서의 말에 재현은 무척 놀랐다.

"이 약혼 어차피 서로의 필요에 의해 이뤄진 거잖아요? 결혼할

게 아니라면 하루라도 빨리 끝내는 게 맞죠."

경서는 아무렇지도 않게 담담하게 말했다.

"괜찮겠어?"

경서는 오버 될 정도로 소리 내어 웃었다.

"괜찮지 않을 게 뭐가 있나요? 사실 결혼까지 했으면 좋았겠지만 선배랑 거짓 연애하는 거 슬슬 질리기 시작하던 참이에요. 오늘 같은 자리에서 솔직히 말하는 것도 나쁘지 않을 것 같았어요."

재현은 고개를 끄떡거렸다. 그로서는 일이 쉽게 해결된 셈이었다.

"한 가지 궁금한 게 있어요. 약혼한 동안 내가 전혀 여자로 보이지 않았어요? 뭔가 모자랐나요?"

"모자란 거 없어."

경서는 탁자 밑에서 관절이 하얘지도록 주먹을 쥐었다.

"그럼 왜 아무런 반응도 없었죠?"

"그런 문제가 아니야."

미친 새끼! 내가 뭐가 부족해?

"그럼요?"

"다른 여자랑 약혼해."

"뭐라구요!"

경서는 감정을 자제하느라 애를 썼다. 호흡이 떨려 나오고 볼이 씰룩거렸다. 그녀는 자신의 모습을 들키지 않으려고 고개를 숙이고 있었다. 몸이 떨리는 걸 가까스로 막았다. 경서는 아무렇지도 않은 척 물었다.

"누구예요?"

"곧 듣게 될 거야."

개자식! 그것도 얘기 못 해주겠다 이거야? 설마 류진 그년은 아니겠지? 그년이라면 둘 다 용서하지 않겠어! 대체 그년한테 흔들린 이유가 뭐야? 나무토막보다 더 뻣뻣한 그년이 뭘 어떻게 했기에? 경서는 아무렇지 않게 웃으며 말했다.

"선배 입으로 직접 듣고 싶어. 누구예요?"

그년이 아니라도 다른 년이라도 용서 못 해. 낯짝을 알아볼 수 없게 난도질해주겠어.

"일어날게."

"회장님은 아무 말 없으셔?"

경서는 한 가닥 희망이라도 붙잡고 싶은 생각에 물었다.

"아니. 충분히 이해하셨어."

경서는 약혼식 날 회장의 말을 떠올렸다. 음흉한 너구리 같으니라고!

재현은 자리에서 일어났다.

경서는 아이스크림으로 떠먹던 수저를 움켜쥐었다. 이게 칼이라면 그를 찔러죽이고 싶었다. 자신을 이렇게 만든 그를 용서할 수 없었다. 경서는 온몸이 부들부들 떨렸다. 그러나 평정심을 찾으려고 노력했다.

그는 아직 자신의 진가를 몰랐다. 자신과 하룻밤만 잔다면 생각이 바뀔 것이다. 어떤 여자든 자신을 능가할 매력을 가진 여자는 없었다. 그가 약혼할 여자가 류진은 아닐 것이다. 잠시 흥분해 감정적으로 생각하긴 했지만 류진은 분명 아니었다. 명문가는 그의 과거 때문에 혼사를 꺼리니 재력을 가진 가문의 여자일 것이다. 그는 잠시 돈에 현혹된 것이다. 그래서 종이꽃 같은 여자를 약혼녀로 정한 것이다. 자신의 사업에 유리한 여자를 선택한 것이다. 경서는 그렇게 자신을 만족시켰다. 돈 때문에 자신이 밀린 거라고. 그리고 자신을 이렇게 만든 재현을 절대 용서하지 않을 것이라고. 차더라도 자신이 차야 옳았다.

경서도 일어났다. 그녀는 아무렇지 않게 손을 내밀었다.

"선배, 축하해요. 언젠가는 또 다른 인연으로 만나겠죠."

경서의 손을 잡은 재현은 그녀의 손이 찬 것에 놀랐다. 얼음장 같았다.

"너도 잘되길 바랄게."

"그렇게 될 거예요."

몬테크리스토 회사와 얘기가 잘되면 재현을 찰 생각이었다. 단, 실컷 논 뒤에 차려는 생각이었다. 그것도 자신이 먼저……

두고 보라고! 어떻게든 잘 되어서 보란 듯이 복수해줄 거야. 날 이렇게 만드는 인간은 누구도 용서 못해! 경서는 웃어 보이며 속으로 이를 갈았다.

원하지 않는 방문객의 출현에 재현은 마음이 불편해졌다.

"어쩐 일이야?"

"대체 날 뭐로 아는 거예요?"

민호는 화가 나서 견딜 수 없다는 표정으로 소파에 털썩 주저앉았다. 그것도 자신의 사무실이기나 한 듯이 뒤로 기대어 느긋한 자세를 취했다. 재현은 불쾌했다. 뭣 하나도 마음에 들지 않는 자식이었다. 재현은 바지 주머니에 팔을 찔러 넣은 채 창가에 서서 관망하듯 민호를 보았다.

"난 엄연히 회장의 아들이라구요!"

"그래서?"

뜻밖의 답변에 놀란 듯 민호는 재현을 보며 항의했다.

"날 우습게보고 있다고요! 이것 해라 저것 해라 완전히 자기 부하 부리듯 하잖아요!"

"그래서?"

"그래서라니요! 말이 된다고 생각해요?"

"원래 일이란 밑바닥부터 배워야 제대로 할 수 있는 법이야. 나도 그렇게 시작했어."

민호는 화가 나서 말을 놓았다.

"당신과 난 다르잖아! 엄연히 난 아버지의 피가 흐르는 친자식이라고. 어떻게 양아들과 친아들이 같은 대우를 받을 수 있어?"

"네가 친아들이든 회장 아들이든 상관없어. 회사는 능력 있는 사람에게 일을 맡겨."

회장이 지금의 얘기를 듣는다면 뭐라고 말할까.

"어차피 그래 봤자 후계자는 내가 될 거야. 설마 근본도 모르는 고아자식에게 회사를 맡기기야 하겠어?"

회장의 모습을 닮아 넓적한 얼굴에 뭉툭한 코. 미남과는 거리가 먼 얼굴이었으나 물질적인 배경 때문에 여자는 끊이지 않았다. 세상을 너무나 쉽게 보는 민호의 태도에 재현은 분노를 느꼈다. 더구나 자신을 업신여기는 민호의 태도는 용서할 수 없었다. 이미 밑바닥을 경험했던 그가 아니었던가. 재현은 감정을 누르듯 주먹을 쥐었다.

"회사가 그렇게 우습니? 단지 아들이라는 이유만으로 회사를 맡길 만큼 회장님은 어리석은 사람이 아니야. 그리고 회사는 회장님 한 사람만의 것이 아니야. 다른 대표급 간부들의 의견도 반영되어야 해."

"헤, 그래 봤자 제일 높은 사람은 아버지잖아!"

말이 통하지 않았다.

"마음대로 생각해. 난 너의 투정을 들어줄 만큼 한가한 사람이 아니야. 불만이 있다면 회장님에게 가서 터트려."

"좋아! 당신을 통해 거치는 것보다 바로 아버지를 통하는 게 빠른 거겠지."

민호는 자리를 박차고 일어나 문 쪽으로 갔다. 그는 손잡이를 돌리다 뒤돌아보며 말했다.

"당신이 아무리 잘난 척해봤자 소용없어. 어차피 후계자 자리는 정해져 있으니까. 그때는 내가 먼저 당신을 자를 거야."

그의 말대로 일이 진행되지는 않을 것이다. 그러나 씁쓸한 기분은 사라지지 않았다. 자신을 향해 아들을 부탁하던 회장이 아니던가.

아무리 잘해도 자신은 친아들만큼의 애정을 받을 수는 없었다. 어차피 애정은 원하지도 않았다. 단지 능력만이라도 인정받고 싶었다. 그럼으로써 회장에게 쓸모 있는 존재로 비쳐지고 싶었다.

하지만 지금 시점에선 그것조차 의심스러웠다. 회장은 과연 자신을 인정할까. 재현은 창밖을 보며 깊은 생각에 잠겼다. 그리고 무의식적으로 커프스 버튼을 쓰다듬었다.

"어머니."

그가 처음으로 인정한 여인. 회장의 본부인인 그녀는 그가 처음 온 날부터 따뜻하게 대해줬다. 차가운 회장과는 달리 아픈 몸으로 병석에 있으면서도 그에 대한 관심을 잃지 않았다.

잠시 동안이었지만 사랑이 어떤 것인지 알게 한 여인. 짧은 몇 달의 시간 동안 재현은 그녀와 많은 얘기를 나누었다. 학교를 끝마치고 오면 재현이 가는 곳은 그녀의 방이었고 침대에 누운 그녀는 재현이 어떤 이야기를 하던 지겨워하지 않고 끝까지 들어주었다.

그녀가 죽기 며칠 전, 재현이 그녀의 방을 방문했을 때 여느 날과는 달리 그날따라 그녀는 건강해 보였다. 그녀는 자신의 품에서 자그마한 상자를 내밀었다. 사람을 시켜 산 거라고 하면서.

재현은 두근거리는 마음으로 그 상자를 열어보았다. 누군가에게 선물을 받기는 처음이었다. 그 안에 있는 건 에메랄드로 만든 커프스 단추였다. 그가 둥그레진 눈으로 보자 그녀는 웃으며 말했다.

"내가 얼마 살지 못할 거라는 건 너도 알잖니."

"오래 사실 거예요."

"넌 지금 거짓말을 하고 있구나."

그녀의 진지하게 보는 눈길을 재현은 피하고 말았다.

"재현아."

"네."

그녀는 파리하고 앙상한 손으로 재현의 손을 꼭 잡아주었다. 차가운 손이었지만 누구의 손보다 푸근하게 느껴졌다.

"난 네가 크는 걸 지켜볼 수가 없을 것 같다. 그래서 미리 준비한 거야."

눈물이 볼을 타고 흘리내렸다. 그녀는 재현의 젖은 볼을 따뜻한 손길로 닦아주었다.

"아마도 네가 장성해서 어른이 되면 멋진 남자가 되어 있겠지? 그때를 대비해 미리 선물하는 거야. 그때 나를 생각하며 이 선물을 꼭 몸에 지니기 바란다."

"어머니."

재현의 말에 그녀의 눈에도 눈물이 맺혔다.

"참으로 힘들게 불렀구나. 하지만 기쁘구나. 처음 봤을 때 넌 아주 반항적인 아이였지. 눈에 독기가 가득해 누구도 믿으려 하지 않았어. 그리고 한 번도 나에게 그 호칭을 쓰지 않았지. 네가 그렇게 불렀다는 건 날 믿는다는 증거겠지?"

재현은 고개를 끄떡였다. 그녀의 눈에는 끊임없는 눈물이 흘렀다.

"미안하다. 네가 처음으로 믿은 사람인데 이제 떠나고 나면 넌 또 누구에게 마음을 열까?"

"다른 사람은 믿을 수 없어요."

그녀는 재현을 자신의 품에 꼭 안았다. 그녀에게서 약냄새가 났다.

"그렇지 않아. 세상에 좋은 사람은 많단다. 넌 누군가를 위해 마음을 열어야 해."

"열고 싶지 않아요!"

재현은 강경하게 말했다. 그녀는 재현을 더욱 꼭 끌어안았다.

"그래선 안 돼. 아무도 믿지 못하면 넌 불행해져."

그녀는 재현을 자신의 품에서 떼어놓으며 재현의 눈을 똑바로 보았다.

"나한테 약속해다오. 정말 마음을 열고 싶은 사람이 나타나면 그땐 믿어보겠다고."

재현은 마지못해 그녀에게 고개를 끄떡였다.

"고맙구나. 약속해줘서."

그녀는 그윽한 눈길로 재현을 보았다. 그리고 마지막 가는 길에 재현이 눈에 밟히는지 못내 안타까운 표정을 지었다.

"재현아."

"네, 어머니."

"너를 만나서 기뻤다."

회장 부인은 그 한마디를 유언처럼 남기고 세상을 떠났다. 그 이후 재현은 누구에게도 마음을 열지 않았다. 그렇게 살아와도 하나도 불편하지 않았다. 누군가가 필요하다는 생각조차 해보지 않았다. 그런데 갑자기 외로움이 몰려왔다. 그는 충동적으로 사무실을 나갔다.

"김 비서, 오늘 스케줄 다 뒤로 미뤄."

김 비서가 의아한 얼굴로 보았다.

"사장님, 무슨 일이신지?"

"그렇게 해줘."

"알겠습니다. 그런데 혹시 인터넷에 뜬 기사는 보셨는지……."

김 비서는 조심스럽게 물어왔다.

"무슨 소리야?"

"사장님에 대한 기사가 떴습니다."

김 비서는 모니터 화면을 열어 기사를 보여주었다. 대문짝만 한 기사가 실렸다. 삼정그룹의 박재현 사장 약혼녀에게 파혼을 신고하다. 그 내용에는 경서를 희생양처럼 다루고 있었다. 그의 바람 때문에 약혼녀는 일방적으로 파혼을 통보받고 실의에 빠져 있다고 나와 있었다. 그의 바람 상대는 천하기 그지없고 자신의 몸을 함부로 굴리는 여자라고만 나와 있었다. 재현의 미간에 주름이 잡혔다. 경서의 농간이었다. 먼저 파기하자고 말해놓고는 뒤통수를 치고 있었다. 하지만 영리하지 못했다.

"사장님 괜찮으십니까?"

"김 비서, 며칠 내로 기자회견 좀 잡아줘."

"무슨 일이십니까?"

"공식적으로 발표할 게 있어."

김 비서는 더 이상 묻지 않았다.

"알겠습니다."

재현은 곧바로 도곡동으로 향했다. 류진을 만나 공식 일정을 잡아야 했다. 원래 그녀를 보려고 했던 것은 외로움 때문이었지만 지금은 달랐다. 적당한 시나리오가 필요했다. 그러자면 그녀와 말을 맞춰야 했다.

시계를 보았다. 10시 30분. 재현은 집 앞에 도착해서 초인종을 눌렀다. 응답이 없었다. 다시 눌렀다. 여전히 감감무소식이었다. 처음엔 화가 나서 무시하나 생각했으나 뭔가 감이 좋지 않았다. 재현은 류진에게 전화를 걸었다. 신호음이 계속해서 울렸다. 그러다 전화 연결이 되었다.

"여보세요?"

대답이 없었다. 재현은 다시 한 번 말했다.

"여보세요."

계속해서 말이 없었다. 분명 전화는 받은 것 같은데 아무런 소리도 들리지 않았다. 재현은 불길한 예감이 들었다. 재현은 대문을 타넘고 안으로 들어갔다. 현관문 손잡이를 돌리자 다행히 문이 잠겨 있지 않았다. 안으로 들어선 재현은 곧바로 침실로 향했다. 침대에 류진이 이불을 젖힌 채로 엎드려 있었다. 재현은 다가갔다. 류진의 이마엔 땀이 맺혀 있었고 한 손엔 핸드폰이 들려 있었다.

"이봐! 괜찮은 거야?"

류진은 잠이 들었는지 의식을 잃은 것인지 눈을 감고 있었다. 재현은 류진의 얼굴에 손을 대었다. 불덩이같이 뜨거웠다. 재현은 놀라 류진을 들쳐 업었다. 당장은 그대로 대문을 나와 자신의 차에 태웠다. 운전석에 앉아 서둘러 차를 출발시켰다. 운전을 하는 중에 재현은 전화를 걸었다.

"한 박사님, 저 박재현입니다. 지금 그쪽으로 환자 데리고 가고 있습니다. 준비 부탁드립니다."

"어떤 환잔가? 위급한가?"

"그건 잘 모르겠습니다. 일단 열이 높고 의식이 없는 것 같습니다."

"알겠네. 준비시키겠네."

재현은 병원에 도착하자마자 급하게 주차를 시키고 류진을 안고 로비로 들어섰다. 이동식침대가 기다리고 있었다. 한 박사도 같이 나와 있었다.

"급하게 전화를 드려서 죄송합니다."

"아니네. 일단 보세."

이동식 침대는 응급실로 옮겨졌다. 여기저기 진찰을 해본 한 박사는 재현의 어깨를 두드렸다.

"걱정할 거 없네. 아마도 약한 몸살인 듯하군. 여기서 링거 한 대 맞고 가면 될 거야. 약은 미리 처방해놓겠네."

한 박사의 말에 재현은 안도했다.

"감사합니다."

"근데 누군가? 애인인가?"

재현이 아무 대답도 하지 않자 한 박사는 웃으며 어깨를 몇 번 툭툭 치는 걸로 인사를 대신했다. 응급실 간호사가 주사를 놔주고 링거를 다 맞을 때가 돼서야 류진은 눈을 떴다. 류진은 어리둥절한 표정으로 주위를 본 후 제일 마지막에 재현을 보았다.

"여긴 어디예요?"

"병원."

"제가 왜 여기 와있죠?"

"내 전화 받다 기절했어."

류진은 두통이 와 얼굴을 찌푸렸다.

"아픈 거야?"

"아뇨. 견딜만해요. 사라지겠죠."

간호사가 주삿바늘을 빼주자 류진은 일어났다. 머리가 핑핑 도는 것 같았다. 그러나 애써 내색하지 않았다.

"데려다줄게."

"됐어요! 택시 타고 가면 돼요."

"그 몸으로 어떻게 가겠다는 거야? 여자가 뻣뻣해서는. 그냥 시키는 대로 해."

재현은 그녀를 부축해 고집스럽게 자신의 차에 실었다. 류진은 거절할 힘조차 없었다. 사실 택시를 탔다 해도 집에 제대로 갔을지 의문이었다. 몸이 쑤시긴 했지만 무겁던 느낌은 없었다. 류진은 재현이 좀 전 했던 얘기를 떠올렸다.

"나한테 전화했어요?"

대답이 없었다.

"무슨 일로 전화했나요?"

"그건 나중에 얘기해."

"그런데 내가 기절한 걸 어떻게 안 거예요?"

"직감이라고 해두지."

"집에 어떻게 들어온 거예요?"

"담을……."

재현은 말을 하다 멈췄다. 담을 넘어갔다고 죽어도 말할 수 없었다. 쪽팔리는 일이었다.

"대문이 열려 있었어."

"대문이요? 이상한 일이네. 분명 잠갔었는데."

류진이 알아차릴까 봐 재현은 얼른 둘러댔다.

"안 그럼 내가 어떻게 들어갔겠어?"

"그렇긴 하네요."

"운전할 거니까 말 시키지 마."

말은 그렇게 했지만 그건 궁색한 변명이었다. 류진이 따지고 묻는다면 모든 사실이 드러날 수도 있었다. 그건 무척이나 자존심 상하는 일이었다.

재현은 차를 출발시켰다. 가는 동안 류진은 잠이 들었다. 재현은 룸미러로 잠든 류진의 모습을 보고 싱긋 웃었다. 그는 속도를 많이 줄였다. 그녀가 편하게 쉴 수 있도록 하기 위해서였다.

집에 도착할 때가 되자 류진은 잠에서 깼다. 창밖을 보던 그녀는 자신이 잠들었단 사실에 민망해하며 차에서 내렸다. 재현이 따라 내렸다.

"고맙다는 말도 안 하네?"

류진의 얼굴이 붉어졌다.

"그, 그렇네요? 워낙 정신이 없어서. 감사합니다."

재현은 두 손을 바지 주머니에 찔러 넣으며 인상을 찌푸렸다.

"아직도 안 좋아? 내가 같이 있어줄까?"

류진은 재현을 보았다. 뭐지? 마치 오랫동안 사귀었던 것처럼 자기 것인 것처럼 구는 저 말투는 뭐야? 하룻밤 잤다고 자기 여자가 된 줄 아는 모양이네.

"아뇨. 쉬면 돼요."

류진이 인사하고 가려는 순간 재현이 류진의 팔을 잡았다. 류진의 가슴이 쿵 떨어졌다. 류진은 살짝 잡은 재현의 팔을 과하게 뿌리쳤다.

"물 좀 마셔도 돼? 목이 말라서."

예민하게 반응한 것에 미안해진 류진은 재현을 집안으로 들였다. 자신을 병원까지 데려다준 사람에게 매몰차게 대하는 건 예의가 아니라는 생각이 들었다.

류진은 집 안으로 들어서자마자 바로 주방으로 향했다. 잔에 물을 따라 거실로 오니 재현은 소파에 앉아 있었다. 그녀는 물컵을 재현의 앞에 놓았다. 재현은 슬로우비디오같이 아주 천천히 잔을 잡았다. 그 속도가 너무 느려 터져 류진은 답답해 미칠 지경이었다. 이 남자 날 약 올리려고 일부러 이러는 거 아냐? 재현은 물을 한 모금 마시고는 다시 아주 천천히 테이블에 내려놓았다.

"이제 다 마셨죠?"

"아니. 이 잔의 물을 다 마실 때까지는 못 일어나."

"그럼 빨리 마시던가요!"

"내 맘이야."

재현은 아주 느긋한 태도를 보였다. 그는 아마도 자신을 약 올리려고 작정한 듯했다.

"가줘야 쉴 거 아니에요?"

"방에 들어가 쉬어. 알아서 갈 테니까."

"난 예민해요. 사람이 있으면 쉴 수 없어요."

재현은 마음이 놓이지 않았다. 저러다 또 픽 쓰러질까 걱정되었다. 그리고 그녀가 어느 정도 안정을 찾으면 공식 일정에 대해서 얘기할 생각이었다.

"아무 소리도 안 낼 거야. 그러니까 들어가 쉬어."

"있다는 자체가 거슬려요."

"당신은 거슬리는 남자와 잠자리를 하는 모양이군."

순간 매운 국물을 얼굴에 확 뿌린 것처럼 류진은 얼굴이 화끈거렸다.

"이제 괜찮은 것 같아요. 일이라도 해야겠으니 그만 가시죠."

"그래? 그럼 좋아! 술이라도 갖고 와. 적어도 아픈 사람 살렸는데 그 정도는 해줘야 하는 거 아냐?"

처음엔 물이더니 이제는 술까지 내오라고 하고 있었다. 류진은 어이가 없었다. 적반하장도 유분수지.

"물만 마시고 간다고 했잖아요?"

"물을 마시고 싶다고는 했지만 마시고 간다고 한 적은 없어."

류진은 한숨을 쉬었다. 아픈 자신을 병원까지 데려간 사람을 쫓아낼 수는 없었다. 그렇다고 이사 온 지 얼마 안 된데다 술을 안 먹으니 술이 있을 리 만무한 상태에서 술을 대접할 수도 없었다.

류진은 주방으로 가 냉장고를 열었다. 기껏해야 맥주가 다일 거라고 생각했던 그녀는 냉장고 위에 있는 위스키를 발견했다. 언젠가 미친 척 먹어볼까 하고 구입했던 술이었다. 술을 좋아하지 않는 류진은 따지도 않고 어느 시점부턴가 잊고 있었다. 류진은 잔 두 개를 챙겨 위스키를 병째 들고 거실로 갔다. 잔을 두 개 챙긴 건 안 먹더라도 예의상 잔은 두어야겠다는 생각에서였다. 류진은 테이블에 술을 놓으며 말했다.

"안주는 없어도 되죠?"

"스트레이트로 먹겠다고? 술 잘 먹는 모양이네?"

애초에 먹을 생각은 없었다.

"설마 못 먹는 건 아니겠지? 사회 생활하는 사람이니 못 마실 리는 없겠지만."

그렇게 말하니 묘한 오기가 생겼다.

"당연하죠."

류진은 재현의 잔을 받고 재현에게도 따라주었다.

"어쨌든 아무 일도 없이 무사한 걸 기념하는 의미에서!"

"아픈 환자를 살려서 다시 술을 먹이는 극악무도한 사람을 위하여!"

류진의 말에 재현의 눈이 반짝였다. 그러나 류진이 잔을 입에 댄 순간 재현이 잔을 빼앗았다.

"왜 이래요?"

"아직 술은 무리야."

"무슨 소리예요? 나 멀쩡하다고요!"

"장난한 거야. 술은 나만 먹으면 돼."

"어린애 취급하지 말아요!"

류진은 오기가 생겨 재현에게서 잔을 빼앗았다. 그 바람에 술잔의 술이 쏟아졌다.

"다시 따라요."

"몸 생각해야지."

"사회생활이라면 나도 지지 않아요. 그 정도로 뻗을 만큼 약골 아니에요!"

재현은 그녀의 고집에 고개를 흔들며 술을 따랐다. 류진은 받은 술을 단숨에 들이켰다. 위스키가 속으로 들어가자 찌르르한 것이 화끈거리며 열기가 확 솟구쳤다. 그러나 류진의 느낌과는 달리 얼굴은 붉은기 없이 멀쩡했다.

"괜찮아?"

류진은 오기로 재현에게 다시 잔을 내밀었다. 재현은 걱정스러워하며 술을 따랐다. 잔이 더해지자 류진의 독촉도 빨라졌다.

"빨리 부어요!"

당당하게 소리도 쳤다. 이 여자 술이 괜찮을까? 재현은 반신반의하며 술을 따랐다. 류진은 다시 한 번에 마시더니 머리에 터는 동작까지 했다.

"여기선 이렇게 하던데 맞아?"

류진의 발음은 불분명하게 꼬부라져 있었고 눈은 촉촉하니 젖어 게슴츠레해졌다. 더구나 술을 먹었음에도 붉어지기는커녕 오히려 피부는 하얗다 못해 투명해 보이기까지 했다. 그 모습이 예뻐 재현은 심장이 조여 오는 것 같았다.

"쥐뜨! 너 말야! 왜 나한테 반말해? 맘에 안 들어!"

취한 듯한 류진의 주정도 밉지 않았다.

"그래서?"

류진은 귀를 쫑긋 세웠다.

"뭐? 음, 그래서 앞으로 너한테 반말할 거야! 오케이?"

재현이 고개를 끄떡거리자 류진은 갑자기 테이블을 가로질렀다.

"나 받아!"

재현이 무슨 말인지 깨닫기 전에 류진은 재현의 품으로 뛰어들었다. 묵직한 통증이 그의 몸에 가해졌다. 재현이 얼굴을 찌푸리자 류진은 킬킬거렸다. 그녀는 재현의 무릎에 앉아 양손으로 재현의 얼굴을 감쌌다.

"당신 나 좋아?"

류진은 분명 많이 취해 있었다. 흉해 보여야 하는데 너무 사랑스러웠다. 점잔 속에 가려진 류진의 모습은 천진했다. 촉촉이 젖은 눈망울로 재현을 바라보는 눈빛은 도저히 취한 사람으로는 느껴지지 않았다. 재현은 고개를 끄떡였다.

"좋아! 그럼 눈감아!"

재현이 눈을 감지 않자 류진은 재현의 볼을 토닥거리며 얼렀다.

"때찌! 말 안 들으면 맴매한다? 자! 눈 감아."

류진의 얼굴이 다가오고 있었다. 재현은 바로 느껴지는 달콤한 숨결에 가슴이 설레었다. 재현은 말 잘 듣는 아이처럼 눈을 감았다. 자신의 입술에 느껴질 류진의 달콤한 입술을 기대하며. 그러나 류진의 입술은 좀처럼 와 닿지 않았다. 1분. 2분. 시간이 자꾸 가고 있었다. 재현은 슬그머니 눈을 떴다.

"젠장!"

류진은 무심하게도 고개를 뒤로 젖히고 잠이 들어 있었다. 그것도 아주 맛있게…….

눈을 뜬 류진은 주위가 컴컴한 것에 잠시 적응이 되지 않았다. 어떻게 된 것인가. 시간을 확인했다. 6시 30분이었다. 자신이 하루를 꼬박 자고 새벽이 된 것인가 아니면 저녁일까. 류진은 상황을 되짚어보았다.

자신이 기절해서 박재현이 병원으로 데리고 갔고 자신의 집까지 데려다주었다. 그리고 술을 마셨고……. 근데 그다음이 기억나지 않았다. 아마도 취한 것 같았는데…… 류진은 어둠을 더듬어 불을 켰다. 창밖을 확인했다. 바깥 불빛들을 보니 저녁이었다. 새벽이라면 불빛이 있을 리가 없었다.

문득 몸의 느낌이 이상하다는 생각이 들어 아래를 보니 아무것도 걸치지 않고 있었다. 류진은 너무 놀라 옷을 입어야겠다는 생각에 옷장으로 가다 바닥에 넘어졌다.

쿠다당!

넘어지는 소리에 문이 벌컥 열렸다. 재현이 뛰어 들어왔다.

"무슨 일이야?"

"당신이 여기 왜 있어요?"

류진은 일어났던 일을 생각하려 애썼다. 이 사람과 술을 마셨고 나는 필름이 끊겼다. 그리고 내 몸이 벗겨져…….

"나한테 무슨 짓한 거예요?"

류진은 자신의 몸이 벗겨져 있다는 사실을 깨닫고 침대시트를 끄집어 황급히 몸을 가렸다. 그리고 그를 째려보았다.

"치한이라도 본 눈빛 하지 마. 난 저급한 취향 아니라고, 자다 토하고 자다 게워내고. 생각 안 나?"

류진은 천천히 고개를 저었다. 여전히 의심을 품은 눈으로……

"나 더러운 거 못 봐! 다른 옷 입히려고 했는데 찾기도 힘들고 입히기도 쉽지 않아서 관뒀어."

류진은 의심의 눈길을 거두지 않았다.

"이봐! 정 의심스러우면 욕실로 가보던지. 이불도 다 갈아 끼웠어."

그러고 보니 이불이 바뀌어 있었다. 어차피 자기가 자초한 일 아닌가. 술 먹자고 한 사람은 저쪽이었다.

"이제 가세요!"

"부려먹기만 하고 그냥 보내려고? 최소한 그만큼 부려먹었으면 밥은 먹여 보내야 하는 거 아냐?"

대부분의 남자들은 류진이 냉정하게 잘라 말하면 눈치를 보며 그냥 가버렸다. 때로는 끈질긴 남자들도 있었지만 류진의 찬바람 부는 태도에 포기하고 가버렸다. 하긴 이런 망가진 모습을 보인 것도 이 남자가 처음이었다.

"이봐요! 나한테 무슨 악감정이 있어서 자꾸 괴롭히는 거예요?"

"도의적 책임이라고 해두지. 적어도 그런 게 당신에게 있다면 말이야."

"뭐라구요?"

"그런 게 있다면 최소한 밥은 사야 한다는 얘기야."

말이 통하는 남자가 아니었다. 그가 원하는 대로 밥을 사주고 보내는 게 빨랐다. 류진은 한숨을 쉬며 재현에게 손을 까딱거렸다. 재현이 영문을 모르겠다는 표정으로 서 있었다.

"나가라구요. 옷을 입어야 밥을 사주든지 할 거 아니에요."

"굳이 그럴 필요가 있을까? 당신의 몸이라면 이미 다 알고 있다고."

재현의 응수에 류진은 침대에 있는 베개를 던졌다. 날아간 베개는 재현이 날렵하게 피하는 바람에 벽에 부딪쳐 떨어졌다. 재현이 휘파람을 불었다.

"나가요!"

재현은 미적거리며 방을 나갔다. 류진은 아직 몸에 열이 있는지 더웠으나 두통은 신기하게도 말끔히 사라져 있었다. 니트 티와 청바지로 갈아입은 류진은 방을 나갔다. 거실에 앉아 있던 재현의 시선이 류진의 몸을 훑었다. 몸에 부드럽게 붙는 니트는 류진의 라인을 숨기지 못했다.

풍만한 가슴과 대조적인 잘록한 허리 그리고 바짝 올라가 있는 힙라인까지. 육감적인 류진의 몸매는 재현을 자극했다. 두 사람은 집을 나왔다.

"내가 먹고 싶은 걸로 하지."

늘 제멋대로인 남자였다.

"그러세요."

"타! 내가 안내할게."

류진은 어깨를 으쓱하고는 조수석에 탔다. 차를 출발시키며 재현이 말했다.

"반말 잘하던데?"

"무슨 소리예요?"

"아까 술에 취해 반말했잖아."

"생각 안 나요."

류진은 자신이 무슨 짓을 했는지 전혀 생각나지 않았다.

"거기다 덮치기까지 잘하던걸?"

"거짓말하지 말아요."

"난 거짓말 따위 안 해."

"그걸 나보고 믿으라고요?"

"믿기 힘들겠지. 나조차도 그런 행동을 하리라고는 예상하지 못했으니까."

거짓말 같지는 않았다. 내가 무슨 짓을 한 건가. 재현에게 그런 짓을 했다는 게 창피하고 부끄러웠다. 술을 빠른 시간 내에 그렇게 많이 먹기는 처음이었다.

"개인적으론 술 취한 모습이 더 낫던걸? 아무래도 냉랭한 여자보다는 열정적인 여자가 좋지. 하지만 대책 없이 덤벼들면 곤란해."

한심한 여자라는 듯이 고개를 젓는 재현의 행동에 류진은 쥐구멍에라도 숨고 싶은 기분이었다.

"아직 멀었어요? 대체 뭘 만드는 곳이에요?"

"내가 좋아하는 음식."

"그러니까 그 음식이 뭐냐구요?"

"가보면 알아."

류진은 더 말을 섞기 싫어 관두었다. 차는 곧 건물 앞에 도착했다. 그러나 음식점은 어딜 둘러봐도 없었다. 더구나 그곳은 그가 사는 오피스텔이었다.

"음식점은 어디 있죠?"

재현은 류진의 질문에도 대답 없이 차에서 내려 선물 안으로 들어갔다. 재현이 엘리베이터 버튼을 눌렀다.

"무슨 생각을 하는 거예요?"

엘리베이터 문이 열리고 재현이 안으로 들어갔다. 밖에 서서 불안해하는 류진을 재현이 팔을 낚아채 엘리베이터로 끌어당겼다. 얼떨결에 탄 류진은 넘어지려는 바람에 중심을 잡았다. 류진은 황급히 열림 버튼을 눌렀으나 엘리베이터는 이미 올라가고 있었다.

"거짓말쟁이! 경찰에 신고하기 전에 어서 문 열어요!"

"사태 파악이 안 되는 모양인데 이미 올라가고 있는 엘리베이터 문을 어떻게 열어?"

류진은 재현이 누른 12층 버튼을 다시 눌러 취소하고 1층 버튼을 눌렀다. 그러자 이번엔 그가 1층 버튼을 취소하고 다시 12층 버튼을 누르는 실랑이가 이어졌다. 다시 누르려는 류진의 팔을 그가 잡았다.

"난 단지 배가 고프고 내 집에서 내가 좋아하는 음식을 먹고 싶어. 당신이 쓰러졌을 때도 당신이 인사불성이 돼서 침대를 온통 더

럽힐 때도 내가 도왔어. 그 정도면 충분히 밥 먹을 자격이 있다고 생각하는데?"

"없다고 하지 않았어요. 그 자리에 왜 내가 있어야 하는 거죠?"

그의 입 끝이 조롱하듯 올라갔다.

"난 지금 배가 고프고 음식만 먹고 나면 얌전히 돌려보낼 거야. 됐어?"

"근데 왜 꼭 내가 가야 하느냐구요?"

"몰라. 떨어지기 싫어."

류진은 어이없어 재현을 보았지만 곧 눈을 내리깔고 말았다. 재현의 눈은 이상하게도 바로 바라볼 수가 없었다. 죄를 지은 것도 아닌데 오래 쳐다볼 수가 없었다. 계속 보면 재현이 자신을 삼켜버릴 것 같다는 생각이 드는 것이었다.

"얌전히 돌려보내는 거 약속하는 거죠?"

"약속해."

엘리베이터가 12층에 도착했다. 류진은 재현을 따라 복도로 걸었다. 길게 이어진 복도 맨 끝에 재현의 오피스텔이 있었다. 재현은 비밀번호를 누르고 먼저 들어가 불을 켰다. 시야가 밝아지자 오피스텔 안이 눈에 들어왔다.

정면에 보이는 커다란 창문에는 블라인드 커튼이 쳐져 있고 그 앞으로 원목 테이블이 자리를 차지하고 있었다. 책상 위에는 서류들이 무질서하게 놓여 있었고 그 옆으로 킹사이즈 침대가 휑하니 놓여 있었다. 집주인의 무미건조한 성격을 드러내듯 집도 주인과 닮아 있었다.

그는 류진에게 테이블 옆 의자에 앉으라고 권하곤 싱크대로 향했다.

"음식 시키려는 거 아니었어요?"

"난 해먹어."

"밥 먹여달라면서요?"

"옆에 있어주면 돼."

류진은 재현의 옆으로 가 재현을 밀어냈다.

"밥 먹여달라고 했으니까 내가 할게요."

재현이 놀란 눈으로 류진을 보았다.

"정말 해주려고?"

"원한 건 아니지만 약속했으니까 말 그대로 밥 먹여줘야죠."

재현은 얼떨떨한 표정으로 비켜섰다. 류진은 팔을 걷어붙이고 냉장고 안을 뒤져 재료들을 꺼냈다.

"재료는 생각보다 많네요. 대충은 해먹을 수 있을 거 같아요."

류진은 싱크대 위쪽과 아래쪽을 열어 필요한 요리도구를 꺼냈다. 집주인처럼 거침없이 하는 류진의 행동에 재현은 신기하기도 하고 재밌기도 해서 쳐다보고 있었다. 눈길을 느꼈는지 류진이 말했다.

"나 커피나 한 잔 마시게 해줘요. 카페인이 필요해요."

재현은 커피기계를 작동시켰다. 그는 두 잔을 만들어 한 잔을 류진에게 내밀었다. 류진은 잔을 받아 냄새를 깊이 들이마시고 한 모금 마셨다.

"이게 얼마나 생각났는지……."

혼자 중얼거리다 누구와 있는지를 인식한 류진은 말을 멈췄다. 류진은 어색하게 잔을 내려놓고 요리를 하기 시작했다. 그녀는 흥미로운 듯 보는 재현의 눈빛과 마주쳤다.

"요리 끝나면 부를 테니까 할 일 있으면 하세요."

재현은 요리하는 모습을 보는 게 더 재밌었지만 상대방이 불편할까 봐 류진의 말에 순순히 따랐다. 책상으로 가 노트북을 켰다. 그러나 모든 신경은 요리하는 쪽으로 자꾸만 갔다. 재현은 귀를 기울이고 조바심 내는 자신이 한심하게 느껴져 일에 집중했다. 그는 어느새 일에 빠져들었다.

류진은 재현이 일하는 쪽을 보았다. 후계자라는 타이틀을 갖고 있는 남자의 사는 곳치고는 꽤 검소했다. 거의 밖에서 지내는 사람이니 별다른 가구나 살림도구들이 필요 없겠지만 이곳은 사람이 사는 곳이라고 느낄 수 있는 조금의 온기조차 없었다.

재현은 고집스럽고 까다롭게 굴었지만 류진에게는 그게 전혀 불편하지 않았다. 아니 오히려 지금껏 만난 사람 중에 몇 안 되는 편한 부류에 속했다. 재현은 자신과 비슷한 뭔가를 가지고 있었는데 그게 뭔지 정확히 알 수는 없었다. 요리가 다 되자 류진은 재현을 부르려다 그냥 그가 있는 쪽으로 갔다. 소리를 내서 부르는 게 류진에게 익숙하지 않은 일이었다.

그의 뒤까지 왔는데도 재현은 전혀 알아차리지 못했다. 류진은 불러야 할지 그냥 한번 툭 쳐서 알릴지 망설였다. 그러다 재현의 뒷덜미가 눈에 들어왔다. 길쭉하지만 남자다운 목. 그 목을 한번 만져보고 싶다는 충동을 느꼈다. 미쳤나봐.

류진은 정신을 차리고 말을 하려 했다. 그러나 재현이 먼저 류진의 팔을 잡아 자신의 무릎에 앉혔다. 류진은 얼떨결에 재현의 무릎에 앉아 벌건 얼굴을 하고 있었다. 갑작스런 기습이었다.

"뭐 하는 짓이에요?"

"느낌이 나쁘지 않군. 저녁 다 된 거야?"

재현은 능청스럽게 말했다. 류진은 그의 무릎에서 후다닥 일어났다. 이 남자 전혀 감당이 되지 않았다. 자꾸만 돌발적으로 벌이는 일들에 류진은 무척 당혹스러웠다. 류진은 말없이 식탁으로 향했다.

재현은 아무렇지 않게 기지개를 쭉 펴곤 능청스럽게 류진을 따라왔다. 재현은 식탁에 차려져 있는 음식들을 보고 놀랐다. 가짓수는 많지 않았지만 색깔부터 모양까지 모든 게 예쁘고 먹음직스러웠다.

"이곳에 오랫동안 살지 않아서 이곳 요리는 잊었어요. 그냥 내가 평소 먹던 대로 한 요리니까 불평하지 말아요."

재현은 고개를 끄떡였다. 기대하지 않은 그로선 이 정도면 잘 차려진 음식이었다. 류진은 재현의 반응에 안심하며 맞은편에 앉아 포크를 들었다. 음식 냄새를 맡자 허기를 느껴져 류진은 빠르게 음식을 먹었다.

먹다 그의 눈길을 느낀 류진이 고개를 들었다. 재현이 자신을 빤히 보고 있었다.

"안 먹어요? 밥 달라고 하더니."

재현이 생각에 잠긴 듯한 표정을 지었다.

"누가 해준 밥을 먹어본 적이 없어서. 언제 먹었던가 생각해본 중이야."

"어렸을 때부터 계속 혼자 산 거예요?"

"아니. 날 키워주신 어머니가 있을 때는 그나마 일하는 아줌마가 해주는 밥을 먹긴 했지. 그치만 돌아가시고 나서는 집에서 밥을 먹지 않았어. 계모와 밥상을 같이하는 게 싫었으니까."

이 사람에게 친밀감을 느꼈던 건 자신과 같은 고독과 외로움을 갖고 있어서일까. 류진은 갑자기 연민이 일었다.

"별것도 아닌데. 또 해줄게요."

아무 생각 없이 말을 했다가 류진은 입을 막았다. 대책 없는 동정심이 또 나온 것이다. 불쌍한 짐승을 보면 그런 마음이 들었지만 사람에게는 해당되지 않았었는데……. 어째서 이 남자에게…….

"약속했어. 지켜."

재현이 너무나 진지한 눈빛으로 보며 말하는 바람에 류진은 얼떨결에 고개를 끄떡이고 말았다. 쥐뜨! 그는 다짐을 받은 것에 만족스런 표정을 지으며 음식을 먹었다. 류진의 양부도 자신의 요리를 좋아했다. 류진은 자신의 요리 실력이 나쁘지 않다는 것을 알고 있었다. 어쨌든 괜한 동정심으로 골치 아픈 일을 만들어버렸다.

재현은 차를 끓였다.

"객기로 술을 먹어서 속 많이 부대꼈을 거야. 이거 마시면 속이 편해질 거야."

"그러는 사람이 밥해달라고 했어요?"

재현은 능청스럽게 어깨를 으쓱해 보였다.

"그걸 우리 속담에선 병 주고 약 준다고 하지."

"그 정도는 나도 알아요!"

류진은 자리에서 일어났다.

"갈게요."

재현은 일어난 류진의 어깨를 눌러 다시 자리에 앉혔다.

"할 얘기가 있어."

재현의 진지한 표정에 류진은 귀 기울였다.

"경서한테는 아, 편하게 얘기하는 거 이해해. 경서는 내 대학 후배이기도 해. 조용히 끝낼 생각이었어. 그리고 우리의 약혼도 발표할 예정이었고. 근데 경서가 기자에게 파혼한 얘기를 먼저 흘렸어. 안 좋은 쪽으로. 그래서 공식적으로 우리 약혼을 발표할 예정이야. 이미지 쇄신도 필요해."

경서라면 충분히 그러고도 남았다. 류진은 오히려 난리를 치지 않은 게 이상하다고 생각했다.

"사실 경서와의 약혼은 약혼을 위해서라기보다는 흐려지려는 내 이미지를 해결하기 위한 방법이었어. 누군가의 계략으로 함정에 빠질 뻔했거든. 그런데 이제는 경서가 나를 힘들게 하는군."

그는 한숨을 쉬었다.

"하나의 스토리텔링을 만들어봤어. 어차피 경서와는 감정이 개입된 사이가 아니었으니 서로의 이익에 의해 맺어진 약혼이었다 라고 말하는 거지. 실지로도 그렇고. 그 와중에 당신을 만나 사랑에 빠진 거지. 그래서 사랑을 위해 파혼을 선언한 거고."

"구체적인 내용도 필요하지 않을까요?"

"생각해뒀어. 당신이 한국에 오던 날 우린 비행기 안에서 만난 걸로 해뒀어. 알아봤더니 우연히도 우린 같은 날 같은 비행기 안에 있었어."

실지로도 같이 있었다. 그녀는 기억하지 못하지만…….

"그리고 사랑에 빠졌겠군요."

재현은 류진을 새삼스럽게 보았다. 그녀가 좀 더 갖고 싶어졌다.

"물론 둘 다."

"당신이 그럴 사람이라고 아무도 믿지 않을 텐데요?"

"나에 대해 들은 얘기가 있군. 그렇지만 사랑은 매직이니까. 말도 되지 않는 일도 믿게 만들지."

"내가 해야 될 일이 뭐죠?"

"사랑에 빠진 여자의 역할이지."

가장 힘든 일이 주어졌다. 한 번도 사랑에 빠져본 적이 없는 자신이 어떻게 그 연기를 한단 말인가.

"별로 어려울 거 없어. 나를 향해 웃어주면 돼. 당신의 양부를 향해 웃었던 것처럼."

모리스를 보는 것처럼 그를 보라고? 정말 어려운 일이었다. 그를 모리스라고 착각하는 도리밖에는 없었다. 하지만 그렇게 보기에 그는 너무 강했고 자극적이었다.

"며칠 내로 기자회견을 할 거야."

"그렇게 빨리요?"

"당신이 원하던 일이잖아?"

물론 그랬다. 경서에게 보여주기 위해서라도 더더욱.

"오케이. 배웅은 필요 없어요. 혼자 갈 수 있어요."

"당신의 놀라운 회복력은 잘 알고 있어."

재현은 서둘러 재킷을 걸치고 현관을 먼저 나섰다.

"이봐요!"

류진이 불렀지만 그는 이미 사라지고 없었다. 허겁지겁 신발을 신고 재현을 따라 나갔다. 재현은 이미 엘리베이터 안에서 열림 버튼을 누르고 있었다. 류진이 타자 엘리베이터 문이 닫혔다.

"혼자 갈 수 있어요. 택시 타면 돼요!"

"택시 기사를 어떻게 믿어?"

류진은 어이가 없었다.

"그럼 사람들이 어떻게 택시를 타요?"

"당신을 보면 이상한 마음을 먹을지도 몰라."

"미쳤군요! 내가 뭐라도 되나요? 모든 남자들이 나만 보면 덤빈다는 생각은 어디서 나오는 거예요?"

"여기서."

재현은 자신의 머리를 가리키고 있었다.

"내가 당신을 고이 보내주는 것도 엄청난 자제심이 필요했다는 것만 알고 있어."

엘리베이터 문이 열렸다. 재현은 곧바로 자신의 차로 갔다. 남자는 고집불통에 변태였다. 저런 남자가 경서와 아무런 사이도 아니라고? 재현에게 어떤 유혹적인 행동도 한 적이 없는 자신을 보고도 음심이 동한다는 남자가 주체할 수 없는 끼를 갖고 있는 경서와 형식적인 관계라고? 왜 뒷자리에 앉느냐고 묻듯이 돌아보는 재현에

156 나쁜
게임

게 류진은 톡 쏘아붙였다.

"당신의 자제심을 지켜주고 싶네요."

류진의 한마디에 재현의 입 끝이 올라갔다. 그러더니 재현의 입에서 웃음소리가 천천히 새어나왔다. 그리고 급기야는 폭발하듯 터져 나왔다. 류진은 놀라서 동그래진 눈으로 재현을 보았다.

"미쳤군요?"

그럴수록 재현의 웃음소리는 더 커졌다. 류진은 황당한 표정으로 재현을 보았다. 재현은 잠시 후 웃음을 멈추고 차를 출발시켰으나 그의 입가는 포물선을 그리고 있었다. 차가 류진의 집 앞에 섰지만 류진이 내리는 동안 재현은 내리지 않았다.

"고마워요."

류진이 인사를 했지만 재현은 대꾸도 하지 않고 차를 출발시켰다. 재현은 오로지 한 가지 생각에 잡혀 있었다. 갖고 싶다. 갖고 싶다. 갖고 싶다. 미치도록 갖고 싶다. 마음 같아선 여자를 24시간 자신의 옆에 두고 싶었다. 지금껏 어떠한 것도 이만큼 갖고 싶었던 적이 없었다.

여자는 이미 그의 것이었다. 그럼에도 갈망하고 불안했다. 드디어 자신의 뇌 회로가 미쳐가고 있는 건가. 재현은 스스로의 감정에 혼란스러웠다. 그는 차를 갓길에 세우고 운전대를 화풀이하듯 쳤다. 일보다도 더 욕심나는 상대. 그게 류진이었다.

5.

　녹음이 짙어가던 어느 날, 경서는 류진 앞에 천사 같은 모습으로 나타났다. 자주 집을 찾던 아저씨가 사고를 당했다는 소식을 접하고 집을 나갔던 아버지는 예쁜 여자아이를 데리고 류진의 앞에 나타났다.

　자신보다 커 보이는 여자아이를 보며 류진은 호기심으로 눈을 반짝였다.

　"류진아, 이쪽은 임준 아저씨의 딸인 경서야. 앞으로 우리 집에서 지내게 될 거다."

　아버지의 결단에 어머니는 한 번의 반박도 하지 않았다. 자신에게 주어진 운명이거니 하며 경서를 살갑게 맞아들였다.

　"어서 온. 난 류진의 엄마란다. 앞으로 잘 지내보자."

　늘 혼자라 외로웠던 류진은 자신에게도 언니가 생기는 것이 기뻤다. 어머니를 향해 환히 웃는 그 여자아이를 보며 앞으로 자신의 앞에도 그와 같은 환한 즐거움이 놓여 있을 줄 알았다.

"전 임경서라고 해요. 앞으로 잘 부탁드립니다."

나이답지 않게 깍듯한 여자아이의 인사에 어머니는 만족한 표정을 지었다.

"진아, 언니는 앞으로 네 방에서 같이 지내게 될 거야. 방을 안내하는 건 어떻겠니?"

아버지의 제안에 기쁜 류진은 열심히 고개를 끄떡거렸다. 그녀는 기쁜 나머지 자신의 뒤를 따라오는 경서를 몇 번을 확인하며 방문을 열었다.

"언니, 여긴 내 방이야. 언니도 여기서 지내게 될 거야. 난 류진이야."

"너 같은 건 죽어버려야 해!"

경서는 방문을 닫고는 좀 전과는 백팔십도 달라진 모습으로 말했다. 그 얼굴은 무시무시했다.

"언니?"

류진은 경서의 입에서 나오는 말을 믿을 수 없었다. 언니가 왜 저런 말을 할까.

"세상은 불공평해. 어째서 너 같은 것이 이런 곳에서 공주 대접을 받으며 살아야 하지? 이런 대접을 받아야 할 사람은 나야. 아빠는 날 기쁘게 하지 못했어. 내가 뭔가를 요구하면 고개를 숙이며 말을 하지 못했어. 난 그런 아빠가 맘에 들지 않았어. 여긴 네가 있을 곳이 아니야. 이곳은 원래 내가 있어야 할 자리야."

"언니?"

"넌 없어져야 해!"

경서는 섬뜩한 표정을 지으며 류진에게 다가왔다. 류진은 뒤로 물러나다 침대 끝에 걸려 자빠졌다. 경서의 입에 잔인한 미소가 걸렸다. 열 살 아이의 얼굴이라고 하기엔 사악했다. 류진은 누워있는 자신에게 가까이 다가오는 경서의 모습이 공포스러웠다. 경서의 손에는 침대에 있던 베개가 들려 있었다. 경서는 베개를 높이 쳐들어 류진의 얼굴을 눌렀다.

숨이 막혔다. 세상은 깜깜했고 무서웠다. 언니가 왜 그러는 걸까. 류진은 경서의 행동을 이해할 수 없었다. 류진이 느낄 수 있는 것은 지금 숨이 막히고 계속 숨이 막히게 되면 죽을지도 모른다는 섬뜩함과 질식할 것 같은 고통이었다.

어떻게든 살아보려고 저항했다. 손을 휘젓고 발을 버둥거리고 급기야는 살아야겠다는 생각에 온 힘을 다하여 베개와 경서를 밀어내었다. 자신의 힘에 미동도 하지 않던 베개는 류진의 얼굴에서 서서히 멀어졌다.

"킥킥! 농담이야. 놀랐지?"

좀 전까지 보여주던 살벌하던 표정은 흔적도 없이 사라졌다. 오직 류진이 처음 봤을 때의 천사 같은 모습만이 류진을 보고 있었다. 류진은 자신이 착각한 거라고 생각했다.

"놀랐어."

"미안해. 너무 심했나봐."

"괜찮아, 언니."

류진은 밝게 웃었다. 그러나 그 뒤에도 경서의 학대는 계속되었다.

쨍그랑.

경서는 보란 듯이 류진의 눈앞에서 접시를 높이 들어 떨어뜨렸다. 접시의 원형은 산산이 부서져 조각조각 흩어졌다. 경서는 그중 한 조각을 들어 자신의 발목을 그었다. 그 사이로 새어나오는 선홍색 핏빛의 끔찍함에 류진은 눈을 감았다.

"무슨 일이니?"

미경이 달려왔다. 미경은 주방에 벌어진 상황을 보고 영문도 모른 채 경서의 다리를 보고 기겁을 했다. 늘 아팠던 까닭에 파리한 미경의 안색은 더욱 하얗게 질려 있었다.

"어떻게 된 거니?"

경서는 굵은 눈물방울을 떨어뜨리며 천진하게 류진을 가리켰다.

"진아가 나를 향해 던졌어요."

"진아가?"

미경이 류진을 보았다. 류진은 어쩔 줄 몰라 하고 있었다.

"엄마 내가 안 그랬어요."

미경은 류진과 경서를 번갈아 보았다. 무언가를 알아내려는 것처럼.

"류진아 네가 언니한테 던졌잖아. 어떻게 그렇게 거짓말을 할 수 있니?"

"난 안 그랬어."

류진의 눈에 눈물이 고여 금세라도 떨어질 듯했다. 경서가 들어오고 4년의 세월이 지나고 있었다. 그런데 어떤 까닭인지 경서가 오고 나서 류진은 자꾸 문제를 만들고 있었다. 낯선 언니를 인정할 수 없는 것일까. 자신이 키워온 딸아이는 저렇듯 심술궂은 행동을 할 리 없었다.

그러나 경서를 의심할 수 없었다. 늘 순종적이며 착하기만 하고 류진에게 양보를 잘하는 경서. 저렇듯 착하고 선한 얼굴로 이런 상황을 일부러 만들어냈다고는 생각할 수 없었다. 대체 누가 잘못한 걸까.

"엄마는 둘을 다 사랑해. 너희 이런 모습을 보고 있으면 슬프구나."

"어머니 제가 잘못했어요. 동생을 제대로 못 돌봐서 일어난 일이에요. 앞으로 이런 일 생기지 않도록 더욱 잘 보살필게요."

살갑게 붙으며 울고 있는 경서를 보며 미경은 머리를 쓰다듬었다. 그러나 류진은 그대로 선 채 눈물만 흘리고 있었다. 늘 수줍고 마음의 표현이 서투른 자신의 딸. 미경은 그런 류진의 모습이 더욱 안쓰러웠다.

"진아 이리 온."

그제야 류진은 쭈뼛거리며 미경에게 다가왔다. 손바닥이 차갑고 땀이 배어 있었다. 이 아이는 지금 이 상황에 무척 긴장하고 놀라고 있구나. 미경은 경서를 보았다. 울고 있는 경서의 입술이 불만을 나타내듯 툭 튀어나와 있었다. 이 아이가 설마!

경서와 눈이 마주쳤다. 애원하는 그 아이의 눈빛을 대하자 미경은 자신이 착각했다고 생각했다. 그래 설마 경서가 그런 짓을 하려고. 이 모든 건 어쩔 수 없이 벌어진 상황이야. 접시는 저절로 떨어졌고 경서는 동생 때문에 화나는 일이 있어서 잠시 거짓말한 것뿐이야.

미경은 자신의 친딸이 절대 그런 짓을 할 리 없다고 생각했다.

"진아 너도 언니에게 잘해보려고 노력하렴. 언니가 너 때문에 많이 힘들 수도 있어."

"네."

류진은 어머니에게 혼나리라고 겁먹다 좋은 말로 타이르자 겨우 용기를 내어 들릴 듯 말 듯하게 대답했다.

'이 두 아이를 어쩌면 좋을까? 난 약하고 언제 어떻게 될지 모르는데……'

미경은 두 딸아이의 미래가 걱정되었다.

"이 사진 누구야?"

자신의 수첩에 몰래 끼워놨던 사진을 경서가 들여다보며 류진을 향해 물었다. 류진은 가슴이 철렁했다. 언니가 내가 좋아하는 사람의 사진을 보고 말았어. 꺼림칙했다. 경서는 항상 류진을 괴롭힐 뿐만 아니라 원하는 것들을 언제나 뺏어갔다. 자신이 처음으로 좋아하게 된 상대. 그 상대를 언니가 봐버렸다. 류진은 불안했다.

"아는 사람."

"단순히 아는 사람 같진 않은데? 그런 사람을 수첩에 이렇게 소중하게 간직하진 않지. 혹시 짝사랑이라도 하는 거야?"

류진은 불안하게 경서를 보았다. 자신은 언니처럼 거짓말을 쉽게 하지 못했다. 머뭇거리는 류진을 보던 경서는 호기심을 보였다.

"어떤 사람인데?"

"청년부에 있는 오빠야. 교회 합창부에도 있어."

"네가 갑자기 교회를 열심히 다닌 이유가 있었어. 나도 이번 주에 한 번 가봐야겠다. 네가 좋아하는 사람이 어떤 사람인지 보고 평가해줄게."

"아, 아니 언니 안 그래도 돼. 어차피 나 혼자 좋아하는 거니까 상관없어."

"그러니까 더욱 봐야 하는 거야. 그래야 나중에 네가 사귀어도 안심이 되지."

류진은 어떻게든 경서를 막고 싶었으나 그러지 못했다. 이 모든 것이 자신의 부주의한 실수 때문임을 탓해봐야 소용없었다. 결국 경서는 교회를 갔고 류진의 첫사랑을 뺏어갔다.

류진은 보이지 않는 곳에서 한없이 울었다. 모든 게 전부 자신의 탓이다. 사진을 들켜버린 것도 자신의 탓이었고 깡마르고 못난 것도 자신의 탓이었다. 류진은 자신을 늘 못났다고 생각했다. 그러면서 창백해서 파리해 보이는 자신과 달리 건강하고 뽀얀 경서의 피부를 부러워했다.

어쩌면 예쁜 경서를 남자들이 좋아하는 것은 당연한 일인지도 모른다. 첫사랑을 잃어버린 것도 자신의 탓이었다. 못난 자신은 계속 혼자 가슴앓이를 할 것이고 결국은 경서가 먼저 접근하지 않아도 남자 쪽에서 그녀를 발견했다면 결말은 어차피 이렇게 될 거였다. 류진은 그렇게 결론을 지었다.

경서를 축복했다. 늘 자신을 괴롭히는 언니였지만 미워하면 안

164 나쁜
게임

되는 거라고 생각했다. 비록 그 때문에 아버지의 사랑을 잃었다고 해도. 그러나 언니의 사랑은 오래가지 못했다. 경서에겐 그저 잠시 갖고 놀 장난감이 필요했을 뿐이다.

류진의 나이 열일곱이었다. 사랑을 꿈꿀 나이에 실연을 당했고 처음으로 분노를 느꼈다. 내가 그처럼 소중히 여기던 사랑을 아무렇지도 않게 망가뜨리고 또 싫증난 장난감처럼 팽개쳐버렸다. 절대 용서할 수 없다.

류진은 더 이상 바보같이 자신이 당할 수만은 없다고 생각했다. 그러나 영리한 경서는 류진의 반기를 눈치챘다. 그때부터 그녀는 류진을 비정상적으로 취급하기 시작했다.

"아빠, 류진이 이상해요. 내가 잠든 사이 내 머리를 잘랐어요."

류 사장은 경서의 손에 쥐어진 머리카락을 보았다.

"정말 내가 한 짓이니?"

비난과 슬픔이 서린 류 사장의 눈빛에 류진은 입이 떨어지지 않았다. 아버진 더 이상 날 믿지 않아. 내 편은 아무도 없어. 늘 자신을 지켜주려던 엄마조차도 이미 곁에 없었다.

"아빠, 난, 난……."

말을 잇지 못하는 류진을 경서가 가로막았다.

"내가 눈을 뜨니 류진이 가위를 들고 있었고 쟤 손에는 이 머리카락이 쥐어 있었어요."

류 사장은 보고 싶지 않은 현실에 눈을 감았다.

"아빠, 아무래도 진이 치료받는 게 낫지 않을까요? 엄마가 죽고 나서 더욱 심해진 거 같아요. 그리고 해가 갈수록 더욱 심해져요."

자신을 정신병자 취급하는 경서의 말에 류진은 분노를 느꼈다. 그리고 그 반응은 히스테릭하게 나타났다.

"난 미치지 않았다고!"

류진의 분노에 찬 목소리에 류 사장은 경서의 말을 더욱 믿을 수밖에 없었다. 아내가 죽은 뒤 자신의 둘째 딸이 더욱 이상해져 간다는 사실이 슬프고 가슴 아플 뿐이었다. 경서의 농간은 계속되었다. 모든 상황은 경서가 의도한 대로 돌아갔다.

그러던 어느 날 결정적인 순간이 왔다.

"아빠, 류진이 날 죽이려고 해요!"

현관을 들어서던 류 사장은 경서의 비명에 놀라 급히 주방으로 들어섰다. 경서는 공포에 질려 있었고 류진은 칼은 든 채 멍하니 서 있었다.

"아빠, 난 무서워서 더 이상 이 집에 있을 수 없어요."

류 사장은 결단을 내릴 때가 왔음을 직감했다.

"지금 당장 김 원장에게 연락을 넣으마. 잘 아는 분이라 진이를 잘 보살펴주실 거야."

아버지의 얘기를 들으며 류진은 믿을 수 없었다. 어떻게 피가 통하는 자식을 이렇게 모를 수 있을까. 경서가 호들갑스럽게 요리를 한다며 설치는 통에 류진은 정신이 하나도 없었다. 그리고는 자신에게 요리를 도와야 한다고 말했다. 아버지가 오랜만에 일찍 오시니까 음식을 직접 만들어서 드리자고. 그래서 가정부도 하루 다른 곳을 보냈다고 했다.

늘 류진의 뒤통수를 쳐온 경서이므로 의심스러워하면서도 경서의 말을 따랐다. 그리고 칼을 들고 당근을 썰기 시작했을 때는 그런 의심도 까맣게 잊고 있었다. 그러나 현관문이 열리는 소리가 나자마자 경서는 갑자기 비명을 질러댔다. 곧이어 아버지가 뛰어들어왔고 어이없게도 류진은 정신병자가 돼버린 것이다. 자신이 한 일이라고는 경서가 시키는 대로 당근을 썬 죄밖에 없었다.

"아빠, 그분은 정신과 전문의가 아니잖아요? 제가 볼 때 진이는 요양원 같은 데서 편하게 지내다 오는 게 나을 것 같아요. 뭔가 머리를 식힐 필요가 있을 것 같아요."

"그런 곳이 있으려나."

"제가 아는 곳이 한 군데 있는데요. 거긴 환자를 약물로 치료하기보다는 편하게 쉬게 하는 곳이래요. 그래서 알츠하이머 환자들도 많이 온다네요."

"그래?"

류진은 경서의 치밀함에 치를 떨었다. 경서는 류진을 먼 곳으로 보냄으로써 외부와 철저히 차단시키는 것은 물론 경서 자신과 아버지의 눈에서 멀어지게 하려는 것이었다. 그러나 이젠 분노가 아닌 포기와 절망이 류진을 내리눌렀다. 이제 그녀가 믿을 사람은 아무도 없었다. 어쩌면 평생을 그곳에서 정신병자로 썩어야 할지 모른다. 류진의 마음은 어둡게 가라앉았다. 희망은 류진의 몫이 아니었다. 신은 류진을 버렸다.

"이름이 류진이라고 했지? 앞으로 난 널 돌보게 될 요한나야."

이곳에 오고 처음으로 류진을 따스하게 대해주는 사람. 요한나라는 간호사는 류진의 어머니를 닮아 있었다. 그래서 류진은 낯설게 느껴지지 않았다. 그날부터 류진이 웃을 때라고는 요한나와 있을 때뿐이었다.

"오늘은 다른 사람을 소개할게. 이곳에서 지내게 될 이진태 씨야."

자신을 노려보는 머리가 허연 노인. 그런데 이상한 일은 그런 노인이 하나도 두렵거나 밉지 않았다. 이미 자아를 상실한 때문에 더 이상 잃을 것도 없다는 생각 때문일까.

"난 더 이상 친구가 필요 없어!"

노인은 고집스럽게 말했다. 요한나는 그런 노인의 태도에 미소지었다. 류진 역시 노인의 그 모습이 친구가 더욱 필요하다는 것 같아 요한나를 따라 웃었다. 처음으로 자신이 쓸모 있을지도 모른다는 생각을 했다.

"아저씨, 오늘은 친구 필요 없으세요?"

노인을 만나며 류진은 예전의 자신의 밝은 모습을 찾을 수 있었다. 노인도 마찬가지였다. 류진은 노인과의 관계를 통해 처음으로 희망이라는 것을 갖게 됐다. 그러나 노인은 일 년을 채 넘기지 못하고 자리에 누워 침대에서 꼼짝하지 못했다. 멀쩡한 노인을 치매로 몰며 이곳에 집어넣은 며느리. 완고한 노인임에도 한 번도 며느리를 원망하지 않았다. 다만 자신의 유일한 피붙이를 늘 그리워했다.

노인은 동생을 찾기 위해 유일한 단서인 홀트재단을 찾았고 동생을 찾는 작업은 오랜 시간을 요구했다. 그리고 이곳에 노인이 들어왔을 땐 찾을 수 있다는 가능성을 포기하고 있었다.

어느 날 노인이 그토록 원하던 친동생이 요양원을 찾아왔다. 형의 그리움이 기적을 만들었다. 동생은 외국으로 입양된 까닭에 다른 이름을 갖고 있었다. 모리스 제롬 드 몬테크리스토. 동생의 얘기는 노인을 통해 알고 있었다. 너무나 배고팠던 어린 시절. 자신의 배조차 채울 수 없어 동생을 고아원에 보내야 했던 형. 그 사실을 늘 자책했던 형 이진태. 그 동생이 형이 우려했던 모습과는 달리 행복한 얼굴로 형을 내려다보고 있었다. 동생은 그 오랜 세월 동안에도 한국말을 잊지 않고 있었다.

"미안하다."

눈물 젖은 눈으로 바라보는 노인을 모리스는 따뜻하게 보았다.

"난 행복합니다. 빨리 나으세요. 그래서 예전처럼 지냅시다."

노인은 미소를 지으며 고개를 끄떡였다. 그러나 다음날 동생이 찾았을 땐 노인은 다시 눈을 뜨지 못했다. 그토록 그리워하던 형을 이젠 볼 수 없다는 생각에 모리스는 오열했다. 그리고 형의 시신 옆에 놓여 있는 편지를 발견했다. 그 편지에는 모리스에 대한 애틋한 마음과 그리움, 자신을 피붙이처럼 살갑게 대해준 류진을 부탁한다는 말이 쓰여 있었다.

모리스는 형의 유언에, 맑지만 어쩐 일인지 어둡고 수줍음이 많은 여자애를 떠올렸다. 모리스는 요한나에게 도움을 청했다. 류진은 얼마 전 아버지를 잃고 슬픔에 빠져 있었고 모리스가 입양하기에 방해될 만한 요소는 없었다. 그러나 슬픔에 빠져 있는 류진에게 얘기를 꺼내기는 어려웠다. 모리스는 요한나에게 이 역할을 맡겼고 류진은 생각할 시간이 필요하다고 했다.

모리스는 한국에 오래 있을 수 없는 까닭에 자신의 연락처를 남기고 한국을 떠났다. 류진은 두 달 뒤 입양을 결심했고 비행기표를 보내준 모리스에게 감사하며 프랑스행 비행기에 올랐다. 류진의 입양은 그렇게 이루어졌다.

✿

류진은 기자회견장인 호텔로 향했다. 운전을 하던 이경래는 그런 류진을 걱정스럽게 보았다.

"회사를 되찾는데 약혼도 필요했던 거냐?"

"네. 만에 하나 둘이 결혼을 해서 회사를 되찾지 못할 수도 있잖아요."

"그건 아주 희박한 일이었어."

"작은 가능성이라도 아예 봉쇄해버려야 해요."

류진은 이경래에게 원래의 목적에 대해선 말하지 않았다. 자신에게 그랬듯이 경서의 모든 것을 빼앗을 것이다. 호텔에 도착해 류진이 차에서 내렸지만 이경래는 내리지 않았다.

"아저씨 안 내리실 거예요?"

"그냥 가마. 왠지 마음이 편치 않구나."

류진은 인사를 하고 정문으로 들어섰다. 그녀가 들어갈 때까지 보고 있던 이경래는 한숨을 쉰 후 차를 출발시켰다. 이렇게 꼬여버린 세상일이 안타까울 뿐이었다.

류진이 프런트데스크로 가려는데 누군가가 팔을 홱 잡아끌었다. 박재현이었다. 그는 류진을 엘리베이터로 데리고 갔다. 그의 옆에는 비서로 보이는 남자가 서 있었다. 류진은 작게 속삭였다.

"남의 팔을 잡아채는 게 주특긴가 보죠?"

"내 거 내가 챙기는데 왜?"

넉살 좋은 재현의 말에 류진은 어이가 없어서 쳐다보았다.

"인상 펴. 누가 보면 장례식장에 온 줄 알겠어."

류진은 어이없어서 할 말을 잃었다. 옆을 보니 비서가 웃음을 참고 있었다. 류진은 애써 마음을 진정시키며 표정을 정리했다.

"이러면 됐죠?"

"입만 올린다고 웃는 게 아냐. 눈은 차렷 자세를 취하고 있잖아."

모리스. 모리스. 그가 모리스라고 생각하자. 류진은 눈을 감고 심호흡을 한 뒤 그를 보았다. 그 순간 엘리베이터 문이 열렸다. 재현은 류진의 손을 잡고 회견장으로 향했다. 그의 큰 보폭에 류진이 종종걸음을 쳤다.

"이보세요, 지금 난 힐을 신고 있다……."

말을 채 마치기도 전에 몸이 휘청하며 미끄러졌다. 그 바람에 류진은 바닥에 넘어졌다. 회견장 밖에 있던 기자들이 우르르 몰려왔다. 이런 망신이…… 류진이 일어나려는데 갑자기 몸이 들려졌다. 재현은 그녀를 거뜬하게 들어 안고 그대로 회견장으로 들어갔다. 여기저기서 플래시 세례가 터지고 웅성거렸다. 그는 눈을 찡긋하며 속삭였다.

"생각보다 머리 좋은데?"

류진은 무슨 소린지 몰라 어리둥절했다. 그러는 사이 그는 회견장 앞 단상으로 걸어가 섰다. 류진은 옆에 내려졌다.

"이 자리에 참석해주셔서 감사합니다."

플래시가 터지며 한편에는 박수소리도 났다. 그는 박수소리가 나는 쪽을 가리켰다.

"저쪽에 저의 팬이 있는지 몰랐네요?"

웃음소리가 났다. 그는 위트 있게 진행해갔다.

"여러 가지로 물의를 빚은 점 죄송하게 생각합니다. 저 사실 나쁜 놈 맞습니다. 약혼자에게 이유 없이 파혼을 통보했으니 천하에 나쁜 놈이죠."

곳곳에 웃음소리가 들렸다.

"하지만 어쩌겠습니까? 갑자기 제 마음을 몽땅 빼앗어간 여자를 만났는데요. 사실 전 약혼자와는 정략적인 관계였습니다."

그의 눈길이 류진에게 향해졌다. 모리스라 생각하자. 모리스라 생각하자. 류진의 입가에 자연스런 미소가 번졌다. 갑자기 기자들의 플래시가 그녀에게 쏟아졌다. 기자의 질문이 이어졌다.

"어떻게 만났나요?"

"비행기 안에서 만났습니다."

모든 대답은 재현이 맡았다. 류진은 아직까지도 엉덩이에 남아 있는 통증에 얼굴을 찌푸렸다. 그가 자신을 안고 회견장으로 들어가던 장면을 떠올리자 얼굴이 화끈거렸다. 이 남자 낯 뜨거운 짓을 잘도 했다.

"그녀의 어디가 그렇게 매력적이었습니까?"

"머리끝에서 발끝까지."

그는 정말 연기를 잘했다. 몸이 오그라드는 멘트도 아끼지 않았다. 더구나 류진을 향해 짓는 미소에는 사랑이 가득했다. 정작 그 연기를 소화 못 하는 것은 류진이었다.

"그녀는 누구입니까?"

"교폽니다. 프랑스에 살고 있죠."

"어떤 일을 하고 있습니까?"

"이 정도까지만 얘기하죠."

더 이상 얘기하지 않아도 기자들은 그녀에 대한 정보를 조만간 알아낼 것이다. 재현은 오늘의 회견에 만족했다. 옆에서 겨우 명맥만 유지하는 연기를 하고 있던 류진의 눈에 경서의 모습이 비쳤다. 그녀는 귀퉁이에서 모습을 숨긴 채 두 사람을 노려보고 있었다. 그녀의 모습에는 적개심이 가득했다.

류경서, 잘 봐둬. 네 남자가 하는 모습을. 류진은 그에게 기습 키스를 했다. 회견장에는 휘파람과 함께 박수가 쏟아졌다. 키스를 당한 그는 놀랄 법도 한데 오히려 기다렸다는 듯이 그녀의 허리를 힘차게 끌어안으며 키스에 부응했다.

키스를 끝내고 경서 쪽을 보니 그녀는 이미 사라지고 없었다. 아마도 분해서 길길이 날뛸 테지. 아직 끝나지 않았어. 류경서, 기다려.

회견장을 나온 뒤에도 재현은 류진의 손을 잡고 있었다. 류진은 손을 뿌리쳤다.

"아까의 순발력 좋았어."

"무슨 소리예요?"

그는 비서를 먼저 보냈다.

"당신의 기지에 대한 나의 반응이 백 마디 말보다 더 효과 있었어."

"당신이 말하는 뜻을 모르겠어요."

"설마 실수로 넘어졌다고 하는 거 아니지?"

"실수로 넘어졌어요."

그는 황당한 표정을 지었다.

"그랬다면 운이 좋았다고 해야 하겠군. 태워다줄게."

"사양할래요."

"키스 후의 반응치고는 불량한데?"

"기대에 부응하기 위해서 연기했을 뿐이에요."

"이제 내 거니까 말 들어."

"미쳤군요."

"당신만 하겠어?"

그의 말에 류진은 가슴에 칼날이 들어오는 것 같았다. 날카로운 통증이 가슴을 스쳤다. 이 남자는 나에 대해 조사해봤을 것이다. 아마도 경서를 통해서도 뭔가를 알아냈을 것이다. 그렇다면 왜 자신과 약혼했을까? 그녀가 가진 배경인 거부할 수 없는 유혹이었을까.

"날 선택한 이유가 뭐예요?"

"이유는 한 가지야."

"역시 배경이군요."

"아니. 여자를 발판으로 오르고 싶은 생각은 없어."

"아님 류경서에게 싫증이 났나요?"

"아니."

그는 주차장으로 향했다. 류진은 멈춰 섰다.

"뭐 하는 거야?"

"얘기했잖아요? 혼자 가겠어요."

"말 안 들으면 아까처럼 안고 갈 거야."

"도망갈 거예요."

"약혼 무를 거야."

유치했다. 그런 걸 빌미로 자신의 뜻을 관철시키려 하다니. 류진은 마지못해 그를 따라 주차장으로 갔다. 차에 오르자 아까 하던 질문이 떠올랐다.

"그런데 이유가 뭐예요?"

재현은 나직하게 말했다.

"갖고 싶으니까."

류진은 아무 말도 할 수 없었다. 자신의 계획대로 그는 자신을 선택했다. 모든 계획이 잘 진행되고 있었다. 그런데 가슴에 흔들리는 이 불안한 감정은 무얼까. 그의 무심한 말에 왜 이리 자신의 심장이 속절없이 뛸까. 류진은 긴 숨을 내쉬며 마음을 가라앉혔다. 그러나 심장은 계속해서 팔딱거리고 있었다. 그가 자신의 집 앞에 내려주고 가버린 뒤에도 그녀의 심장박동은 느려지지 않았다.

"이제 나서야 할 때가 왔구나."

"체크해야 될 건 없을까요? 구성팀들이 프랑스에서 곧 올 거예요."

"경서가 모든 일을 나에게 전담했다. 이제 모든 것은 일사천리로 진행될 거야."

"날짜는 언젠가요?"

"11월 9일. 오전 9시."

"알았어요. 준비하죠."

드디어 때가 온 것이다.

─새는 자신의 어깻죽지를 부러뜨림으로써 날기를 포기했다. 그렇게 하지 않으면 날고 싶은 욕망을 포기할 수 없을 것 같았다. 어깨는 치유됐다. 그리고 날아올랐다. 새는 나는 순간 깨달았다. 자신이 진정 원했던 것은 이것이었음을……

이경래 전무가 가고 나자 류진은 흥분을 감출 수 없었다. 드디어 아버지 회사를 자신의 손으로 지키게 되었다. 비록 아버지는 알아주지 못했지만 류진은 아버지에 대한 도리를 지켰다.

엄마, 하늘에서 보고 계시죠? 거기서 아빠랑 잘 지내고 계신 거죠? 아빠 마음에 드는 딸은 못 됐지만 엄마가 잘 얘기해주세요. 아빠 많이 사랑한다고요. 류진은 코끝이 시큰했다. 언제 울어봤는지 까마득한데 아직까지 눈물이 남아 있었던 모양이었다. 모든 것이 곧 끝날 건데 왜 이리 마음이 불안하고 초조한 것일까. 자신에게 닥치는 상황들이 부담스런 것일까. 이런 것들은 무시해야 한다. 아무리 생각을 다잡아도 마음이 안정되지 않았다. 술이라도 한잔할까?

생각에 잠겨 있던 류진은 전화 벨소리에 깜짝 놀랐다. 액정화면에 박재현이란 이름이 떴다. 류진은 전화를 받았다.

-지금 뭐해?

마음에 들지 않았다. 마치 오랫동안 사귄 연인처럼 류진에게 말하는 말투가 너무나 스스럼없다.

"놀고 있진 않아요."

-말투하곤. 지금 나와.

나오라고? 어디로 나오라는 거야? 류진의 머릿속으로 수많은 의문들이 떠다니는 동안 재현은 판단할 시간을 주지 않았다.

-집 앞이야. 어서 나와!

정말 마음에 안 들어. 류진은 대문 밖으로 나갔다. 그에게 따끔하게 한마디 하고 다시 들어올 생각이었다. 재현은 차에서 내려 차문에 등을 기대고 서 있었다. 류진이 나오자 그는 조수석 문을 열었다. 류진은 손을 들어 저지했다.

"뭔가 오해한 모양인데요. 난 그쪽 생각대로 차에 탈 생각이 없어요. 무슨 생각으로 그러시는지 모르겠지만 약혼했다고 해서 만만하게 볼 생각 말아요!"

"복잡한 일이 있어서 잠시 머리를 식히고 싶었어. 술 생각도 나는데 딱히 떠오르는 사람이 없더라고. 항상 혼자였다고 해야 하나?"

혼자? 자조하듯 읊조리는 그의 마지막 말이 류진의 연민을 불러일으켰다. 이 남자 계산된 멘트 아냐? 그렇다 해도 선뜻 거절할 수 없었다. 류진 역시 혼자였다. 프랑스에 있을 때도 그리고 한국 땅인 여기에서도……. 이 남자는 이상하게도 류진으로 하여금 거절할 수 없게 만들었다.

"너무 내 생각만 한 것 같군."

재현은 한숨을 쉬며 조수석 문을 닫았다. 그는 차에 올라 시동을 걸었다.

"잠시만요!"

류진이 서둘러 조수석에 올라탔다. 자신의 동정심을 유발하다니. 보면 볼수록 이 남자 고단수였다. 재현이 놀란 눈으로 보았다. 이것도 연기겠지?

"술친구라면 해드릴게요."

"오케이!"

재현은 시원하게 차를 출발시켰다. 재현이 데리고 간 곳은 아담한 스카이라운지였다. 어두운 조명에 깔끔한 인테리어가 돋보이는 곳이었다. 재현은 바에 자리를 잡고 앉았다. 바텐더가 다가왔다.

"키핑한 거 드릴까요?"

재현은 고개를 끄떡였다. 바텐더는 키핑된 술과 잔을 두 개 가져와서 하나는 재현 앞에 하나는 류진 앞에 놓았다. 바텐더가 두 사람 잔에 술을 따랐다.

"한 번도 여자분을 안 데리고 오셨는데 특별한 분이신가 봐요?"

바텐더의 말에 재현은 대답하지 않았다. 대충 눈치를 살핀 바텐더는 다른 손님에게로 갔다.

"여기 자주 오시나요?"

류진의 물음에 재현이 고개를 끄떡였다.

"머리가 복잡할 때 오는 곳이야. 사람마다 그런 장소가 있을걸. 어렸을 땐 슬프고 울고 싶을 땐 아무도 오지 않는 늦은 밤 놀이터가 그런 곳이었고 지금은 이곳이지."

류진에게도 그런 곳이 있었다. 프랑스 자신의 방. 밀폐된 자그마한 공간은 안정감을 주었다. 우울할 때도 혼란스러울 때도 복잡할 때도 자신의 방에 들어가 있으면 모든 생각이나 감정들이 정리되었다. 처음 프랑스로 건너왔을 때 그녀는 자신의 방에서 몇 달 동안을 나오지 않았다. 그렇지만 한국에서 요양원에 있을 때보다 정신적으론 더욱 건강해졌다.

"오늘은 혼자 오기 싫었어. 그래서 부른 거야."

류진은 주위를 둘러보았다. 벽면 한쪽이 통유리로 되어 있어 밖의 야경이 선명하게 보였다. 어둠 속에 있는 도시는 화려해 보이지만 고요했다. 밤은 마음을 차분하게 하는 동시에 도발적인 위험도 같이 잠재하고 있었다.

"한 잔 더요."

류진이 잔을 내밀자 재현은 말없이 따랐다.

"독한 거니까 더는 안 돼."

독하긴 했다. 알코올이 목젖을 타고 뱃속으로 들어가자 자극적이고 화끈한 기운이 올라왔다. 나른하고 기분이 좋아졌다. 정신도 조금 몽롱해졌다. 자신을 감싼 모든 족쇄가 풀리는 기분이었다.

"말해 봐요. 여자를 유혹할 때 이런 방법을 쓰나요?"

"굳이 유혹할 필요가 없었어."

류진의 눈꼬리가 술로 인해 살짝 올라갔다.

"왜요?"

"지금처럼 여자들이 먼저 유혹했으니까."

"지금 나보고 유혹하고 있다고 말하는 거예요?"

재현은 고개를 끄떡였다.

"그런 말도 안 되는 생각은 어디서 나오는 거예요?"

"그런 눈으로 보는데 어떤 남자가 그런 생각을 안 하겠어?"

"내가 뭘요?"

"몽환적인데다 물기어린 눈으로 보고 있잖아. 그런 눈을 보면 남자들은 다른 마음을 먹게 돼."

왠지 뱃속에서 뜨거운 뭔가가 올라왔다. 술기운은 아니었다. 설레는 듯하면서도 자극적인 느낌이었다.

"어떤 마음요?"

"당장이라도 눕히고 싶어져."

심장이 불규칙적으로 뛰었다.

"한 잔 더 주세요."

재현은 고개를 저었다.

"더 이상은 안 돼."

"나 술 주량이 세요. 저번에는 아파서 그랬지만."

류진은 점점 대담해졌다. 어쩐지 오늘은 모든 걸 무장해제하고 싶었다.

"지금 취한 거 같은데?"

류진은 풀리는 눈에 억지로 힘을 주었다. 취하긴 한 모양이었다. 똑바로 뜨고 있기가 힘이 들었다.

"전혀요!"

재현은 술을 부었다.

"그럼 딱 한 잔만이야!"

"Oui(예)!"

류진의 목소리는 들떠 있었다. 류진은 단숨에 마셨다.

"이봐! 그렇게 마시면……."

류진이 활짝 웃었다. 그 웃음에 재현은 놀랐다.

"당신이 그렇게 웃을 수 있는지 몰랐어."

"나의 숨겨진 부분은 그것뿐만이 아니에요."

"그래?"

"어쩌면 나의 매력에 빠질지도 몰라요."

재현이 한쪽 입가를 올리며 웃었다.

"당신의 웃는 모습 마음에 안 들어요. 무시하는 거 같아."

류진은 재현의 입가를 위로 쭉 치켜 올리며 말했다.

"이렇게 웃어 봐요."

류진은 자신이 시범을 보이듯 활짝 웃었다.

"당신도 잘 웃는 여자는 아니잖아."

재현은 마음에 들지 않는 듯 보았다.

"여자는 웃음이 헤프면 안 돼요."

"틀린 말은 아니야."

재현은 인정하듯 고개를 끄떡거렸다.

"재현 씨."

류진의 부름에 재현은 깜짝 놀라는 표정을 지었다.

"자진해서 부르기는 처음인 것 같군. 내 이름."

"그런가요?"

"듣기 좋아."

재현의 입 끝이 느슨하게 풀렸다. 류진은 재현의 손에 자신의 손을 포갰다.

"요리해줄까요?"

재현은 의외라는 듯 보았다.

"정말이야?"

"배도 조금 고파지는 거 같고. 기분이다! 해줄게요!"

"좀 업 되어 있는 거 같은데? 괜찮아?"

"아무 문제 없어요!"

류진은 일어났다. 재현이 걱정스런 표정으로 보았으나 류진은 아무렇지 않게 스카이라운지를 나갔다. 재현은 서둘러 뒤따라 나갔다. 차에 오를 때도 류진은 아무런 이상이 없어 보였다. 정말 취하지 않는 건가? 류진의 행동은 평상시와 조금 달랐지만 술을 먹으면 평소의 딱딱함을 버리는지도 몰랐다.

"그럼 내 집으로 갈 거야?"

"당연하죠!"

재현은 고개를 갸웃거리며 차를 출발시켰다. 오피스텔에 도착하자 류진은 익숙한 걸음으로 앞장서서 그의 오피스텔 문 앞에 섰다. 뒤따라온 재현이 비밀번호를 눌러 문을 열어주자 류진이 먼저 오피스틸로 들어갔다. 류진은 주방으로 쪼르르 달려가 냉장고 문을 열었다. 그리곤 고개를 저었다.

"먹을 게 별로 없네요. 빵 있어요?"

재현이 주방식탁 위에 빵을 류진에게 건넸다. 류진은 냉장고에서 과일과 계란과 쨈을 꺼냈다. 식빵을 토스터에 넣으며 계란을 재현에게 내밀었다.

"재현 씨가 계란프라이 해주세요."

재현은 류진의 지시에 말없이 따랐다. 류진은 주방을 왔다 갔다 하는데도 발이 땅에 닿지 않고 구름 위를 둥둥 떠다니는 기분이었다. 술에 취한다는 거 나쁘지 않았다. 아니 오히려 좋았다. 현실이 아닌 꿈 속을 헤매는 것처럼 몽롱한 것이 즐거웠다. 자신의 옆에 있는 재현이라는 남자도 다정하고 친밀하게 느껴졌다.

류진은 토스트를 만들어 재현에게 내밀었다. 그는 말없이 먹었는데 어쩐지 즐거워 보였다. 류진은 자신의 착각일 거라고 생각했다. 자신이 술에 취해서 그렇게 보이는 거라고.

"재현 씨가 커피는 만들어줄 거죠?"

류진은 재현이 더 이상 거북하거나 낯설게 느껴지지 않았다. 류진의 입에서 스스럼없는 말이 나온 것도 그 때문이었다. 재현은 예의 한쪽 입가만 올리는 미소를 지으며 고개를 끄떡였다. 그 순간 류진은 장난기가 발동했다. 류진은 재현의 입가를 다시 끌어올렸다.

"말했죠? 이렇게 웃으라고요."

재현의 눈빛이 짙어졌다. 류진은 재현이 흥분했다는 것을 알았다. 그는 기습적으로 류진에게 키스했다. 뜨거운 입술이 류진의 촉촉한 입술에 닿았다. 풍부하고 질감 좋은 재현의 혀가 그녀의 입술을 부드럽게 핥았다.

"말했지? 그렇게 보지 말라고."

재현은 경고하며 류진을 살짝 밀었다.

"소파에 가 있어."

재현의 말투에 따스함이 배였다. 류진은 충동적으로 재현의 목을 끌어안고 입술에 키스했다.

"고맙다는 표시!"

류진의 장난기에 재현이 와락 안으려 하자 류진은 소파로 도망쳤다. 재현은 아쉬운 듯 입맛을 다시며 커피를 가지러 갔다. 오피스텔 안에 커피향이 가득했다. 천국이 있다면 이런 곳일까. 아무 걱정이 없고 편안하고 따스한 느낌. 더구나 차가운 남자는 천사같이 류진을 행복하게 만들었다. 류진은 이 느낌에서 깨어나고 싶지 않다고 생각했다.

재현은 류진의 옆자리에 앉아 커피를 내려놓았다. 류진은 충동적으로 그의 무릎 위로 올라타 얼굴을 마주 보고 앉았다. 그녀는 재현의 얼굴을 양손으로 감쌌다.

"나 좋아해요?"

재현은 즐거운 표정으로 류진을 보았다.

"좋아해."

"그럼 나하고만 섹스할 거예요?"

"그래."

그가 오른손을 들어 그녀의 얼굴을 감쌌다.

"너하고만 하고 싶어."

류진의 얼굴이 새빨개졌다. 재현의 고백이 그녀를 설레게 했다.

"좋아요! 지금 나하고 섹스해요."

"뭐?"

재현은 어리둥절했다.

"너 취했지?"

"취했어요. 그래도 정신은 말짱해요!"

재현은 류진을 가늠하듯 보았다.

"정말 원해?"

류진은 고개를 끄떡였다. 재현은 류진을 번쩍 안아 침실로 향
했다.

"안 할 거면 지금 말해."

류진은 아무 말도 하지 않았다. 오히려 재현의 목을 힘주어 끌어
안았다. 침실문을 열며 재현은 류진에게 키스했다. 재현은 류진을
침대에 눕히고 그녀의 달콤한 숨결을, 물기어린 입술을 흡입하듯
빨았다. 목말랐다. 아무리 빨아도 류진에 대한 갈증을 멈출 수가 없
었다. 대책 없이 빠져드는 걸 멈출 수 없었다.

재현은 류진의 몸에 입혀진 옷을 거칠게 벗겨 내려갔다. 봉긋한
그녀의 탐스런 둔덕이 재현의 눈에 들어왔다. 여리듯 부드러운 분
홍빛 유두가 수줍게 재현을 보고 있었다. 재현은 말캉한 가슴을 양
손에 움켜쥐고 주물렀다.

발그레한 볼, 촉촉이 젖은 눈빛, 키스로 붉게 부풀어 있는 입술,

모든 것이 재현을 위해 존재하는 듯했다. 나를 사랑해줘요. 그러면 행복을 맛볼 거예요. 류진의 모습은 그렇게 말하고 있었다.

류진의 입술에 자신의 입술을 밀어붙였다. 여린 입술은 거친 키스에 금세 부풀어 올랐다. 재현은 벌어진 입술 사이로 자신의 혀를 밀어 넣었다. 류진의 입 안은 질과 비슷했다. 축축하고 안락한 그곳은 재현의 혀가 들어가자 기분 좋게 꽉 찼다. 류진의 혀가 그의 혀를 휘감았다. 부드러운 속살의 느낌이 혀에 그대로 전달되었다.

재현은 그 혀를 자신의 입 안으로 빨아 당겼다. 류진의 가슴이 파닥거리며 심하게 뛰었다. 류진도 자신만큼 원하고 있는 것이다. 재현이 손가락으로 유두를 튕기자 부드럽던 유두는 단단하게 솟아올랐다. 재현은 야들야들한 젖꼭지를 입 안으로 삼켜 중심 부분을 혀로 훑었다. 류진의 몸이 미세한 자극에 가늘게 떨렸다. 재현은 중심 부분을 집중적으로 혀로 헤집었다.

"으음~."

류진의 몸이 뒤틀렸다. 그의 혀는 탐욕스럽게 유두를 빨아대고 그의 손은 은밀한 곳을 찾아 문지르기 시작했다. 한껏 흥분해있던 그곳은 우윳빛 애액이 흘러내리고 있었다. 재현은 그 안으로 손가락을 밀어 넣었다. 끈적이고 미끈거리는 액으로 인해 손가락이 쑥 들어갔다. 부드럽게 휘감기는 촉촉한 속살의 느낌이 그대로 전달되었다. 재현의 손이 애액으로 범벅이 되어 있었다. 재현은 애액이 묻은 자신의 손으로 음부를 문질렀다.

"넣어줘요."

재현은 고개를 저으며 음부에 얼굴을 묻었다. 입으로 빨아들이는 소리가 음란했다. 그는 자신의 타액으로 클리토리스를 적시고 아래도 적셔갔다. 그는 자신의 혀를 그곳으로 깊숙이 쑤셔 넣었다. 혀의 돌기가 안을 자극했다. 류진은 파문처럼 퍼져가는 뻐근한 전율에 몸서리쳤다. 그녀는 더 이상 참을 수 없어 허리를 번쩍 들었다. 그녀는 헐떡이며 말했다.

"넣어줘요."

재현이 얼굴을 들며 고개를 저었다.

"어서!"

"안 돼."

재현은 류진의 말을 쉽게 들어주지 않았다. 그는 가슴으로 올라와 흥분으로 단단해진 유두를 입 안에 삼켜 빨며 극도의 흥분으로 팽창해 부풀어 있는 음부를 헤집고 손가락을 넣어 움직이기 시작했다. 감각의 모든 세포들이 깨어나 그녀를 휘몰아치고 있었다. 호흡이 가빠진 류진은 정신을 차릴 수가 없었다.

"재현 씨 넣어줘."

재현은 뜨거워진 류진의 입술에 자신의 입술을 밀어붙이며 바짝 성나있는 자신의 것을 밀어 넣었다.

"아!"

재현의 입에서 탄성이 흘러나왔다. 그녀의 안이 단단한 남성을 쓸며 강하게 조여 왔다. 너무 좋았다. 좋아서 미칠 것 같았다. 재현의 몸놀림이 빨라졌다. 애액이 범벅이 된 그곳에 마찰이 가해지자 질척거리는 소리가 났다. 소리만큼이나 류진의 몸놀림도 음란했다.

그녀는 특별했다. 요사스러울 만큼 야했으며 음란했고 사랑스러웠다. 그처럼 야한 몸놀림을 하면서도 여리고 애절하게 보고 있었다. 그 두 개가 어떻게 같이 공존할 수 있을까. 재현은 극도로 흥분한 가운데 단순한 섹스만이 아니라 행복감을 느꼈다. 그 느낌이 정말 좋았다. 재현은 자신도 모르게 그녀의 얼굴 위로 내려와 있는 머리칼을 귀 뒤로 넘겨주었다.

"괜찮아?"

류진은 그가 빨리 진행하기를 원하듯 고개를 연신 주억거렸다. 재현은 속력을 내었다. 움직일 때마다 꽉꽉 물어대는 안의 자극에 재현은 이를 악물었다. 류진의 몸이 팽팽하게 긴장되며 팔딱거렸다.

"세게. 더더."

허스키해진 류진의 음성이 그를 자극했다. 재현은 더욱 속력을 내며 내달렸다. 눈앞이 하얘지고 불꽃이 튀었다. 얼굴에 흐르는 땀이 사방으로 튀었다. 가슴에 맺힌 땀이 그녀의 얼굴로 떨어졌다. 재현은 그녀의 안만큼이나 바짝 조여진 자신의 욕망이 막바지에 왔음을 깨달았다. 재현은 강하게 밀어붙였다. 더더더. 아아아. 류진의 입에서 커다란 탄성이 터져 나왔다. 그녀의 열 손가락이 그의 등을 파고들어 박혔다. 재현은 모든 힘을 한곳에 실었다. 아아아. 그의 입에서도 탄성이 흘러나왔다. 펑. 그의 눈앞에서 커다란 불꽃이 터졌다. 재현은 류진의 위로 쓰러졌다.

"나의 류진."

온몸으로 피로가 몰려왔다. 류진은 그 소리를 들며 기분 좋게 잠에 빠져들었다.

눈을 뜬 류진은 주위를 살피다 자신의 집이 아닌 것을 확인했다. 류진은 자신이 알몸인 것을 깨달았다. 간밤의 일들을 떠올렸다. 내가 미친 것이다. 미치지 않고서야 어떻게 이런 일들이 가능한 것일까. 술이 많이 취한 건 사실이었다. 그렇다고 의식을 완전히 놓은 건 아니었다.

다만 술이 자신의 이성을 마비시켰다. 자신을 절제하고 조절하던 이성이 해제되어 생각지도 못했던 감정들이 활개를 친 것이었다. 침대 옆을 보니 재현은 없었다. 다행이었다. 아마도 출근한 모양이었다. 안도의 한숨을 쉬는 것도 잠시 식욕을 돋우는 냄새가 났다. 설마? 아직 여기에? 류진은 불안한 마음으로 옷을 입고 침실문을 열고 나갔다. 재현은 주방에 있었다.

"일어났어?"

얼굴이 화끈거렸다. 어떻게 얼굴을 봐. 류진은 대답도 하지 않고 욕실로 향했다.

"천천히 씻어."

왠지 놀리는 기분이 들었다. 뜨거운 물을 틀고 샤워를 했다. 어제의 일들이 떠올라 자꾸만 화끈거렸지만 찬물을 틀어 마음을 진정시켰다. 정신 차려, 류진! 그가 내 편일 거라고 착각하지 마! 류진은 서둘러 샤워를 마치고 밖으로 나갔다. 제대로 말리지 못한 젖은 머리가 목덜미에 달라붙었다.

"아침 먹자!"

식탁으로 가니 카레밥이 차려져 있었다.

"곤히 자기에 물어보지 않고 했어. 간단하게 만들 수 있는 거라."

재현이 어제의 일을 추궁하지 않아서 고마웠다. 그러나 여전히 그의 눈을 볼 수 없었다.

"출근 안 해요?"

"늦는다고 얘기해뒀어."

두 사람은 말없이 아침을 먹었다. 류진이 식사를 끝내자 재현은 급하게 그릇들을 치우며 말했다.

"데려다줄게."

"됐어요. 알아서 갈게요."

재현이 말을 하려고 하자 류진은 손으로 저지했다.

"택시가 어쩌고저쩌고하는 말 하지 말아요. 버스 타고 갈 거니까."

재현은 침실 방으로 가 급하게 옷을 갈아입고 나왔다. 아까는 몰랐는데 그도 급하게 샤워를 했었는지 머리끝이 젖어 있었다. 그게 묘하게 섹시했다. 류진은 애써 아무렇지 않은 척하며 현관으로 가 신발을 신었다. 문을 열고 나가려 하자 재현이 돌려세웠다.

"왜 날 피하지?"

재현은 류진의 턱을 잡아들었다.

"어제 일 후회하는 거야?"

"그런 생각 안 해요."

정말 그럴까? 류진은 혼란스러웠다.

"그럼 됐어! 앞으로 내 눈길 피하지마. 그건 날 창피하게 생각하는 거니까."

류진은 재현의 눈을 보았다. 가슴이 쿵 내려앉는 게 심장이 터질 것 같았다.

정말 왜 이러는 건데? 이 이상스런 반응은 뭐야? 재현의 눈이 총알이 되어 자신을 쏘는 것 같았다.

"전화하면 받아! 알았어?"

류진은 무의식적으로 고개를 끄떡였다. 둘은 엘리베이터를 탔다. 엘리베이터 안은 갑갑하기만 했다. 류진은 고개를 꼿꼿이 들었다. 그에게 만만하게 보이고 싶지 않아. 재현은 강아지 쓰다듬듯 류진의 머리를 쓰다듬었다. 그의 돌발적인 행동에 놀란 류진의 눈이 동그래졌다. 류진의 반응이 재밌는지 재현은 웃었다. 자신의 의지는 무시되었다. 류진은 재현을 노려보았으나 그와 눈이 부딪히자 곧 눈길을 거두었다. 어째서 이길 수 없는 거지?

엘리베이터가 1층에 도착해 문이 열렸다. 엘리베이터에서 내리는 류진에게 재현이 다시 물었다.

"정말 혼자 갈 수 있겠어?"

"물론이에요!"

류진의 대답에 재현은 의심스럽다는 듯이 흠 하고 웃었다.

"난 지하주차장으로 가야 해. 여기서 헤어지지."

눈앞에서 엘리베이터 문이 닫혔다. 문이 자신과 재현의 사이를 가로막는 것처럼 아쉬움을 느꼈다. 그에게서 빨리 벗어나려고 하면서 헤어지면 어째서 아쉬울까. 정신 차려, 류진. 다른 것에 신경 쓸 시간 없어. 그녀는 지나가는 택시를 잡아 차에 올랐다.

"도곡동으로 가요."

한국에 온 지 얼마 안 된 자신이 몇 번을 타야 하는지조차 모르는데 버스를 이용할 수 있을 리가 없었다. 왜 그에게 휘둘리기만 할까. 대체 이성적이던 자신은 어디로 가버린 것일까. 한국 땅을 밟는 순간부터 자신의 방어벽은 엉망이 된 것 같았다. 견고했던 자신의 이미지는 균열이 생기고 무너지고 있었다. 류진은 깊은 한숨을 쉬었다. 어디서부터 잘못된 것일까?

❁

며칠이 흘렀다. 류진은 자신이 재현의 전화를 기다리고 있다는 것을 깨닫고 놀랐다. 대체 무슨 생각을 하고 있는 거야. 지금 너에게 중요한 건 아버지 회사를 되찾는 일이야.

사악하고 악랄한 류경서에게서 회사를 뺏음으로써 모든 것이 원래의 자리로 되돌아가는 것이다. 지금 자신은 한가하고 쓸데없는 일에 정신을 빼앗길 상황이 아니었다.

갑자기 울리는 핸드폰 소리에 류진은 소스라치게 놀랐다. 액정을 보니 박재현이라고 떴다. 받아야 하나 말아야 하나 망설이다 결국 전화를 받았다.

─나야.

이 남자 늘 당당했다.

─책임져.

뜬금없는 남자의 말에 당황스러웠다.

"무슨 소리예요?"

-당신이 날 성의 노예로 만들었으니 책임지라구.

이 오글거리는 대사는 뭐지? 류진은 황당하다는 듯 전화기를 보다 다시 귀에 댔다.

"뭘 잘못 먹은 모양이네요."

-아무래도 그런 모양이야. 잠을 잘 수가 없어. 내 품에서 뜨겁던 당신의 모습을 지울 수가 없어. 그러니까 책임져!

"완전 미쳤군요."

-그런 모양이지. 마음 같아선 지금 당장이라도 달려가서 잡아끌고 오고 싶으니까. 최대한 자제해볼 테니까 저녁이나 같이 먹지.

저녁? 그러다 이 남자의 마수에 걸려 또 밤을 보내게 될지도 모른다. 그건 최대한 피해야 할 일이었다. 그렇다고 거절하려니 쉽게 놔줄 사람 같지는 않았다. 차라리 원하는 대로 밥을 먹고 보내는 게 나았다. 약혼자로서의 자신의 의무는 다했다. 더 이상 그와 잘 필요는 없었다.

"저녁은 약속이 있어요. 점심으로 하죠."

-내가 잡아먹을까 봐 겁나?

재현은 이미 류진의 마음을 읽고 있었다.

"남자 따위 겁날 것 같아요? 난 겁날 게 없는 사람이에요."

-그런데 저녁을 왜 피해?

"저녁 약속 있다니까요!"

-누구랑?

기습적인 그의 질문에 류진은 선뜻 대답하지 못했다. 이경래가 떠오르긴 했지만 그가 자신과 왕래를 하고 있다는 걸 딴사람이 알아서 좋을 게 없었다. 안타깝게도 한국에는 그녀가 알 만한 사람이 없었다.

"비즈니스로 만날 사람이에요."

―그러니까 누구냐고.

"업무적인 일을 당신에게 말할 필요는 없다고 생각해요."

―그렇겠지. 애초에 약속 따위는 없었으니까. 내 말이 틀려?

"틀려요!"

류진은 강한 어조로 말했다.

―당신은 날 겁내고 있어. 그게 어떤 이유이든 나한텐 상관없어. 당신은 내 사람이 될 테니까.

"미쳤군요."

―그렇다고 이미 인정했을 텐데? 세상을 제정신으로 살 수 있을 거 같아? 미친 세상인데 사람이 살아가려면 같이 미쳐야지. 좋아, 당신이 원하니 점심으로 하지. 그 좋아하는 자제심도 같이 가져가지.

재현은 약속 장소만 얘기하고 전화를 끊어버렸다. 류진은 화가 났다. 재현은 항상 그녀를 꼼짝 못하게 했다. 어떻게든 거절하려 해도 그녀의 말이 먹히지 않았다. 재현은 쫓아내려 하면 할수록 더욱 가까이 다가왔다. 어차피 그도 다른 사람들처럼 떨어져나갈 것이다.

시간을 확인한 류진은 외출 준비를 서둘렀다. 가볍게 샤워를 하고 옷장을 뒤지다 자신이 매무새에 신경 쓰고 있다는 사실을 깨달았다. 무난한 옷으로 대충 챙겨 입던 그녀였다. 그런데 무엇 때문에? 이제는 그를 유혹할 필요도 없잖아? 류진은 반발하듯 가장 점잖은 옷으로 골랐다. 머리도 포니테일 스타일로 야무지게 묶었다. 재현에게 여성스럽게 보이고 싶지 않을 뿐만 아니라 빈틈을 보이고 싶지 않았다.

잠자고 싶은 생각이 아예 달아날 테지. 류진은 거울을 향해 빙긋 웃어 보이고 집을 나섰다. 대문을 나서 얼마 걷지 않아 바로 택시를 잡을 수 있었다. 류진은 택시를 타자마자 전화를 했다.

"아저씨, 내일 미팅 차질 없겠죠?"

−걱정하지 않아도 돼.

갑자기 긴장이 되었다.

"저 잘할 수 있겠죠?"

−약한 소리는. 마음이 바뀐 거냐?

류진의 입가가 단단해졌다.

"바뀌지 않아요!"

저편에서 약한 한숨 소리가 들렸다.

−너희 둘…… 나도 모르겠구나. 알았다. 내일 보자.

류진은 전화를 끊었다. 약속 장소 앞에 내린 류진은 레스토랑 문을 열고 바로 들어갔다. 직원이 다가왔다.

"류진 씨죠?"

류진이 고개를 끄떡이자 직원은 앞장서서 안내했다. 벌써 예약을 잡아놓은 모양이었다. 룸으로 안내되었으나 아무도 없었다. 류진은 자리에 앉아 재현을 기다렸다. 5분. 10분. 시간이 흘러갔다.

먼저 보자고 한 사람이 사람을 기다리게 하고 있다. 류진은 자리에서 일어났다.

"참을성이 없군. 그렇게 비즈니스를 했다는 게 놀라울 따름이군."

그가 문을 열고 들어오고 있었다. 류진이 화난 얼굴로 보자 재현은 태연한 표정으로 맞은편에 앉았다.

"비즈니스를 하는 사람이 시간관념이 없다는 게 놀라울 따름이에요. 모든 사람이 자신을 기다려줄 거라는 생각은 버려요."

류진이 발딱 일어나 나가려 하자 재현은 그녀의 팔을 잡아 다시 자리에 앉혔다.

"내가 뭐라도 된다고 생각한 적 없어. 그리고 생각이 아니라 사람들은 늘 나를 기다렸지."

류진은 재현이 잡고 있는 팔을 빼며 잘나셨어 하고 중얼거렸다. 재현은 웃는 것도 기침을 하는 것도 아닌 묘한 소리를 내며 그녀의 맞은편에 앉았다. 그리고 중얼거렸다. 재밌단 말이야.

"양식이 맞겠지? 이 집은 한식도 되거든."

류진은 대답하지 않았다. 재현은 벨을 눌러 직원을 호출했다.

"스페셜코스로 부탁해요."

직원이 나가고 나자 재현은 탁자 위로 자신의 몸을 바짝 당겼다.

"당신도 나와 같지 않았어?"

"무슨 소리예요?"

"나처럼 밤마다 내 생각이 나지 않았냐고."

목소리를 낮추며 은근히 물어오는 음성은 섹시하고 어딘가 위험했다. 침을 꿀꺽 삼켰다. 목 안이 말라왔다.

"전혀!"

"아니 나랑 똑같아. 당신의 입은 부정하지만 나를 향한 눈빛은 갈망을 나타내고 있어."

"제정신이 아니에요!"

재현은 심드렁한 표정으로 뒤로 몸을 기댔다.

"그런 소리는 당신의 습관인 것 같군."

주문한 음식들이 나오고 후식으로 커피가 나올 때까지 두 사람은 한마디도 하지 않았다. 먼저 입을 연 것은 재현이었다.

"지금껏 여자가 필요하다고 생각해본 적은 없어. 생리적 욕구 따위는 중요하지 않았으니까. 그런데 지금은 당신 때문에 아무 일도 할 수가 없어. 어떻게 생각해?"

지금 이 남자가 무슨 말을 하고 있는 건가.

"뭘 생각해요?"

"당신을 꽤 영리하다고 생각했는데 남녀관계에는 답답할 만큼 감을 못 잡고 있군. 당신을 진지하게 만나고 싶다는 생각이 든다는 뜻이야."

"왜요? 밤에 괴롭혀서요?"

직선적이며 순진한 질문에 재현은 피식 웃었다.

"그것도 중요한 일부. 당신에 대해 무한한 관심이 생긴 게 대부분."

"그럼 생각을 접으시죠. 전 곧 프랑스로 갈 거예요."

"그럼 우리 약혼은?"

"단지 내가 갖고 싶다는 이유로 약혼을 했다고 믿을 만큼 바보로 보는 건 아니겠죠? 어차피 정략적인 거니까 내 배경을 회사를 홍보 하는데 이용하든지 마음대로 하세요."

한국에 남아서 아버지 회사를 운영할지 프랑스로 건너가 양부 옆에 있을지는 아직 결정하지 못했다. 그러나 재현의 마음은 부담 스러웠다.

"이봐! 도망갈 생각이야?"

재현은 류진의 팔목을 잡았다. 재현은 류진의 눈을 파고들 듯이 보았다.

"당신이 어떤 삶을 살았는지 모르겠지만 난 나에게 도전하는 것 들과 늘 싸우며 살아왔어. 그래서 내 자신에게 정직해. 원하면 원하 는 걸 인정하고 갖기 위해 노력해. 자신이 원하는 게 뭔지도 모르는 누군가와는 아주 달라."

그랬다. 지금껏 재현을 힘들게 했던 건 누구도 믿을 수 없다는 것이었다. 믿고 싶어도 믿을 수 없었다. 한편으론 그런 자신이 싫 기도 했다. 때로는 그 때문에 이득이 있었던 것도 부인할 수 없었 다.

자신을 키워준 어머니와 했던 약속. 사람을 믿어보겠다고 했던 약속을 평생 지킬 수 없을지 모른다고 생각했다. 그런데 이 여자는 달랐다. 빠지고 싶지 않아도 빠져들게 만들었고 믿고 싶지 않아도 믿고 싶다는 마음이 들게 만들었다.

재현은 자신이 가지고 왔던 감정과 새로 생기는 감정 사이에서 혼란스러웠다. 결국 재현은 결론을 내렸다. 지금의 감정을 인정하

자. 그래 까짓 것 믿어보는 거야! 그렇게 마음먹자 모든 것이 편해졌다. 자신이 보는 여자는 솔직했다.

류진은 그의 손에서 억지로 팔을 빼며 침착함을 유지하려 했으나 얼굴은 경직되었다. 내가 원하는 거? 그걸 모를 거 같아? 난 원래의 내 자리로 돌아가고 싶어. 비록 부모님은 안 계시지만 아버지의 회사가 누군가의 손에 놀아나는 걸 보고 싶지 않고 그걸 지킬 거야. 그리고 우리 가족을 뿔뿔이 갈라놓은 류경서를 혼내 줄 거야.

"당신을 보면 자신이 뭘 원하는지 알고는 있는 걸까 하는 생각이 들어. 난 최소한 행복해지고 싶다는 생각을 하는 사람이야. 난 세상 누구보다도 자신이 소중해. 내가 행복해지기 위해 무엇이든 하고 살아왔어."

행복? 난 행복한 걸까? 내가 원하는 게 뭘까?

"내가 시작해볼게. 어쩌면 당신도 행복해질지 몰라. 손해 볼 건 없잖아."

이 사람의 행복을 나눠 가질 수 있는 걸까? 류진은 부정했다. 이 사람은 수완이 좋은 것뿐이다. 그럴듯한 말로 나를 구슬리고 있는 것이다. 그에게서 얻을 수 있는 행복이란 없다. 다른 누군가를 통해 행복할 수 있다는 건 불가능한 일이다.

"당신은 생긴 것과는 너무 다르군."

"무슨 뜻이죠?"

"항상 쭈뼛거리고 있어. 자극적인 육체와는 달리 정신은 무미건조하다는 뜻이야."

"그럼 생각을 접으세요."

"기다릴만한 값어치는 있지. 자, 일어날까? 사실은 오늘 너무 바쁜데 당신 얼굴이 보고 싶었어. 보면 일을 더 잘할 거 같아서."

재현의 장난스런 말에 류진의 입가가 살짝 풀어지며 부드러운 곡선을 그렸다.

"밤에도 내 옆에 있어주면 더 좋고."

"너무 앞서 가시네요."

재현은 흠하며 미소를 지었다. 류진은 재현의 미소가 이제는 많이 나아졌다고 생각했다.

"역시 택시를 타고 갈 테지? 내가 데려다주는 게 택시 기사보다 더 위험하다고 생각하니까."

재현의 말에 류진은 고개를 끄떡였다. 류진의 눈에 웃음기가 담겼다.

"갈게."

재현이 시동을 걸고 차창 밖으로 손을 내밀어보이며 출발했다. 그가 차를 타고 사라질 때까지 류진은 지켜봤다. 그의 차가 보이지 않는데도 한참을 그렇게 서 있었다. 저 사람과 만나면 행복해질까. 그런 생각을 했다는 것에 류진은 놀랐다.

너무 지쳐 있는 것일까. 그래서 누군가의 어깨에 기대고 싶은 것일까. 누군가에 기댄다는 거. 누군가가 위로해준다는 거 생각해본 적도 없는데 이제는 그런 식의 위로가 필요한 걸까.

류진은 도리질을 했다. 약해져서 그런 거야. 넌 그러면 안 돼. 누군가에게 기대거나 의지한다는 건 위험한 일이야. 류진은 다시 한

번 마음을 단단히 먹었다. 누구도 믿지 않는 것. 오로지 자신만 믿는 것. 그게 가장 안전했다. 누군가로부터 상처 입는 것. 그건 류진이 가장 두려워하는 일이었다.

6.

　흥분되었다. 이미 예상하고 각오한 일임에도 긴장되고 불안한 기분을 쫓을 수 없었다. 건물로 들어서자 대리석의 차가운 기운이 류진에게 스미는 듯했다. 어렸을 적 보았던 모습과 별반 다르지 않음에도 그 건물은 류진을 거부하는 것 같았다. 채 몇 걸음도 떼기 전에 저만치서 이경래가 그녀를 발견하고 손을 흔들어 보이며 다가오고 있었다.

　"정확하구나. 9시 5분 전이다. 저쪽은 이미 20분 전부터 와서 기다리고 있어. 경서가 널 남자로 알고 있다."

　이경래는 속삭이듯 류진의 귓가에 얘기했다.

　"그 여자의 특기가 나오겠군요."

　류진의 말을 알아듣고 이경래는 예스도 노우도 하지 않았다. 류진의 말대로 경서는 유혹할 만반의 준비를 하고 있었다. 오늘 경서의 모습은 이경래가 보기에도 비즈니스치고는 심하게 신경을 썼다

나쁜
게임

는 느낌을 받았다. 더구나 옆으로 트여 다리의 곡선이 드러나는 스커트는 보기에도 민망했다.

앞장서서 걸어가는 이경래의 뒤를 따르는 자신의 구두 소리가 불협화음처럼 이질감을 느끼게 했다. 어쩌면 자신은 이 회사와 맞지 않는지도 모른다. 설혹 그렇다 해도 자신이 계획해왔던 일은 마무리 지어야 했다.

류진은 이경래의 뒷모습을 보았다. 한국에서 자신이 유일하게 의지하고 믿을 사람이었다. 요한나는 류진이 보고 싶어도 볼 수 없는 사람이었다. 요한나 자신이 류진과의 사이를 스스로 끊어버리지 않았던가. 요한나를 생각하면 류진은 다시 눈물이 나올 것 같아 입을 다물었다.

복도를 걸을 때마다 구두 소리가 류진의 심장박동과 함께 머릿속을 울렸다. 그 소리는 류진의 머릿속에서 커지며 심장을 압박해와 질식할 것 같았다. 긴장하면 안 돼. 이 순간을 위해 9년을 계획해왔어. 이제 모든 걸 제자리에 돌려놔야 해. 아버지의 회사도. 경서도. 처음 우리 집에 왔을 때처럼 넌 아무것도 가진 것 없이 돌아가야 해.

이경래가 엘리베이터를 누르고 류진을 향해 환한 웃음을 지으며 어서 오라고 손짓했다. 복수의 순간이 눈앞에 있었다. 류진은 걸음을 바삐 움직여 엘리베이터에 올랐다.

"각오는 되어 있겠지?"

류진은 고개를 끄떡였다.

땡!

엘리베이터의 신호음이 류진의 신경을 바짝 곤두세웠다. 심호흡을 한 류진은 이경래를 따라 엘리베이터에서 내렸다. 회의실 문을 열기 전 이경래는 다시 한 번 류진의 기색을 살폈다. 류진이 안심하라는 듯 마주 보며 고개를 끄떡였다. 이경래가 문을 열었다. 문 사이로 끼쳐오는 탐욕스런 기운들이 류진의 감각을 예민하게 자극했다.

이경래가 들어서자마자 류진은 뒤따라 들어갔다. 탁자가 긴 타원형 모양으로 길게 뻗어 있었고 그 딕자에 나이기 지긋해 보이는 남자들이 독한 화장품 냄새를 풍기며 앉아 있었다. 모두 욕심 가득한 얼굴을 하고 있었으며 그중에서 가장 탐욕스러워 보이는 여자가 제일 앞쪽에 앉아 있었다. 경서였다.

경서는 류진을 미처 확인 못 한 채 서류에서 눈을 들지 않았다. 간부들은 외국 회사의 대표가 나이 어린 여자라는 사실에 의아한 표정과 함께 놀라움을 나타내고 있었다. 서로 옆 상대에게 뭐라고 수군거리고 있었다.

경서는 간부들이 웅성거리자 고개를 들었다. 그리고 문 입구 쪽을 보았다. 경서의 시선이 이경래에게서 류진에게로 옮겨갔다. 경서의 얼굴은 순식간에 창백하게 변했다.

"너, 너는……."

커다랗게 열린 동공, 하얗게 질린 안색, 멍청하게 벌어진 입술. 경서는 충격 받은 모습을 역력히 드러내고 있었다. 묘한 만족감이 류진의 가슴속으로 스멀거리며 차올랐다. 원했던 반응이었다.

"몬, 몬테크리스토 회사를 대표로 오신 분인가요?"

경서는 자신의 정신 상태를 말하듯 더듬거리고 있었다.

"맞습니다."

좀 전까지 떨리던 긴장감은 거짓말처럼 사라졌다. 경서의 반응으로 류진은 자신감을 되찾았다. 알고 보면 경서는 아무것도 아닌 존재였다. 자신의 과거에 자리 잡고 있는 기억의 이미지 때문에 경서를 겁냈을 뿐이다. 그때는 자신도 아주 나약하고 여린 존재였다. 지금의 자신과는 아주 다른 상처받기 쉽고 아무 힘도 없는 존재였다. 지금은 달랐다. 어느 누구도 류진을 함부로 대하거나 상처 줄 엄두도 내지 못했다.

이곳 한국에는 류진의 강함을 발휘할 수 없는 사람이 둘이 있었는데 그중에 하나가 경서였다. 과연 주눅 들지 않고 경서에게 당당하게 굴 수 있을까 하는 의문이 들었으나 류진은 극복했다.

나머지 한 사람은 박재현이었다. 그 사람 앞에서는 아무리 강하게 쌀쌀맞게 굴려고 해도 그게 뜻대로 되지 않았다. 류진은 자신이 앉아야 될 자리로 자신 있게 걸어가 섰다. 그리고 모든 사람을 향해 인사를 했다.

"반갑습니다. 전 몬테크리스토 회사를 대표해 이 자리에 서게 된 류진입니다."

류진의 인사에 간부들은 다시 웅성거렸다. 그도 그럴 것이 그런 큰 회사에서 대표로 보낸 사람이 어린 여자라는 사실이 그들에게 믿음을 주지 못한 것 같았다. 또 한편으로는 자신들의 회사를 우습게 생각하는 게 아니냐는 불편한 표정이 나타났다. 류진은 모든 사람 하나하나를 제압하듯 보았다.

"전 또 하나의 이름을 갖고 있습니다. 가마리엘 드 몬테크리스토."

간부들이 웅성거렸다.

"제 이름을 듣고 상상하시는 게 있다면 맞습니다. 전 몬테크리스토 회장의 딸입니다."

처음엔 류진과 눈이 마주치자 우습게보던 사람들도 그녀의 강한 눈빛에 눈길을 슬며시 피하며 비웃음을 거뒀다. 류진의 눈은 말하고 있었다. 난 당신이 함부로 볼 사람이 아니야.

"이 회사와 합병을 결정하는데 많은 의견이 분분했습니다. 전망 있는 많은 회사를 놔두고 하필이면 왜 이 회사냐는 반발도 있었습니다만 회장님은 이 회사의 비전을 믿고 투자하기로 결심하셨습니다. 저 또한 같은 생각입니다."

경서는 의심스럽다는 표정으로 물었다.

"누군가의 개인적인 입김이 들어간 건 아닌가요?"

류진은 냉정한 모습으로 일관한 채 말했다.

"단순히 누군가의 생각으로 저희 회사에서 계산 없이 투자하리라 생각하나요?"

"그 생각을 누가 하냐가 중요하겠죠. 생각을 가진 사람이 회사 오너의 자식이라면 문제는 달라지겠죠."

"한 가지 묻고 싶습니다. 이 회사가 무너지길 원하나요? 지금 말씀하시는 분은 그러길 원하는 걸로 비칩니다만."

류진의 말에 잠시 조용했던 간부들은 소란스러워졌다. 합병이냐 부도냐의 귀로에 서 있는 입장에서 경서의 여유 있는 배짱은 문제가 되고 있었다. 간부들의 눈은 경서의 행동이 못마땅하다는 듯이 불만을 토로하고 있었다. 경서는 자신의 입장이 불리하다는 걸 깨달았다.

"그러길 원하는 사람은 없습니다. 다만 신중한 것뿐입니다."

"저 또한 말씀드리지요. 회사로써도 신중한 결정이었습니다."

"합병이 이루어지고 나면 당신들은 얼마나 머물 건가요?"

말은 그렇게 하고 있었지만 경서가 말하는 사람은 바로 류진이었다.

"당분간은 있을 예정입니다. 회사의 업무적인 제반 상황도 알아야 하고 문제점이 뭔지도 알아서 고쳐나가야 하겠죠. 전반적인 시스템 자체가 개혁적으로 바뀔 겁니다. 물론 인사업무도 개입하게 될 겁니다."

경서는 불안이 가시지 않는 얼굴로 말을 이었다.

"당신이 우리 회사의 일을 맡을 건가요?"

류진은 경서의 불안을 날려버리듯 명확하게 말했다.

"제가 있을 기간은 두 달 정도가 소요될 것입니다. 그 이후로는 다른 사람이 전담하게 될 겁니다. 일단은 그 팀들이 며칠 내로 도착해 업무에 참여할 예정입니다. 그리고 이번 프로젝트에 또 다른 사람이 참여하게 됩니다. 바로 여기 계시는 이경래 전무님입니다."

경서는 의아한 듯 이경래를 보다 모든 사태를 파악했다. 모든 것이 계획된 것이었다. 이 모든 것이 류진의 계획이었음을 알고 경서는 분노와 증오를 담아 이경래를 보았다. 그 눈은 어떻게 나한테 이럴 수 있냐고 말하고 있었다. 이경래는 경서를 외면했다. 마음에 걸려서라기보다는 이런 결과밖에 나올 수 없음에 대한 안타까움이었다.

"오게 될 팀은 어떤 분들인가요?"

"본사에서도 주요 업무를 맡고 있는 분입니다. 홍보 겸 재무담당을 하시던 분과 스텝입니다. 오게 되면 일의 진행이 일사천리로 이루어질 겁니다."

경서는 자신의 목덜미를 쥐어뜯었다. 류진이 잘 알고 있는 모습이었다. 예전 경서는 뭔가 불만이 있을 때면 저런 행동을 했다.

"서류에 사인을 하라고 강요하고 싶지는 않군요. 저희로서도 이 일이 무산된다 해도 그다지 아쉬울 건 없습니다."

류진의 말에 간부들의 눈이 경서를 향했다. 회사가 망하는 꼴을 보고 싶은 겁니까. 모두의 눈은 그렇게 말하고 있었다. 경서는 지금 이 상황에 분노하듯 서류를 노려보았다. 이 순간을 피할 수만 있다면 어떻게든 그렇게 했을 것이다. 그러나 방법은 없었다. 그 사실을 류진도 알고 있었다. 회사는 한시가 급했다. 빠르게 결정해서 회사를 살리는 게 급선무였다.

경서의 시선이 다시 류진에게 갔지만 그녀는 당당하게 맞받았다. 넌 날 오랫동안 괴롭혔지. 벌레가 잎사귀를 갉아먹듯 아주 조금씩 내 육신과 영혼을 좀 먹었어. 이제 그 책임을 질 때야. 나와 내 아버지의 복수는 이제 시작됐어.

류진은 사나운 경서의 시선에도 눈 하나 깜빡하지 않고 마주 노려보았다. 먼저 눈을 내리깐 것은 경서였다. 경서는 못마땅한 듯 볼

펜을 움켜쥐었다. 그러나 재촉하는 간부들의 시선에 더 이상 시간을 지연할 수 없었다. 경서의 손이 부들부들 떨렸다. 경서는 떨리는 손을 겨우 진정시키며 서류에 사인했다. 그와 동시에 류진의 사인도 이루어졌다.

시작일 뿐이야, 류경서. 한 번 준 것은 잊어버리지 않아.

손을 내미는 류진을 맞잡는 경서의 손에 힘이 실렸다.

난 그렇게 호락호락하지 않아. 너 같은 것쯤은 열 트럭을 갖다 준다 해도 우스울 뿐이야. 미소 짓고 있는 류진을 비웃듯 경서는 경멸의 미소를 되돌려주었다.

"앞으로 잘 부탁해요."

"저도 잘 부탁드립니다."

답변을 하며 경서는 류진의 귀에 나직이 속삭였다.

"네가 원하는 게 뭐야?"

"아무것도. 난 아빠의 회사가 무너지는 걸 원하지 않아. 예전의 일로 그러는 거라면 걱정할 필요 없어."

"넌 아주 천연덕스럽게 거짓말을 하는구나."

"네가 그렇게 생각하는 게 안타까울 따름이야."

"날 쉽게 속일 수 있을 거라고 생각하지 마. 네 시커먼 속을 모를 줄 알아? 선배를 뺏어간 것도 용서하지 않을 거야."

류진은 경서의 생각은 자신에게 중요하지 않다는 듯이 잡은 손을 놓으며 심드렁하게 한숨을 쉬었다. 넌 이빨 빠진 호랑이야, 류경서.

"지금의 네가 뭘 할 수 있겠어?"

류진은 경서를 도발했다.

"너희들 다 죽여버릴 거야."

경서는 이를 갈 듯이 말했다.

"그전에 회사를 살려야 하지 않겠어?"

"꿍꿍이가 있어 날 속이는 거라면 네 목을 졸라버릴 거야."

예전이라면 경서의 그 말 한마디로도 겁을 냈을 류진이었다. 하지만 지금 자신은 과거의 류진이 아니었다. 경서는 여전히 변하지 않았다. 자신의 미모와 힘으로 누구든 지배하려 했다. 지금 자신에게 협박하면서 아무렇지 않게 웃고 있지 않은가? 최고의 연기력이었다.

류진은 속으로 욕지기가 치미는 것을 느꼈다. 지금은 무분별하게 화를 낼 때가 아니었다. 그 일은 좀 더 뒤에 해도 될 일이었다. 류진은 경서의 미소의 답변하듯 역시 환한 미소를 지으며 맞받았다.

"글쎄. 이제 너의 협박 따위는 무섭지 않아. 어쨌든 너와의 묵은 정은 천천히 풀어볼 생각이야."

악마는 때론 천사로 그 모습을 드러낸다. 지금의 경서를 본다면 그 표현이 가장 정확할 것이다. 류진은 경서에게서 물러나며 다른 사람들을 향해 가볍게 목례를 하고는 바로 회의실을 나갔다.

"젊은 여자가 너무 건방지군."

"외국물을 먹으면 다 저런가?"

"역시 큰일은 남자가 해야지. 여자에게 맡기면 너무 깐깐하게 군다니까."

무능력한 영감탱이들! 앞에서는 한마디도 못하고 눈치만 보고는 없는 데서 큰소리치기는. 날 그년에게 몰아친 건 당신들이잖아! 경서는 날이 선 목소리로 말했다.

"나도 여자라는 사실을 잊지 말아요!"

경서의 말에 투덜거리는 그들의 불만은 잠재워졌다. 경서는 모든 일이 순조롭게 끝났음에도 뭔가 찝찝했다. 그 이유는 원하지 않는 상대에게서 도움을 받은 탓이었다. 그녀는 뒤늦게 나가는 이경래를 보았다. 문제는 저 영감 때문이야. 누구란 걸 애초부터 알고 있었으면서 시치미를 뚝 떼고 있다니. 영감, 기억해둬. 난 뒤통수 맞는 걸 아주 싫어해.

"일이 잘 해결됐으니 걱정하지 않아도 돼요. 손해 볼 건 없으니 됐죠? 앞으로는 이러니저러니 간섭하지 말고 불만이 있으면 저 여자를 찾아가서 말해요."

경서는 간부들에게 쌀쌀맞게 말하며 회의실을 나갔다.

『이해할 수 없군요. 어째서 이 회사를 인수하자고 회장님께 말씀드렸던 거죠? 마드모아젤 몬테크리스토는 감정에 치우쳐 일을 망칠 사람은 아니지 않습니까?』

홍보 겸 재무 담당인 제라르는 감이 잡히지 않는다는 표정으로 류진을 보았다. 물론 그랬긴 했지만 이번엔 그의 말처럼 사적인 감정이 개입된 일이었다. 무리수를 둔 일이란 건 이미 알고 있었다.

『그렇게 가능성이 없나요?』

제라르는 책상에 가득 쌓아둔 서류를 본 채로 말을 이었다. 서류 더미는 책상뿐만이 아니라 바닥에도 상자째로 쌓여 있었다.

『무슈 리가 준 서류들을 며칠 동안 검토했어요. 전 사장이 살아 있을 때는 상당히 탄탄한 자본을 갖고 있는 회사였지만 사장이 바뀌고 나서 젊은 여사장에게 그 경영권이 넘어가면서 내리막길을 걷기 시작했더군요. 경제관념이 없을 뿐만 아니라 투자 부분도 철저한 조사 후에 결정한 게 아니라 제멋대로 결정한 거라는 생각밖에 안 드네요. 짐작되는 것은 백화점뿐 아니라 다른 분야도 진출을 꾀했던 모양인데 그 부분의 능력은 꽝이라는 말밖에 달리 할 말이 없어요. 그 결과로 회사가 기우뚱했으니까요. 냉철한 판단력과 예리한 직감, 과감한 추진력을 가져야 하는 오너로서는 자질이 없어요.』

『그럼 완전히 헛고생을 한다는 뜻이군요?』

제라르는 류진을 향해 미소를 지었다.

『실망하지 말아요. 가능성이 없다는 뜻은 아니에요. 다만 힘들다는 것이죠. 지금 매장의 현 수준으로선 아무것도 얻을 수 없어요. 제가 서류를 검토하고 매장을 직접 돌아보고 느꼈던 것은 체계가 잡혀 있지 않다는 겁니다. 전 사장 때는 최소한 내부직원들 관리는 잘되어 있었던 것에 반해 사장이 바뀌면서 직원들의 관리는 물론 처우개선이 제대로 이루어지지 않고 있더군요. 그 때문에 그만두는 직원들이 속출하고 직원들이 빈번하게 바뀌니 고객을 대하는 기본적인 서비스 자세는 나올 수 없죠. 물론 그런 교육조차 시행되지 않고 있더군요.』

『그게 단가요?』

제라르는 고개를 저었다.

『매장에 비치되어 있는 의류들에도 문제가 있어요.』

『어떤 문제점인가요?』

『의상들이 평면적이거나 너무 입체적이에요. 한마디로 아무런 개성을 느낄 수 없어 무난하거나 너무 작품적이라 일반 사람들이 가까이 다가갈 수 없다는 것이죠. 오히려 구매 욕구를 상실하게 만드는 배치죠. 거기에 비해 가격은 터무니없이 고가예요. 백화점은 상류층 고객도 상대하지만 중상층 고객도 많다는 걸 잊으면 안 돼요.』

류진은 고개를 끄떡였다.

『제일 먼저 개선해야 할 것이 그 두 가지겠군요?』

제라르는 고개를 끄떡였다.

『다른 요소들도 있지만 당신의 말처럼 제일 시급한 건 그 두 가지예요.』

『알았어요. 내가 처리하겠어요.』

『나가실 거면 무슈 리 좀 불러주겠어요?』

『알았어요.』

계약서에 사인을 하고 출근을 한 지 일주일이 다되어 가고 있었지만 경서는 이렇다저렇다 말이 없었다. 원래 제멋대로인 건 알지만 상황이 상황인 만큼 눈치를 봐야 하지 않는가. 류진은 자신을 아직도 핫바지로 보는 것 같아 화가 치밀었다. 오늘은 따져야겠어! 류진은 이경래에게 전화를 걸었다.

"아저씨, 진이에요. 제라르가 아저씨를 호출했어요."

―알았다. 곧 가마.

"전 오늘 매장을 둘러봐야겠어요."

―퇴근 시간 전에 들어올 거니?

"아뇨. 바로 퇴근하게 될 거예요."

―알았다.

류진은 전화를 끊고 경서의 사무실로 찾아갔다. 비서가 류진을 알아보고 당장 인터폰으로 연락을 취했다.

"들어오라고 해."

경서의 음성이 인터폰을 통해 들렸다. 비서가 말을 전하기도 전에 류진은 노크도 하지 않은 채 사장실 문을 열고 들어갔다.

"일은 할 만해? 무슨 일이야?"

경서는 회사에 대해 아무런 노력도 하지 않고 자리만 지키고 있었다. 그러면서도 놀라울 정도로 뻔뻔했다.

"일을 하려면 제대로 된 업무상황을 넘겨줘야지. 자료를 요청하면 마지못해 비서를 통해 넘겨주면 다야?"

"미안해. 내가 워낙 바빴거든."

말은 그렇게 하면서 경서는 거울을 보며 자신의 얼굴을 살폈다. 한마디로 류진을 무시하는 태도였다. 회사가 넘어가는 걸 대체 신경이나 쓰고 있는 걸까. 자신을 꾸미는 것만도 시간이 없어 보였다. 경서의 머리색은 바뀌어 있었고 온몸 곳곳이 빈틈없이 손질되어 있었다. 경서가 저런 식으로 일을 하는 동안 아버지가 그처럼 아끼던 회사는 무너지고 있었다. 온몸의 피가 거꾸로 솟았다.

"마음 상해하지 말고 일단 앉아."

경서는 소파에 류진을 권했다.

"윤아 씨, 여기 커피 좀 갖다 줘."

비서가 커피를 가져오고 나간 뒤 류진은 바로 업무적인 일로 들어갔다.

"내일부터 백화점을 전반적으로 개선해갈 거야."

"너무 서두르지 마. 천천히 개입해도 되지 않겠어?"

류진은 싸늘하게 말했다.

"하루라도 급해. 지금처럼 운영해오면서 아직까지 건재하다는 것이 신기할 정도야."

경서의 표정이 표독하게 바뀌었다.

"나한테 너무 심하다고 생각 안 해?"

"비판받고 싶지 않았으면 회사를 잘 꾸렸어야지. 하긴 그랬으니 합병을 했겠지."

"너 많이 달라졌다?"

경서의 입가에 경련이 일었다.

"나이가 들면 사람은 누구나 달라져. 물론 날 가장 변화시킨 건 너지."

"너?"

경서가 화가 나서 얼굴이 붉으락푸르락했다.

"이미 너와 난 남남이야. 날 미친 여자로 몰아서 정신병원에 집어넣은 것도 너였고 아버지에게도 내가 미치도록 보이게 만들려고 함정을 판 것도 너였어. 남남이 아니라 남남보다도 못한 사이지.

아버진 어떤 식으로 죽였어?"

류진은 갑자기 몰아치는 감정으로 숨이 가빴지만 최대한 자제하려고 호흡을 가다듬었다.

"고통 없이 죽었어. 잠잔 사이에 갔거든. 사람 목숨이 참 섭더구나. 자는 사람 얼굴에 베개 하나 덮으니까 금세 죽어버리던걸? 물론 사인은 심장마비로 나왔지만. 심장이 안 좋으니 더 빨리 숨이 끊기던데?"

계획적으로 살인했을지도 모른다고 추측은 했었다. 그러나 그 추측이 맞았다는 것을 깨닫자 충격으로 아무것도 보이지 않았다. 당장이라도 달려가 경서의 목을 졸라버리고 싶었다. 경서가 집안을 풍비박산으로 만들었다. 그런데 경서 자신은 너무도 행복하게 잘 살고 있었다. 여기서 감정을 보여서 일을 그르칠 순 없었다. 감정을 보인다고 해도 죽은 아버진 돌아오지 않는다. 류진은 살인충동이 이는 걸 가까스로 자제하고 입을 열었다.

"내일부터는 우리 회사가 백화점 운영 건을 맡을 거야. 넌 여기서 손 떼. 지분을 갖고 있는 간부들과도 이미 얘기가 끝났어."

"나를 빼놓고 회의를 했다고?"

"자질이 없는 오너는 빠지는 게 좋다는 의견에 모두 찬성했어. 너보다는 아무래도 우리 쪽이 더 믿음이 갔겠지."

경서는 감정이 이기지 못하고 류진의 멱살을 잡았다. 경서의 눈이 쥐처럼 새까맣게 번들거렸다.

"어떻게 나한테 이런 짓을 할 수 있지? 아무도 나한테 해코지할 수 없어. 너야 원래 인생이 막돼먹어서 그런 거지만 난 달라. 누구도 날 사랑하지 않고는 못 배겨."

"다행이네. 난 그 부류에 끼이지 않아서. 우리 회사엔 무능력한 오너는 없어. 내가 다시 회사를 살릴 거야. 네가 무너뜨린 회사를 내가 일으키게 될 거야. 그리고 넌 네가 치른 죗값을 받게 되겠지. 그것도 빠른 시일 내에."

"이런 사악한 계집 같으니라고!"

"그건 널 두고 하는 말이야."

류진은 비웃어 보이고는 뒤돌아나가려다 돌아보았다.

"이건 알아둬. 이제 겨우 시작이야."

"개 같은 년!"

그러나 류진은 이미 나가고 없었다. 경서는 분이 풀리지 않아 길길이 뛰며 류진을 저주했다.

저년을 살려둬서는 안 되겠어. 회사가 문제가 아니야. 난 이딴 모욕당하고 절대 가만 안 있어! 반드시 죽여버릴 거야!

경서는 이를 부드득 갈았다. 서슬 퍼레진 경서의 눈에 강한 독기가 흘렀다.

　　　　　　　　　　　　✿

회장은 아까부터 침묵을 지킨 채 이사진들을 쭉 훑어보고 있었다. 그 안에는 재현과 민호도 끼어 있었다. 회장이 입을 열었다.

"내가 오늘 이사진들을 소집한 이유는 앞으로의 경영에 약간의 변화가 있을 것 같아 의논하려는 것이네."

주위는 조용했으나 이사진들은 서로 눈짓으로 묻고 있었다.

"최근 민호가 회사 일에 참여한 건 알고 있겠지? 그 일에 대해 자네들에게 부탁하려는 것이야."

회장은 자신의 앞에 놓인 차를 마시며 목을 축였다. 민호는 회장의 말에 의기양양한 표정을 지었다.

"민호가 어느 정도 일이 습득되면 회사 경영에 참여시킬 생각이네."

그때 자동차계열을 맡고 있는 임대호 부회장이 입을 열었다. 그의 머리는 세월 따라 색깔이 바래져 있었다.

"어느 정도 생각하고 계십니까?"

"5년이면 되지 않겠나?"

"너무 이릅니다. 전자와 IT계열을 맡고 있는 박재현 사장도 일을 배우는데 십 년이 넘게 걸리지 않았습니까? 더구나 박 사장 같은 경우는 특별한 케이스로 리더로서의 자질을 타고났다고 볼 수 있습니다. 지금 당장 회장님 뒤를 잇는다고 해도 걱정할 필요가 없을 정도죠."

"누구 앞인 줄 알고 함부로 나서는 거야?"

민호는 자신을 인정해주지 않는 간부들에게 화가 나 얼굴을 붉히며 언성을 높였다. 더구나 자신과 고아자식과 비교하고 있지 않는가. 그때 회장이 나서지 말라는 뜻으로 민호를 손으로 저지했다. 막돼먹은 녀석. 재현은 조용히 중얼거렸다.

"음, 처음부터 잘하는 사람이 어디 있겠나. 하나하나 배워가는 거지. 민호가 일을 배우는 시간이 너무 이르다면 그 기간을 늘리면 될 일이고."

CEO 중에 대표라고 할 수 있는 임태호 부회장은 회장의 말에 강한 거부를 나타냈다.

"시간이 중요한 게 아닙니다. 문제는 박민호 씨의 업무적 자질에 대해서 말하는 겁니다."

임태호 부회장은 추진력 있게 일하는 만큼 거침없이 말하는 것으로도 유명했다.

"그게 무슨 소린가?"

"일에 대해 능력이 없을 뿐만 아니라 본인 자신도 전혀 노력을 하지 않는다는 겁니다. 더구나 회장 아들이란 배경을 내세우며 거드름을 떨고 있습니다. 회장님의 특별한 부탁 때문에 간부들이 일을 시키려고 해봤지만 본인 자체가 하려는 의사가 없으니 5년이든 10년이든 일을 배우기는 애당초 틀렸단 얘깁니다."

"아니 저 사람이 미쳤나? 아버지, 저 사람 당장 잘라버려요."

"앉거라!"

회장의 짧은 호통에 민호는 움찔하며 자리에 앉았다. 회장은 골치가 아픈지 이마를 손으로 문질렀다. 간부들과 회장의 대화, 민호의 행동을 말없이 지켜보던 재현은 쓴웃음이 나왔다.

자신을 후계자로 점찍어 고아원에서 데려왔던 회장은 아내의 죽음으로 마음이 바뀌었다. 더 이상 후사를 볼 수 없다고 생각했던 회장은 둘째 부인을 얻어 자신의 대를 이을 아들을 얻었다.

그러나 아쉽게도 회장의 피가 흐르는 친자식은 후계자가 될 만한 자질을 갖고 있지 못했다. 신에게 감사해야 할까. 둘째 부인에게서 얻은 자식이 영특했다면 자신은 지금의 이 자리에 서 있지 못했을 것이다. 천한 태생으로 돌아갔거나 거칠게 살게 됐을지도 모를 일이었다.

평범하게 살지는 못했을 것이다. 개성 강한 자신의 기질로 극과 극을 달렸을 것이다. 사업적 기질을 발휘하여 크게 터트리거나 아니면 친부처럼 놀음으로 풀려 크게 하고 있을지도 몰랐다.

"가능성은 없는가?"

회장은 민호를 날카롭게 쳐다본 뒤 임태호에게 말했다. 민호는 회장의 시선에 기가 죽어 꼼짝 않고 있었다.

"없습니다."

"자신할 수 있나?"

그렇게 말하는 회장의 어투에는 강한 위협이 숨어 있었다. 많은 생각을 한 후에 얘기하라는 무언의 메시지가 숨어 있었다.

"그렇습니다."

임태호의 대답에 회의장을 들어오고 한 번도 눈길을 주지 않았던 재현에게 회장은 시선을 주었다.

"넌 어떻게 생각하느냐?"

회장의 물음에는 민호를 두둔하라는 의도가 숨어 있었으나 재현은 따르지 않았다. 자신을 위협하는 존재건 회장이 애지중지하는 아들이건 상관없었다. 그가 회장의 생각을 거부한 것은 간부들과 같은 맥락에서였다. 물론 보기조차 싫은 개인적인 감정도 어느 정도 작용했다.

"임태호 부회장님의 생각에 전적으로 동의합니다."

순간 회장의 눈에서 번쩍 빛이 났다.

"네가 욕심이 나는 게로구나."

그러나 재현 역시 회장의 눈길을 피할 생각이 없었다. 재현은 회장을 정면으로 보며 자신의 뜻을 분명히 했다.

"욕심이 없다면 인간이 아니지요. 또한 그런 욕심조차 없다면 오너로서 자질이 없다고 봅니다. 사업은 공중에서 줄을 타는 것 같은 위험한 일입니다. 그런 일을 욕심을 갖고 해내지 않으면 어떻게 성공시킬 수 있겠습니까. 전 욕심이 많은 놈입니다. 그 욕심 때문에 여기까지 올 수 있었습니다."

"지금 내가 너에게 일을 맡기고 뒤로 물러난다면 마다하지 않겠구나?"

재현은 회장을 당당하게 본체 말했다.

"물론입니다! 하지만 아직은 시기상조라고 봅니다."

회장의 얼굴이 서서히 붉어졌다.

"내가 고양이 새끼를 키운 게 아니라 호랑이 새끼를 키운 거였어."

"절 선택한 건 회장님이셨습니다."

회장은 자리에서 일어나 휑하니 나가버렸다. 그 뒤를 강아지마냥 민호가 졸래졸래 따라갔다. 부회장 임태호가 재현에게 다가와 어깨를 툭툭 치며 말했다.

"모두가 인정하는 사실이지만 말을 조심했어야 했어."

다른 간부들도 임 부회장의 말에 고개를 끄떡였다.

"이것만 알아두게. 우린 언제나 자네 편이야. 지금 회장님이 나이

가 들고 혈육의 정에 약해지셔서 잠시 흔들리기는 하지만 원래의 모습으로 돌아올 거야. 사업을 여기까지 끌고 온 분이 아닌가?"

재현은 웃어 보임으로써 동의한다는 뜻을 표했다.

"불안하지 말게. 자네 뒤에는 우리가 있네."

"불안하지 않습니다. 그리고 회장님에게 말씀드렸듯이 전 욕심은 많지만 사리 분별은 할 줄 압니다. 아직 저에게 무리라는 건 누구보다 제가 더 잘 알고 있습니다. 회장님이 자리를 내주신다 해도 물려받을 사람은 제가 아니라 바로 부회장님이십니다. 원칙적으로 따져도 그렇습니다."

"박 사장."

임태호는 젊은 재현을 보며 말했다.

"난 이미 목표하는 데까지는 다 올라봤네. 그러나 끝까지 가고 싶은 생각은 없네. 회장님의 뒤를 이을 사람은 자네야. 지금 자네가 맡고 있는 분야는 우리 회사에서 가장 비중을 차지하는 곳이 아닌가. 더욱이 이번 자네가 성사시킨 방갈로르 건으로 우리 회사가 좀더 성장하게 된 건 사실이네. 물론 이익을 볼 정도로 진척된 건 아니지만 말일세. 그리고 난 몇 년 만 더 있다 퇴직할 생각이네."

"부회장님!"

"열정을 바치기엔 너무 늙었네. 자네 아버지하고 동갑이 아니던가. 이젠 쉬고 싶은 생각이 간절해. 하지만 아직 때가 아니라 기다리고 있을 뿐이야. 내가 그만둔다면 자네가 기댈 곳이 없어지는 게 걱정돼. 회장님이 아주 현명한 분이긴 하지만 가끔 어떤 것에 빠지면 생각이 흐트러져서 잘 판별하지 못하거든."

"그럼 부회장님을 오래 붙잡아두려면 제가 많이 걱정을 끼쳐야겠군요."

재현의 말에 임태호 부회장뿐 아니라 다른 간부들도 웃음을 터트렸다.

"자네를 믿네."

부회장의 말에 간부들이 하나 둘 몰려와 재현의 주위를 감싸며 하나같이 같은 말을 했다.

"기대에 어긋나지 않겠습니다."

재현은 자신의 어깨가 무거워짐을 느꼈다. 어차피 최고의 위치가 목표였지만 막상 모든 간부들이 자신을 지지하자 어쩐지 부담감이 커지는 기분이었다. 불현듯 류진이 생각났다. 최근 회사의 민호 문제로 만나지 않고 있었다. 어떻게 지내고 있을까. 재현은 갑자기 류진이 그리워졌다. 그녀의 얼굴과 나신을 떠올리자 자신도 모르게 생리적인 반응이 일어났다.

"제기랄!"

재현은 엘리베이터를 탔다. 지금은 무슨 일이 있어도 류진을 만나야 한다. 재현은 서둘러 지하주차장으로 향했다. 그때 핸드폰이 울렸다.

─사장님.

"뭐야?"

재현은 자신의 진로를 방해하는 김 비서에게 짜증이 났다.

─사장님이 부탁하신 것 준비했습니다.

"부탁한 거라니?"

-미스 몬테크리스토에 대해 조사하라고 하시지 않으셨습니까.

"그래?"

재현은 당장이라도 류진을 만나고 싶었지만 그녀의 과거 내력에도 호기심이 일었다.

"알았어. 지금 당장 가지."

재현은 핸드폰을 닫고 다시 엘리베이터에 올랐다.

류진은 백화점을 돌다 한 통의 전화를 받았다.

-나야.

이제는 그녀에게 낯익은 목소리였다. 재현이었다.

"어쩐 일이에요?"

-내가 연락을 안 한다고 아예 인연을 끊을 생각이야?

오랜만에 받는 그의 목소리는 어쩐지 정감이 느껴졌다. 단지 자신의 착각일까.

"저도 바빴어요."

-오늘 만나지.

"그러죠."

-어디서 만날 건지 물어보지 않는 거야?

새삼스럽게 묻는 이유가 뭘까.

"어디서 만날 건데요?"

-시내에서 만나지. 영화도 보고 식사도 하고 차도 마시고.

"바쁘지 않아요?"

-나야 늘 바쁜 사람이지.

"그런데요?"

―여자가 참 애교가 없군. 피카소에 여섯 시까지. 궁금한 게 있다면 그때 가서 물어봐.

딸깍!

전화가 끊겼다. 류진은 한동안 생각에 빠져 있었다. 바뀐 그의 태도도, 그를 향한 자신의 반응도 모든 것이 혼란스러웠다. 그런 류진을 깨운 건 이경래였다. 어느새 그가 들어와 있었다.

"조사는 다 끝난 거야?"

류진은 자신이 쓰다 만 메모노트를 내려다보았다. 백화점 현황이 빼곡히 들어차 있었다.

"제라르의 말 대로예요. 직원을 뽑는 기준도 외모 순이더군요. 성실성이나 다른 모든 부분은 배제된 채 말이에요. 그러니 직원들의 교체가 잦을 수밖에요. 그리고 백화점 내의 통풍구를 전체적으로 청소해야 하겠어요. 내부 공기가 무척 답답하고 탁해요. 이건 직원들뿐만이 아니라 고객에게도 좋을 게 없어요. 통풍구 청소는 주기적으로 하고 있는 건가요?"

이경래는 머리를 긁적거렸다.

"거기까지는 신경 못썼구나. 네 아버지가 있을 때는 꼼꼼히 챙겼는데."

"그리고 앞으로는 직원들 출근을 30분 정도 일찍 오게 해서 서비스 교육을 철저히 시키도록 조처해주세요. 교육에 필요한 일은 본사에서 온 팀들이 맡게 될 거예요. 아저씨는 통역할 사람을 하나 구해주시면 돼요."

"알았다."

"앞으로 우리 백화점에 들어올 의류업체들도 알아봐주세요. 까다롭게 선별해서요. 물론 아저씨 옆에 저희 회사 직원이 따라붙을 거예요. 의상 쪽에는 정평이 나 있는 사람이거든요. 감각이 세계적이죠."

"알았다."

류진은 시계를 보았다. 다섯 시였다.

"회사로 들어가실 거죠?"

"안 그래도 제라르가 호출해서 보러 가는 길이다."

류진이 미소 지었다.

"아저씨가 직접 나오시지 않으셔도 돼요. 사람을 시키면 되죠."

"당분간은 내가 하고 싶어 그런다. 어린 널 제대로 지켜주지도 못했잖니."

이경래의 말에 류진은 마음이 짠해져서 그의 팔을 살짝 잡았다.

"어서 가요."

"그래."

이경래는 류진을 보며 생각했다. 자신에게도 이런 딸이 하나 있으면 좋겠다고. 한 번도 결혼에 대해 부러웠던 적은 없었지만 지금 이 순간은 먼저 간 류진우가 몹시도 부러웠다. 아들보다 더 든든한 딸을 가진 그 친구가.

정각 6시에 류진은 피카소로 들어섰다. 저만치서 재현이 손을 흔들며 환한 미소를 짓고 있었다. 이제 냉소적이던 그의 미소는 흔적도 없이 사라졌다. 류진이 자리에 앉자 재현은 사랑스러운 듯 류진의 얼굴을 쓰다듬었다. 익숙하지 않을 뿐만 아니라 부담스런 스킨십이었다.

"뭐 먹을래? 오늘은 맛있는 거 먹자."

감정을 숨기지 않고 있는 그대로 내보이는 것 같았다. 그답지 않은 행동이었다.

재현이 식사를 시키자 종업원이 메뉴판을 들고 사라졌다.

"한 가지 물어봐도 돼요?"

"뭐?"

"오늘 당신 이상한 거 알아요?"

"내가?"

"네. 무척 이상해요."

재현이 소리 내어 웃었다. 류진이 이상한 듯 보자 재현은 입을 열었다.

"숨겨진 당신의 모습을 알았다고나 할까."

"숨겨진 모습?"

류진이 고개를 갸웃거리자 그가 입가에 미소를 머금고 말했다.

"당신에 대해 많은 것을 알게 됐다고나 할까."

류진의 눈이 재현을 정면으로 보았다.

"어느 정도요?"

"아주 많이."

"저의 모든 것을 다 알고 있다는 말씀이에요?"

재현은 고개를 끄떡였다. 그 모든 사실을 알았을 때 재현은 당장이라도 경서를 찾아가 목을 조르고 싶었다. 경서는 자신이 좋아하는 여자 어쩌면 조금은 사랑하고 있을지도 모를 여자의 인생을 처참히 밟아버렸다.

용서할 수 없다. 재현이 느낀 건 분노였다. 자신에게 등을 보이고 친자식에게 회사를 넘기려는 회장에 대한 감정보다 더 격했다.

김 비서에게 조사한 내용을 넘겨받았을 때만 해도 크게 기대하지는 않았다. 류진을 은밀하게 학대하고 류진우에게조차 자신의 딸이 미쳤다고 믿게 만들었던 간교함. 결국 멀쩡한 사람을 정신병원에 넣고 류진우가 갑자기 심장마비로 세상을 떠나자 기다렸다는 듯이 경서는 회사를 물려받았다.

"이제 당신의 대답 따위는 듣고 싶지 않아. 변한 건 없어. 당신은 내 거고 내가 지켜줄 거야."

"난 내가 지켜요."

"자신을 지키기에 당신은 너무 여려."

"그렇지 않아요."

재현은 눈앞의 여자를 보았다. 올려 묶은 포니테일 스타일의 머리가 오늘따라 앳돼 보였다. 가는 목덜미로 몇 가닥 내려온 머리가 그의 마음을 자꾸 자극했다. 저 목덜미에 얼굴을 묻고 싶다. 재현은 팔짱을 꼈다.

"류진, 누구로부터 자신을 지키겠다는 거야?"

류진은 그를 말없이 볼 뿐 일을 열지 않았다.

"경선가?"

류진의 눈이 화나 있었다. 아마도 그녀의 치부를 건드렸기 때문일 것이다.

"그 누구라도 상관없어요! 나 자신쯤은 지킬 수 있어요."

"난 당신을 지킬 거야. 그전에 당신부터 지켜야 할걸?"

"무슨 소리예요?"

류진은 반문했다. 재현은 벌떡 일어나 맞은편으로 가 류진을 번쩍 안았다. 깜짝 놀란 그녀가 재현을 보았다.

"방금 당신을 괴롭히고 싶어졌거든."

"이거 놔요!"

류진이 바동거리는 것도 상관하지 않은 채 재현은 그대로 안은채 문 입구로 향했다. 그는 류진을 안은 손에 들고 있던 카드를 따라붙은 종업원에게 던졌다.

"이걸로 계산해. 나중에 찾으러 올게."

종업원은 신기한 광경에 웃음을 참으며 인사하는 것을 잊지 않았다.

"안녕히 가십시오. 또 찾아주십시오, 박 사장님."

레스토랑을 나온 재현은 바로 엘리베이터를 탔다.

"호텔 레스토랑을 잡은 게 다 계획적인 거였군요? 밥은 안 먹을 건가요?"

"밥보다 급한 게 있어."

엘리베이터 문이 닫히자 재현은 그녀를 놓아주었고 자신의 옷매무새를 다듬던 류진은 그를 쏘아보았다. 재현은 말 대신 류진의 손을 잡아 자신의 아래쪽에 댔다. 그곳이 단단히 성나있었다.

"당신은 짐승이에요."

"알아. 그 사실도 곧 알게 해주지."

재현의 손이 류진의 허리로 감겨왔다. 그 황홀한 자극에 류진은 스르르 눈이 감겼다. 그녀는 이미 흥분하고 있었다. 엘리베이터 문이 열렸다. 류진은 탈 때와는 반대로 내릴 때는 그의 가슴에 기대어 있었다. 그의 체취가 그녀를 취하게 만들었다.

어쩌면 이 남자를 정말 좋아하게 될지도 몰라. 류진은 룸으로 들어서자 재현의 품에 안겼다. 재현이 숨 막힐 듯 거칠게 키스해왔다. 검은 눈동자가 뚫어질 듯이 류진을 보았다. 정열적인 재현의 눈빛이 류진을 두근거리게 만들었다. 심장이 터질 것 같아 숨을 헐떡였다. 이 남자와 사랑을 나눌 땐 왜 매번 처음 할 때 같은 설렘과 자극이 느껴질까.

"당신을 좋아하는 것 같아. 그것도 아주 많이."

재현은 류진을 벽에 밀어붙였다. 그의 뜨거운 숨결이 머리에 그대로 느껴졌다. 재현은 정수리에 입을 맞췄다. 그가 류진의 턱을 들어 자신의 눈을 마주 보게 했다. 재현의 검은 눈동자가 류진을 삼켜버릴 것 같았다.

"류진, 당신이란 여자 너무 탐나."

재현이 다시 키스를 했다. 류진은 입을 열어 그를 받아들였다. 격하고 거친 키스가 이어졌다. 재현의 키스에 류진은 모든 생각을 잊어버렸다. 그의 손이 류진의 옷 속으로 들어가 브래지어를 밀고 성급하게 가슴을 주물렀다. 가슴이 그의 손에 눌러져 금세라도 터질 것 같았다.

재현은 류진의 웃옷을 급하게 벗겼다. 눈앞의 그녀의 아름다운 상반신이 드러났다. 재현은 가슴 위에 반만 얹어져 있는 브래지어를 풀었다. 봉긋하고 하얀 가슴이 그대로 드러났다. 분홍빛 유두가 재현을 유혹하고 있었다. 재현은 가슴을 허기진 듯 빨아들이며 류진의 팬티 사이로 손을 집어넣었다. 축축한 물기가 손에 느껴졌다.

재현은 팬티를 서둘러 벗겼다. 그리고 류진의 다리를 한쪽 들어 자신의 남성을 바로 집어넣었다.

"음."

커다랗고 두툼한 남성이 밀고 들어오자 류진은 자신의 안이 꽉 차는 느낌이었다. 재현은 류진의 다리를 잡은 채로 뜨거운 키스를 퍼부었다. 그의 허리는 천천히 강하게 움직였다. 움직일 때마다 류진의 입에서 신음소리가 터져 나왔다. 아주 띄엄띄엄 강하게 들어오는 그의 남성이 류진의 욕망을 자극했다.

"재현 씨."

재현의 눈이 욕망으로 짙어졌다.

"당신은 이럴 때만 내 이름을 부르는군."

재현은 기합을 넣듯 소리를 내며 류진의 안으로 부딪혔다. 류진의 몸이 뜨거워지며 얼굴이 발갛게 상기되었다. 그녀의 애액이 윤활유처럼 안에서 미끈거렸다.

"당신을 맛보고 싶어."

재현은 바닥에 무릎을 구부리고 그녀의 음부를 양손으로 벌려 혀로 핥았다. 류진은 야릇하고 찌릿한 감각이 아래에서부터 스멀거리며 올라오는 걸 느꼈다. 그는 클리토리스를 쭉쭉 빨아 당겼다.

강렬한 전류가 류진의 온몸을 관통했다. 다리에서 힘이 풀려 류진은 재현의 어깨에 양손을 짚으며 겨우 몸을 지탱했다.

재현의 혀가 질 속을 헤집고 들어왔다. 들어갔다 나왔다 하던 혀는 클리토리스를 지분거리며 자극했다. 류진의 온몸이 뒤틀렸다. 원초적이고 은밀한 자극이 온몸을 휘감았다.

"맛있어."

재현은 양쪽 날개를 쓸며 빨다 클리토리스를 입 안으로 쭉 잡아당겼다.

"흐윽!"

류진의 입에서 저절로 신음이 터졌다. 재현은 류진을 돌려세웠다. 류진은 엎드린 채로 엉덩이를 뒤로 뺐다. 비밀스런 음부가 여과 없이 드러났다. 갈라진 사이로 보이는 분홍빛 속살이 흥건한 물기를 품은 채 재현을 향해 있었다. 고여 있던 물기는 안에서 천천히 흘러나왔다. 재현은 흐르는 물을 단물처럼 빨아 먹었다.

"흑!"

재현의 혀가 다시 질 속을 헤집었다. 흥분된 음부는 잘 익은 석류처럼 톡 발가져 갈라져 있었다. 그는 음부를 혀로 핥으며 위아래로 문질렀다. 그의 자극적인 감촉에 그녀의 안이 움찔거렸다. 수축된 질은 꼭 다문 채 조여져 있었다. 재현은 질 입구와 위쪽을 손가락과 혀로 문질렀다. 강한 자극에 류진의 다리가 덜덜 떨렸다.

재현은 그대로 일어나 류진의 허리를 붙잡고 자신의 남성을 가차 없이 밀어 넣었다. 류진은 강력한 쾌감에 소리를 질렀다. 탐스럽고 실팍한 류진의 엉덩이가 부딪힐 때마다 찰졌다. 허벅지가 엉덩이에 부딪히며 마찰하는 소리가 재현의 귀에 자극적으로 감겼다.

"날 원하지 않는다고 말해봐."

류진은 양손을 벽에 짚은 채로 고개를 저었다.

"날 원해?"

류진이 고개를 끄떡였다.

"말로 해."

재현의 숨찬 소리만큼이나 류진의 말도 헐떡였다.

"당신을 원해요."

"뭐라고? 안 들려."

"당신을 원해요."

류진이 소리쳤다. 재현은 거칠고 빠르게 부딪쳤다.

"이렇게?"

류진은 흐느끼며 연신 고개를 끄떡였다. 재현은 천천히 약하게 그러다 세게 부딪쳤다.

"그럼 이렇게?"

류진이 고개를 끄떡였다.

"당신의 눈을 보여줘."

재현은 류진을 돌려세워 그대로 안고 침실로 향했다. 재현이 침대에 눕히자 류진은 일어나 키스를 퍼부었다.

"자극적이야. 그러나 내가 주도하는 게 좋아."

재현은 류진을 침대로 밀치고 그녀의 다리를 들고 남성을 밀어넣었다. 강렬한 자극이 온몸으로 퍼졌다.

"윽!"

재현은 금세라도 터질 것 같은 욕망을 이를 악물며 참았다. 발그레 상기된 볼과 천진한 눈망울. 그 속에 아른거리는 요기. 무뚝뚝하고 뻣뻣했던 그녀의 이미지는 어디에도 찾아볼 수 없었다. 지금 재현의 앞에 있는 건 그의 눈길을 사로잡고 놓아주지 않는 사랑스러운 악녀였다.

재현의 양손에 눌려 일그러지는 젖무덤이 탄력성으로 다시 탱글거렸다. 그 묵직한 감촉에 재현은 더욱 압력을 넣어 주물렀다. 류진의 호흡이 가빠졌다. 재현의 몸에도 더욱 힘이 들어갔다. 그녀의 안으로 들어갈 때마다 돌처럼 단단해진 엉덩이로 땀이 흘렀다. 안에서부터 수축해오는 강한 압력에 재현은 자신의 것이 빨려 들어갈 것 같았다.

안은 수축에 수축을 더해가며 그를 조여 갔다. 참으려 해도 재현의 입에서 신음이 새어나왔다. 재현은 더 이상 제어할 수 없었다. 재현의 엉덩이가 빠르게 움직였다. 류진의 입에서 흐느낌이 새어나왔다. 류진은 흥분으로 울어대며 허리를 번쩍 들어 같이 움직였다.

재현은 최고의 자극에 달했다. 그는 정신이 혼미해질 만큼 감각에 빠져들었다. 그의 허리는 보이지 않을 만큼 빠르게 움직였고 살에 부딪히는 아픈 마찰조차도 욕망을 자극했다. 류진은 안을 꼭 채운 남성이 자신의 내벽을 찢을 만큼 강하게 움직이는 것에 강한 쾌감을 느꼈다. 류진은 자신의 다리로 재현의 허리를 꼭 끌어안고 놓아주지 않았다.

안만큼 그녀의 다리는 압력이 강했다. 다리 조임에도 재현의 허리는 빠르게 움직였다. 살과 살이 맞부딪혀오는 접촉에 그곳이 화끈거렸다. 짜릿한 고통이었다. 류진은 소리쳤다. 소리를 지르면 지를수록 쾌감은 더 커졌다.

류진은 재현의 눈을 보았다. 무표정하나 암흑처럼 캄캄한 그의 눈은 욕망을 말하고 있었다. 자신을 향해서 욕망을 드러내고 있는 재현의 눈빛이 류진은 좋았다. 류진은 허리를 번쩍 들어 그의 몸놀림에 맞췄다. 착착 감기는 마찰음과 질펀거리는 호흡이 두 사람을 끝까지 몰고 갔다.

두 사람의 입에서 동시에 단말마의 신음이 흘러나왔다. 그 소리와 함께 두 사람의 몸이 널브러졌다. 그들은 누가 먼저랄 것도 눈을 감았다. 격한 일을 겪은 후의 편안한 휴식이었다.

아침 새소리에 눈을 뜬 재현은 아직도 잠에서 깨어나지 못한 류진을 따뜻한 시선으로 보고 있었다. 사랑스런 여자. 사랑할 수밖에 없는 여자. 아침 햇살이 그녀의 얼굴과 머리에 자신의 빛을 곱게 물들이며 온기를 뿜어내고 있었다.

재현은 그녀의 이마에 부드럽게 입을 맞추었다. 류진이 얼굴을 찌푸리며 귀찮다는 듯이 손으로 이마를 문질렀다. 햇살은 자신의 가슴도 물들였다. 따뜻함이 온몸에 퍼져 재현을 포근하게 만들었다.

일어나기 싫다. 재현은 처음으로 일하러 가기 싫다는 생각을 했다. 그는 일어나는 대신 그녀를 다시 자신의 품으로 끌어당겼다. 잠에 취한 그녀는 그의 행동에도 새근거리며 잠을 자고 있었다. 그는 나른함에 하품을 했다. 재현은 찾아오는 포근함에 잠이 들며 중얼거렸다. 넌 대체 어떤 여자지?

✿

"이게 말이 된다고 생각해?"

경서는 화가 나서 펄펄 뛰고 있었다. 자신을 모든 경영에서 빼놓다니. 경서는 다짜고짜 류진의 사무실로 쳐들어가 책상에 서류를 던졌다. 백화점의 개혁안에 관한 거였다. 이미 지분을 갖고 있는 간부들에게 돌렸던 안건이었다.

"어째서 이 일을 나만 모르고 있는 거지? 난 회사의 35%의 지분을 갖고 있어. 거기다 난 오너야. 오너가 회사가 어떻게 돌아가는지 전혀 모를 수 있지?"

류진은 경서를 보며 냉정하게 말했다.

"이번 일에서 널 뺐어. 네가 회사를 경영할 때도 어떻게 돌아가고 있는지 늘 몰랐잖아? 회사가 이 지경이 된 것도 다 그 때문이야. 넌 자격 상실이야."

"이럴 순 없어!"

화가 나서 얼굴이 벌게진 경서의 모습에 반해 류진의 태도는 너무도 차분했다. 칼자루를 쥐고 있는 자의 모습이었다.

"이 모든 게 너의 계략이지?"

경서는 눈앞의 여자의 눈알을 후벼 파고 싶었다. 그럴 수만 있다면.

"단순히 계략만으로 이런 판단을 내릴 수 없어. 회사 결정이야."

"그 결정을 내린 건 너잖아!"

류진은 경서를 향해 싸늘하게 웃었다.

"그래, 내가 그랬어. 그렇다 해도 이 결정은 어디까지나 객관적인 평가야. 널 경영에 참가시키는 건 폭탄을 안고 불에 뛰어드는 꼴이니까."

"네가 무사할 줄 알아? 네가 컸다고 해서 날 핫바지로 아는 모양인데 우습게 봤다 큰코다쳐!"

"마음대로."

류진의 냉담한 반응에 경서는 길길이 날뛰었다.

"알아? 난 좋은 것이든 나쁜 것이든 꼭 갚는 사람이야. 너에게도 마찬가지야."

류진은 어깨를 으쓱해 보였다.

"얼마든지."

이제 아무것도 겁나지 않았다. 자신은 경서의 한 마디에 벌벌 떨던 예전의 류진이 아니었다. 씩씩거리며 돌아서서 나가려는 경서를 향해 류진은 마치 방금 생각났다는 듯이 말했다.

경서는 독기서린 시선으로 류진을 보았다.

"한 가지 경고할게. 넌 모든 걸 잃었어. 이름만 사장일 뿐 실질적인 경영은 손도 될 수 없는 허수아비 사장일 뿐이야. 괜히 휘젓고 다녀서 긁어 부스럼 만들지 마. 그게 내가 너에게 해줄 수 있는 최대한이에요."

경서는 코웃음을 쳤다.

"꼴에 날 봐주겠다?"

"분명히 경고했어."

"흥!"

경서는 턱도 없는 소리 하지 말라는 태도를 보였다.

"난 이대로 끝내지 않아."

"네가 움직인다면 나도 가만있지 않아."

"너 많이 컸다?"

"그렇게 만든 건 너야."

경서는 서칠게 문을 열었다.

"네가 한 짓을 후회하게 될 거야."

"내 인생에 후회가 있다면 바로 널 만났다는 거야."

류진의 말이 채 끝나기 전에 문은 쾅 소리를 내며 닫혔다. 류진은 경서의 행동에 아무런 영향도 받지 않았다. 전화가 울렸다.

"여보세요."

ㅡ나야.

박재현이었다.

"어쩐 일이에요?"

ㅡ당신은 정말 애교가 없어.

"그래서 불만이에요?"

ㅡ나중에 하는 것 봐서 결론을 내리기로 하지.

재현이 말하는 게 무언지 깨닫자 류진의 볼이 붉어졌다.

"당신 그렇게 농땡이 쳐도 돼요? 명색이 회사의 대표인 사람이."

ㅡ내 일은 내가 알아서 해.

류진은 멈칫했다. 재현과 한 번도 같이 하는 삶을 꿈꾸지 않았다. 그런데 지금 자신의 마음이 흔들리고 있었다. 난 그를 사랑하는 것일까. 재현의 놀라운 독점욕이 기분 나쁘지 않으면서도 류진을 당혹시켰다. 이 모든 복수극에 마무리가 지어지면 류진은 떠나야 할 사람이었다. 그런데 재현은 그 사실을 전혀 모르고 있었다. 류진이 늘 그의 곁에 있을 거라고 믿고 있었다.

－나중에 회사 앞으로 갈게.

"내가…… 그렇게 하세요."

류진은 재현을 찾아가겠다고 말하려다 그만두었다. 자신을 찾아온 재현을 경서가 본다면 더욱 큰 효과가 있을 것이다.

－오늘은 당신한테 자극받더라도 영화는 꼭 볼 계획이야.

재현의 웃음소리가 들렸다. 이제는 자연스러워진 웃음소리를 들으며 류진은 왠지 마음이 착잡해졌다.

－지금 도착했어. 내려와.

류진은 로비로 내려가 정문으로 향했다. 밖으로 나오자 재현이 차에서 내려 기다리고 있었다.

"천천히 나오지. 나 때문에 서둘러 나온 거 아니야?"

그때 때마침 정문을 밀고 경서가 나왔다. 류진은 경서의 얼굴을 살짝 훔쳐보았다. 딱딱하게 굳은 얼굴로 목덜미를 쥐어뜯고 있었다. 경서는 모르는 척 가지 않고 재현이 있는 쪽으로 왔다.

"오랜만이에요, 선배."

재현의 눈이 경서를 향했다. 사악한 계집 같으니라고! 재현은 차오르는 분노에 이를 악물었다. 이 여자 때문에 류진의 인생이 힘들었을 뿐만 아니라 자신조차 바보처럼 속고 말았다. 재현이 대답이 없자 경서는 더욱 뻔뻔스럽게 나왔다.

"사귀니 어때요? 깨가 쏟아져요? 날 버리고 가서는 내 앞에서 희희낙락하다니. 대체 양심은 있는 거예요?"

"류경서."

재현은 이를 악문 채로 입을 열었다. 그 때문에 재현의 음성이 섬뜩하게 들렸다. 그러나 경서는 눈 하나 깜짝하지 않았다.

"왜요? 갑자기 미안해졌어요? 자신이 뻔뻔한 건 아는가 보죠?"

"경고해두겠는데 그 아구통 좀 그만 닥쳐!"

재현의 거친 말에 경서뿐 아니라 류진도 놀랐다.

"너도 알다시피 난 고아원 태생이라서 말이야. 가끔 죽이고 싶은 인간이 눈에 보이면 느닷없이 험악한 말이 나오지. 뻔뻔하다고 했나? 뻔뻔함으로 치면 너만 하겠어? 멀쩡한 사람을 정신병원에 보내고 양부의 재산을 빼돌려 회사를 난장판으로 만들어놓는 사람에 비하면 비교가 안 되지."

"선배!"

"다시 경고하는데 이 여자에게 털끝만치라도 손을 댔다간 그날로 네 목줄을 따버리겠어! 알겠어?"

경서는 분노로 바들바들 떨면서도 대꾸하지 않았다. 그리곤 호흡을 한번 내쉬더니 표정이 바뀌었다. 경서는 다시 다가서며 코웃음을 쳤다.

"훗, 오늘은 이쯤에서 물러나죠. 저도 경고하죠. 사람의 목줄 따버리는 거 경험에 의하면 그리 어렵지 않더라고요. 날 호락호락하게 봤다면 큰코다치는 거예요."

"당장 꺼져!"

"잊고 계셨군요? 여긴 내 회사예요."

경서는 의기양양하게 말했다. 재현은 거칠게 류진의 손목을 잡고 자신의 차에 태웠다. 그리고 운전석으로 가 차문을 열기 전 경서를 보며 말했다.

"인과응보라는 말 들어봤어? 널 위해 생긴 말이야."

경서가 어떤 행동을 하기 전에 재현은 차에 올라 그대로 출발해 버렸다. 경서가 무서워서가 아니라 그녀의 더러움이 자신에게 묻을까 봐 얼른 피한 것이다. 재현이 사라지고 나자 경서는 길길이 날뛰었다.

"용서 못해! 절대 용서 못해!"

나를 무시하는 인간들은 다 죽여버릴 거야. 경서는 모두를 향해 저주를 퍼부었다. 경서는 어딘가로 급히 전화를 걸었다. 신호를 기다리는 동안 이를 갈았다. 그 잠시의 초조함조차 견딜 수 없었다. 나 외에는 모두 지옥에나 가버려!

영화관 안에는 배우들의 코믹 연기로 관객들이 연신 배를 잡고 있었다. 그러나 류진만은 그럴 수 없었다. 류진의 머릿속은 경서에 대한 생각으로 꽉 차있었다. 경서가 뭘 믿고 저토록 당당하게 행동하는 것일까. 아무리 생각해도 알 수 없는 일이었다. 영화가 끝났지만 류진은 깨닫지 못했다. 재현이 그녀의 어깨에 손을 얹을 때야 정신을 차렸다.

"너무 신경 쓰지 마. 당신을 지켜준다고 한 건 빈말이 아니야."

당신은 날 지킬 수 없어요. 그러나 류진은 입 밖으로 말하지 않았다.

"나가지. 아주 특별한 레스토랑으로 당신을 초대할 테니."

그는 차를 몰아 오피스텔 앞에 섰다.

"여긴 레스토랑이 안 보이는데요? 여긴 당신 오피스텔이잖아요?"

재현은 대답 대신 열린 엘리베이터에 올랐다. 그의 눈가에 웃음이 고였다.

"궁금해?"

묻는 그의 태도가 너무도 매력적이고 은밀해 류진은 가슴이 두근거렸다. 이미 모든 것을 겪은 사인데 어째서 이처럼 설레는 걸까. 이 남자를 지우고 살 수 있을까.

재현이 류진의 볼을 쓸며 턱을 들어올렸다. 다정한 그의 눈빛과 마주치자 가슴이 덜컹 내려앉았다. 이 남자를 가슴에 담으면 안 돼. 류진은 이상하게도 가슴이 시큰해졌다. 요즘 감정이 예민해진 관계로 센티멘털해진 탓일 것이다.

"날 믿는다면 아무 말 하지 말고 그냥 따라와."

재현은 자신의 오피스텔로 류진을 데리고 갔다.

"여기가 레스토랑이에요?"

재현은 싱크대 쪽으로 가서 앞치마를 둘렀다. 살구색의 바탕에 노란 병아리가 그려진 상당히 유아틱한 에이프런이었다.

"나만의 특별식을 만들 거야. 그러니까 편안하게 앉아 있어."

재현은 휘파람을 불면서 냉장고 문을 열었다. 류진은 가슴이 짠했다. 이 남자 나에게 너무 잘한다. 재현은 냉장고에서 야채와 쇠고기를 차례로 꺼내서 요리대 위에 올리고는 하나씩 썰어 프라이팬에 볶기 시작했다. 서툰 칼질이었으나 열심히 썰고 있는 그의 모습은 어느 요리사보다도 진지했다. 요리책의 설명서를 열심히 읽어가며 요리를 하던 재현은 류진과 눈이 마주치자 멋쩍은지 피식 웃었다.

"어울리지 않지?"

어울리지 않긴 했다. 껑충 키 큰 남자가 유치원 선생이나 할 앞치마를 두르고 어설프게 야채를 볶고 요리를 하며 난처해하고 있었기 때문이다.

"여자 비서에게 요리 재료랑 그 밖의 것을 부탁했더니 이런 것을 사놓을 줄 어떻게 알았겠어?"

재현은 자신의 앞치마를 멋쩍은 듯 만지작거렸다.

"이렇게 하는 게 맞는지 모르겠네."

재현은 다시 요리에 열중했으나 고개를 갸웃거렸다. 류진은 재현에게서 프라이팬을 뺏어 뚜껑을 덮었다.

"일단 뚜껑을 닫아야 해요. 그리고 익으면 소스를 만들어서 뿌리기만 하면 돼요."

"확실한 거야?"

"대충은."

"뭐?"

"직접 만들어보지 않았으니 몰라요."

재현이 장난스럽게 인상을 찌푸렸다.

"너무 무책임하게 말하는 거 아냐?"

"요리책을 믿을 수밖에요."

재현이 고개를 절레절레 흔들었다.

"가끔 당신은 엉뚱할 때가 있어. 어쨌든 정성은 백 퍼센트지만 맛은 책임 못 지겠어. 시식은 당신 몫이야."

"그건 너무해요! 날 먹여 죽일 작정인가요?"

"흔히 맛을 얘기할 때 죽음이라고 표현할 때는 두 가지가 있지. 살인적으로 맛이 없거나 죽어도 여한이 없을 정도로 행복한 맛이거나. 어느 쪽이야?"

"앞에 내기를 걸겠어요."

"너무하는군."

재현이 가슴을 싸잡으며 괴로운 제스처를 취하자 류진은 자신도 모르게 소리 내어 웃었다. 그녀의 웃음소리에 재현도 따라 웃었다.

맛있는 냄새가 주방에 진동하자 류진은 꺼렸음에도 식욕을 느꼈다. 재현은 식탁에 두 사람분의 수저와 요리를 놓고 중간에 과일을 접시에 담아 내놓았다. 그리고 포장된 김치도 뜯어서 놓았다. 마주 앉아 조용히 음식을 먹던 두 사람은 누가 말한 것도 아닌데 동시에 눈이 마주쳤다.

그가 픽 웃으며 말했다.

"이상한 일이야. 어렸을 때 친아버지랑 다닐 때 말이야. 내가 이런 얘긴 한 번도 한 적 없지?"

"네."

"과거의 기억이 너무 싫어서 지워버리려고 했는데 이상하게도 당신한테는 아무렇지 않게 말하게 되는군. 아버진 구제불능의 도박꾼이었어. 늘 도박에 미쳐 빚이 늘어만 갔고 도망가는 게 다반사였어. 그 와중에 식사라는 게 찬밥과 시어빠진 김치가 다였어. 아버지가 날 고아원에 버렸을 때 결심했지. 다시는 찬밥과 김치는 먹지 않겠다고. 근데 참 이상해. 그 오랜 세월 먹지 않고 잘 견뎌왔는데 최근 들어서는 어쩐 일인지 김치만은 먹고 싶어지는 거야. 악과 독기만을 떠올리게 하는 그 김치가 왜 먹고 싶어지는 걸까?"

재현의 물음에 류진은 고개만 저었다.

"어쩌면 누군가를 믿고 싶어졌는지도 모르지."

좀 전까지 두근거리던 류진의 마음은 괴로움으로 바뀌었다. 자신은 언제 떠날지 모르는 존재였다. 그런데 이 남자 자신을 믿으려 한다. 어렵게 마음을 연 남자를 더욱 상처 입혀 다시는 사람을 믿지 못하도록 만들지도 모른다. 상처만 늘 입어왔던 자신이 누군가에게 상처를 줄 수 있다는 사실이 놀라우면서고 고통스러웠다.

"나라고 단정 짓지 말아요. 세상에 더 좋은 여자는 많아요. 당신에겐 화초같이 곱게 자란 여자가 어울려요."

"어째서? 내 약혼자는 당신인데."

재현의 눈에 노여움이 실렸다. 류진의 거부가 그를 화나게 한 듯했다.

"당신은 아픔이 많은 남자예요. 그런 남자를 다독여줄 여자는 사랑이 많아야 해요. 나같이 난도질당한 삶을 산 여자는 당신을 품어줄 사랑이 없어요. 난 자신 없어요."

재현의 눈이 가늘어졌다.

"처음에는 마음이 없었다고 해도 지금은 다르다고 생각했는데 내 착각인가?"

"아뇨, 당신을 정말 좋아해요."

재현의 표정이 풀리며 입가에 미소가 번졌다.

"그럴 줄 알았어."

"다만 남녀 간에는 늘 변수가 작용하죠."

"그거라면 걱정할 필요 없어. 우린 이미 잘 맞는다는 걸 알잖아."

"섹스가 다라고 생각해요?"

재현은 입맛이 달아났는지 먹던 음식을 옆으로 밀어놓았다.

"그게 다라곤 안 했어. 지금 내가 당신에게 하는 이 모든 것이 단지 섹스만을 위해서라고 생각해? 난 한 번도 내 손으로 음식을 만들어본 적이 없어. 그런데 당신에게는 계속 시도했어. 당신은 내가 갑자기 적극적으로 나와서 겁먹었을 뿐이고. 자신을 함부로 대하지 마. 당신은 당신이 생각한 것보다 훨씬 더 가치가 있는 사람이야."

재현의 말을 믿고 싶었다. 마음 같아선 이대로 그의 품에 뛰어들어 지금 계획하고 있는 모든 것을 다 던져버리고 싶었다. 복수는 생각만큼 즐거운 일이 아니었다. 그에 대한 부담감과 계속되는 압박감으로 고통스러울 지경이었다. 그러나 끝을 봐야 했다. 그것만이 류진이 사는 목적이었다. 지금 이 남자에게는 자신의 진심을 표현할 수 없었다.

자신을 안는 그의 품이 너무 포근했다. 눈물이 핑 돌았다. 내가 지금 느끼는 이 감정은 결코 거짓이 아니에요.

"시간은 금세 지나갈 거야. 그리고 우린 정말 연인이 되는 거야. 어쩌면 부부가 될 수도 있지."

재현이 다정하게 키스해왔다. 그의 부드러운 입술, 따뜻한 혀 그리고 자극적인 쾌감. 이 느낌을 가질 날도 얼마 남지 않았겠지. 재현은 류진을 번쩍 안아 자신의 침실로 향했다. 그의 품에 안겨가는 류진의 볼 위로 눈물이 흘렀다.

"울지 마."

재현은 부드럽게 키스하며 눈물을 닦아주었다. 재현은 류진을 침대에 눕혔다. 찬미하듯 그의 손길이 류진의 허리를 쓸어내리고 매끈한 허벅지를 거쳐 다리로 내려갔다. 손은 은밀한 부위를 헤집고 뜨겁고 축축한 그곳으로 들어갔다.

"하."

류진의 입에서 저절로 소리가 새어나왔다. 그의 손가락이 들어 갔다 나왔다를 반복했다. 그의 빠른 손놀림에 안으로 들어간 손가 락 사이로 애액이 흘러나왔다. 류진의 허리가 경련하듯 들렸다. 재 현은 양손으로 벌어진 다리를 더욱 벌려 그 안으로 자신의 얼굴을 집어넣었다.

흥분으로 부풀어 오른 살을 헤집자 뿌연 물기를 머금은 분홍빛 속살이 보였다. 그는 혀로 그 속살을 부드럽게 핥았다. 맛있었다. 그 맛을 더욱 느끼고 싶어 재현의 혀는 갈라진 양 날개를 위아래 로 쓸고 쭉쭉 빨아 당겼다. 류진의 허리가 다시 들렸다. 그 기회를 놓치지 않고 재현은 자신의 남성을 거침없이 그녀의 안으로 밀어

넣었다. 미끈거리는 안은 아주 매끄럽게 들어갔다.

그녀의 내벽이 그를 움직이지 못하게 꽉 조이자 재현은 아찔한 느낌을 받았다. 당장이라도 폭발할 것 같은 욕망에 그는 자신의 것을 빼고 호흡을 조절했다. 사랑스런 그곳에 입을 맞춘 뒤 그는 다시 자신의 것을 집어넣었다. 한 치의 빈틈도 없이 그녀의 안은 꽉 찼다. 그는 천천히 허리를 놀리기 시작했다. 재현은 지칠 줄 모르고 탐욕스럽게 그녀의 몸을 원했다. 갈구하고 갈구하고 또 갈구했다.

허리 놀림이 빨라졌다. 재현의 욕망이 맹렬하게 한곳을 향해 달렸다. 격해질수록 빨라질수록 호흡이 가빠졌다. 재현의 몸에서 땀이 뚝뚝 떨어졌다. 그는 자신의 얼굴로 흐르는 땀을 귀찮은 듯 닦으며 탐스런 그녀의 엉덩이를 양손으로 움켜쥐었다. 재현은 손에 중심을 두고 자신의 엉덩이를 강하고 묵직하게 밀어붙였다.

"아아."

부딪히는 마찰에 류진의 입에서 포텐이 터졌다. 재현의 손이 류진의 허벅지를 쓸었다. 그녀는 흥분으로 소름이 돋아 있었다. 재현은 만족하며 다시 힘껏 엉덩이를 밀어붙였다. 아플 만큼 꽉 조이는 수축력에 그는 숨을 쉴 수조차 없었다. 놀라울 만큼 강한 자극에 당장이라도 사정할 것 같았다.

"어서. 어서."

류진이 재촉했다. 재현은 호흡을 조절하며 다시 템포를 늦췄다. 이 순간을 좀 더 즐기고 싶었다. 그러나 매 순간 조여 오는 그녀의 조임에 재현은 더 이상 버틸 수가 없었다. 재현은 본능대로 몰아갔다. 땀과 욕망에 젖은 살은 서로 부딪힐 때마다 미끈거려 자극적인 느낌을 줬다.

"간다."

뜨거운 호흡으로 열기가 가득했고 거친 숨결에 욕망이 고조되었다. 격렬한 마찰에 그녀의 허리가 들리자 재현은 더욱 강하게 밀어붙였다. 조금만 더. 조금만 더. 재현은 자신을 계속해서 몰아갔다. 최상의 극치를 느낀 순간 눈앞에서 하얀 불꽃이 터졌다. 그는 자신의 모든 에너지를 그녀의 안에 쏟아 넣고 그대로 그녀의 품으로 쓰러졌다. 편안하고 따뜻했다. 그녀의 품은 재현을 쉬게 하는 요람 같았다. 그는 휴식을 취하듯 눈을 감았다. 그는 속삭이듯 말했다.

"내 여자."

재현의 머리를 감싸 안으면서도 류진은 그 말을 듣지 못했다.

7.

"안녕하세요. 저 아시겠어요?"

회장은 고개를 끄떡였다. 물론 알고 있었다. 잠시의 수습을 위해 필요했던 약혼. 아내가 일으킨 분란으로 인해 자칫하면 회사 이미지도 망칠 뻔했었다.

"우리 사이에 더 만날 일이 있었던가?"

여자는 여전히 화려했다. 역시 그놈을 후릴만한 외모였다. 약혼에 혹시 다른 맘이 있었던 건 아닐까. 기삿거리 때문에 약혼이 필요하다고 말했을 때 회장은 이해했다. 자신의 아내가 어떤 문제를 일으켰는지 이미 알고 있었기 때문이었다. 아내로 인해 유발된 약혼이었다. 그런데 약혼의 이유가 그것만은 아닌 듯싶었다. 단물만 빨아먹고 버리자는 속셈이 아닐까? 이미 둘 사이는 그렇고 그런 게 오간 사이일 것이다. 회장은 자신의 방식대로 생각했다.

"드릴 말씀이 있습니다."

회장은 여자의 말에 좋은 얘기가 아님을 깨달았다. 그동안 재현에게 약혼에 대해 가타부타 말을 들은 게 없었다. 일처럼 여자 관리도 잘하려니 생각했었다. 그런데 바쁜 자신에게 전 약혼자가 찾아오게 만들다니. 그는 영 기분이 좋지 않았다. 회장은 어디서든 여자가 나서는 걸 좋아하지 않았다.

들은 바는 있었다. 태사가 어린 여자 손에 넘어가고 나서 휘청거리고 급기야는 부도를 당하기 일보 직전이라는 소문은 있었다. 그리고 외국 기업이 끼어들어 다시 회사를 살리고 있다는 소문도 있었다. 그 과정에서 돈이 필요해진 건가? 설마 도와달라는 건 아니겠지? 그런 생각이라면 어림도 없었다.

"제 지분을 회장님께 드리고 싶어서요."

뜻밖의 말에 회장은 관심을 보였다.

"나한테 준다고? 그게 무슨 말이지?"

"말씀드린 그대로 드리겠다는 말이에요."

"아무 대가도 없이 주겠다고?"

회장은 믿기지 않는 듯이 재차 확인했다.

"물론 회장님께서는 알고 계시겠지만 태사가 부도 위기에 있다고 들으셨을 겁니다. 그러나 그건 어디까지나 몬테크리스토 회사와 합병을 하기 전 얘깁니다. 외국 회사가 개입해서 운영하게 되면 저희 회사는 부도를 면할 것입니다. 그렇게 되면 하락했던 회사 주식도 다시 오르겠지요."

"그런데 나한테 그냥 주겠다는 이유가 뭔가?"

"말이 합병이지 한마디로 제 회사를 흡수한 거나 마찬가집니다.

그 배후에는 류진이라는 몬테크리스토 회장 딸이 있구요. 제 목표는 그 딸이에요. 그래서 말인데 회장님께 공짜로 드리는 대신에 한 가지 조건이 있습니다."

몬테크리스토 회장 딸이라면 재현의 지금 약혼자였다. 뭔가 일이 복잡하게 꼬여가는 분위기였다.

"뭔가?"

"삼정그룹에 저를 참여시켜주십시오."

"무슨 소린가?"

회장은 의아한 표정으로 보았다.

"태사에 삼정그룹이 참여할 때 그 팀에 저를 합류시켜달라는 소립니다. 그리고 한 가지 더. 삼정팀 대표로서의 결정권을 주세요."

"그게 자네에게 그렇게 중요한가?"

"그렇습니다. 제 이익을 포기할 만큼요."

경서의 눈이 이상할 만치 반들거렸다.

"어차피 지금 상황에서는 제가 지분을 갖고 있다 해도 영향력을 행사할 수 없습니다."

그럴 테지. 회장은 고개를 끄덕거렸다. 회사를 말아먹은 장본인이니 지분을 갖고 있는 이사진들이 합동으로 뜻을 합하면 어떤 것도 행사할 수 없을 것이다. 아마도 몬테크리스토 회사가 참여했으니 외국인 회사 측에서 이 여자에게 지분을 자신들에게 팔라고 회유했을 가능성도 컸다. 실력 없는 경영진은 개혁을 하는데 걸림돌만 될 뿐이다.

"외국 회사에서 지분을 팔라고 권유하지 않던가?"

"했죠!"

"본인을 위해선 차라리 돈을 챙기는 게 낫지 않은가? 그 돈으로 다른 뭔가를 시도해보는 것도……."

회장의 말을 경서가 가로막았다.

"저에게 돈은 중요하지 않아요. 그 회사는 제 회사를 빼앗았어요. 말이 합병이지 흡수나 마찬가지라구요! 전 가만있지 않을 거예요! 날 쫓는 사람들은 다 가만두지 않을 거예요!"

회장은 혀를 찼다. 여자는 과할 정도로 감정적이었다. 이 여자의 감정은 사적인 것에서 기인한 듯했다.

"제 조건을 받아들일 건가요?"

회장으로선 손해 볼 건 없다. 몬테크리스토 회사라면 세계적으로도 어느 정도 인지도가 있는 회사였다. 그 회사가 손을 댔다면 뭔가 이득이 있어서일 게고 절대 망할 가능성은 없었다. 아무것도 투자할 게 없고 이득만 남는 장사였다. 더구나 멍청한 어린 여자 덕에 지분이 넝쿨째 굴러왔다.

재현이 이 여자와 아직까지 약혼을 하고 있었다면 분명 삼정을 말아먹을 것이다. 여우 같은 자식. 그는 영리했고 똑똑했다. 줄을 잘 탄 것이다. 덕분에 방갈로르 진출 건이 수월해졌다.

"고려해보지. 그리고 만약 이 계약이 성립되었을 경우, 자네뿐 아니라 우리 측 대표도 필요해. 그리고 최종적 결론은 우리 측에서 하지."

회장은 마음을 굳혔으나 비즈니스상 뒤로 뺐다. 상대방에게 본인의 생각을 미리 알릴 필요가 없었다. 비록 알고 있다 하더라도.

그러나 경서는 회장이 이미 승낙했다는 걸 알아차렸다. 회장의 제안이 그다지 흡족하지는 않았지만 이 정도로 만족하기로 했다. 이 정도라면 자신한테 충분히 승산이 있었다.

"박재현 사장도 이 일에 관여하나요?"

"결정권은 나에게 있지. 그에게 있는 게 아냐. 경영자는 나야."

그럼 안심해도 되겠어. 경서는 인사를 하고 회장실을 나갔다. 회장은 사라지는 경서의 뒷모습을 보며 생각했다. 저 여자에게는 사업보다는 남자를 후리는 게 더 재능이 있지 않을까?

회장은 재현을 떠올렸다. 처음 재현을 데리고 올 때만 해도 아무것도 가진 게 없는 비천한 존재였다. 지금의 모습을 만든 건 자신이었다. 나무랄 데 없는 외모와 뛰어난 머리, 사업가로서의 우수한 판단력과 리더십 그러면서도 흐름을 빠르게 읽어내는 명민함. 그 모든 게 자신의 은혜 때문인데 장본인은 고마워하지 않을 뿐만 아니라 간부들조차도 타고난 재능 때문이라 생각하고 있었다. 회장은 자신의 친아들이 회사를 이어가지 못할지도 모른다는 불안감이 들었다.

이 근본도 모르는 고아자식이 모든 재산을 가로챌지 모른다. 믿었던 양아들은 친아들이 생기자 믿을 수 없는 존재가 되었다. 어차피 피를 이어받지 못한 자식은 남이나 다를 바 없다는 생각이 회장을 지배하기 시작했다.

원래 털이 난 짐승은 믿을 게 못 된다고 했다. 양아들이 자신의 회사를 물려받으면 언제 그랬냐는 듯이 서로의 관계를 끊어버리고 자신의 욕심을 채울 것이다. 회장은 대책이 필요하다고 생각했다.

"당신을 믿어볼게요. 정말 행복해질까요?"

저녁을 같이 먹고 차 안에서 류진이 던진 말이었다. 재현을 류진을 바래다주는 길이었다. 차 안에는 조용한 음악이 흘러나오고 있었고 다소 서먹한 분위기가 감돌고 있었다. 오늘따라 류진은 말이 없었다. 재현은 무슨 말이라도 하고 싶었지만 류진은 조용히 있고 싶어 하는 것 같았다. 오늘은 그녀가 기분이 안 좋은 거라고, 쉬고 싶은 거라고 생각하며 말없이 바래다주고 올 생각이었다. 그런데 전혀 예상하지 않은 말을 류진이 던졌다.

"용기가 생긴 거야?"

"용기는 없어요. 하지만 당신의 말을 믿고 싶어졌어요."

재현의 입가에 미소가 떠올랐다. 그 미소는 아주 자연스러웠다.

"믿어. 용기 따윈 필요 없어. 내가 다해줄 거야. 그러니까 따라만 와."

류진은 고개를 끄떡였다. 가슴이 먹먹해져 금세라도 눈물이 쏟아질 것 같았다. 이상했다. 왜 이 말에 감동받는 걸까. 차는 류진의 집 앞에 섰다. 류진은 내리며 그가 당연히 따라 내릴 것이라고 생각했다. 그러나 그는 내리지 않았다.

"오늘은 그냥 갈게. 당신도 휴식이 필요할 거야."

류진의 휴식은 재현이었다. 따뜻하게 자신을 안아서 재워주길 원했다. 그러나 류진은 속마음을 얘기하지 못하고 대신 고개만 끄덕였다.

"자, 뽀뽀!"

재현이 차창 너머로 얼굴을 내밀었다. 류진은 운전석으로 돌아가 멈칫거리며 천천히 그의 얼굴에 자신의 얼굴을 가져갔다. 참지 못한 재현이 먼저 류진에게 키스했다. 류진의 얼굴이 붉어졌다. 재현의 눈빛도 깊어졌다.

"이대로 내리면 영영 가기 싫어질 것 같아서. 잘 자."

차가 멀어졌다. 그러나 재현에 대한 류진의 마음은 더욱 가까워졌다.

『반응이 좋아요. 판매량도 오르기 시작했어요.』

제라르는 두 달 동안의 놀라운 판매 실적에 자신도 놀라고 있었다.

『이 정도일 줄은 몰랐어요. 그래도 예전 사장의 인지도 때문인지 고객들이 몰려들더군요. 9년이란 시간이 지났는데도 말이에요.』

아버지. 류진은 목이 멨다.

『물론 회사가 되살아나려면 많은 시간이 걸리겠지만 말이에요.』

『사장의 반응은 어떤가요?』

『조용해요. 지분을 갖고 있는 간부들조차 거들떠보지 않으니 그런 거겠죠. 우리의 경영방식으로 사장의 무능력을 더 느꼈겠죠. 적자만 내는 오너를 좋아할 사람은 아무도 없죠.』

류진은 경서가 조용한 것이 어쩐지 불안했다.

『정리할 일만 남았군요.』

류진의 말에 제라르는 고개를 끄떡였다.

『무용지물인 사장이죠. 조만간 안건으로 얘기가 될 거고 간부회의가 있을 겁니다. 이 문제가 대두에 오를 것이고 새로운 사장을 뽑자는 얘기가 나올 겁니다.」

제라르가 나가고 나자 류진은 자신의 자리에 앉아 양손으로 머리를 감싸 안았다. 복수를 한다는 명확한 목표가 있을 때는 아무것도 걱정하지 않았다. 복수를 향해 불태우는 하나의 집념만이 존재할 때는 복잡할 것도 없었으며 하나의 계획만이 류진의 마음속에 자리 잡고 있었다.

그런데 막상 결단을 내리려는 순간 만 가지 생각이 교차했다. 류진이 알던 복수의 하나님은 갑자기 사랑의 하나님으로 바뀌었다. 복수를 꿈꿀 때 류진의 눈에는 분노하고 벌하는 하나님만을 보았는데 지금 이 순간 말하고 있었다. 원수를 사랑하라.

그 구절이 불현듯 왜 떠올랐을까. 그 때문에 류진의 마음은 괴로웠다. 마음에서 들려오는 소리가 갈등하게 만들었다. 이 모든 복수극을 끝내야 한다. 모든 것을 정리하고 경서를 용서하라. 마음은 그렇게 말하고 있었다. 그렇다면 여태껏 류진을 지탱해왔던 하나님의 모습은 무엇이었을까. 자신이 편의에 의해 그려낸 신이었을까? 아님 신은 변덕을 부려 류진에게 복수 대신 용서를 하라고 한 것일까.

따뜻하게 보던 재현의 모습이 떠올랐다. 이 모든 계획을 툴툴 털어버리고 그의 품에 안겨 안락을 찾을까? 그래도 될까? 류진은 머리를 감싸 쥔 채로 책상에 엎드렸다. 복수란 부질없는 것이야. 요한나는 그렇게 말했다. 지금이라도 재현 씨에게 달려가. 그러면 모든 문제가 해결될 거야. 갑자기 모든 것이 맑게 개이며 하나의 사실이 류진을 사로잡았다.

나는 그를 사랑한다!

정신이 번쩍 들었다. 복수를 꿈꿨던 이유가 뭘까. 그건 단 한 가지였다. 자신을 불행으로 몰고 간 장본인에게 똑같은 불행을 맛보게 함으로써 행복을 되찾을 수 있다는 확신 때문이었다.

그런데 복수를 진행하는 중에도 전혀 기쁘지 않을 뿐만 아니라 마음은 더욱더 고독해져 갔다. 류진이 행복한 시간은 오로지 재현을 만나는 시간뿐이었다. 어쩌면 이 복수가 끝을 낸다 하더라도 난 행복하지 않을지 모른다. 그 생각은 바이러스처럼 류진의 머릿속에서 점차 확대되어갔다. 류진은 자리에서 벌떡 일어서 전화를 걸었다.

"아저씨, 저 류진이에요."

─그래, 제라르랑은 얘기를 잘 끝냈니?

"차가 필요해요."

─뭐?

"지금 차가 필요해요. 급히 가야 할 때가 있어요."

─알았다. 경비원에게 맡겨놓으마.

"고마워요, 아저씨."

류진은 핸드백에서 콤팩트를 꺼내 자신의 얼굴을 확인했다. 붉게 상기된 자신의 모습이 오늘따라 예뻐 보였다. 류진은 콤팩트를 급히 넣고 백을 어깨에 메고 사무실을 나갔다.

류진은 차키를 경비 직원에게 받아서 지하주차장으로 내려갔다. 엘리베이터 버튼을 누르는 류진의 손이 흥분으로 떨려왔다. 재현을 빨리 보고 싶다는 조급한 마음과 살갑게 다가오는 그의 존재가 류진을 설레게 했다.

운전석에 오르자 급하게 차를 출발시켰다. 마음은 이미 재현에게 가 있었으며 한시라도 빨리 보고 싶었다. 재현에게 전화를 했다. 신호음이 몇 번 가고 저편에서 음성이 들렸다.

−네.

받는 목소리가 무뚝뚝했다.

"류진이에요."

−아, 미안! 번호를 확인 못 했어. 바쁜 중에 받은 거라.

"어디예요?"

주위가 떠들썩했다.

−IT박람회 건으로 컨벤션센터에 나와 있어.

"많이 바빠요?"

−조금. 서로 웃고는 있지만 각자 상대방을 견제하고 있어.

상황을 보니 바쁠 것 같았다.

"그럼 일 보세요."

−웬일로 전화한 거야?

"어떻게 지내나 싶어서요."

−그래, 나중에 한가해지면 전화할게.

맥이 빠졌다. 보고 싶어 견딜 수 없었다.

"네. 몸 잘 챙기세요."

−그럴게.

전화를 끊자 허전하고 아쉬웠다. 회사를 갈까 생각하다 생각을 바꿔 컨벤션센터로 향했다. 이대로는 아무것도 할 수 없을 것 같았다. 그의 얼굴이라도 보고 싶었다. 컨벤션센터로 가 프런트에 IT업체 간의 모임이 어디서 하는지 물어보고 엘리베이터를 탔다.

얼굴만 보고 가는 거야. 인사만 하고 힘내라고 말만 하고 가는 거야. 엘리베이터에서 내려 모임이 있는 연회장으로 가 입구에서 그를 찾았다. 키가 남들보다 큰 그는 금세 눈에 띄었다.

그는 업체 관계자들과 얘기를 나누느라 바빠 보였다. 일하는 그의 모습을 객관적으로 보기는 처음이었다. 그는 상당히 유능해 보였고 멋있어 보였다. 류진은 들어가 아는 체를 할까 하다 그만두었다.

재현이 류진 쪽으로 자세를 틀자 류진은 문 뒤로 숨었다. 그에게 방해가 되고 싶지 않았다. 잠시 후 그녀는 문 뒤에서 나왔다. 그는 류진이 왔다는 것을 전혀 눈치채지 못하고 일에 집중해 있었다.

류진은 그를 사랑한다는 걸 깨달았다. 그의 눈빛, 그의 목소리, 그의 손길, 그의 표정 모든 것이 다 좋았다. 심지어는 그녀를 놀리는 그의 장난까지…….

재현을 바라보는 류진의 시선에 슬픔이 실렸다. 그를 사랑해도 될까. 자신이 그럴 자격이 있을까. 자신 때문에 그가 불행해지는 건 아닐까. 류진은 남몰래 한숨을 쉬었다.

✿

회장실로 들어선 재현은 평소보다 서늘한 분위기에 쉽게 입을 열지 않았다. 회장은 자신의 책상에 앉아서 마지못해 재현을 보았다.

"연락도 없이 무슨 일이냐?"

항상 연락 없이 드나들던 곳이었다. 새삼 회장이 이렇게 말하는 건 둘 사이에 거리를 두기 위함이었다. 회장의 관심은 이제 자신이 아니라 회장의 아들이었다.

"말씀드릴 게 있습니다."

회장은 앉으라는 소리조차 하지 않았다.

"이번 태사 건에 대한 이야기입니다."

"어디서 들은 게냐?"

"회사 일 중에 제가 모르는 일이 있던 가요?"

회장은 헛기침을 했다. 그의 심기가 편치 않다는 소리였다.

"태사에 대한 모든 권리를 저한테 주십시오."

회장은 어림도 없다는 표정으로 보았다.

"네가 이사들의 신임을 등에 업고 있다는 건 알고 있지만 모든 일에 이래라저래라 하는 건 건방지구나."

"지금껏 회사를 위해 최선을 다해 왔다고 생각합니다. 충분히 그럴 자격이 있다고 생각합니다."

"사람 새끼는 키우는 게 아니었어."

회장의 한마디에 재현의 심기가 비틀렸다.

"그래서 후회하십니까?"

"후회가 된다. 내 일을 도와달랬더니 내 회사를 꿀꺽하려 들다니."

재현은 자제심을 최대한 발휘해 말했다.

"한 번도 그런 생각을 한 적이 없습니다. 회장님 말씀처럼 항상 도우려고 했습니다. 회사를 물려주겠다고 말했던 건 회장님이셨습니다."

회장은 헛기침을 했다.

"그건 예전에 내가 잠시 가졌던 생각일 뿐이야."

회장은 곰곰이 생각하더니 좋은 방안이 떠올랐다는 표정을 지었다.

"만약 네가 회사에서 경영권을 포기한다면 그 권리를 주겠다."

회장은 턱도 없는 제안을 했다.

"그렇게는 못합니다. 이곳은 제 모든 것이 걸린 곳입니다."

"결국 넌 그만두게 될 것이다. 완전 싹을 자르는 건 힘들겠지. 하지만 가지를 자르고 뿌리까지 자라지 못하게 한다면 결국 넌 네 발로 이곳을 나가야 할 게다. 지금이 좋은 기회야. 네가 원하는 일도 이루고 조금의 위로금도 지급하지."

날강도가 따로 없었다. 가진 걸 그대로 뺏기고 맨몸으로 나가라는 소리였다.

"제가 가만있을 거라 생각합니까?"

"가만 안 있겠지. 그런들 뭐가 달라지지? 결국은 내 뜻을 거스를 수는 없을 것이다."

회장 말은 틀리지 않았다. 자신이 끝까지 고집을 부린다면 어느 정도의 내분과 갈등이 있을 수 있지만 결국 회장 뜻대로 될 것이다. 그제야 재현은 자신에게 조금의 지분도 주지 않았던 회장의 계략을 알아차렸다.

회장은 약속했다. 자신이 자리에서 물러나고 재현이 후계자가 된다면 자신의 지분의 반을 주겠다고. 그건 뒤집어보면 후계자가 되지 않는다면 주지 않겠다는 소리도 됐다. 결국 줄 생각이 없었던 것이다. 회장은 교활한 사람이었다. 자신이 회사에 대해 어떤 권리도 행사할 수 없게 계획을 짜놓은 것이다.

"이대로 고집을 부린다면 넌 얻어지는 게 아무것도 없을 것이다. 하지만 내 조건을 받아들인다면 넌 태사에 대해 행사할 수 있는 권리를 갖게 될 것이다."

단순한 욕심 때문이 아니었다. 회사는 그에게 모든 것이었다. 그의 삶의 목표였다. 하지만 회장은 핏줄에 눈이 어두워 그를 내치려 했다.

"좋습니다. 회장님의 말씀대로 태사에 대한 모든 권한을 주신다면 경영권을 포기하겠습니다. 단, 제가 어떻게 처리하든 간섭하지 않는다는 조건입니다. 한 가지 조건이 더 있습니다."

"뭐냐?"

"조금의 위로금으로는 부족합니다. 제가 회사에 기여한 기여도를 생각해서 한밑천 떼어주셔야겠습니다."

"뭣이! 도둑놈이 따로 없군."

"유능한 사업가 밑에서 배운 덕분에 계산 하나는 빠른 편이죠."

회장은 고민하는 눈치였다. 돈도 아깝고 걸림돌도 치워버려야 하고. 회장이 침묵을 지키는 동안 재현은 결정을 기다렸다.

"좋다. 원래 큰 결정을 할 때는 많은 돈이 필요하지. 대신 회사에 손해가 되게 처리해서는 안 된다."

"걱정하지 않으셔도 됩니다."

협상은 타결됐다. 재현 역시 만일의 경우를 준비해두고 있었다. 몇 년 전부터 회장의 낌새를 눈치채고 대안을 준비해오고 있었다.

"모든 것이 정리되는 대로 짐을 싸겠습니다."

회장은 침묵으로 동의했다. 회장실을 나오며 재현은 생각했다. 사람 사이의 깊이는 시간이 정해주는 게 아니라 마음이라고. 오랜 시간을 회장과 지냈지만 남은 것은 남남보다도 못한 감정이었다. 그는 양모를 생각했다. 양모와 많은 시간을 보내지 못했지만 그의 가슴에 일기장처럼 늘 좋은 추억으로 남아 있었다. 어머니. 재현은 새삼 양모에 대한 그리움을 느꼈다.

자신이 아니라 하더라도 회사 내에선 간부들 사이에 경서를 자르고 새로운 대표를 그 자리에 앉혀야 한다는 결론으로 모이고 있었다. 회의장은 긴장에 휩싸였다. 모두들 자리에 앉아 있었지만 경서는 아직 참석하고 있지 않았다. 류진은 아버지를 생각하고 자신의 과거를 생각했다. 모든 일들이 주마등처럼 류진 앞으로 스쳐 갔다.

류진은 핸드폰으로 시간을 확인했다. 회의를 하기로 했던 시간에서 십 분이 지나 있었다. 경서의 불참에 간부들은 불만스럽게 웅성거렸다.

"오 분만 더 기다렸다 시작하겠습니다."

류진의 말에 간부들은 조용해졌다. 역시 오지 않을 모양이다. 류진이 회의를 시작하려고 일어선 순간 문이 열렸다. 경서가 도도한 모습으로 들어왔다. 그러나 경서 뒤로 몇몇 사람들도 보였다.

"늦어서 죄송해요. 잠시의 문제가 있었어요. 이제 제 지분은 제가 갖고 있지 않습니다."

경서의 폭탄선언에 이사들은 웅성거렸다.

"제 모든 지분을 삼정그룹에 팔았습니다. 이제 35% 지분에 대한 권리는 삼정에 있습니다. 지금 전 삼정팀의 한 사람으로 참석한 겁니다. 시작하죠."

경서는 늦은 것이 자신의 탓이 아닌 듯 천연덕스럽게 말했다. 류진은 가슴이 쿵 내려앉았다. 자신의 계획에 없던 각본이었다. 언제 팔아버린 것일까? 모두를 감쪽같이 속인 걸 보면 비밀리에 진행된 게 분명했다. 회사의 지분이 삼정으로 넘어간 것도 꺼림칙했고 그 속에 경서가 참여한다는 것도 불길했다. 대체 삼정과 어떤 거래가 오간 걸까.

그리고 삼정에는 재현이 있었다. 그는 이 사실을 알까. 태사에 삼정이 개입한다면 경서를 내치는 일이 쉽지 않을지도 모른다. 온전히 아버지 회사로 키우고 싶은 자신의 계획이 어려운 걸까. 류진은 복잡하고 혼란스런 마음으로 회의를 진행했다.

"여기 계신 분들도 알다시피 지난 두 달간의 매출 실적이 월등히 나아진 걸 알 겁니다. 이 모든 것이 몬테크리스토 회사가 개입한 때문이며 앞으로도 이익을 산출하는 행진은 계속될 겁니다. 다만 여기서 밝히고 싶은 것은 지금의 대표로는 이 계획을 진행시키는데 어려움이 있다는 것입니다."

류진은 경서를 보았다. 크게 반발할 줄 알았는데 어쩐 일인지 침묵을 지키고 있었다. 경서는 다른 생각에 빠져 있는 듯했다.

"제가 제시한 의견에 대해 이의가 있으신 분은 말씀하십시오."

모두들 동의하듯 아무도 손을 들지 않았다. 그때 경서가 손을 번쩍 들었다.

"말씀하십시오."

"변명은 하지 않겠어요. 여기 계신 분들은 제가 일을 추진할 때 두말없이 따라와 주었잖아요?"

"그거야 상무가 뒤에서 전반적인 모든 일을 책임지고 있었으니 믿었지."

간부 중 한 사람이 말했다.

"이제는 걱정하지 않으셔도 됩니다. 전 삼정그룹이 대표로 나설 것을 추천합니다."

물론 그 내면에는 삼정그룹이 대표를 맡게 된다면 자신이 대표로서 태사를 운영하겠다는 얕은 속셈이 있었다.

"한마디만 하겠어요. 저 여자가 맡으면 이 회사를 말아먹을 거예요. 삼정은 달라요. 우리나라에서 인정하는 기업체잖아요? 그곳에서 맡아 한다면 회사는 살아날 수 있어요."

경서의 말에 이사들이 술렁거렸다.

"그 생각에 반대합니다. 삼정이 대표를 맡게 되면 그건 삼정 회사지 태사가 아니에요. 그렇게 되면 몬테크리스토 회사가 경영하는데 많이 부딪히게 될 겁니다. 몬테크리스토 회사의 취지는 원래의 태사 이미지와 모토를 살리면서 가자는 겁니다. 만약 삼정에서 대표를 맡는다면 몬테크리스토 회사는 손을 떼겠습니다."

이사들은 갈팡질팡했다. 몬테크리스토 회사가 손을 뗀다면 삼정에서 모든 것을 맡을 것인가. 과연 믿을 수 있는 것인가.

"너 따위가 사업을 어떻게 안다고!"

류진은 경서의 말을 무시하고 이사들에게 자신의 의견을 피력했다.

"태사백화점 대표를 다시 뽑자는 제 의견에 동의하십니까?"

이사들은 모두 고개를 끄떡임으로 동의의 표시를 했다.

"그럼 대표를 뽑도록 하겠습니다."

이경래 전무가 손을 들어 의견을 피력했다.

"전 삼정을 대표로 세우는 것에 반대합니다. 지금 삼정 없이도 몬테크리스토 회사는 짧은 시간 안에 흑자를 냈습니다. 과연 삼정이 그 정도의 메리트를 갖고 있을까요? 삼정이 지분을 갖고 수익을 받는 것에는 이의가 없지만 경영에 직접적으로 참여하는 것은 반댑니다. 그리고 몬테크리스토 회사가 물러난다면 그 모든 것을 삼정이 떠맡으려 할까요?"

이경래의 말에 이사들은 고개를 끄떡였다. 경서가 일어나 다급하게 말했다.

"전무는 하나는 알고 둘은 모릅니다. 삼정이 개입하게 되면 삼정과 연계되는 겁니다. 이 나라에서 삼정의 영향력은 무시할 수 없죠. 삼정이 대표를 맡아 경영하게 되면 우린 든든한 지원군을 얻게 되는 겁니다."

경서의 말에 이사들은 다시 술렁거렸다. 그때 회의실 문이 열렸다. 모두의 시선이 문 쪽으로 갔다. 박재현이 서 있었다. 박재현의 출현에 모두 놀랐지만 가장 놀란 것은 경서와 류진이었다.

"선배가 어떻게 여기에?"

경서의 음성이 자신도 모르게 커졌다. 재현이 팀에 참가할 거라고 꿈에도 생각 못한 경서는 삼정 회장에게 배신감을 느꼈다. 그렇게 호언장담하더니 마지막 순간에 바꿔? 재현이 나타났다는 사실에 경서는 불안했다. 재현은 회의실로 들어오며 이사진들에게 자신을 소개했다.

"안녕하십니까? 삼정그룹 팀을 맡고 있는 박재현입니다. 이번 태사건 지분에 대한 모든 권한을 회장님은 저한테 일임하셨습니다."

그 영감이 날 엿 먹였어. 경서는 자신의 백에 손을 넣어 휴대용 칼을 확인했다.

"지금 상황이 어떻게 되어가고 있습니까? 제가 회사 일로 잠시 늦었습니다."

재현은 류진에게 실례를 구하고 질문했다. 류진은 애써 냉정을 되찾으며 목청을 가다듬어 말했다.

"원래 태사를 맡고 있던 대표를 지금 막 해임하고 새로운 대표를 뽑을 예정입니다. 아울러 삼정이 대표를 맡는다면 저희 회사는 태사에서 손을 떼겠다고 했습니다. 삼정은 그 모든 것을 맡을 준비가 되어 있는지요?"

"제가 때맞춰 왔군요."

재현은 싱긋 웃었다. 그 미소에 류진의 가슴이 설레었다. 이 남자는 위험할 만큼 매력적이다.

"미스 몬테크리스토 질문에 대한 대답은 노우입니다. 삼정은 잠깐의 잘못된 판단으로 태사 지분을 샀었습니다. 그래서 원래의 자리로 되돌릴 생각입니다. 물론 삼정이 태사의 모든 것을 떠맡을 일은 더더욱 없겠지요. 삼정은 몬테크리스토 회사에서 지금 갖고 있는 지분을 사주셨으면 하는 바람입니다. 삼정은 돈에는 욕심이 없습니다. 가격은 지금 시세로 쳐주시면 됩니다."

"선배!"

경서의 소리가 회의실에 날카롭게 울렸다.

"그렇게 할 수는 없어요!"

경서는 분노에 차서 외쳤다.

"당신 마음대로 처분할 수 있는 지분이 아니야! 난 삼정 회장에게 공짜로 그 지분을 제공했다고! 그런데 당신들은 돈을 받고 팔겠다고? 내 약속은? 난 아무것도 하지 못했어!"

재현이 조소를 머금고 경서를 보았다.

"류경서 씨, 당신같이 탐욕스런 사람이 지분을 공짜로 줬다고 하면 누가 믿겠어? 그게 말이 된다고 생각해?"

이사들은 수긍하듯 고개를 끄떡였다.

"약속이라고 했나? 내가 알기로 회장님은 당신에게 삼정그룹 팀에 합류시켜준다는 약속과 대표로 세운다는 약속을 다 지킨 걸로 아는데?"

"대표로 세웠으면 내 말을 따라야지!"

"최종 결정권은 우리 측 대표가 내리는 걸로 알고 있는데?"

재현의 말을 틀리지 않았다.

"애초부터 그 지분은 내 거였다고! 당신들 마음대로 처리할 수 있는 게 아냐!"

"서류적인 절차가 끝났고 그 지분은 삼정 소속으로 되어 있어. 당신은 아무 권한도 없다는 소리지."

"그럴 수는 없어!"

경서의 절규에 일침을 가하듯 재현이 말했다.

"류경서 씨, 사회선배로 한 가지 충고할까? 당신은 사악하고 영리할지는 모르겠지만 똑똑하지는 못했어. 똑똑하지 못한 사악함이란 자신을 망치기도 하지."

류진은 재현의 행동을 묵묵히 보았다. 이 남자는 말한 대로 행동했다. 자신을 지키겠다는 그 말을 지켰다. 류진을 경서에게서 해방시켰다.

"미스 몬테크리스토, 지분을 사시겠습니까?"

재현의 제안에 류진은 미소를 지었다.

"몬테크리스토 회사는 삼정그룹의 제안을 기꺼이 받아들이겠습니다."

"안 돼!"

경서가 절규하며 휴대용 칼을 들고 류진을 향해 돌진했다. 순식간에 벌어진 상황이라 모두 놀랄 뿐 어쩔 줄을 몰랐다. 날카로운 칼이 허공에 높이 들렸다 아래로 내리꽂혔다.

"죽여버릴 거야!"

"악!"

류진이 비명을 지르며 눈을 질끈 감았다. 재현이 민첩하게 류진의 앞을 막았다. 칼은 재현의 어깨에 그대로 박혔다. 어깨 부근이 피로 물들어 아래로 흘러내렸다.

"뭐 하는 거야! 사람을 불러!"

이경래 전무의 다급한 목소리에 직원들이 회의장으로 뛰어들어
왔다.

"저 여자를 경찰에 넘겨."

"내가 왜! 모든 걸 망친 건 저년이야! 전부 내 거라고! 저년이 내
걸 뺏으려 한다고!"

이경래의 지시에 경서는 악을 박박 썼다. 경서의 눈은 번들거리
며 광기를 담고 있었다. 그러나 결국 경호직원들의 힘에 의해 밖으
로 끌어내졌다. 주위는 금방 일어난 섬뜩한 광경으로 가라앉았다.
충격으로 누구도 입을 열려 하지 않았다. 그 가운데 재현은 다친 팔
을 다른 손으로 잡은 채로 일을 마무리 지었다.

"실질적으로 저는 권리가 없습니다만 아직까지 지분을 갖고 있
는 사람으로서 한마디 하겠습니다. 아무래도 모든 중심은 몬테크
리스토 회사 위주로 돌아가게 될 것이고 그렇다면 대표를 그 회사
에서 맡는 게 태사를 위해서도 안정적이지 않을까요?"

이경래가 걱정스런 표정으로 보며 말했다.

"지금 그게 중요한 게 아니네. 자네는 치료를 받아야 해."

"괜찮습니다. 그리 큰 상처는 아닙니다. 겉에만 좀 베였을 뿐입
니다."

"정말 괜찮겠나?"

재현은 고개를 끄떡였다. 이경래는 말을 이었다.

"이번 몬테크리스토 회사에서 개입하고 나서 회사의 모든 시스

템이 놀랄 만큼 활발하게 돌아가고 있습니다. 지금 이 자리에서 대표를 뽑는 건 어떨까요?"

영향력 있는 이경래가 나서자 모두들 동조하는 분위기였다. 계산 빠른 이사들은 이미 모두 몬테크리스토로 쏠려 있었다. 재현은 분위기상 자신이 빠져야 할 자리임을 알았다. 그는 모두에게 인사를 하고 회의실을 나갔다. 류진의 눈길이 나가는 재현의 뒷모습에 꽂혔다.

마음 같아선 그를 데리고 병원으로 가고 싶었다. 걱정이 되어 미칠 지경이었다. 그러나 지금 상황에선 자리를 뜰 수 없었다. 괜찮을까? 그의 말처럼 정말 가벼운 정도일까? 그가 사라지고 회의가 진행되는 중에도 류진의 눈은 그가 사라진 문에 머물렀다.

경서의 칼부림에 류진은 다시 공포가 엄습했다. 그녀를 우습게 본 것이 얼마나 어리석은지를 다시 깨달았다. 그녀를 넘어섰다고 바보같이 기뻐하다니. 미친 사람을 상대로 이겨보겠다고 한 자신이 어리석었다. 경서는 예전부터 미쳐 있었던 것이다.

고마워요. 류진의 눈에 물기가 어렸다. 당신을 믿어서 다행이었어요. 끝나는 대로 바로 달려갈게요. 이사진의 투표 결과는 몬테크리스토로 판가름이 났다. 태사의 대표는 몬테크리스토 회사가 맡게 됐다.

류진은 회의실을 나오며 전화를 했다. 전화를 받지 않았다. 그가 쓰러진 건 아닐까. 말은 아니라고 했지만 깊은 상처로 의식을 잃고 어디서 헤맬지도 모른다. 그의 사무실로 전화를 했다. 전화를 받은 비서는 모른다고만 말했다. 그의 약혼자라고 하자 그제야 비서는 알려주었다.

사장님은 당분간 모든 일정을 취소시키고 잠시 쉴 거라고 말했다고 했다. 자기들도 연락이 안 되고 있다고 했다. 류진은 기다려보기로 했다. 그에게 급한 무슨 일이 생긴 거라고. 그래서 경황이 없는 거라고. 일주일이 지나 그에게서 전화가 왔다.

―여행 가자.

며칠 동안 종적을 감췄다 나타나서는 하는 얘기가 여행을 가자는 것이었다. 어이가 없고 화가 났다.

"어깨는 어때요?"

―괜찮아. 몇 바늘 꿰맸어.

"몇 바늘요?"

―열두 바늘.

그는 너무도 느긋했다.

"내가 얼마나 걱정했는지 알기나 해요? 대체 연락도 끊고 어디 갔다 온 거예요?"

―예전 살던 고아원에 들렀어.

"고아원요?"

―원장님 만나서 감사하다 인사하고 애들 만나서 목욕도 시켜주고 거기서 며칠 지냈어. 바쁘게 살아오느라 주변을 돌보지 못했어.

그의 음성에는 쓸쓸함이 배였다. 이렇게 나오면 화도 낼 수 없잖아.

"여행은 왜요?"

－묻지 말고.

"어디로 가면 되나요?"

－회사 앞이야. 나와.

가끔씩 자기 고집을 부리거나 자기 마음대로이긴 했지만 재현이 한 번도 하지 않던 행동이었다. 류진은 비서에게 며칠 일이 있으니 모든 업무를 뒤로 미루라고 하고 제라르에게 자신의 일을 맡기는 전화를 하고 밖으로 나왔다. 그의 차가 기다리고 있었다. 류진은 조수석에 탔다. 며칠 못 본 사이에 재현의 얼굴은 여위어 있었다. 그에게 무슨 일이 있었던 걸까.

차가 시외로 빠졌다. 머리를 식히고 싶어진 것인가. 류진으로서도 나쁘지 않았다. 이제 모든 일들이 마무리되었다. 태사를 살리자면 앞으로 더 바쁠 테지만 류진이 생각했던 복수는 끝났다. 류진은 홀가분했다. 재현이 자신의 머리를 식히기 위해 가는 것이든 류진을 위해 가는 것이든 여행은 나쁘지 않았다.

차는 꽤 오랫동안 고속도로를 타고 있었다. 휴게실이 나올 때마다 재현은 류진에게 쉬어가겠냐는 의사를 물었지만 그때마다 그녀는 고개를 저었다. 그저 차창으로 바람을 맞으며 자연을 바라보며 가는 것이 좋았다. 문득 어디로 가는지 궁금해졌다.

"어디 가요?"

"통영."

"거긴 왜요?"

"가보면 알아."

답변이 그렇게 나올 걸 알고 있었다. 그게 재현이 말하는 방식이었다. 조금씩 이 방식에도 익숙해질 것이다.

"커피가 그립군."

재현은 휴게실에 들렀다. 그의 얼굴이 까칠해 보였다. 고아원 방문이 그에게 단순한 방문이 아닌 것 같았다. 무슨 생각을 하고 있을까. 물어본다고 해도 대답해줄 것 같지 않았다. 입가에는 수염도 거뭇하게 나 있었다. 류진은 자신의 걱정이 단순한 우려이기를 바랐다. 재현은 커피를 가져와 하나를 류진에게 주었다.

"아메리카노지?"

류진은 고개를 끄떡였다. 재현이 싱긋 웃었다. 재현의 미소가 자신의 얼굴에 자연스럽게 자리 잡은 것처럼 류진의 마음에도 그가 자리 잡을 수 있을까?

고속도로를 달리는 동안 말하지 않아도 류진은 편안했다. 이제 서로에게 익숙해진 것일까. 류진은 재현의 얼굴을 흘낏 보았다. 자세히 보지 않았던 재현의 옆얼굴. 남성적인 라인을 가진 잘생긴 남자였다.

"다 왔어."

시원한 바다 비린내와 탁 트인 바다 전경이 눈에 들어왔다. 요트 선착장이었다.

"요트 갖고 있어요?"

"응."

선착장에는 여러 대의 요트가 나란히 배에 띄워져 있었다. 그중에는 화려하고 큰 요트도 있었고 아주 소박한 요트도 있었다. 재현이 안내한 요트는 크지도 작지도 않은 크기의 요트였다. 흰색과 옅은 회색이 가미된 벨루가라는 이름이 적힌 요트였다.

"벨루가? 무슨 뜻이죠?"

"내가 좋아하는 흰 고래야. 작년에 보고 왔는데 감동적이었다고 할까. 계속해서 머릿속에서 잊히지 않았어. 그래서 그 이름을 넣은 거야."

"여행하자는 게 요트였어요?"

재현은 고개를 끄떡였다.

"처음은 아니지?"

"처음이에요. 빠빠(papa)는 가자고 했지만 그 당시 저는 외부로 나가는 걸 좋아하지 않았어요. 그리고 그걸 이겨낼 즈음에는 일하느라 바빠구요."

재현은 요트로 먼저 올라가 팔을 내밀었다. 내민 팔을 잡은 류진은 요트에 승선했다.

"내 배에 온 첫 손님이야."

"정말요?"

류진은 자신이 특별한 대우를 받은 거 같아 기뻤다. 재현은 잠시 기다리라고 한 뒤 선실로 들어가 옷을 갈아입고 나왔다. 상반신을 그대로 드러낸 흰색 면바지 차림이었다. 매끈하게 탄 상반신이 흰 색 바지와 대조적으로 보여 더욱 매력적이었다.

류진의 심장이 물결처럼 일렁거렸다. 재현이 선정적으로 보여 류진은 자신도 모르게 야한 상상을 하고 얼굴을 붉혔다. 류진은 자신의 감정을 들키지 않으려고 고개를 숙였다. 그러다 자신의 정장 차림을 보았다. 이곳에는 어울리지 않는 옷차림이었다.

"당신 옷도 준비했어."

재현은 선실을 가리켰다. 그가 준비했다는 것에 놀라며 류진은 선실로 내려갔다. 류진의 옷이 소파에 놓여 있었다. 옷을 보자 저절로 한숨이 나왔다. 십 대도 아니고 탑에 핫팬츠라니. 류진이 망설이는 틈에 재현이 와있었다.

"아직도 안 입은 거야?"

"이런 걸 어떻게 입어요?"

"바다로 나가면 볼 사람 없어. 나밖엔."

재현이 장난스런 미소를 지었다. 류진은 내키지 않았지만 그를 위해 갈아입었다. 갑판으로 나왔지만 재현을 마주볼 수가 없었다. 노출이 이렇게 심한 옷을 입어본 적이 없는 류진으로선 솔직히 당혹스러웠다. 거기다 자신의 엉덩이를 흘낏흘낏 보는 재현의 눈길도 부담스러웠다. 재현은 러더(방향키)를 잡고 바다를 보았다. 류진이 옆으로 가자 재현은 류진의 허리를 잡고 자신 쪽으로 끌어당겼다.

"이렇게 둘만 있고 싶었어."

가슴이 두근거렸다. 재현의 말이 낯설면서도 달콤했다. 이렇게 행복해도 될까? 눈앞에 보이는 탄탄하고 믿음직한 가슴에 기대고 싶었다. 재현에게 기대고 있으면 아무것도 걱정될 게 없을 것 같았다.

고개를 들자 그의 목덜미가 보였다. 재현은 바다를 보고 있었다. 나를 얼마만큼 좋아할까? 우리의 이런 관계가 어느 정도 갈까? 류진은 재현에 대한 모든 것이 궁금했다. 그는 어떤 사람일까. 어떤 생각을 할까. 재현이 류진을 보았다.

"괜찮아?"

"뭐가요?"

"바다 나오니까 어떠냐고."

"좋아요."

류진은 재현을 향해 웃어 보였다. 사랑스런 그 모습에 재현은 류진의 정수리에 입 맞췄다.

"내가 잠시 당신의 눈앞에 사라진다면 당신은 날 기다려줄까?"

"무슨 소리예요? 어디 가요?"

류진의 가슴이 불안해졌다. 고아원을 간 것도 그것과 연관된 것인가.

"아니 그냥 생각해본 거야. 만약 그렇게 된다면 당신은 어떨까. 나 없는 사이에 다른 남자를 만날까?"

류진은 남모르게 가슴을 쓸어내렸다. 그가 없다면…… 생각하고 싶지 않았다. 그가 없는 시간을 생각하고 싶지 않았다. 어느 사이엔가 재현은 류진의 마음 중심에 들어와 있었다.

"그럴 거예요. 왜냐면 당신 말처럼 난 괜찮은 여자니까. 그러니까 나를 혼자 놔둘 생각하지 마세요."

"협박이야? 무서운걸?"

재현은 능청스런 말과 달리 생각에 잠겼다. 류진은 바람에 몸을 맡긴 채로 재현의 옆에 서 있었다. 꿈결 같은 시간이었다. 단지 재현이 옆에 있다는 것만으로도…….

"이대로 당신을 데리고 먼 데로 가버릴까?"

"그것도 괜찮은 생각이네요."

"정말이야?"

류진은 웃었다. 이 남자는 농담을 진지한 얼굴로 얘기했다. 엉뚱한 남자였다. 재현은 러더를 움직이지 않게 고정한 뒤 갑판 위에 기분 좋게 누웠다. 따스한 햇살이 그의 몸에 내리쬐고 있었다. 나도 햇살처럼 그를 어루만지고 싶다. 류진은 자신도 모르게 드는 낯부끄러운 욕정에 얼굴을 붉혔다.

"무슨 생각해?"

재현이 자세를 바꿔 한 손으로 머리를 고인 뒤 모로 비스듬하게 누웠다. 물끄러미 보는 그의 눈빛이 가슴 시리도록 좋았다. 이 남자의 눈빛은 어째서 자신의 마음을 늘 흔들어놓을까. 류진은 감정을 들키는 것이 부끄러워 수줍게 눈을 내리떴다.

"이리 와."

재현은 자신의 옆자리를 톡톡 쳤다.

"왜요?"

"묻지 말고."

그의 옆에 얌전히 앉자 재현은 류진의 팔을 잡아당겨 자신의 옆에 누였다. 그 바람에 류진의 입에서 놀란 소리가 터져 나왔다. 그 소리는 재현의 뜨거운 입술로 막혔다. 길고 깊은 키스가 이어졌다. 늪같이 찐득하고 헤어 나올 수 없을 만큼 강한 키스는 류진의 감각을 일깨웠다. 뜨거운 열기가 온몸으로 퍼져갔다. 재현의 뜨거운 숨결이 류진의 볼에 닿을 때마다 세포 하나하나가 깨어났다.

뜨거운 손길이 류진의 가슴속으로 파고들었다. 매끄러운 살의 감촉이 재현 흥분하게 만들었다. 탑이 그를 방해했다. 재현은 탑을 거칠게 잡아당겼다. 탑이 그의 손에서 찢겨 나갔다.

류진의 뽀얀 가슴이 드러났다. 재현은 하얀 젖무덤을 마음껏 만끽했다. 손으로 쓸고 비틀고 잡아 뭉개고 그거로도 성이 차지 않자 이제는 입에 삼켜 빨아댔다. 입에서 뗄 때마다 타액으로 젖은 유두가 들썩거렸다.

"재현 씨."

류진은 숨을 헐떡였다. 그녀의 젖꼭지는 야들야들하고 탱탱했다. 그 맛에 중독된 듯 재현은 계속 빨았다. 유두의 중심 부분으로 그의 혀가 들어갔다. 은밀하게 쓸어대는 감촉에 류진의 등이 휘었다.

"아, 재현 씨."

허리를 가볍게 쓴 손이 아래로 내려가 엉덩이로 갔다. 엉덩이의 찰진 감촉에 재현은 더욱 흥분했다. 그의 손이 거침없이 바지 사이로 들어갔다. 팬티는 이미 흥건하게 젖어 있었다. 재현은 젖은 팬티 위를 문질렀다. 젖은 천에서 흥분으로 단단해진 돌기가 그대로 느껴졌다. 재현은 더욱 강하게 문질러댔다.

"아! 아!"

"재현 씨. 제발! 어서!"

류진이 원하는 게 뭔지 알고 있었다. 재현은 자신의 아래를 보았다. 그의 남성도 이미 흥분할 대로 흥분해 거대하고 위협적이었다. 재현은 류진을 모로 눕혀 자신의 것을 깊숙이 밀어 넣었다.

그녀의 안은 따뜻하고 좁았다. 남성이 들어가자 안은 강한 수축력을 보였다. 한 치의 틈도 없이 둘은 완벽하게 밀착되었다. 재현이 허리를 밀어붙일 때마다 류진의 입에서 탄성이 나왔다. 재현이 자신의 것을 류진의 몸에서 뺐다. 류진에게서 아쉬운 소리가 흘러나왔다.

"당신을 먹고 싶어."

재현은 그녀를 바로 눕혀 다리를 양쪽으로 벌렸다. 촉촉한 붉은 속살이 여실히 드러났다. 류진은 부끄러움에 재현을 밀어냈으나, 그는 고개를 저으며 류진의 다리 사이로 자신의 얼굴을 묻었다. 재현은 그녀의 날개를 벌려 깊이 숨어 있는 젖은 속살을 혀로 핥았다.

"하악!"

류진의 얼굴이 붉어지며 호흡이 가빠졌다. 바짝 조여지는 류진의 다리를 재현이 다시 벌리며 날개를 빨아 당겼다.

"흐윽!"

류진의 들뜬 흐느낌이 들렸다. 재현은 클리토리스를 강하게 빨아 당기며 아래를 손가락으로 문지르기 시작했다. 애액이 엉덩이를 타고 흘렀다. 재현은 계속해서 클리토리스를 빨며 문지르던 그곳으로 손가락을 집어넣었다. 류진의 허리가 번쩍 들렸다.

"아아~."

빠르게 움직이는 손가락의 놀림에 류진의 허리가 계속 들렸다. 애액이 손가락을 타고 아래로 뚝뚝 떨어졌다. 그녀의 안은 더 이상 들어갈 수 없을 정도로 좁아져 재현의 손가락을 조였다. 재현은 그녀를 엎드려 눕혀 허리를 세웠다. 그리고 자신의 남성을 천천히 집어넣었다. 속을 가르고 들어가는 그 느낌이 너무도 강렬해 재현은 눈을 질끈 감았다. 당장이라도 터질 것 같은 느낌에 재현은 자신의 것을 얼른 뺐다.

숨을 헐떡였다. 강한 자극에 눈앞이 하얘졌다. 심호흡을 했다. 류진은 앙탈하듯 재현에게 엉덩이를 들이댔다. 재현은 사랑스러운 엉덩이를 가볍게 때리며 자신의 것을 다시 밀어 넣었다.

뜨거운 열기가 온 공간을 차지했다. 빠른 몸놀림, 가쁜 호흡, 점점 더 커지는 신음소리 그리고 살 부딪히는 소리가 욕망을 가속화시켰다. 재현은 지금껏 느꼈던 최고의 오르가즘으로 정신이 혼미해질 지경이었다.

"으으윽!"

재현의 입에서도 격한 신음과 함께 바짝 힘이 들어갔다. 류진의 엉덩이가 아플 만큼 강하게 부딪혔다. 강한 마찰소리가 욕망을 조여 왔다. 류진의 신음소리와 마찰소리가 리듬을 타듯 점점 커졌다.

"사랑해."

그녀의 안에 자신의 욕망을 풀어내며 재현은 힘없이 속삭였다. 류진은 자신의 등에 재현의 무게를 느끼며 나른한 만족감을 느꼈다. 금방 그가 뭐라고 했지? 사랑한다고? 류진은 피식 웃었다. 재현이 그런 말을 할 리가 없다. 자신이 그러길 원하니 그렇게 들린 것이다. 재현의 따스한 체온이 류진의 몸을 감쌌다. 이대로 영원히 있었으면 좋겠다. 이대로 그대로……. 그들은 요트 위에서 한때의 행복감을 맛봤다.

전화를 해도 받지 않았다. 회사로 전화해봐도 모른다는 답변만이 되풀이되었다. 일주일. 한 달. 여전히 소식이 없었다. 처음에는 예전처럼 고아원을 갔거나 무슨 볼일이 있을 거라 생각했다. 그러나 너무나 감감무소식인 것에 걱정이 된 류진은 결국 이경래 전무에게 그의 근황을 알아봐달라고 부탁했다. 그리고 뜻밖의 사실을 알게 됐다. 재현은 삼정그룹을 깨끗이 정리하고 종적을 감췄다고 했다.

왜? 왜? 류진은 자신에게 수도 없이 그 질문을 던졌다. 그가 왜? 꼭 그래야 했다면 자신에게 이유를 설명해줘야 하지 않는가. 대체 왜? 제일 먼저 떠오르는 생각은 자신이 싫어져서라는 것이었다. 그렇지만 그 하나 때문에 떠날 사람이라고 생각할 수 없었다.

이경래는 또 다른 사실을 알려왔다. 태사에 대한 삼정의 대표로서 모든 권한을 일임받는 조건으로 삼정에 대한 모든 권리를 포기하고 조용히 물러나겠다는 약속을 회장과 했다는 것이다. 류진은 모든 것이 자신 때문인 것 같아 괴로웠다. 그런 류진에게 이경래는 위로를 했다. 회장의 마음이 바뀌어 어차피 물러나야 했던 상황이었다. 그 상황을 박재현은 조금 앞당긴 것뿐이라고 말했다. 그래도 그녀의 아픔은 줄어들지 않았다.

사람을 믿지 않았다. 그러나 믿고 싶은 사람이 생겼다. 그가 박재현이었다. 그런데 자신은 그에게 짐만 되었다. 그가 그렇게 된 건 자신 때문이었다.

8.

3년 후.

류진은 급하게 자신의 책상을 정리했다. 류진의 바쁜 마음을 나타내듯 핸드폰이 숨 가쁘게 울렸다.

"네에."

―여기 회사 앞이야. 빨리 나와.

류진의 눈가가 웃음으로 살짝 주름졌다.

"알았어요. 곧 나갈게요."

류진은 정문을 나오며 자신의 건물을 다시 한 번 보았다. 3년 동안 류진이 이루어놓은 회사였다. 이제 회사는 안정선에 들어섰고 그 당시 재무를 맡았던 제라르도 류진의 투자가 잘못된 선택이 아니었다는 것을 인정했다. 류진은 뿌듯한 마음을 가지고 눈앞에 세워져 있는 차로 다가갔다.

"많이 기다렸죠?"

남자는 어깨를 으쓱하며 말했다.

"원래 잘난 여잔데 누굴 탓하겠어?"

다소 장난스런 남자의 제스처에 류진이 소리 내어 웃었다.

이정훈. 가장 힘들고 고통스러울 때 류진의 앞에 나타나 많은 위로와 편안한 요람이 되어주던 남자였다. 많이 힘들었을 류진의 생활이 그로 인해 지낼만하다는 생각이 들게 만들었다. 재현과 연락이 끊기고 힘든 가운데 이 남자를 만났다. 누구도 만나지 않겠다는 류진의 마음과 아랑곳없이 꼬박꼬박 나타나 끝없는 정성과 감동으로 굴복시켰다.

어떤 것도 바라지 않는 남자였다. 그저 류진의 옆에만 있게 해달라고 했다. 그것만으로도 충분하다고. 힘든 그녀를 조용한 찻집으로 데려가 몇 시간 동안 말도 걸지 않은 채 있어주기도 했다. 마음이 힘들면 안 된다고 시외로 나가 바람을 쐬게 해주고 그저 옆에서 묵묵히 있어주기만 했다. 어떠한 요구나 말도 걸지 않았다. 그의 끊임없는 배려에 류진은 마음을 열기 시작했다. 정훈은 편안한 남자였다. 그녀에겐 친구 같은 존재였다.

정훈은 전망 있는 디자이너였다. 외국에서 활동했으며 유럽에서도 꽤 이름이 나있는 디자이너였다. 그의 옷은 없어서 못 팔았으며 백화점끼리도 서로 자기 쪽으로 데려가려고 경쟁이 치열했다. 그런 정훈이 오로지 류진이 있는 태사백화점에서만 매장을 냈다. 하루는 류진이 시내에도 매장을 내는 게 어떠냐고 하자 정훈은 고개를 저었다.

"귀찮아. 지금 이대로가 좋아."

정훈은 좋은 사람이었지만 이해할 수 없는 사람이기도 했다. 그는 류진과 점심을 먹기 위해 이런 식으로 자주 찾아왔다. 정훈은 류진이 타는 걸 확인하고 시동을 걸었다.

"뭐 먹고 싶어?"

"난 다 잘 먹어요."

"항상 이 문제로 시간을 많이 소비하지. 결국 내가 선택해야 하는 거지?"

"네."

"좋아! 일식이다."

정훈은 시외로 빠지며 속도를 높였다. 많은 시간이 흘렀다. 힘들었던 류진의 마음도 많이 무뎌졌다. 지금 정훈은 류진에게 가장 소중한 친구였다. 류진은 차창으로 들어오는 바람에 얼굴을 내맡겼다. 시원한 바람이 류진의 마음을 한결 가볍게 해주었다.

재현과 헤어지고 나서 생긴 증상이라면 항상 뭔가로 짓누르는 가슴의 답답함이었다. 아무리 숨을 쉬어도 가슴은 시원해지지 않았다. 일 년에 두 번 정도 찾아오는 숨 막히는 답답함. 이런 증상은 한 달 정도를 가다 사라지곤 했다. 한 달마다 겪는 생리처럼 그녀에겐 낯익은 행사였다. 정훈은 일식집 주차장에 차를 멋있게 주차시켰다. 정훈은 이 점을 항상 뿌듯해했다. 그게 특별한 사람만이 하는 기술인 양.

"들어가자."

그는 류진의 머리를 콩 쥐어박으며 식당 안으로 들어섰다. 보통의 음식점에서는 느껴지지 않는 깔끔함이 일식집의 특징이었다.

정훈은 앉는 의자가 아닌 다다미방을 선택해 자리를 잡았다. 앉는 그에게서 편안한 익숙함이 느껴졌다. 정훈은 메뉴판을 들고 온 종업원에게 음식을 시켰다. 본 음식이 나오기 전에 나오는 음식들을 종업원이 말하자 그는 짐짓 심각하게 너스레를 떨기도 했다.

"이거 우리만 주는 특별한 거죠?"

정훈의 익숙하지 않은 농담에 종업원은 어색하게 웃으며 네라고 대답했다. 종업원이 가고 나자 류진은 핀잔을 주었다.

"그러지 마요. 사람 가볍게 보여요."

"어때. 덕분에 종업원이 편해졌잖아."

"편한 손님은 대접도 소홀해져요."

"진아는 너무 진지해."

"어쩔 수 없어요. 그것도 제 모습이에요."

"그 모든 걸 난 사랑해."

그의 아부성 발언은 싫지 않았다. 잠시 후, 주문한 음식이 나왔다. 종업원의 입가에 웃음이 머금어져 있었고 그릇을 내려놓는 손길에도 부드러움이 느껴졌다. 류진은 맞은편의 남자를 보았다. 맛있는 반찬들을 류진의 앞으로 밀어주고 있었다.

류진은 정훈을 향해 웃으며 젓가락을 들었다. 그래, 나에게 필요한 건 정훈 씨 같은 좋은 친구야. 지금처럼 이렇게 계속 편안한 상태로 살아갔으면 좋겠어. 류진은 정훈이 오래도록 자신의 옆에 좋은 친구로 남기를 바랐다.

류진은 아침부터 가슴이 두근거렸다. 참 이상한 일이었다. 이유

없이 불안하고 두근거리다니. 그래야 할 이유가 없는데도 계속해서 마음을 진정시킬 수가 없었다. 류진은 떨리는 손으로 커피를 마시고 집을 나섰다. 어느새 정훈이 발 빠르게 집 앞에 차를 대기하고 있었다. 류진은 차에 오르며 인사 대신 미소를 보냈다.

"이렇게 힘들게 오지 않아도 돼요. 이러니까 내가 차를 안 사잖아요. 정훈 씨 믿고."

정훈이 운전대를 잡지 않은 다른 손으로 류진의 머리를 장난스럽게 흩뜨렸다.

"내가 좋아서 하는 일이야. 이것도 내 낙 중의 하나야."

"정훈 씨도 연애도 하고 그러세요. 나한테 매일 이러니 어느 여자가 좋아하겠어요?"

"꼭 여자가 있어야 하나?"

"자신의 정체성을 의심해보세요."

"정체성?"

정훈이 영문을 모르겠다는 듯이 보았다.

"혹시 남자한테 관심 있는 거 아니에요?"

"맞을래?"

정훈이 류진의 머리를 콩 쥐어박았다.

"이러다 내 머리 안이 온통 울퉁불퉁하겠어요."

"엠보싱?"

"뭐예요!"

류진의 주먹이 정훈의 가슴을 때렸다. 정훈은 떠나갈 듯이 웃으며 차를 출발시켰다. 한참을 잘 가던 정훈은 차를 급정거시키며 욕

을 내뱉었다. 정훈은 화가 난 듯 운전대를 손으로 탁 쳤다. 갑작스
런 급정거에 류진도 많이 놀랐다.

"대체 정신을 어디다 두고 다니는 거야?"

정훈은 류진에게 오래 걸리지 않으니 기다리라고 말하고는 차에
서 내렸다. 정훈은 앞의 차에서 내린 남자에게 화난 투로 말하고 있
었다.

"운전을 처음 하는 것도 아니고 거리를 유지해야 할 거 아뇨?"

"죄송합니다. 급히 서둘러 가느라고 속력을 냈는데 속도를 줄이
려고 해도 브레이크가 말을 잘 듣지 않아서 그렇게 됐습니다."

남자는 차를 운전하는 기사인 듯했으나 양복이 너무 고급스러웠
다. 정훈은 한풀 꺾인 목소리로 대꾸했다.

"그래도 그렇지. 시내에서 속력을 내면 안 되지 않습니까?"

"알고 있습니다. 속력은 공항에서 냈는데 오면서 속도를 아무리
줄이려 해도 차가 말을 듣지 않아서……."

"무슨 일인가?"

상대방 쪽 차가 열리며 선글라스를 쓴 남자가 내렸다. 아마도
차주인인 듯했다. 류진은 빨리 해결되길 바라며 바깥 상황을 지켜
보고 있었다. 불안하고 떨리던 가슴은 더욱 급격히 뛰기 시작했
다. 낯이 익다. 그녀의 가슴이 뭔가를 알아차린 듯 정신없이 뛰고
있었다.

"제가 실수를 해서……."

운전을 하던 남자는 방금 내린 남자에게 깍듯하게 대했다. 남자
는 얘기를 듣고 사과를 했다.

"죄송합니다. 바쁜 출근길에 결례를 범했군요. 수리 요금은 여기로 연락하시면 모두 해결해줄 겁니다."

정훈은 내린 남자가 급히 휘갈겨 쓴 메모를 받아들었다. 목소리 또한 낯이 익었다. 숨을 쉴 수 없을 정도로 호흡이 가빠왔다.

"알겠습니다. 알아보고 연락드리죠."

정훈은 메모를 전달한 남자와 악수를 교환했다. 남자의 입 끝이 올라가며 미소가 번졌다. 순간 류진은 충격으로 그 자리에 주저앉을 뻔했다. 박재현이다. 류진이 그토록 잊고 싶어 하던 남자. 그래도 잊을 수 없어서 가슴을 쥐어뜯고 입술을 깨물고 손에 멍이 들도록 벽을 치게 했던 남자. 떠난 자리의 허기를 달래기 위해 입 안이 얼얼할 정도로 매운 음식을 먹었지만 마음의 허기는 육체적 포만감으로도 달래지지 않았다. 그래서 목메어 울며 그 남자를 그리워하며 눈물 반 콧물 반으로 음식을 넘겨야 했다. 그리고 긴 세월 동안 그를 잊었다고 생각했다.

재현의 소식은 얼마 지나지 않아 들려왔다. 외국으로 건너가 사업을 한다고 했다. 재현이 개발한 프로젝트가 외국 기업 사이에서 뜨거운 호응을 일으키고 있었다. 소문에 의하면 그는 외국으로 떠날 때 자신이 중점을 두고 있던 연구 개발자와 같이 떠났다고 했다.

자신에게 아무런 이유도 변명도 없이 떠난 남자. 상대 쪽 차가 떠나고 정훈이 다시 운전석에 올랐지만 류진은 자신의 감정을 정리할 수 없었다. 아무런 생각도 할 수 없었다.

"그래도 좋은 사람들이라 시간 많이 안 끌었네. 왜 그래? 마치

넋 나간 사람처럼."

정훈의 말은 정확했다. 자신은 넋이 나가 있었다.

"미안해요. 잠시 딴생각하느라고……."

"시간이 조금 늦었네? 빨리 가야겠군."

정훈은 휘파람을 불며 시동을 걸었다. 경쾌한 그의 모습과 달리 류진의 모습은 많이 가라앉아 있었다. 류진은 정훈 모르게 작게 한숨 쉬었다.

재현은 회사로 향하며 좀 전 있었던 일을 잊을 수가 없었다. 비서의 실수로 접촉사고를 낸 상대방 차에 앉아 있던 여자의 모습을 얼핏 봤기 때문이다. 여자는 재현이 주시하자 얼른 창문을 올려 얼굴을 자세히 확인할 수 없었지만 류진을 많이 닮았다고 생각했다. 하지만 류진일 리가 없었다. 아마도 프랑스에 있을 것이다. 자신의 양부가 거기 있고 경서와의 모든 일도 정리되었을 테니 더 이상 한국 땅에 있을 이유가 없었다.

재현이 외국을 택했던 것은 사업적인 이유가 아니었다. 류진과 같은 한국 땅에 있다가는 자신의 감정을 제어할 수 없을 것 같았다. 류진을 사랑하지만 이렇게 아무것도 없이 그녀 앞에 설 수는 없었다. 그건 그의 자존심이 허락하지 않았다. 류진에게 떳떳한 모습으로 나타나고 싶었다. 좀 더 당당한 남자로.

앞으로는 거점을 한국으로 옮길 생각이었다. 그래서 외국에 지사를 두고 한국으로 본사를 옮길 생각으로 아예 귀국해버린 것이다. 3년 만에 한국에서 류진과 닮은 여자를 봤다. 그 여자일 리는 없겠지만 자신의 심장이 심하게 뛰는 것을 느꼈다. 재현은 신경질적으로 머리를 쓸었다.

"사장님, 도착했습니다!"

재현이 로비로 들어서자 직원들이 인사를 했다. 비서는 엘리베이터로 급히 달려가 버튼을 눌렀다. 엘리베이터가 열렸다. 재현은 비서와 함께 엘리베이터에 올랐다. 김 비서는 재현이 회사를 나올 때 같이 나왔다. 의리를 지킨 고마운 사람이었다. 재현은 류진을 떠올렸다. 단지 류진과 닮은 여자를 봤다는 것만으로 이처럼 흔들리고 어지러워지다니. 재현에게 미치는 류진의 마력은 대단했다.

임태호 부사장은 재현을 반가이 맞이했다. 재현이 삼정을 나올 때 뜻을 같이했던 간부였다. 아니 재현이 간곡히 부탁해 원래 회사에서 은퇴하려는 임태호의 마음을 되돌렸다.

"귀환을 축하하네."

들어서자마자 부사장은 활짝 미소를 지었다.

"인도는 어때?"

"처음엔 루트를 뚫는다는 것이 바위에다 계란 치기처럼 느껴졌는데 틈을 발견하고 비집고 들어가기 시작하니 금세더군요. 일단 한 번 좋은 인식을 갖기 시작하면 나머지는 신용을 지키는 것이지요. 그런데 프랑스 진출은 자리를 잡은 겁니까?"

부사장은 고개를 끄떡였다.

"어쨌든 다시 돌아와서 기쁘네. 혼자서 맡는 일이 슬슬 힘겨워지기 시작하려던 참이야."

부사장은 재현의 어깨를 미더운 듯 툭툭 쳤다.

재현은 궁금했던 점을 물었다.

"그럼 지금 태사백화점은 누가 운영하고 있는 겁니까?"

부사장은 잠시 머뭇거리다 입을 열었다.

"몬테크리스토 회사로 알고 있네. 실질적인 운영자는 가말리엘
드 몬테크리스토로 알고 있고."

그렇담 그녀는 프랑스로 돌아간 게 아니었다. 어쩌면 자신이 봤
던 여자가 류진일지 모른다. 그 사실만으로도 재현의 마음은 다시
산란해졌다.

"일단은 전반적인 업무를 검토해봐야겠네요."

"그 말을 얼마나 기다렸는지 모르네. 역시 자네는 일꾼이야."

부사장은 믿음직한 재현의 어깨를 장난스럽게 꽉 잡았다. 재현
은 인사를 하고 부사장실을 나왔다. 김 비서가 말없이 따르고 있었
다. 재현은 자신의 사무실로 돌아와 자리에 앉았다. 변한 게 없었
다. 다만 책상에 먼지가 쌓여 있지 않다는 것은 그동안 김 비서가
자신이 있든 없든 늘 관리를 했다는 의미였다. 재현은 새삼 김 비서
에게 고마움을 느꼈다.

재현은 김 비서에게 업무 서류를 갖고 오게 한 후 일에 몰두했
다. 여행의 여독으로 뒷목이 뻣뻣해 왔다. 재현은 오른손으로 뒷목
을 쓸어준 후 고개를 아래위로 몇 번 흔들었다. 잠시 류진의 존재가
스쳐갔으나 재현은 잡념을 버리듯 고개를 저었다. 그리고 곧 일에
집중해 서류로 시선을 떨어뜨렸다.

삼정그룹은 창립 40주년을 맞아 성대하게 준비를 하며 관련 있는 모든 회사에 초대장을 보냈다. 날짜를 다시 확인하고 자리에서 일어서는 순간 핸드폰이 울렸다.

-오늘 점심 어때?

정훈이었다.

"미안해요. 약속이 있어요."

-그래? 비즈니스적인 거야?

"네."

-그럼 저녁은 괜찮겠어?

"그건 괜찮아요."

약속 장소를 정하고 시간을 정한 뒤 류진은 비서 차를 타고 삼정으로 향했다. 예전 비서가 그녀에게 물었다. 왜 차를 사지 않느냐고. 별다른 필요성을 느끼지 못해서라고 얘기했지만 실지로는 언제 떠날지 모르는 자신의 불확실한 마음 때문이었다.

지금 당장은 회사를 이끌어갈 생각이지만 어느 순간 마음이 바뀌어 다시 프랑스로 갈지도 몰랐다. 그때 남겨놓아야 하는 물건이 최소한이 되어야 한다는 게 류진의 생각이었다. 길들여진 물건이 많을수록 이 땅에 애착이 많아질 것 같았다.

"오래 계실 생각이세요?"

비서는 차를 운전하며 룸미러로 류진을 보았다.

"아니. 인사만 하고 나올 거예요."

비서는 류진이 직접 뽑았다. 면접시험에서 류진은 지금의 비서가 무척 마음에 들었다. 질문에 최소한의 간략한 대답만 하고 침묵을 지키고 있는 비서가 류진의 눈길을 끌었다. 말은 없었지만 조금의 흐트러짐도 없는 몸가짐이 비서의 자질을 말하고 있었다. 류진이 원하던 모든 요건을 이 사람은 가지고 있었다. 류진은 망설임 없이 지금의 비서를 뽑았다. 사장의 비서는 많은 업무를 전담해야 하고 그러자면 전문적인 경력을 가진 남자 비서가 훨씬 나았다.

"전 사장님 옆에 있을까요 아니면 차 안에서 기다리고 있을까요?"

비서의 말에 류진은 생각에서 깨어났다.

"그냥 회사로 들어가세요. 오늘 아침 넘긴 서류를 정리해줬으면 좋겠어요."

"알겠습니다."

비서는 류진을 삼정 건물 앞에 내려놓고 다시 회사로 향했다. 류진은 건물을 위로 쭉 쳐다본 후 심호흡을 했다. 그가 참석할까? 양부의 회사지만 그다지 사이가 좋은 것 같지도 않고 한국 땅을 밟은 지 얼마 되지 않아서 참석하지 않을 것이다. 그렇게 자신을 이해시킴에도 들뜨는 가슴을 진정시킬 수 없었다. 류진은 심호흡을 다시 한 뒤 건물 안으로 들어섰다.

행사장으로 들어선 류진은 사람들이 상당히 많이 모인 것을 보고 시간을 확인했다. 기념회를 시작하려면 20분이 남아 있었다. 주위를 둘러보던 류진은 박재현이 없는 것을 확인하고 안심했다. 몇 몇 사람들은 류진과 안면이 있는 사람들이었다. 그들은 류진을 발견하고 가볍게 인사를 건넸다.

"태사가 이제 안정선은 물론 많은 흑자를 내고 있다고 하던데 전국으로 매장을 늘릴 생각입니까?"

"아직은 생각 중이에요. 지금은 있는 매장에 매진할 생각입니다. 요즘 추세는 어떤가요?"

상대방은 류진이 이미 알고 있는 정보들을 자신만이 아는 것처럼 떠벌렸다. 류진은 건성으로 들으며 혹 그가 오지 않을까 하는 조바심에 입구 쪽을 자주 주시했다. 사람들이 계속해서 들어오고 있었지만 시작 시간이 되어도 박재현은 보이지 않았다. 그가 오지 않는 것에 안심하면서도 기다려지는 건 왜일까.

행사가 시작되자 무대 위로 사람들이 분주히 오가고 잠시 후 회장의 모습이 보였다. 회장은 단상으로 가까이 가 마이크를 손으로 쳐서 상태를 확인하고 입을 열었다.

"많은 분이 와주셔서 감사합니다. 벌써 40주년이 됐다고 생각하니 감회가 새롭습니다. 여기 계시는 분들은 작든 크든 저희 회사와 친분이 있는 분들입니다. 오늘 굳이 이렇게 많은 분들을 초대한 것은 다른 생각이 있어서이기도 합니다."

회장의 발언에 사람들은 웅성거렸다. 뭔가 예상치 못한 일을 발표하려는 거라고 여기저기서 수군거렸다. 그리고 사람들은 예상은 그다지 틀리지 않았다. 회장은 헛기침을 한 번 하고는 말을 이었다.

"오래지 않아 저는 경영 일선에서 물러날 생각입니다. 그러자면

제 뒤를 이어갈 후임자가 필요하지요."

회장은 자신의 친아들인 박민호를 소개했다. 한때는 누구나가 박재현이 후계자가 될 거라고 믿어 의심치 않았다. 세상일이란 참 알 수 없는 방향으로 흘러갔다. 회장의 연설이 끝나자 사람들은 크게 박수를 쳤다.

류진은 사람들 사이를 돌아다니며 비즈니스에 필요한 인사를 나눴다. 인사를 끝내면 행사장을 나갈 생각이었다. 거의 막바지에 이를 때였다. 누군가의 목소리에 류진은 가슴이 덜컥 내려앉았다.

"오랜만이군."

류진은 고개를 돌렸다. 조금의 티끌조차 허용하지 않을 것 같은 윤기가 흐르는 검은 구두, 그 위로 청회색의 스트라이프 슈트를 말끔하게 차려입고 슈트보다 더욱 차가운 빛을 띤 남자의 얼굴이 자신을 내려다보고 있었다.

"잘 지낼 리가 없잖아요?"

무의식적인 반감이 튀어나왔다. 류진은 상황에 어울리지 않는 말임을 깨닫고 혀를 깨물고 싶었다. 왜 좀 더 이성적이지 못했을까. 재현의 입 끝이 조소하듯 살짝 올라갔다.

"글쎄."

"만나서 반가웠어요. 그럼 저는 이만……."

"얘기 좀 해."

"우린 이제 남남이에요!"

류진은 복잡한 두 가지의 감정이 동시에 들었다. 자신을 위해 희생한 그에 대한 죄책감과 아무 말도 없이 떠나버린 것에 대한 원망. 류진은 눈물이 나오려는 걸 억지로 참으며 재현의 시선을 맞받았다.

"남자는 있나?"

"있어요!"

"없을 거라고 생각하지 않았어. 당신은 매력적이니까."

재현은 아무렇지도 않게 류진의 내려온 머리카락을 귀 뒤로 넘겨주었다. 그러나 류진에겐 그 행동이 자신을 조롱하는 걸로 느껴졌다.

"저녁에 전화할 테니 기다리고 있어."

여전히 강한 눈빛이었으나 지금의 눈빛에는 따스함이 서려 있었다. 류진은 혼란을 느꼈다. 그렇게 아프게 하고 떠나놓고는 마치 어제 헤어진 연인처럼 보고 있지 않은가. 류진은 자신이 고개를 끄떡였다는 걸 깨달았다.

미쳤어. 이 남자에게는 왜 저항할 수 없는 걸까. 류진은 자신의 의지를 나타내듯 그에게 깍듯하게 인사한 뒤 행사장을 나갔다. 류진이 문을 나가다 뒤돌아보았을 때 재현은 웃고 있었다. 분했다. 자신의 의지가 아무런 영향도 끼치지 못했다는 점이.

나란 놈은 대체 뭐란 말인가. 행사장을 나와 자신의 사무실로 온 재현은 신경질적으로 머리를 뒤로 넘겼다. 회장은 자신의 아들을 후계자로 내세우는 데 반대하는 간부들을 모두 갈아치웠다. 이제 삼정은 무너지게 될 것이다. 사업이라면 아무것도 모르는 망나니 아들에 의해서 모든 것을 잃게 될 것이다.

'영감탱이, 아직도 핏줄에 대한 미련을 버리지 못했군. 자식이 어느 정도의 능력이 되는지 알고 있으면서도 기대를 버리지 못하는군.'

핏줄이 회장의 통찰력을 가려버렸다. 그러나 예전처럼 분노가 치솟지는 않았다. 자신은 홀로 서서 일어났다. 그리고 회장에 그 모습을 당당하게 보여줬다. 회장의 놀라는 눈빛이라니……. 재현은 자신이 뿌듯했다.

류진만 해도 그랬다. 자신이 공항에서 오는 길에 만난 여자가 그녀라는 걸 깨달았을 때 미칠 것만 같았다. 들어온 정보로 삼정에서 기업들에게 초대장을 돌리고 있다는 사실을 알게 됐다. 그리고 그 명단 안에 태사백화점이 들어 있다는 것도 알게 되었다. 물론 회장은 자신의 회사에는 초대장을 보내지 않았다.

류진을 만날 수 있는 기회였다. 회장에게 자신의 당당한 모습을 보여줄 기회였다. 그리고 오늘 그 기회를 활용했다. 회장에게는 효과가 있었지만 류진에겐 아니었다. 남자가 있다는 소리를 들었을 때 재현은 충격이 컸다.

물론 류진이 자신만을 바라보고 있을 거라고는 생각하지 않았다. 그래도 그러기를 바랐는지 모른다. 그 말을 들었을 때 느껴지는 배신감은 재현을 분노케 했다. 할 말은 없었다. 변명조차 하지 않고 류진 곁을 떠났으니까. 하지만 그건 어디까지나 류진에게 당당한 모습을 보여주고 싶어서였다. 그건 그의 마지막 자존심이었다.

그런데 지금은 그게 과연 옳은 선택이었을까 하는 생각이 들었다. 류진을 놔두고 그렇게 가버리는 게 옳았을까. 그 저변에는 어쩌면 기다려줄 거라는 기대가 있었는지도 몰랐다.

남자와 있는 것조차 불편해하던 여자였다. 그런데 그 3년을 못 기다려서 버젓이 다른 남자를 자신의 옆에 두고 있었다. 말이 되는 소린가. 그래도 할 말은 없었다. 먼저 떠난 건 자신이었으니까. 기다려달라는 말 한마디 안 했으니까.

화가 나서 견딜 수 없었다. 류진을 탈환할 기회는 오늘 저녁이었다. 이렇게든 그녀를 자신의 것으로 만들어야 했다. 시간을 확인했다. 아직 시간은 여유가 있었다. 재현은 옷을 갈아입기 위해 자신의 오피스텔로 향했다.

류진은 사무실에 들어서자마자 의자에 털썩 주저앉았다. 마치 백 미터 달리기를 하고 온 선수같이 가슴과 머리가 터질 것 같아 숨을 헐떡였다. 도저히 머릿속이 정리되지 않았다. 대체 무슨 일이 있었던 거지?

자신을 향해 다정하게 대하던 재현의 모습이 꿈처럼 아득한 옛 일처럼 생각되었다. 어쩌면 내가 착각하는지 몰라. 그는 원래 다정하지 않았던 사람일 거야. 그러나 한순간 류진을 향해 보이던 다정한 눈빛은 무엇이었을까. 류진은 핸드폰을 열어 정훈에게 전화를 했다.

"지금 바빠요?"

―아니. 무슨 일 있어? 목소리가 많이 가라앉아 있는 거 같아.

"잠시 할 얘기가 있는데 와줄 수 있어요?"

−곧 갈게.

전화를 끊은 류진은 마음을 진정시킬 수 없어 창가를 왔다 갔다 했다. 마치 슈퍼맨이라도 된 듯 정훈은 금세 달려왔다.

"어떻게 이렇게 일찍 왔어요?"

"난 능력자니까."

정훈은 한쪽 눈을 윙크하며 핑거스텝을 했다.

"농담이고 사실은 요 근처에 일이 있었거든."

"차라도 드시겠어요?"

"커피로 줘."

류진은 인터폰으로 비서에게 차를 시켰다.

"할 얘기가 있다더니? 어차피 저녁에 만날 건데 왜 보자고 한 거야?"

"저녁엔 만날 수 없을 것 같아서요. 오늘 일이 있었어요."

"무슨 일?"

"그가 돌아왔어요."

류진의 목소리에 흥분이 실렸다.

"누가? 설마 무책임한 그놈?"

"맞아요. 그렇지만 그렇게 말하지 말아요."

"틀린 소리한 것도 아니잖아. 아무 말도 없이 떠난다는 게 말이 돼? 그 자식 마음에 안 들어."

"그가 다시 만나길 원해요."

"안 돼."

"왜요?"

정훈은 잘라 말했다.

"한 번 떠난 놈은 또 떠날 수 있어. 차라리 그런 놈을 사귈 바에야 나하고 사귀는 게 나아."

류진이 놀라는 표정을 지었다. 순간 분위기가 얼어붙었다.

"농담한 거죠?"

정훈은 진심이었다. 그러나 류진은 그 사실을 받아들이려 하지 않았다. 그녀의 마음속에 자신이 들어갈 자리가 없었다. 그녀의 마음속을 온통 차지하고 있는 건 박재현 그 자식이었다.

"당연하지! 내가 어딜 봐서 너랑 사귀겠냐?"

류진의 표정이 편하게 풀렸다.

"그럴 줄 알았어요. 깜짝 놀랐잖아요."

"그를 만나는 게 정말 아닌 거예요?"

"내가 생각할 땐 아니야. 하지만 넌…… 모르겠다. 선택은 네가 하는 거니까."

정훈은 자신의 팔목에 찬 시계를 보며 말했다. 정훈은 그녀를 차마 볼 수가 없었다. 그에게 묻고 있다고는 하지만 그녀의 눈빛이, 온몸이 박재현을 만나고 싶다고 말하고 있었다. 그 모습을 보고 있기가 힘들었다. 그는 자신이 포기해야 한다는 사실을 인정하는 것이 죽기보다도 싫었다.

"내일 아침에 와줄 거예요?"

"개근상이라도 줘야 하는 거 아냐?"

정훈은 상처로 아팠지만 전혀 아무렇지 않은 척 능청을 떨었다. 류진이 미소 짓자 정훈은 눈 깜짝할 사이에 류진의 입술에 쪽 소리

나게 뽀뽀하고 살짝 윙크했다.

"이건 네가 약속을 어긴 것에 대한 벌칙이야. 난 생각보다 아량
이 넓은 남자라 이 정도의 보상으로 끝나는 걸 다행으로 알라고. 다
음에 또 약속을 어기면 그땐 어떤 짓을 할지 몰라."

정훈은 음흉한 웃음을 날렸다.

"약속을 꼭 지켜야 하겠군요."

"그렇지! 바로 그거야!"

정훈은 하얀 치아를 보이며 환하게 웃은 뒤 문을 나갔다. 류진은
정훈이 나가고 난 뒤 바로 시간을 확인했다. 다섯 시. 재현과 만날
시간이 얼마 남지 않았다. 갑자기 가슴이 쿵쿵대기 시작했다. 그래,
일단은 보는 거야.

7시.

시간을 확인한 재현이 전화를 걸려고 할 때였다.

―사장님, 미국에서 전화입니다.

"누구야?"

―류경서 씨라고 하는데요.

거절할까 생각하던 재현은 시간을 확인하고 한숨을 쉰 뒤 비서
에게 연결하라고 말했다. 류경서. 그가 경찰서에 갔을 때는 그녀는
진술서를 받고 있었다. 재현을 보자 경서는 길길이 날뛰며 이를 갈
았다. 경찰이 그녀의 어깨를 눌러 다시 자리에 앉혔다.

"형사님 전 괜찮으니 그냥 선처해주시면 안 될까요?"

경찰은 깐깐하게 굴었다.

"안 됩니다. 칼을 들고 사람을 해치려고 했는데 풀어났다간 바로 살인 일어납니다."

재현의 말에 경서의 표정이 일시에 바뀌었다.

"선배, 살려주세요."

재현은 그녀를 물끄러미 보았다.

"네가 나와 약속만 하면 살려줄게."

"뭐든, 뭐든 다 할게요! 감옥만 안 간다면 뭐든 할 수 있어요."

"비행기표 끊어줄 테니 오늘 내로 이 나라를 떠나서 다시는 오지 않을 수 있어?"

경서는 정신없이 고개를 끄덕였다.

"형사님 두 사람만 잠시 얘기할 수 있을까요?"

경찰은 마지못해 허락했다. 수갑은 그대로 채워진 상태였다. 재현은 그녀를 경찰서 밖으로 데리고 나갔다.

"네 양어머니 어떻게 돌아가셨지?"

"몸이 늘 안 좋으셨어요. 그래서 결국 견디지 못하고 돌아가셨죠."

재현도 조사한 것이 있어서 알고 있었다. 류진의 어머니는 경서의 말대로 몸이 좋지 않았다. 죽었다고 해도 하등 이상할 건 없었다. 문제는 류진의 어머니는 그 당시 상태가 호전되고 있었단 사실이었다. 의사도 조금은 희망적이라는 소견을 내고 있었다. 그런데 하루 사이에 갑자기 호흡곤란으로 사망한 것이다. 그 부분이 재현은 미심쩍었다. 특히나 사람에게 아무런 거리낌 없이 칼을 들이대는 여자라면 어쩌면……. 그때 경서는 중학교 재학 중인 상태였다.

아직 나이도 어린데 설마 그런 짓을. 하지만 그래도 어쩌면…….

"네가 죽였지?"

경서의 얼굴에 당황한 빛이 역력했다.

"무, 무슨 소리예요? 선배 말도 안 되는 소리를."

웃으려는 경서의 입가에 경련이 일었다.

역시나. 정말 무서운 여자였다. 경서는 살인자였다.

"난 널 풀어줄 거야."

"고마워요, 선배."

"단, 너는 미국으로 떠나서 어떤 일이 있어도 이 나라에 오면 안 돼."

"걱정하지 않아도 돼요."

경서의 표정은 안정이 되었다. 오히려 여유롭기까지 했다.

"만약 온다면 너의 더러운 비밀을 다 까발릴 거야. 네가 네 양어머니를 어떻게 죽였는지 폭로할 거야."

"물론 오지 않겠지만 그렇게 말한다고 해서 누가 믿어줄까요?"

재현은 싸늘하게 웃었다.

"내가 아무런 증거 없이 이런 말을 하겠어? 네가 네 양어머니를 죽이던 그날 병원 CCTV 화면 속에 네 모습이 고스란히 있지."

여유롭던 경서의 미소는 얼어붙었다.

"네가 한국 땅을 다시 밟는다면 나는 그 증거를 들고 경찰서를 찾아갈 거야."

"정말 그 증거를 가지고 있어요?"

재현은 주머니에서 USB를 꺼내보였다.

"이 안에 그 당시 자료들이 모두 들어 있지."

물론 거짓말이었다. 재현은 자신의 추측으로 때려잡은 것이고 우연히도 맞춘 것이었다. 자신이 갖고 있는 USB에는 업무적인 자료가 들어 있을 뿐이었다.

"알았어요. 무슨 일이 있어도 돌아오지 않을게요. 그 대신 위로금 정도는 주겠죠? 난 땡전 한 푼 없어요."

"넉넉히 주도록 하지."

그날 재현은 형사에게 간곡히 선처해달라고 해 경서를 풀려나게 할 수 있었다. 그날로 경서는 미국행을 떠났다.

−여보세요.

감이 조금 멀긴 했지만 경서의 목소리임을 똑똑히 알 수 있었다.

−선배, 제가 좀 급한 상황이라 그래요.

"전화번호는 어떻게 알았어?"

−그 정도는 어떻게 알아볼 수 있어요.

"무슨 일이야?"

−그, 그게 말이에요. 전화로는 얘기하기에 너무 긴 내용이라……

"난 바쁜 사람이야."

그가 끊으려 하자 경서는 다급하게 말을 이었다.

−실은 돈, 돈이 좀 필요해요!

"돈이라니? 무슨 소리야?"

−방세가 밀려서 내쫓길 판이에요. 거기다 일을 구하려 했지만 사람들이 하는 행동이 거슬려서 오래할 수 없었어요.

"돈이 하나도 없어?"

−3년 동안이에요. 지금까지 쓴 것도 기적이에요.

"너 정도면 충분히 남자를 낚으리라 생각했는데?"

−여긴 미국이에요. 미국에서 동양인이 어떻게 취급받는지 잘 아시잖아요. 아무런 배경도 지위도 없는 동양 여자를 상류층의 남자가 상대해줄 것 같아요? 저도 첨에는 쉽게 생각했죠. 이런 대접을 받긴 처음이에요. 적어도 오너까지 했던 사람인데 쓰레기 취급하다니. 거기다 조언이랍시고 한다는 말이 접시닦이라도 하라는 거예요. 말이 되나요? 그런 허접한 일을 내가 어떻게 해요?

"하면 돼."

−선배! 말이 심하군요. 어쨌든 돈 좀 빌려주세요.

"뭘 믿고."

재현의 냉정한 말에 경서의 울음소리가 들렸다.

−너무해요. 선배가 도와주지 않으면 몸이라도 팔아야 할 판이에요.

경서의 흐느낌은 재현을 더욱 짜증스럽게 했다.

"그럼 몸이라도 팔면 되겠군."

−선배!

"접시닦이를 할 수 없다면 몸이라도 팔아야지. 살기 위해선 뭐라도 해야지."

−선배애!

"정신 차려! 지금 어디라고 전화하는 거야?"

−오죽했으면 그랬겠어요! 오죽했으면……

울음이 섞인 음성으로 답변하는 경서가 불쌍하기는커녕 서서히 화가 나기 시작했다.

"더 이상 전화하지 마! 네가 창녀가 되든 접시닦이가 되든 상관 안 해. 이미 내 기억 속에 너란 존재는 지워졌어."

―선배애.

재현은 전화를 매몰차게 끊어버렸다. 시간을 보았다. 7시 20분. 그는 태사로 전화를 했다.

"사장님 좀 부탁드립니다."

―어디신가요?

"박재현이라고 하면 알 겁니다."

―잠시만요.

잠시 후 낯익은 음성이 들려왔다. 3년을 떨어져 있었는데도 류진의 목소리는 그의 뇌리 속에 깊이 박혀 있었다.

―여보세요?

"핸드폰 번호 불러봐. 예전 번호로 했더니 다른 사람이 받더군."

류진은 번호를 일러주었다.

"지금 바로 전화할게."

전화를 끊은 재현은 류진이 알려준 번호로 전화를 했다. 컬러링으로 안토니오송이 흘러나왔다. 그들이 만났을 때 간간이 듣던 음악. 그리고 그의 양어머니가 좋아하던 음악. 음악을 들으니 어쩐지 예전의 일들이 떠올랐다. 음악은 오래 계속되지 않았다.

"지금 곧 갈 테니까 기다려. 그리고 내 번호 핸드폰에 저장해놔."

류진이 무슨 말을 하기도 전에 전화는 끊겼다. 류진은 끊긴 핸드폰을 한참을 멍하니 바라보았다. 재현이 온다는 사실만으로도 류진은 가슴이 불안정하게 뛰기 시작했다. 재현은 다시 그녀를 안을 것이다. 그리고 철저히 지배해갈 것이다. 예전에 류진이 꼼짝 못할 만큼 빠져들었던 쾌락의 늪으로 인도할 것이다. 다시는 그런 일이 일어나선 안 돼.

　－회사 앞이야.
　전화를 받고 바로 나가 엘리베이터를 탔다. 엘리베이터 안에는 이경래 전무가 타고 있었다.
　"오늘은 일찍 퇴근하는구나. 늘 늦어서 걱정했는데."
　"아저씬. 저 일찍 가는 날도 많아요."
　"반은 늦게 가잖니. 아가씨에게는 어울리지 않는 행동이야. 이제 백화점도 어느 정도 안정을 찾았고 필요한 업무는 나에게 다 맡기고 삶을 즐기도록 해."
　"충분히 즐기고 있는 걸요."
　이경래 전무는 장난치듯 류진의 코끝을 살짝 쳤다.
　"고집부리지 말고."
　"알아서 할게요."
　"저 똥고집!"
　나무라는 이경래 전무에게 류진은 웃어 보이며 엘리베이터에서 같이 내렸다.
　"약속 있니?"
　"네."
　"그래. 내일 보자. 나는 지하주차장으로 가야겠구나. 차가 거기 있으니."

"내일 봬요."

류진은 정문을 나왔다. 검은 세단이 기다리고 있었다. 류진은 조수석 문을 열고 차에 올랐다. 재현이 류진을 말끔히 보았다. 류진이 눈을 크게 뜨고 묻는 표정을 짓자 재현은 이내 얼굴을 돌렸다. 그는 뭘 말하고 싶었던 것일까.

"식당은 내가 마음대로 정했는데 상관없겠어?"

류진은 고개를 끄떡였다. 차가 음식점 앞에 도착하자 그들은 내렸다.

"한식을 하는 곳인데 괜찮아?"

"이젠 잘 먹어요."

"그렇겠군. 3년을 있었으니."

그들은 음식점으로 들어갔다. 창가에는 베고니아가 담긴 작은 화분이 아기자기하게 놓여 있었다. 낮에 햇살을 받고 있으면 참 예쁠 것 같다는 생각을 했다. 그들은 창가 쪽으로 안내받았다. 재현은 다가오는 종업원에게 코스요리를 시켰다.

"그동안 잘 지냈어?"

"아무 말 없이 떠난 사람치고는 뻔뻔한 인사말이네요."

재현이 피식 웃었다.

"당신의 그런 농담이 그리웠어."

"농담 아닌데요?"

"그렇담 더 좋고. 내가 그렇게 떠난 것이 많이 속상했다는 거니까."

류진은 얘기를 잘못 꺼냈다고 후회했다. 그 없이도 잘 산다는 걸 보여주고 싶었는데. 식사는 침묵 속에 진행되었다. 류진은 가끔씩 자신에게 쏟아지는 재현의 눈길이 부담스러웠다. 신경 쓰여서 음식을 제대로 넘기기 어려웠다. 그래서 먹는 둥 마는 둥 식사가 끝났다. 후식으로 대추차가 나왔다.

"난 3년 동안 힘들었어. 그래도 잘 견딜 수 있었던 건 당신이 있어서였어."

"왜 떠났어요?"

무심코 던져지는 말에 재현은 류진을 보았다. 류진은 여전히 시선을 마주치지 않은 채 아래를 향하고 있었다. 그녀의 눈은 그의 찻잔을 보고 있었다.

"빈털터리 내 모습이 초라했어. 당신한테 당당하고 싶었어."

"나한텐 그런 게 필요 없었어요."

류진은 눈을 들어 재현을 보았다.

"알아. 그렇지만 내가 편치 않았어. 그런 모습으로 당신과 지낸다면 난 행복하지 못했을 거야."

"당신이 날 좋아하긴 한 건가요?"

류진은 재현이 원망스러웠다.

"의심하지 마. 내 방식대로 당신을 좋아했어."

"내 육체 때문이었겠죠."

"그것도 일부분은 있어. 부정하지 않아."

당신이라는 남자 마음이란 게 있었다면 그렇게 떠나버리지는 않았겠죠.

"아뇨, 전부예요. 당신이라는 남자는 누구도 사랑할 수 없어요."

"나도 그렇다고 생각했어. 하지만 지금은 아니라고 말하고 싶은데?"

"거짓말!"

일어나려는 류진의 팔을 재현이 잡았다.

"당신을 원해."

"내 육첸가요?"

"그것도 들어 있어."

류진은 눈을 감았다. 이 남자를 거부할 수 없다.

"좋아요. 3년 전 당신에게 진 신세도 있으니 오늘 하룻밤을 당신에게 드리죠. 그걸로 이 관계를 청산하기로 해요."

재현은 잡았던 팔을 놓았다. 이게 아닌데. 이러자고 만나자고 한 게 아닌데. 남녀 간의 문제는 일처럼 쉽지 않았다. 모든 것에 변수가 작용했고 정답이란 게 없었다.

"싫어요? 그럼 그냥 헤어지죠."

"아니!"

일단은 류진을 붙잡아야 했고 함께 있고 싶었다.

"내 오피스텔로 갈까 아니면 당신 집?"

"오피스텔로 가요."

원하지 않는 일을 자신의 집에서 하고 싶지는 않았다. 재현은 오피스텔에 차를 세우고는 시동을 껐다. 재현이 먼저 내리고 류진이 따라 내렸다. 오피스텔로 들어서자 예전 일이 떠올랐다. 자신을 위해 요리를 만들어주던 남자.

와인을 따르는 그의 표정이 무표정했다. 섹스를 하기 전의 남자라고 생각하기에 너무도 사무적이었다. 재현이 와인잔을 류진에게 내밀었을 때 재현의 눈은 욕망으로 불타고 있었다. 잔을 받아든 류진은 시간을 끌기 위해 아주 천천히 잔을 기울여 마셨다. 막상 말은 그렇게 했지만 피하고 싶었다. 재현과 의무적인 섹스를 하고 깨닫고 싶었다. 우리 관계는 그저 그것뿐이라는 걸. 그러나 생각과 달리 많이 떨렸다.

재현이 뜨거운 눈길로 보자 류진의 심장이 다시 뛰기 시작했다. 류진은 목구멍에 뭔가 걸린 것처럼 와인을 더 이상 넘길 수 없었다. 류진은 잔을 내려놓고 재현을 따라 침실로 갔다.

재현이 재킷을 벗고 넥타이를 풀어헤친 채 침대로 갔다. 침대에 앉아 양팔을 뒤로 짚은 재현은 외설스럽게 류진의 몸을 훑었다. 류진은 자신이 옷을 입고 있음에도 발가벗은 듯 움츠러들었다. 재현의 눈이 가늘어졌다.

"옷을 벗는 게 어때?"

"그러고 싶지 않아요!"

"당신보고 억지로 강요한 적 없어. 스스로 선택한 일이야."

류진은 긴장으로 뻣뻣하게 굳어진 손을 억지로 움직여 천천히 옷을 벗기 시작했다. 재킷을 벗고 윗도리를 가슴으로 끌어올려 벗고 치마까지 벗어버리자 속옷 차림이 되었다. 류진이 손길을 멈추자 재현은 재촉했다.

"계속해. 한두 번 해본 일도 아니잖아?"

재현은 비아냥거렸다. 류진의 아름다운 육체를 다른 놈이 소유했다고 생각하니 질투로 미칠 것 같았다.

"그럼 내가 벗겨줄까?"

"내가 벗을게요."

류진은 다급하게 말했다. 류진이 어렵게 속옷을 벗는 동안 재현은 꼼짝도 하지 않고 그 모든 것을 지켜봤다. 아름다운 나신이 재현의 앞에 서 있었다. 류진은 수줍음으로 자신의 앞을 팔로 교차시켜 가렸다. 재현의 눈이 짙어지며 류진을 뜨겁게 바라보았다.

"자, 이제 내 옷을 벗겨줘."

"그건 할 수 없어요!"

류진이 강경하게 나가자 재현은 노려보았다.

"왜? 당신의 애인에게는 되고 난 안 돼? 먼저 제시한 건 당신이야."

류진은 재현의 요구에 치가 떨렸다. 정말 나쁜 사람이다. 정말 나쁜 사람이야. 류진은 어떻게든 견디려고 애쓰며 재현의 와이셔츠 단추를 하나하나 풀어갔다. 와이셔츠를 벗기자 아무것도 입지 않은 그의 상반신이 드러났다. 재현은 원래 러닝을 입지 않았다. 그 사실을 잠시 잊고 있었다. 그의 상반신은 그녀를 당황하게 하는 한편 들뜨게 만들었다. 어쩌면 이 몸이 그리웠을까?

바지로 손이 간 순간 류진은 견딜 수 없는 긴장으로 당장이라도 쓰러질 것 같았다. 재현은 아래 역시 입지 않는 습관이 있었다. 이 모든 상황이 빨리 끝나기를 바라면서도 그의 옷을 벗기는 것만으로도 느껴지는 이 짜릿한 흥분은 뭘까. 류진이 멈칫거리는 사이 재현은 참지 못하고 자신의 손으로 바지를 벗어버렸다. 그리고 류진의 손을 잡아당겨 침대로 넘어뜨렸다.

위에 있던 류진의 몸이 재현이 몸을 돌리는 바람에 반대로 아래로 내려갔다. 다리에 느껴지는 그의 무게감이 예전의 감각을 불러와 류진은 산란해지는 마음을 억지로 다스리려 노력했다.

재현의 손이 류진의 머리칼을 쓸듯이 만지고 마치 그리운 것이라도 되는 양 얼굴을 쓰다듬었을 땐 류진은 자신도 모르게 다정한 마음이 생겨 이를 악물어야 했다. 마음이 약해져선 안 돼. 그는 나를 철저히 즐길 뿐이야. 아무것도 느끼지 못하는 척해야 해. 그래야 그도 나에게 흥미를 잃는 건 물론 내 자존심도 지킬 수 있어.

재현의 손길이 류진의 마음을 알기라도 하듯 은밀히 아주 은근하게 자극해왔다. 그녀의 목덜미를 스치고 가슴 주위를 원을 그리듯 스쳐가는 듯하더니 마치 몰랐다는 듯 유두를 툭 치고 지나갔다. 미세한 자극에 유두가 화가 난 듯 발끈 섰다. 재현의 손은 약 올리듯 성만 내놓은 채 다른 가슴으로 자리를 옮겼다. 역시 같은 방법으로 유두를 자극해놓고는 가슴 양쪽 골을 따라 내려가 배꼽 주위를 선회했다.

류진은 재현의 손길이 다시 가슴에 오기를 애타게 기다리면서도 그런 모습을 들키지 않으려고 이를 악물었고 그 덕분에 턱이 아파올 지경이었다. 다섯 개의 손가락은 마치 몸과는 떨어진 개별적인 생명체처럼 자유자재로 류진의 몸을 돌아다녔다.

재현의 손이 다리를 거쳐 발바닥을 가볍게 쓸 때는 그 희열에 류진은 하마터면 소리를 입 밖으로 낼 뻔했다. 재현은 계속해서 류진을 공략했다. 발바닥을 쓸던 손가락은 종아리를 거쳐 허벅지 안쪽으로 천천히 기어 올라가며 원을 그려갔다. 손가락은 그곳에서 멈췄다. 류진의 무심한 표정과는 달리 그곳은 촉촉하게 젖어 재현을 기다리고 있었다. 재현은 류진도 흥분하고 있음을 알았다. 흠뻑 젖어 있는 그곳 입구를 재현의 손이 비집고 들어갔다.

"흡!"

류진은 자신도 모르게 소리를 내었다. 부드럽고 미끈거리는 감촉이 재현의 손을 따뜻하게 감싸자 재현은 당장이라도 폭발할 것 같은 욕구를 참아내느라 고통스러웠다. 류진의 눈이 흥분으로 파르르 떨리고 있었다. 질투로 눈이 멀 것 같지만 들떠 있는 류진의 모습이 너무도 사랑스러워 재현은 더 이상 괴롭히지 말자고 생각했다.

그러나 정훈을 떠올리자 미칠 것 같은 분노가 치밀었다. 이 여자를 다른 남자가 안았다는 사실만으로 견딜 수 없는 질투와 증오가 솟았다. 절대 그녀를 놓아줘선 안 돼. 내가 놓아주면 류진은 그 남자에게 다시 돌아갈 것이다. 그녀를 나에게 빠지도록 만들어야 한다. 혹 빠지는 건 자신이 되지 않을까. 재현은 류진을 더욱 흥분시키기 위하여 손가락을 깊숙이 찔러 넣어 안쪽을 부드럽게 자극하고 다른 한 손으로는 앞쪽 돌기를 자극해 그걸 입 안으로 깊이 빨아들였다.

"흑!"

류진의 입에서 신음이 흘러나왔다. 류진은 쏟아지는 쾌감을 견디지 못하고 온몸을 비틀어댔다. 재현은 신중하게 샘으로 젖은 그녀의 욕정의 속살들을 세심하게 혀로 핥아갔다. 살과 살 사이를 천천히 혀로 쓸고는 돌기까지 젖어 있는 애액을 마신 다음 손이 들어갔던 입구로 혀를 천천히 들이밀었다. 그녀의 엉덩이가 번쩍 들렸다.

"하! 하!"

류진의 입에서 새어나오는 뜨거운 입김만큼이나 그곳도 욕망으로 붉게 물들어 있었다. 재현은 천천히 얼굴을 들어 욕망으로 흐려진 류진의 눈을 보았다.

"날 원하지?"

류진은 헐떡이며 고개를 끄떡였다.

"대답해봐. 날 원해?"

흥분으로 입 안이 바짝 말랐으나 류진은 어렵게 대답했다.

"네."

재현은 격정적인 키스로 류진의 흥분을 더욱 부채질했다. 요동치는 그의 혀만큼이나 류진의 머릿속은 욕망이 가득했고 온몸은 뜨거운 쇠로 달군 것처럼 펄펄 끓고 있었다. 재현이 류진의 가슴을 강하게 빨아들였을 때 류진은 아프면서도 강한 쾌감에 몸을 떨었다. 이 남자는 악마야. 아무도 그를 거부할 수 없을 거야.

재현은 류진의 허리를 돌려세워 엎드리게 한 후 자신의 남성을 그곳으로 천천히 밀어 넣었다. 묵직한 것이 안을 꽉 채운 느낌에 류진은 헐떡이는 신음소리를 냈다.

"아흐윽!"

재현의 허리가 빠르게 움직이기 시작했다. 그와 함께 류진의 안에서 터지는 자지러질 것 같은 쾌감은 류진을 흐느끼게 만들었다.

"제발! 제발! 이제 그만!"

재현이 주는 쾌감이 류진은 미칠 것 같이 좋으면서도 고통스러웠다. 이 느낌이 더 강해진다면 재현을 잊을 수 없을 것 같았다. 너무 위험해! 류진의 머리에서는 경고음이 울렸지만 몸은 이성을 배반하고 몸서리쳐지도록 기뻐하고 있었다.

재현은 자세를 바꿔 류진을 옆으로 눕게 하고 류진의 한쪽 다리를 잡은 다음 거대한 남성을 밀어 넣었다. 안으로 깊이 들어오는 느낌에 류진은 더 이상의 반항을 포기했다. 그의 탐욕스러움이 류진을 사로잡아버렸다.

끊임없이 원하던 그의 욕망은 류진을 꼼짝 못하게 했다. 재현은 류진을 돌려세우고 자신의 남성을 약간 밀어 넣은 채 류진을 애태웠다. 류진은 참지 못하고 자신의 엉덩이를 재현에게 들이밀었다.

"안 돼."

재현은 철없는 애를 나무라듯 말했다. 류진은 흐느끼듯 칭얼거렸다. 흥분한 안이 들썩거리며 자극받았다. 강하게 쪼아오는 부드러운 살갗이 재현에게서 자제력을 빼앗아갔다. 널 절대 놓아줄 수 없어. 재현은 강하게 조이는 안을 사정없이 휘저었다. 다시는 류진이 자신을 잊지 못하도록 각인시키고 싶었다.

더욱더 강하게. 재현은 폭풍처럼 몰아갔다. 재현의 허벅지가 그녀의 살을 강하게 압박할수록 류진은 강한 쾌감을 맛보았다. 미칠 것 같아. 류진의 입에서 저절로 그 말이 새어나왔다.

"날 잊지 마."

그건 명령이기도 하고 애원이기도 했다. 재현은 마지막 끈이라도 붙잡는 식으로 몰아갔다. 재현의 압박이 강해질수록 세차게 조여오는 수축력에 재현은 더 이상 참을 수 없었다.

"약속해. 다른 남자 품에 안기지 않겠다고."

"네."

"그러면 내가 용서하지 않을 거야."

"그래요."

류진은 들떠서 자신이 무슨 말을 하는지도 몰랐다. 그저 재현이 모든 것을 빨리 몰아가기를 원했다. 그는 양손으로 류진의 허리를 잡은 뒤 움직이기 시작했다. 재현의 엉덩이가 타이트하게 조여지며 박차를 가했다. 그의 허리가 놀라울 정도로 빨리 움직였다. 류진의 살에 그의 허벅지가 강하게 박혔다.

"내 사랑 류진."

속삭이듯 말하는 그의 말을 들떠 있던 류진은 듣지 못했다.

"날 사랑해?"

류진은 말하지 않고 헐떡일 뿐이었다.

"날 원해?"

"네."

재현의 호흡도 거칠었다.

"많이?"

"네."

재현은 류진의 가슴을 양손으로 움켜진 채로 빠르게 움직여 사정없이 몰아갔다. 마지막 절정의 순간 재현은 류진의 안에서 참았던 자신의 욕망을 터트렸다.

재현이 류진에게서 몸을 일으켰을 때는 정적만이 그들을 감쌌다. 류진은 아무 말도 하지 않았다. 모든 것이 끝났지만 류진을 잡지 못했다. 자신의 어떤 행동으로도 그녀의 마음을 잡지 못했다. 류진이 원하는 건 자신의 육체뿐인가? 재현은 슬펐다. 내가 어떻게 해야 그녀를 잡을 수 있을까.

류진은 주섬주섬 옷을 입기 시작했고 재현은 창가로 가 담배를 피웠다. 아무것도 입지 않은 재현의 모습은 남자임에도 아름다웠다. 류진은 애틋한 연민이 일어나려는 걸 애써 자제했다. 이 남자가 나에게 원하는 건 육체뿐이다. 난 지켜야 할 내 자존심조차 잃어버렸다. 류진은 가슴이 터질 듯 아파와 서둘러 옷을 입은 후 문 쪽으로 향했다.

"나중에 다시 연락하지."

류진은 힘없이 어깨를 늘어뜨리며 신발을 신었다.

"데려다줄게."

"됐어요."

재현의 눈길이 등에 느껴졌지만 무시하고 문을 열고 나갔다. 이대로 집으로 가면 쓰러져 잠이 들 것 같았다. 류진은 엘리베이터에 몸을 실으며 재현을 잊을 때보다 지금이 더 힘들다는 생각이 들었다. 엘리베이터 거울 속에 자신의 모습이 비치고 있었다. 거울 속의 여자는 지쳐 보였다. 그렇지만 눈빛만은 만족한 섹스를 하고 난 여자의 생기가 반짝이고 있었다. 류진은 자신의 모습이 보기 싫어

거울을 외면했다.

오피스텔에 남은 재현은 자신을 책망하고 있었다. 재현은 탁자를 주먹으로 내리쳤다.

"널 포기할 수 없어. 이대로 놔주면 넌 애인에게 도망가겠지. 그렇게 놔두지 않을 거야!"

혼란스러웠다. 재현은 담배에 불을 붙이며 창문을 열어젖혔다. 밑을 내려다보니 류진이 걸어가고 있었다. 다소 비틀거리는 모습이 안쓰러웠다. 찬 공기가 재현의 벗은 몸을 식혔다. 재현은 다시 불붙기 시작하는 욕망을 식히기 위해 욕실로 가 찬물로 샤워를 했다.

류진은 아침에 일어나는 순간 온몸이 쑤셔왔다. 그렇지만 보통 때의 느낌과는 달랐다. 나른하면서 기분 좋은 그러면서 찌뿌듯한 느낌이었다. 어제의 일을 생각하고 류진의 볼이 붉어졌다. 그녀는 자존심을 버리는 대신 쾌락을 얻었다. 무척이나 속이 상했으면서도 쾌락이 주는 즐거움을 외면할 수 없었다. 류진은 자신의 모습에 혐오감을 느꼈다.

류진은 샤워를 하고 아침을 간단하게 빵과 커피로 때운 뒤 급하게 신발을 신다 정훈이 밖에서 기다린다는데 생각이 미쳤다. 어제의 일이 너무 충격적이라 늘 이맘때면 자신을 태우고 가는 그를 잊고 있었다.

류진은 대문을 나서며 마음이 무거웠다. 여느 날처럼 정훈의 차가서 있었다. 류진은 익숙하게 그의 차에 올랐다. 정훈의 표정은 평상시보다 차분해 보였다. 류진은 어제 집으로 돌아와서도 한동안 잠을 이룰 수 없었다.

"어제 그놈을 만난 거야?"

류진은 고개를 끄떡였다.

"어떻게 됐어?"

"이제 끝났어요. 그를 볼일 없을 거예요."

정훈은 고개를 끄떡였다.

"잘했어."

"아무래도 당분간은 만날 수 없을 것 같아요."

"무슨 소리야?"

"회사에 정리해야 할 일이 있어서 당분간은 저녁 늦게까지 회사에 남아 있어야 할 것 같아요."

"그럼 퇴근할 때 내가 바래다줄게."

류진은 얼른 손을 저었다.

"아, 아니에요! 그건 걱정하지 않아도 돼요. 비서도 늦게 남아 있을 테니 같이 퇴근하면서 태워주기로 했어요."

정훈은 그녀가 자신을 만나고 싶어 하지 않는다는 걸 알았다. 지금 그녀는 변명을 늘어놓고 있는 것이다. 그래, 마음을 정리하고 싶겠지. 정훈은 이해했다. 차가 회사 정문 앞에 섰다. 류진은 차에서 내리며 정훈에게 손을 흔들었다. 정훈이 말했다.

"당분간이라면 어느 정도야?"

"정확하게 얘기할 수 없어요. 기간이 정해져 있는 것이 아니라서. 하지만 최대한 빨리 하도록 노력해볼게요."

"한 달 안에 끝내. 한 달 이상은 못 봐줘."

차가 떠났다. 류진은 잠시 떠나는 차를 바라본 뒤 정문을 지나 곧장 엘리베이터로 향했다. 사무실로 들어서며 비서에게 인사하고 오늘 하루 일과를 브리핑 받고 바쁘게 지냈다. 그에 대한 생각을 잊어버리려고 일을 몰아치다 보니 어느새 퇴근시간이 가까워져 오고 있었다. 순간 문자가 들어왔다. 류진은 핸드폰을 열었다.

정훈에게서 온 메시지였다. 힘들 텐데 열심히 하라는 문자가 와 있었다. 곧이어 전화가 울리는 바람에 류진은 하마터면 핸드폰을 떨어뜨릴 뻔했다.

－회사 앞이야. 나와.

류진은 서둘러 사무실을 나왔다. 비서가 류진이 나오는 것을 보고 일어났다.

"퇴근해도 좋아요."

류진은 가볍게 고개를 까딱이고는 곧장 엘리베이터로 향했다. 직원들이 쭈뼛거리며 인사를 했다. 프랑스든 여기든 자신이 차갑게 보이는 건 여전한 모양이었다. 류진을 대하는 직원 중에는 한 명도 인간적인 따스한 미소를 짓는 사람은 없었다.

엘리베이터에 타서도 마찬가지였다. 류진은 한숨을 쉬었다. 프랑스에서 자신을 향해 걱정스런 표정을 짓던 앤마리의 모습이 문득 그리워졌다. 3년이 넘는 시간이 지나는 동안 한 번도 떠올리지 않은 얼굴이었다.

엘리베이터가 열리자 류진은 제일 먼저 내려 곧장 로비를 거쳐 밖으로 나왔다. 검은색의 세단이 류진을 기다리고 있었다. 류진은 망설이지 않고 조수석에 올라탔다.

류진을 향한 재현의 눈빛은 강했지만 표정은 변화가 없이 가면을 쓴 듯 여전히 무뚝뚝해 보였다. 류진은 재현의 눈빛을 맞받았다. 당신 따위에게는 겁먹지 않는다는 의지를 보여주기 위해. 재현은 천천히 눈빛을 거뒀다.

"오늘은 당신 집으로 가지."

"우리 사이는 어제부로 끝났어요. 그 말을 하기 위해서 내려왔어요."

재현의 눈에는 재밌다는 표정이 떠올라 있었다.

"정말 그럴까?"

운전대에 있던 재현의 오른손이 앉아 있는 류진의 스커트 안으로 급습했다. 손가락은 탐욕스럽게 아주 천천히 은밀하게 다리 사이를 쓰다듬듯 기어갔다. 그것만으로도 류진은 흥분했다. 어째서, 어째서……. 너무나 쉽게 무너지는 자신에게 좌절과 함께 혐오감을 느꼈다. 정신까지 흔들려서야 그를 이길 수가 없잖아.

"이런! 벌써 젖어버렸잖아."

류진의 팬티 위로 손가락을 깊숙이 찔러 넣던 재현의 손이 아쉬운 듯 다리 사이를 빠져나갔다.

"서둘러야겠군. 당신 집으로 가지."

차에서 먼저 내린 재현은 뒤이어 내린 류진의 엉덩이를 부드럽게 쓰다듬었다. 그 바람에 류진의 몸이 긴장과 흥분으로 굳어졌다. 열쇠로 문을 열고 마당을 거쳐 현관으로 들어섰다. 류진이 신을 벗는 동안 재현은 너무도 자연스럽게 먼저 거실로 가 소파에 앉았다. 그리고는 류진을 향해 팔을 벌렸다.

"이리 와!"

그녀는 그 자리에 그대로 선 채 그에게 다가가지 않았다.

"당신의 얘기를 들어보지. 그리고 협의점을 찾도록 해."

류진은 마지못해 재현에게 다가갔다. 재현은 자신의 무릎에 그녀를 앉혔다.

"느껴져? 당신이 나에게 미치는 영향이?"

그녀의 엉덩이 밑에 그가 단단하게 굳어 있는 것이 느껴졌다. 재현이 거칠게 그녀에게 키스했다. 용암처럼 뜨겁고 격렬한 키스였다. 그때 초인종이 울렸다. 류진은 화들짝 놀라 그의 무릎에서 벌떡 일어났다. 누굴까? 인터폰 쪽으로 간 류진은 화면에 비친 남자의 모습을 보고 놀랐다. 정훈 씨?

"해야 할 이야기가 있어."

"내일 해요."

"그놈과 따질 일이 있어."

류진이 재현과 들어가는 걸 봤다는 소리였다. 그럼 류진이 집에 도착하기 전에 기다리고 있었단 말인가. 류진은 할 수 없이 대문을 열었다. 정훈은 들어와 소파에 앉아 있는 재현과 현관에 서 있는 류진을 번갈아 보았다.

"구면이죠?"

정훈은 재현의 맞은편에 앉았다.

"물어봅시다. 그녀를 괴롭히는 이유가 뭡니까?"

도전적인 정훈의 태도에 재현은 무심히 봤다.

"남자라면 당당하게 물러서야지. 마음 약한 여자 붙잡고 뭐 하는 짓입니까?"

"난 그녀의 약혼자요."

"그 맹세는 3년 전 당신이 말없이 떠남으로써 깨진 걸로 알고 있는데?"

"누구도 깼다고 말한 적 없습니다."

"지금 말장난하자는 겁니까? 류진이는 당신이 갖고 노는 장난감이 아닙니다. 이제 이쯤에서 그만 놔주시죠?"

재현은 정훈을 진지하게 보았다.

"난 그녀를 사랑합니다."

그 말에 가장 놀란 건 류진이었다. 그가 날 사랑한다고?

"그 말을 믿으라는 겁니까? 사랑하는 사람이 왜 사랑하는 여자를 버렸습니까?"

"나에겐 시간이 필요했습니다. 그녀가 기다려주기를 바랐죠."

"그게 말이 된다고 생각합니까?"

"말이 안 된다는 거 압니다. 하지만 그녀를 사랑합니다."

"그게 변명이 된다고 생각합니까?"

"사랑 자체가 말이 안 되는 감정입니다."

그의 말은 틀리지 않았다. 정훈도 류진을 향한 감정이 그랬다. 재현을 보았다. 그는 진심으로 얘기하고 있었다. 그는 자신을 포장하기 위한 변명을 하지 않았다. 류진을 위해 자신이 할 수 있는 일은 다했다. 그리고 더 이상 그녀 곁에 머물 수 없음도 깨달았다.

"네가 결정해."

정훈을 그 집을 나왔다. 가슴이 뻥 뚫린 것처럼 허했다. 이제 그녀의 아름다운 미소도 즐거운 대화도 더 이상 할 수 없었다. 그녀 옆에는 자신 대신 재현이 늘 있을 것이다.

"젠장! 바람맞고 술 먹는 기분을 알겠군."

그는 발길을 돌려 술집으로 향했다. 오늘은 정신을 잃을 정도로 취하고 싶었다. 그리고 내일 아침에는 아무렇지 않게 새로운 삶을 살아가야 한다. 정훈의 눈에 속절없이 눈물이 났다.

"왜 이러는 거야?"

그는 아무렇지 않게 눈물을 손으로 닦으며 차에 올랐다. 차 안에서 보는 밤하늘은 처량 맞았다. 정훈은 차를 출발시켰다. 유난히 우울한 밤이었다.

❀

재현에게서 문자가 왔다.

-집으로 가 있어. 꼭 할 말이 있어.

류진은 집으로 향했다. 습관이란 무서운 모양이다. 정훈이 아침마다 그녀를 찾는 것에 익숙해 있었던지 오늘 아침 집을 나와 썰렁하게 비어 있는 대문 앞을 보자 갑자기 허전한 생각이 들었다. 당분간 오지 않기로 내가 얘기해 놓구선. 류진은 웃다 문득 그런 생각이 들었다. 어쩌면 정훈은 다시는 안 올지도 모른다.

택시에서 내리자 류진은 누가 쫓아오기로 하듯 급히 대문으로 들어섰다. 속 안에서부터 냉기가 몰려왔다. 경서를 한국에서 쫓아내고 나서는 사라졌다고 생각했던 추위였다. 류진은 냉기를 몰아내기 위해 주방으로 달려가 커피를 걸렀다. 마시지 않으면 죽을 사람처럼 발을 동동 구르며 불안하게 왔다 갔다 했다.

마약중독자들이 왜 마약을 찾는지 이유를 알 것 같았다. 그 한기와 외로움 그리고 누군가를 향한 두려움을 견딜 수 없는 것이다. 재현이 왜 보자고 한 걸까. 할 말이란 뭘까. 류진은 급하게 걸러진 커피를 잔에 담아서 얼른 거실로 나왔다.

어제 재현이 정훈에게 했던 말. 자신을 사랑한다고 했다. 처음 그 말을 들었을 때는 놀라기도 하고 기쁘기도 했다. 하지만 곰곰이 생각해보니 그건 거짓말이었다. 정훈을 자신에게서 쫓아내기 위한 마음에도 없는 말이었다. 그는 아직도 류진을 자신의 소유물로 여기고 있었다. 불안한 마음을 다스리기 위해 오디오를 틀었다. 틀자마자 앤토니오송이 나왔다.

"하필 이 노래람!"

류진은 신경질적으로 채널을 돌렸다. 조용한 클래식 음악이 흘러나왔다. 류진은 소파에 앉아서 등을 비스듬히 기대며 느긋하게 차를 마셨다. 그 때문인지 마음이 가라앉았다. 눈을 감으니 코끝으로 스미는 원두향도 목구멍으로 넘어가는 커피의 뜨거움도 귀를 졸리게 하는 나른한 클래식 음악도 류진을 취하게 만들었다.

그래서 재현이 들어왔을 때조차 류진은 깨닫지 못했다. 모든 것이 몽롱한 의식 속에서 음악은 자장가처럼 간질이듯 류진을 다독거리고 있었다. 눈꺼풀은 서서히 감기고 몸은 힘이 빠져 축 늘어지고 긴장했던 입가의 근육마저 부드럽게 풀렸다.

나른한 잠 속에 빠져들던 류진은 자신의 가슴을 만지는 자극적인 느낌에 눈을 번쩍 떴다. 재현이 조롱하는 눈빛으로 보고 있었다.

"당신의 얼굴보다 육체는 훨씬 솔직하군. 조금의 터치만으로도 이처럼 즉각적인 반응을 보이다니."

재현은 단단히 성나 있는 유두를 부드럽게 쓸어내렸다. 류진의 윗옷은 어느새 위로 끌어올려져 가슴이 드러나 있었다. 류진은 그에게서 떨어지며 끌어올려진 옷을 내렸다. 류진의 얼굴은 부끄러움으로 붉게 달아올라 있었다.

"당신이 탐이 나."

"알고 있어요."

재현은 담배를 꺼내 입에 물었다. 입에서 연기가 뿜어져 나왔다.

"내가 원하는 건 당신을 영원히 가지는 거야."

"평생을 당신의 정부로 지내고 싶은 생각은 없어요."

"정부로 지내라는 게 아니야. 나와 결혼하자는 거지."

"결혼이라고요?"

"그래, 결혼!"

재현은 단호하게 말했다.

"육체가 탐이 나서 결혼한다고요? 그게 말이 된다고 생각해요?"

"그래, 난 말이 돼. 당신의 몸에 딴 놈이 손대는 건 죽어도 보지 못하겠어."

"미쳤군요!"

"당신에게 미쳤지."

류진은 재현의 말을 믿을 수 없었다. 이 남자가 내뱉는 말은 도저히 이해할 수가 없었다. 결혼을 하자니. 만약 재현이 자신을 사랑해서 이러는 거라면 행복했을지 몰랐다. 그런데 단순히 육체를 혼자 독차지하고 싶어서란다. 자신이 생각했던 재현의 이미지가 철저하게 깨졌다. 그는 독점욕에 모든 이성과 현실성을 잊어버렸다. 재현은 미쳐가고 있었다.

"당신은 정상이 아니에요."

"정상이 아니길 원하는 여자들은 많아. 당신이 그토록 싫어했던 경서조차도 나랑 결혼을 원했지."

"여기서 경서 얘기는 하고 싶지 않아요."

"어떤 면에선 당신이 나에게는 더 악마 같은 존재야. 실지로 경서는 나에게 어떤 영향도 끼치지 못했으니까. 실 한 오라기 걸치지 않은 몸을 보고도 안고 싶다는 생각을 하지 않았으니까. 하지만 당신은 삼 년이 지난 지금까지도 날 놓아주지 않고 있어."

"내 탓이 아니에요."

"당신 탓이든 아니든 그건 중요하지 않아. 지금 중요한 건 내가 당신을 원한다는 사실이야. 내 제안을 거절할 셈이야?"

"그래요! 난 당신과 더 이상 엮이고 싶지 않아요!"

재현은 담배를 비벼 끄고 류진을 거칠게 끌어당겼다.

"날 원한다는 건 부정하지 않겠지? 어느 누구도 당신을 뜨겁게 만들 수 없어."

류진은 부정하지 않았다.

"잘 들어. 결혼이란 거 사실 알고 보면 별거 아니야. 공통점이 하나도 없는 인간들도 하는 거야. 그래도 우리는 최소한 하나의 공통점은 있잖아? 섹스."

재현 마지막 말은 류진의 얼굴을 붉게 만들었다. 그것만으로도 결혼생활을 해나갈 수 있을까. 생각을 하는 사이 재현은 류진에게서 떨어졌다.

"오늘은 그냥 가겠어. 일주일의 시간을 주지."

재현에겐 이 제안은 하나의 모험이었다. 그러나 재현은 여자를 어떻게 다뤄야 할지 어떤 말을 해야 할지 몰랐다. 그저 느낄 수 있는 건 류진도 자신을 싫어하지 않는다는 거였다. 어쩌면 조금은 좋아하고 있을 수도 있었다. 승패가 반만 넘어도 충분히 승부수를 둘 수는 있었다. 사업이나 여자나 다를 바가 없다고 생각했다.

"만약 거절한다면요?"

재현은 잠시 당황했다.

"그건 그때 가서 생각해보지."

재현이 간 뒤에도 류진은 혼란에서 깨어날 수 없었다. 그와 결혼한다? 그랑 평생을 같이 지낸다? 무척 매력적인 제안이긴 했지만 자신이 사랑함에도 재현은 자신의 껍데기만을 원한다는 것이 류진을 가슴 아프게 했다.

전화가 울렸다. 류진은 전화를 받았다.

『마드모아젤 몬테크리스토?』

『제라르?』

『큰일 났어요! 무슈 몬테크리스토가 쓰러졌어요!』

『뭐라고요!』

『빨리 오셔야겠어요!』

『알았어요. 가장 빠른 편으로 날아가겠어요.』

전화를 끊고도 사정없이 쿵쾅거리는 가슴을 진정시키기 어려웠다. 자신이 의지하고 믿는 누군가를 다시 잃는다는 것은 류진으로서는 견디기 힘든 일이었다. 모리스 아저씨는 혈압으로 한 번 쓰러지기는 했으나 그동안 별 탈 없었고 의사도 걱정할 필요가 없었다고 했었다.

류진은 전화로 항공편을 알아보고 예약한 뒤 주방으로 가 가스레인지에 주전자를 올려놨다. 불을 켜는 손이 떨렸다. 원두를 거를 경황 따위는 없었다. 믹스커피를 겨우 타서 거실로 와 한 모금 들이켰다. 여전히 마음은 진정되지 않았다. 많이 아프지 않아야 할 텐데. 너무 놀라서 정작 알아야 할 부분을 물어보지 못했다. 상태가 어느 정돈지 당장 무슨 일이 생기는 건 아닌지. 대체 왜 이렇게 멍청한 걸까.

다시 재현의 모습이 떠올랐다. 물론 노우였다. 사랑도 없는 결혼을 할 수 없는 일이다. 자신의 육체만을 욕심내는 남자에게 평생을 맡길 수는 없다. 그의 입술과 손길을 생각하자 류진은 자신도 모르게 몸이 반응하는 걸 느꼈다. 어느새 재현에게 육체든 마음이든 모두 길들어버렸다. 그렇다 하더라도 그에게 끌려다닐 수는 없는 일이다.

일단은 재현의 일은 나중으로 미뤄두기로 했다. 중요한 건 모리스 아저씨 일이었다. 류진은 오늘 밤 잠을 이룰 수 없을 거라고 예상했다. 시간을 보았다. 아직 열 시도 되지 않은 시각이었다. 마음이 조급해졌다. 류진은 다시 커피를 타러 주방으로 향하며 비행기를 탈 시간이 빨리 오기를 기다렸다.

비행기에서 내려 입국장으로 들어서니 제라르가 반갑게 류진을 맞았다. 제라르는 모리스의 상태를 요약해서 말했다.

『정말 다행이에요. 당신에게 전화할 당시만 해도 상황이 위급했는데 어젯밤에 한고비 넘겼다고 의사가 그러더군요. 일을 해서는 안 된다고 의사는 말했지만 몬테크리스토 씨가 들을 리도 없고 그분이 없으면 회사도 돌아갈 수 없습니다.』

제라르는 병실 앞에서 류진에게 꽃을 내밀었다.

『준비 못 했을 거 같아서 제가 따로 준비했습니다. 전 회사가 바빠서 가봐야겠습니다. 두 분이 따로 할 얘기도 있을 테고.』

제라르는 류진에게 인사를 하곤 멀어져갔다. 복도에 울리는 구두 소리가 점점 작게 들리며 끊겼다. 류진은 제라르가 사라지는 걸 확인하고 문을 노크했다. 대답이 없어 문을 열었다. 모리스가 침대에 누워 잠들어 있었다. 간병을 해주는 사람은 보이지 않았다. 제라르의 말로는 있다고 했는데 아마도 잠시 자리를 비운 모양이었다.

류진은 침실로 가까이 다가갔다. 몇 년 못 본 사이 모리스 아저씨는 많이 늙어보였다. 희끗희끗한 머리가 검은 머리를 점령해버려 이제는 허연 머리가 머릿속을 거의 차지하고 있었다. 이마에 굵게 진 세 가닥의 주름은 그의 강한 고집만큼이나 완강하게 버티고 있어 다소 가까이하기 어려운 까다로운 인물로 보였으나 눈을 감은 평온한 모습이 그 이미지를 완화시키고 있었다.

"모리스 아저씨……."

류진의 낮은 속삭임에 모리스의 눈썹이 미약하게 꿈틀거렸다. 모리스는 꿈을 꾸는 사람처럼 눈꺼풀을 움직이더니 서서히 눈을 떴다. 그가 류진을 발견하자 눈가와 눈두덩에 부챗살처럼 주름이 잡히며 옆으로 길게 늘어졌다.

"진아."

"잘 지내셨어요?"

류진은 자신도 모르게 눈물을 흘리고 있었다. 그 눈물을 모리스는 다정스럽게 손으로 쓸어주었다.

"많이 보고 싶었다."

"죄송해요. 어떻게 키워주셨는데……. 저만 생각했어요. 괜히 바쁘다는 핑계만 대고."

"너로서도 힘든 상황이었잖니. 네 소원이 이뤄지고 한국에 남는다고 했을 때도 나름대로는 이해했다. 어차피 네 유산으로 투자한 회사였으니 욕심을 부려야지. 그렇게 하지 않았다면 내 딸이 아니지."

조용히 웃는 모리스를 보니 류진은 가슴이 더욱 아파졌다.

"죽다 살아난 사람 입에서 나올 얘기는 아니네요. 안 아프시면서 저 놀라게 하려고 일부러 꾀병 부리신 거죠?"

"들켜버렸군."

류진은 웃고 있는 모리스의 손을 잡았다.

"아줌마가 돌아가신 지 4년이 넘었잖아요. 이제는 여자친구도 사귀고 그러세요."

"난 여자를 사귀는 데는 재주가 없어. 어쩌다 운이 좋아 결혼까지 하긴 했지만 말이야. 이제 빨리 나아서 일해야지."

"의사가 일을 쉬라고 했다던데요?"

"돌팔이 의사 말을 믿을 건 못돼."

"그 의사, 아저씨 친구예요."

"그러니까 더 잘 알지."

모리스의 농담에 류진은 소리 내어 웃었다.

"난 죽을 때까지 일을 손에 놓을 수 없을 거다. 일이 없다면 내 삶은 아무것도 없어. 너 또한 삶을 열심히 살고 있잖니? 넌 잠시 내 둥지를 빌려 쉬었다 가는 것뿐이야. 자식이란 그런 존재지. 보호가 필요한 동안만 부모의 품 안에 있다 자신의 꿈을 찾아 떠나가지. 이제 네 삶을 열심히 살면 되는 거야."

"저 여기서 지낼까 봐요."

그런 생각을 한 건 아니었다. 그러나 모리스 아저씨를 보자 기대고 싶어졌고 자신도 쉬고 싶다는 생각이 들었다. 재현과 태산이라는 무거운 짐과 모든 속박에서 벗어나 조용히 쉬고 싶었다.

"날 위해서라면 거절하겠다. 난 너에게 짐을 주는 노인네는 되고 싶지 않아."

"아저씨 때문이 아니에요. 한국에서의 삶이 즐겁기도 했지만 나름대로는 많이 힘들었어요. 이제는 아저씨 밑에서 편하게 일하고 싶어요."

"진심이니?"

"회사도 이제는 안정선에 들었고 저 대신 일할 후임자도 있어요. 그 일은 제가 알아서 처리할게요. 어차피 회사를 살리고 싶었던 것이지 회사를 맡겠다는 생각은 없었어요. 그렇게 하는 게 이치인 거 같아요."

모리스는 그녀의 손을 토닥거렸다.

"알았다. 네가 그러고 싶다면 그렇게 하렴. 나야 네가 옆에 있어 준다면 덜 외롭지."

류진은 자신이 비겁하다고 생각했다. 강해졌다고 생각했었는데 사랑 앞에선 다시 도망치고 말았다. 어쩌면 모리스 아저씨 옆에 눌러 있고 싶어 하는 것은 재현 때문인지도 몰랐다.

"진아, 프랑스에 돌아온 걸 환영한다."

류진은 모리스의 환대에 환하게 미소 지었다.

9.

　류진이 증발했다. 정확히 일주일의 시간이 지난 뒤 재현은 류진에게 전화를 했다. 신호는 가지만 받지 않았다. 처음엔 바빠서 못 받겠거니 생각했다. 퇴근 시간이 가까워져 전화를 했지만 지겨운 컬러링만 계속해서 재현을 맞을 뿐이었다.

　"젠장맞을!"

　재현은 낮게 욕을 하며 태사백화점으로 전화를 돌렸다. 류진의 비서가 자리에 없다고만 말했다.

　"어디 가셨습니까?"

　─그건 말씀드릴 수 없습니다. 연락처를 말씀하시면 전해드리겠습니다.

　재현은 가슴이 답답해지고 화가 치밀었다. 왠지 자신을 피하는 것 같았다. 어쩌면 류진이 전화를 받지 않은 것은 의도적일지도 모른다.

"난 당신 사장과 각별한 관계에 있는 사람이니 말해줘도 괜찮아요."

비서는 계속해서 같은 말을 했다. 마치 리플레이 되는 기계 같았다.

"난 당신 사장과 결혼할 사람이란 말이오! 그러니 어디 갔는지 당장 얘기해요!"

재현은 이성을 잃어버렸다. 류진은 재현을 놀리기로 작정한 듯 숨바꼭질을 하는 것 같았다. 류진의 비서도 그 놀이에 동조해 재현을 따돌리는 것 같았다.

─그런 얘기는 듣지 못했는데…….

재현은 비서의 말을 끊고 언성을 높였다.

"당신 사장 어디 있는지 빨리 말해!"

─전 정말 모릅니다. 혹 전무님이 알고 계실지도…….

비서는 감당이 안 되었던지 일을 전무에게 전가했다. 재현은 비서에게서 전무의 전화번호를 알아낸 뒤 바로 전화를 돌렸다. 몇 번의 신호가 간 후 나이 든 남자의 목소리가 들렸다.

"류진 씨 때문에 전화했습니다. 그녀는 어디 있습니까?"

─전화하는 사람은 누구십니까?

남자의 목소리에서 긴장이 느껴졌다.

"박재현입니다. 그녀와 결혼할 사람입니다."

─그녀는 한국에 없습니다.

남자의 말에 재현은 놀라 잠시 말을 잇지 못했다.

"한국에 없다니요?"

−만나서 얘기하지요.

남자의 만나자는 말에 의아했으나 재현은 차라리 그편이 나으리라 생각했다. 전화로는 그녀에 대해 자세히 알아낼 수가 없었다. 재현은 남자와 약속을 잡고 전화를 끊었다.

류진이 증발했다. 자신이 결혼하자는 말에 겁을 먹고 도망간 것일까. 아니면 자신이 너무 싫어서 같이 산다는 사실이 견딜 수 없을 만큼 싫어서 도망가 버린 것일까. 재현은 절망감과 슬픔으로 가슴이 무너졌다. 그러나 그보다 재현을 더 아프게 하는 것은 가슴 깊은 곳에서부터 느껴지는 찢어지는 듯한 통증이었다.

자신의 예측이 틀릴 수도 있었지만 어쨌든 류진이 사라진 원인이 자신에게 있는 것 같았다. 속단하지 말자. 재현은 심장 부근이 다친 사람처럼 심장을 손으로 꽉 움켜쥐었다. 그렇게 하면 원인을 알 수 없는 통증이 덜 한 것 같았다. 재현은 일어나 창가로 가 담배를 피웠다. 그리고 자신의 빈손을 물끄러미 보았다. 자신의 손에 움켜쥐고 있던 류진의 존재가 바람처럼 새어나가기라도 한 듯이.

약속 장소로 들어서자 나이 지긋한 남자가 자신을 향해 손을 들어 보였다. 자신은 알지 못하는 존재가 자신을 이미 안다는 사실에 재현은 다소 불쾌했다. 재현은 남자가 있는 자리로 다가가 맞은편에 앉았다.

"이경랩니다."

"박재현입니다."

"삼정그룹에 계셨죠?"

재현은 상대방 남자를 물끄러미 보았다. 이 남자는 나에 대해 어느 정도 알고 있을까.

"얘기는 들었습니다. 하지만 류진이 당신을 사귀고 있을 줄은 몰랐군요. 요즘 들어 그 아이의 행동이 달라진 것 같다고는 느꼈지만……."

남자는 류진을 아주 친밀한 사람처럼 얘기했다. 대체 류진과 이 남자는 어떤 사이일까? 그는 끝 간 데 없는 자신의 생각이 지나치다는 걸 깨달았다. 아무리 목적을 위해서라지만 그 정도로 막가는 여자는 아니었다. 어째서 류진과 연관되기만 하면 이처럼 이성을 잃어버리고 어리석은 생각을 하는 것일까. 남자는 그의 생각을 읽기라도 한 듯 말을 꺼냈다.

"내가 그 아이를 이렇게 얘기하는 것이 이상할 겁니다. 난 한때는 그 아이 친부의 절친한 친구이기도 했습니다. 그리고 그 아이를 내 딸아이처럼 생각합니다. 내가 이런 얘기를 꺼내는 것은 당신이나 그 애나 서로를 사랑한다고 믿기 때문입니다."

사랑한다고? 무척 생소해야 할 그 단어가 이상하게 친밀하게 느껴졌다. 그 여자가 날 사랑한다고? 그건 웃기는 소리였다. 이 남자는 뭔가를 한참 오해하고 있다.

"경서가 그 아이에게 한 짓에 대해서 알고 있습니까?"

재현은 대답 대신 고개를 끄떡였다. 류진의 과거를 말하는 것이었다. 재현은 이경래를 기억해냈다. 자신이 경서에게 칼을 맞던 날 그 자리에 있었다.

"그랬군요."

남자는 그를 진지하게 보았다.

"아까도 얘기를 했지만 그 아이는 지금 여기 없습니다. 양부가 아프다고 해서 프랑스로 갔습니다."

"프랑스라고요?"

남자의 입에서 나온 말은 의외였다. 그녀가 자신을 피해 숨어버렸다고는 생각했지만 프랑스로 가버렸다니. 그것도 양부가 아파서란다.

"그 아이가 아무런 미련 없이 떠난 걸 보면 당신과 그 아이 사이에 무슨 문제가 있었던 것 같군요. 혹 헤어지기라도 한 겁니까?"

남자의 나무라듯 말하는 말투가 재현의 비위를 거슬렸다.

"난 전화로도 얘기했지만 그녀와 결혼할 생각이었습니다."

"이상하군요. 결혼까지 오간 사이에 왜 아무 말 없이 떠났을까요? 그 아이는 그렇게 무책임하게 행동할 아이가 아닙니다. 어쩌면 내가 잘못 안 것일 수도 있겠군요. 그 아이는 당신과 결혼할 의사가 없었던 모양입니다. 그러니 아무 말도 남기지 않았겠지요. 다만 그 아이가 당신을 좋아했던 것은 확실한 것 같군요. 그 아이의 눈빛이 그렇게 말하고 있었으니까."

류진은 나를 싫어한다. 도망가고 싶도록 나를 싫어한다. 그래서 아무런 메시지도 남기지 않고 떠난 것이다.

"주소를 알 수 있습니까?"

남자는 고민하는 빛을 보였다.

"망설여지는군요. 그 아이가 아무런 말도 남기지 않았다는 것은 당신에게 알리고 싶지 않았다는 뜻인데 어떻게 행동하는 것이 옳은지 판단이 서지 않는군요."

남자가 재현을 보았다.

"그녀를 사랑합니까?"

그녀를 사랑하냐고? 재현은 깨달았다. 가슴 밑바닥에서 솟아오르던 통증의 정체를 알 수 있었다. 그녀를 사랑하냐고? 그녀를 너무도 원해서 밤마다 잠을 이룰 수 없고 시시때때로 그녀의 생각으로 일을 제대로 할 수 없고 늘 명쾌하던 판단이 마비되어 버린 상태였다. 그녀는 지금 그를 미치게 하고 있었다. 그런데 지금 이 남자가 자신에게 묻고 있다. 류진을 사랑하냐고.

재현은 류진을 사랑했다. 너무도 사랑이 지나쳐 그 감정이 집착과 독점욕으로 나타났다. 류진을 사랑한다. 너무도 사랑해 돌아버릴 지경이었다.

"그녀를 누구보다 원합니다."

그의 확실한 답변에 남자는 웃으며 주소를 알려주었다. 그리고 나가면서 등을 두드리는 것도 잊지 않았다.

"애정이 많이 필요한 아입니다. 당신도 애정을 필요로 하는 사람이란 걸 압니다. 외로운 사람끼리 서로를 다독여주고 아껴주기를 바랍니다. 내가 그 아이에게 해줄 수 있는 게 없네요. 그저 잘 부탁한다는 말밖에는……."

이 남자는 나에 대해 얼마나 알고 있을까. 남자가 나가고 난 뒤에도 재현의 머릿속으로는 류진에 대한 생각만이 자리 잡고 있었다. 류진, 기다려. 내가 당신을 찾으러 가겠어! 그녀가 날 받아줄까? 그토록 몹쓸 짓으로 가슴 아프게 했는데. 류진을 찾으러 갈 거라는 설렘은 어느새 불안으로 바뀌었다.

"일단은 가보는 거야! 그리고 걱정은 그 뒤에 해도 늦지 않아."

재현은 사업을 하던 방식으로 생각했다. 일어나지도 않을 일로 미리 불안해하는 것은 어리석은 짓이다. 재현은 비서에게 전화를 해 항공편을 예약하라고 한 뒤 종업원을 불러 에스프레소를 시켰다. 따뜻한 커피가 재현의 식도를 타고 넘어갔다. 입 안에는 커피의 쓴맛이 강하게 전해져왔다.

"류진, 어떤 일이 있어도 당신을 놓치지 않겠어!"

재현은 자신에게 다짐했다.

✽

『다시 와서 정말 기뻐요!』

앤마리는 류진을 향해 볼을 붉히며 환한 미소를 지었다.

『온다고 그랬잖아요.』

『그렇지만 사람들 얘기가 그곳에서 아예 정착하신다는 거예요. 전 물론 믿고 싶지 않았지만요. 그리고 금세 오지 않을 거라고는 생각했지만 너무 길었어요.』

3년이 지났으니 길긴 길었다.

『길긴 했죠?』

웃으며 말하는 류진의 태도에 앤마리가 놀라는 표정을 지었다.

『마드모아젤 몬테크리스토, 많이 바뀌신 것 같아요.』

『네가요?』

의아한 듯 류진이 그녀를 보았다.

『네. 어딘지 많이 부드러워지신 것 같기도 하고 인간다워졌다고 해야 하나. 죄송해요, 이런 말 들여서.』

『괜찮아요.』

아마도 경서에 대한 복수로 자신의 차가움이 많이 가셔진 모양이었다.

『아무리 냉정한 사람도 사랑을 하면 그렇게 변한다고 하더군요.』

앤마리는 류진이 시켰던 차를 내려놓고 나갔다. 사랑? 류진은 그런 감정이 자신에게 있었던가 떠올렸다. 삼 년 전이라면 확신이 있었다. 하지만 지금은? 재현을 원망하고 미워하고 그의 처사에 화가 나긴 하지만 재현이 그리워지는 건 어쩔 수 없었다. 피하려고 와놓고 그리워하다니. 얼마 전 한국으로 전화했을 때 이경래에게선 아무런 소식도 듣지 못했다. 혹시 재현이 자신을 찾지 않았을까 불안했지만 막상 재현이 자신을 찾지 않았다는 사실에 속상하고 화가 났다.

그러면서 자신과 결혼하자고 협박했단 말인가. 이제는 이런 생각도 잊어버려야 한다. 그래서 프랑스로 온 것이 아닌가. 이미 지나간 일일 뿐이었다. 류진은 한숨을 쉬었다.

똑. 똑. 똑.

누군가 문을 두드렸다. 앤마리는 왜 손님의 방문을 알리지 않았을까.

─들어오세요.

문이 열리는 소리가 났다. 류진은 문 쪽을 보았다. 동양남자가 들어오고 있었다. 검은 머리에 훤칠한 키의 남자였다. 고개를 숙이고 들어오는 남자의 모습이 눈에 익었다. 순간 류진은 가슴이 급격하게 뛰는 걸 느꼈다.

　"재현 씨."

　류진은 자신도 모르게 중얼거렸다. 재현이 고개를 들어 자신을 보았다. 깊고 강한 눈매가 류진을 응시했다. 누구보다도 보고 싶어했으면서도 가장 보고 싶어 하지 않은 얼굴이 자신을 뚫어지게 보고 있었다.

　"고작 날 피해 온 것이 여긴가?"

　"당신을 피한 게 아니에요."

　"물론 명목상으론 당신의 양부가 아픈 거였지."

　류진은 정곡을 찌르는 그의 말에 침을 꿀꺽 삼켰다.

　"그래서 날 잡으러 왔나요?"

　재현이 새하얀 이를 드러내며 웃었다. 류진은 눈을 감았다. 어째서 이런 순간까지 그는 매력적인 것일까.

　"아니. 당신의 대답을 듣기 위해 왔어. 뭐, 당신이 사라진 것에 화가 나긴 하지만 이번만은 용서해주지. 내가 아무 말 없이 떠났던 것과 퉁치기로 하지."

　"제 대답은 이미 알고 있을 텐데요?"

　"난 당신 입을 통해서 직접 듣고 싶어. 내 눈을 똑바로 보고 말해 봐. 날 싫어한다고."

　류진은 재현을 똑바로 보았다. 그의 그리운 모습을 보자 당장이라도 그 품에 뛰어들어가 안기며 사랑해달라고 투정부리고 싶었다. 류진, 넌 아직도 한참 멀었어. 강해진 모습은 다 어디 간 거야? 지금의 네 모습을 본다면 경서가 얼씨구나 하고 당장이라도 달려올 거다.

류진은 재현을 똑바로 보며 말했다.

"당신이 싫어요."

재현의 눈이 슬프게 감기는 듯하다 다시 떠졌다.

"당신의 생각은 잘 알아들었어. 이경래 전무의 얘기만 듣고 잠시 착각했었군. 그 사람이 당신이 날 사랑한다고 하더군. 솔깃하긴 했지만 믿지는 않았지. 하지만 적어도 좋아하지는 않을까 하는 의문은 들었어. 그 생각이 여지없이 깨지는군."

아저씨가 그런 말을? 어째서 전화했을 땐 재현 씨의 얘기를 하지 않았을까. 어쩌면 직접 당사자들끼리 해결하길 바랐는지도 몰랐다.

"한 가지 사과할 일이 있어."

그의 뜻밖의 말에 류진은 놀랐다.

"하긴 그게 당신에게 별 의미는 없겠지만 말이야. 그래야 내 마음이 편해질 것 같아."

재현은 권하지도 않은 소파에 털썩 주저앉았다. 그리고 자신의 한 손으로 이마를 문지르며 지친 표정을 지었다.

"피곤하군. 차를 마실 수 있을까?"

류진은 인터폰으로 차를 시켰다. 앤마리가 금세 차를 들고 들어와 놓고 갔다. 그가 하려는 이야기가 무엇인지 궁금했지만 류진은 서두르지 않았다. 그는 차를 천천히 마셨다. 그리고 입을 열었다.

"당신을 괴롭힐 생각은 아니었어. 그런데 당신이 아직까지 한국에 남아 있다는 걸 알았을 때는 혼란스러웠어. 가라앉았던 내 마음도 다시 들뜨기 시작했지."

재현은 무얼 말하고 싶은 것일까.

"그리고 당신을 본 순간 당신의 옆에 다른 사람이 있다는 걸 알았어. 그 순간 말할 수 없는 분노가 치솟았어. 절대 뺏기지 않겠다는 욕심이 생기는 거야. 떨어져 있는 단 한 순간에도 당신을 원하지 않는 순간이 없었어."

재현은 품에서 담배를 꺼냈다.

"피워도 될까? 3년 전 당신과 헤어지고 배운 건 담배밖에 없군."

류진은 그가 털어놓는 얘기에 몰두한 탓에 말이 제대로 나오지 않았다. 그의 말은 뭔가 류진을 긴장하고 빠져들게 하는 게 있었다. 목 안이 말라 침조차 생기지 않았다. 류진은 고개를 끄떡였다.

재현은 라이터를 꺼내 담배에 불을 붙였다.

"근데 그 생각은 하룻밤으로 완전히 바뀌었어. 당신을 안는 순간 더 큰 욕심이 생겼어. 누구에게도 당신을 주기 싫어졌어."

"당신의 소유욕일 뿐이에요."

"아니. 처음에는 그런 줄 알았지."

"아니라고요?"

재현은 류진을 빤히 보았다.

"난 세상에서 내가 제일 똑똑하다고 생각했어. 어떤 상황이든 일이든 정확하게 집어냈지. 그 자만심이 우습게도 감정조차 공식처럼 조절할 수 있는 거라고 생각했지. 내가 마음만 먹으면 언제든지 절제할 수 있는 거라고. 어리석은 생각이었어. 정작 가장 기본적인 내 감정조차 읽지 못했으니까."

"당신의 감정이 어떤 건데요?"

"당신을 사랑하고 있어."

재현이 애타는 시선으로 류진을 보았다.

"그걸 믿을 거라고 생각했나요?"

"알아. 난 누구로부터 사랑받은 기억이 없어. 그래도 잠시 동안 사랑받았던 사람은 있었지. 지금은 이 세상에 없는 양어머니야. 하지만 그 사랑을 배우기엔 시간이 없었어. 난 당신을 어떻게 사랑해야 할지 몰랐어. 오로지 내가 느끼는 그 감정으로 행동할 수밖에 없었어."

류진은 혼란스러웠다. 재현이 자신을 사랑한다고 고백했다. 그게 사실일까? 정훈에게 그가 했던 말은 거짓이 아니었다.

"당신이 받아주지 않아도 좋아. 우린 언제나 엇갈리기만 했던 것 같아. 당신을 사랑한다고 생각했을 때는 당신은 없었지. 만약 내가 당신을 많이 아프게 했다면 사과하고 싶어. 이제는 그 용서도 받아들일 수 없을 만큼 나에 대한 감정이 식은 건가?"

류진은 아무 말도 하지 않았다. 일어서는 재현의 모습이 비틀거렸다.

"비행기를 탈 때만 해도 나름대로는 희망적이었는데 아마도 너무 쉽게 생각했던 모양이야. 오늘은 너무 늦었으니 떠나기는 틀렸군. 내가 이 땅에 있다는 것만으로도 싫을 테니 내일 일찍 항공편을 알아보고 떠나도록 할게."

"지낼 곳은 있어요?"

재현이 쓸쓸하게 웃었다.

"널린 게 호텔 아니던가? 평소의 습관 때문인지 공항에서 제일 가까운 호텔을 잡았지."

공항에서 가깝다면 콩코드호텔이었다. 재현이 문을 열 때까지 류진은 꼼짝할 수 없었다. 마음으로는 그를 보내서는 안 된다고 하고 있었지만 몸을 움직일 수 없을 뿐 아니라 입조차 떨어지지 않았다. 무언가가 자신을 막고 있었다.

"안녕, 류진. 나의 미스 몬테크리스."

문이 닫혔다. 류진은 마음이 답답해졌다. 무언가 자신을 억누르고 있는데 그것이 무엇인지 알 수 없었다. 그저 이제는 끝나버린 일이니 정리해야 한다고 생각했다. 서로가 다시 시작하기엔 너무 늦어버렸다고. 류진은 너무 지쳐 쉬어야겠다고 생각했다.

『앤마리, 오늘 일정을 취소해주세요. 집에 가서 일찍 쉬어야겠어요.』

『알겠습니다.』

류진은 차를 몰고 집으로 향했다. 좀 전부터 머리가 지끈거리며 아파왔다. 왜 이리 마음이 답답하고 울적한 거지. 대체 뭐가 문제인 거야? 재현을 생각하자 머리가 더욱 아파왔다. 류진은 집에 도착하자마자 자신의 욕실로 가 샤워를 했다. 주방으로 가 냉장고에서 주스를 꺼내 마셨지만 마음은 조금도 안정되지 않았다.

침대에 누워 잠을 청했다. 스르르 잠이 들려는 순간 경서의 얼굴이 떠올랐고 자신을 짓누르고 있던 감정의 정체를 깨달았다. 경서에게 학대를 당하고 모함 당하던 그 순간부터 자괴감이 심했던 류진은 어느 순간부터는 그 자괴감마저 상실한 채 무기력하게 자신을 방치했었다. 그리고 다시 삶의 의욕을 되찾았을 때 누구를 사랑하는 것도 사랑받는 것도 두려웠다. 그래서 늘 냉정하게 대해왔다. 그 것만이 상대방으로부터 자신을 지키는 방법이라고 생각했다.

그런데 어느 순간 재현에게 마음을 열어버렸다. 처음으로 조심스럽게 마음을 연 상대. 그 상대가 자신을 버리고 떠났을 때 류진은 자괴감과 함께 바보 같은 자신에 대해 화가 났던 것이다.

자신을 그렇게 만든 재현에게 화가 치밀었다. 왜 그에게 대놓고 화내지 못했을까. 후회스럽고 미웠다. 지금이라도 늦은 건 아니지. 아까 하지 못했던 말을 지금이라도 하면 될 거 아냐.

류진은 창백한 안색에 립스틱을 칠하고 서둘러 옷을 갈아입은 뒤 다시 차를 타고 호텔로 향했다. 프런트 데스크에 물으니 말해주지 않았다.

『무슈 박의 아내예요.』

류진의 한마디에 직원은 호수를 가르쳐주었다. 엘리베이터를 향하는 류진의 얼굴은 분노로 붉어졌다. 심장이 떨리고 숨이 가빠왔다. 사랑했다지만 그건 모두 그의 말일 뿐이었다. 그처럼 냉정한 남자가 쉽게 자신을 사랑할 리 없지 않은가. 류진은 엘리베이터에 내려서 흥분으로 들썩거리는 가슴을 진정시키며 벨을 눌렀다.

보자마자 따귀를 갈겨줄 테다! 문이 열리고 재현의 얼굴이 보였다. 류진은 망설이지 않고 손을 높이 치켜들어 그의 얼굴을 때렸다.

찰싹! 얼굴에 선명하게 손자국이 났다. 재현의 눈에 놀라는 빛이 어렸다.

"나쁜 자식! 나쁜 자식! 어떻게 나를 혼자 두고 갈 수 있어? 그러고도 미안하다는 한 마디면 다 용서될 줄 알았어?"

류진은 자신의 두 팔로 사정없이 두들겨댔다. 어깨, 머리, 가슴, 다리 어느 곳도 가리지 않고 눈에 보이는 대로 때렸다. 그러나 재현은 말리는 기색 없이 그 모든 횡포를 고스란히 받아들이고 있었다. 류진이 숨이 차서 더 이상 때릴 수 없을 때까지.

"이제 직성이 풀려?"

무척 아팠을 텐데도 재현은 따스한 눈빛을 하고 있었다.

"아뇨, 아직 멀었어요."

그러나 류진은 더 이상 때릴 수가 없었다. 류진의 힘은 이미 바닥나 있었다. 그런 류진을 재현이 부드럽게 안았다. 류진은 아직도 남아 있는 감정의 찌꺼기 때문에 재현의 포옹을 거부했지만 재현이 꽉 안고 놔주지 않자 포기했다. 류진의 눈에 한 줄기 눈물이 흘러내렸다.

"당신을 사랑해."

"믿지 않아요."

재현은 류진을 향해 사랑이 가득 담긴 눈빛을 보내며 다시 말했다.

"당신을 사랑해."

"믿을 수 없어요."

재현의 숨결이 류진의 볼에 느껴졌다. 그리고 재현의 입술이 류진의 입술에 닿았다. 류진은 자신도 모르게 눈을 감고 입을 살짝 벌렸다. 그의 입술이 달콤함을 조심스럽게 맛보았다.

"당신을 사랑해."

재현은 모든 마음을 담아 류진을 보았다. 류진이 망설이듯 혼란스러운 눈빛으로 재현을 보았다.

"믿어도 돼요?"

재현은 눈을 감았다 다시 떴다.

"믿어도 돼. 난 한 번도 허튼소리를 한 적이 없어. 세상이 두 쪽이 나도 내가 한 말에는 책임을 져. 물론 잠시 당신을 떠났던 때는 어쩔 수 없었어. 당신에게 어울리는 남자가 되고 싶었으니까."

"내가 얼마나 힘들었는지 알아요?"

"알아."

"내가 얼마나 울었는지 알아요?"

"알아."

류진의 얼굴 위로 눈물이 흘러내렸다. 그 눈물을 재현이 닦아주었다.

"지금 제정신이란 걸 어떻게 보장하죠?"

재현의 눈이 장난스럽게 빛났다.

"맞아. 난 제정신이 아니야. 이미 당신으로 인해 이성을 잃었어."

재현은 류진에게 동의를 구하듯 침실 쪽으로 눈짓했다. 류진은 허락의 뜻으로 재현의 손을 잡았다.

"이런!"

재현은 류진을 자신의 품 안으로 번쩍 안아들었다. 류진이 호응하듯 그의 목에 양팔을 둘렀다.

"각오해! 이번엔 절대 놓아주지 않겠어. 당신이 비록 날 사랑하지 않는다 하더라도 상관없어. 당신이 도망가고 싶다고 해도 절대 놓아주지 않을 거야."

류진의 입가에 미소가 번졌다.

"당신을 사랑해요."

재현의 눈이 놀라움으로 커졌다.

"쭉 사랑했어요. 당신을 만나던 그 순간부터. 내가 깨닫고 있지 못했죠. 고백하고 싶었지만 당신은 늘 바빴고 그 뒤에는 기회를 놓쳤죠."

"우리는 늘 엇갈리기만 했군."

"신은 장난꾸러기란 생각 안 들어요? 어차피 이렇게 할 거면서 일부러 멀리 둘러서 오게 만들었잖아요."

"내가 어떻게 해줄까? 당신이 원한다면 어떤 거라도 할 각오가 되어 있어."

"사랑해줘요. 당신의 사랑이 간절히 그리웠어요."

류진의 음성은 욕망으로 허스키하게 쉬어 있었다.

"당신이 원한다면!"

재현은 그녀를 안은 채로 힘차게 침실로 향했다.

에필로그.

    한가로운 오후였다. 낮 햇살이 따뜻하게 창가를 비추고 있었고 창가에는 오렌지색 화분에 예쁜 데이지가 피어 있었다. 그리고 그 옆 탁자에 류진이 자리를 잡고 앉아 커피를 마시고 있었다.

    바쁘기만 했던 일상이었다. 재현과 한국으로 오자마자 결혼 준비를 서둘렀고 신혼여행을 갔다 오자마자 회사 일을 모두 정리했다. 이제는 조용히 휴식하고 싶었다. 재현은 그녀의 뜻을 존중해주었다.

    이제 겨우 틈이 나서 한적한 산책을 나왔고 지나는 길에 창문이 예쁜 카페를 발견하고 무심코 들어온 것이다. 창가에 앉아 아메리카노를 시키고 들려오는 음악에 조용히 귀 기울였다. 스피커에선 요즘 유행하는 가요인 듯 시끄러운 노래가 흘러나오고 있었다. 그리고 앉아 있는 사람들도 전부 대학을 들어간 지 얼마 안 돼 보이는 학생들이었다.

류진은 뭔가 하나에 꽂히면 주변을 보지 못하는 경향이 있었다. 카페가 예쁘다는 생각에 카페 안에 음악이 시끄러운 것도 대학신입생들이 많다는 것도 알아차리지 못했다. 그녀는 일어날까 하다가 그냥 무시하기로 했다.

류진은 이어폰을 귀에 꽂고 핸드폰에 저장되어 있는 노래를 틀었다. 자신의 취향인 노래들이 흘러나왔다. 그녀는 만족하며 창밖 배경에 시선을 두다 하늘을 보았다. 맑고 파란 하늘이 기분까지 시원하게 해주었다. 최근 하늘을 본 지 언제였더라. 기억을 할 수 없을 만큼 오래된 듯했다.

류진은 지그시 눈을 감고 햇살을 피부에 느끼며 음악에 취했다.

"저기요."

여자보다도 더 고운 뽀얀 피부에 옅은 갈색의 머리, 선명하고 붉은 입술. 윗입술보다 아랫입술이 더 도톰하고 볼록하게 솟아 있어 탐스럽기까지 해보이는 남자아이가 류진의 옆에 서서 그녀에게 말을 걸었다. 그러나 그녀는 전혀 듣지 못했다.

"저기요."

남자애는 참다못해 류진의 어깨를 건드렸다. 음악을 듣던 류진은 낯선 감촉에 흠칫 놀라며 옆을 보았다. 참하고 예쁜 이미지를 갖고 있지만 남자다움을 지닌 대학생이 껑충 큰 키로 자신을 쳐다보고 있었다. 그녀는 이어폰을 귀에서 뺐다.

"무슨 일이죠?"

남자애는 맞은편에 대뜸 앉았다.

"궁금한 게 있어서요."

류진은 의아한 표정으로 남자애를 보았다.

"말하세요."

"일단 제 이름부터 말하죠. 저 박시완입니다. 그쪽 이름 어떻게 되나요?"

류진은 남자애의 행동이 유치하게 느껴졌다.

"이봐요, 박시완 씨 무슨 이유로 저에게 말을 거신 건지는 모르겠지만 궁금한 게 있으면 그것만 묻고 가요. 상대방의 이름까지 알려고 하는 건 지나치지 않나요?"

남자애는 너무도 진지한 눈빛으로 해맑게 웃었다.

"궁금한 건 그쪽 이름인데요?"

류진은 뜨악한 표정으로 남자애를 보았다.

"나보다 어린 것 같은데 장난 그만해요."

"저기요."

남자애는 상당히 도전적인 표정을 지었다.

"장난 아니거든요? 그리고 그쪽도 들어 보이지 않는데요?"

남자애는 직원을 불러 커피를 시켰다. 남자애의 능청스러움에 류진은 할 말을 잃었다.

"솔직히 오늘 미팅이 있었어요. 저기 애들하고."

남자애는 턱으로 사선방향에 있는 무리를 가리켰다. 남자애들은 여자들에게 잘 보이려고 어설픈 시도를 하고 있었고 여자애들은 여우 같은 눈초리로 그런 남자들을 살피고 있었다.

"그런데 솔직히 재미없고 지루해서 하품하고 있었거든요. 그런데 제 이상형이 보이잖아요. 그래서 자석처럼 끌려 왔어요."

류진은 차분하게 잔을 들어 커피를 입으로 가져가 한 모금 마시고는 내려놓았다.

"난 결혼했어요. 그러니 이제 그만 방해할래요?"

남자애는 빙글거리며 웃었다.

"핸드폰 잠시 볼 수 있을까요?"

"왜요?"

"좀 특이해 보여서요. 잠시 구경해도 되죠? 제가 핸드폰에 워낙 관심이 많거든요. 잠깐 보면 바로 꺼져드릴게요."

류진은 남자애를 빨리 보내고 싶은 생각에 마지못해 핸드폰을 줬다. 남자애는 핸드폰을 보더니 다시 내밀었다.

"비밀번호가 걸려 있어서."

류진은 비밀번호를 해제시켜 줬다. 남자애는 이리저리 기능을 보는 것 같더니 뭔가를 눌렀다. 신호음이 들리고 남자애의 핸드폰이 울렸다.

"이봐요!"

류진은 발끈했다. 남자애는 핸드폰을 돌려주며 말했다.

"난 박시완이에요. 핸드폰 땄으니까 내가 전화하죠. 그거 알아요? 결혼했다는 말 절대 안 믿어요."

남자애는 씩 웃으며 자신의 무리 쪽으로 갔다. 어이없어하는 류진의 눈이 남자애를 따라갔다. 남자애는 무리에게 뭔가 말하고는 밖으로 나가버렸다. 뭔가 당한 기분이었다. 대체 자신에게 무슨 일이 일어난 건지 황당했다. 류진은 멍하니 있다 정신을 차렸다.

요즘 애들 제멋대로라더니 정말 이해할 수가 없었다. 류진은 자신의 전화기에 남아 있는 통화기록을 찾아 남자애의 전화번호를 삭제했다. 운이 없었을 뿐이다. 운이 없어 어이없는 일을 당한 것뿐이다.

류진은 마음을 털어버리고 카페를 나왔다. 남자애가 있던 무리는 서로 호감도를 보이며 여전히 탐색하기 바빴다. 카페를 나오니 밖이 더 휴식하기에 알맞았다. 귀를 먹먹하게 하는 음악도 없었고 조용하고 한적한 오후의 햇살만이 그녀를 반겼다.

류진은 백에 울리는 소리에 핸드폰을 확인했다. 재현이 일찍 들어온다는 문자였다. 류진의 입가에 저절로 미소가 걸렸다. 무뚝뚝하지만 챙길 건 다 챙기는 남자. 요즘 들어 류진은 행복이라는 걸 느꼈다.

음악을 들으며 차를 한 잔 마시던 류진은 전화기에서 울리는 음에 핸드폰을 확인했다.

-누나 뭐해요?

누나? 류진은 아무리 생각해도 생각나는 사람이 없었다. 번호에는 이름이 뜨지 않았다. 핸드폰 번호가 저장되어 있지 않다면 모르는 사람이었다. 다시 문자가 왔다.

-문자가 없네. 며칠 지났다고 잊어버린 거예요?

나 박시완.-.-

류진은 곰곰이 생각하다 그 이름을 기억했다. 잠시의 장난이라고 생각했는데 문자까지 보내다니. 버릇을 고쳐줘야겠다는 생각을 했다. 류진은 문자가 찍힌 전화번호를 눌렀다. 신호음이 채 세 번도 떨어지지 않아 받았다.

"박시완 씨."

-네.

"만나죠."

-누나 집으로 데리러 갈까요?

남자애의 목소리는 밝았다.

"아뇨. 저번 카페에서 만나죠."

-지금 달려가요.

류진은 대꾸하지 않고 끊었다. 단단히 뭐라 해야겠다고 생각했다. 많으면 스물이나 스물하나. 그 나이보다 훨씬 어린 나이에 혹독한 시련을 겪은 그녀와는 달리 세상이 뭔지 모르고 고생이 뭔지 모르고 살았을 것이다. 류진은 딱한 남자애의 호기심에 한숨을 쉬고 카페로 향했다.

카페를 들어서니 오늘은 옛 팝송이 흘러나오고 있었다. 류진이 앉고 얼마 있지 않아 시완이 후다닥 문을 열고 들어와 주위를 두리번거렸다. 숨을 헐떡이던 시완은 앉아 있던 류진과 눈이 마주치자 애써 숨을 가라앉히며 점잖은 척 허세를 부리며 그녀 앞에 앉았다.

류진이 아무리 쏘아보자 시완은 헤벌쭉 웃으며 마냥 좋아보였다. 개념 없네. 류진은 혀를 찼다. 직원이 왔다. 류진은 시완을 보았다.

"뭐로 할래요?"

"누나가 먹는 걸로."

류진은 직원을 보았다.

"아메리카노로 두 잔 주세요."

직원이 인사를 하고 사라지자 류진은 새삼스레 시완을 보았다. 저 나이에 난 뭘 하고 있었지? 다행히 양아버지를 만나 자신의 삶에 어둠은 걷혔지만 집 안에서도 세상 속에서도 그녀는 혼자라는 생각을 지울 수 없었다. 나도 남들처럼 자랐다면 지금 앞에 있는 남자애처럼 웃고 있을까? 류진은 혼을 내려던 마음을 바꿨다. 남동생 같기도 한 그에게 조용히 충고하는 것으로 끝내는 게 낫다고 생각했다.

"누나는 뭐 좋아해요?"

남자애는 넉살도 좋았다.

"좋아하는 거 없어요."

"에이, 그런 게 어디 있어요? 누나는 남자에게 스파크 일어난 적 없어요?"

스파크. 류진에게 스파크는 재현이었다. 주문한 커피가 왔다. 류진은 커피를 한 모금 마시고 말을 꺼냈다.

"박시완 씨."

류진은 말을 하려다 재현도 이 남자애도 같은 박씨라는 걸 깨달았다. 박씨 남자들은 하나같이 왜 이렇게 불도저일까.

"네. 내 이름 불러주니까 좋네요."

"누누이 말하지만 난 결혼했어요."

"에이, 누나가 어딜 봐서 유부녀예요? 내 촉수는 항상 정확하거든요. 누나가 아직 결혼 안 했다고 말하고 있어요."

류진은 한숨을 쉬고 왼손을 내밀었다. 그녀의 약지에는 깔끔한 링으로 된 금반지가 끼워져 있었다. 형식이 중요하지 않다는 그녀의 고집대로 결혼반지는 간단한 링 반지로 정해졌다.

"커플링이에요?"

"결혼반지예요."

"나도 결혼반지 알거든요? 이런 결혼반지 본 적 없어요."

"난 이게 좋아서 했어요."

남자애는 전혀 믿는 눈치가 아니었다. 류진은 한숨을 쉬며 말했다.

"좋아요. 직접 보여드리죠."

류진은 먼저 일어나 계산대로 갔다. 시완이 먼저 잽싸게 돈을 계산하고 그녀의 손을 잡아끌어 카페를 나왔다. 류진은 시완의 손에서 자신의 손을 뺐다.

"학생이 무슨 돈이 있다고."

"나이도 얼마 차이 안 나면서 엄청 많은 거같이 말하지 말아요."

시완은 객기를 부렸다.

"따라와요."

류진은 시간을 확인했다. 1시. 오늘 재현이 점심때쯤 집에 들른다고 했다. 이 남자애는 어떤 말을 해도 그녀의 말을 믿으려 하지 않는다. 눈으로 직접 보여주고 확인시키는 방법밖에 없었다.

"집으로 가는 거예요?"

시완은 기분이 좋아 입 끝이 귀에 걸렸다. 가는 동안 그는 계속 말을 걸었지만 류진은 단답형으로 짧게 대답했다. 집이 가까워지자 대문 앞에 재현의 차가 보였다. 차에서 그가 내리는 게 보였다. 잘됐다. 남자애도 재현을 보면 자신이 결혼했다는 것을 믿을 것이다. 류진은 입가에 미소를 짓고 재현이 있는 쪽으로 걸어갔다.

재현은 화가 나 있었다. 회사에서 안 좋은 일이 있었던 것일까? 류진은 의아해하며 재현에게 다가갔다. 재현이 류진을 지나쳐 시완에게 성큼성큼 걸어갔다. 그리고 다짜고짜 시완의 멱살을 잡았다.

"뭐 하는 놈이야? 뭐 하는 놈이기에 남의 여자 꽁무니를 쫓아다니는 거야?"

시완의 눈이 커다래지며 당황한 표정을 지었다. 두 사람은 키가 많이 차이가 나지 않음에도 홀쭉한 시완의 몸에 비해 어깨가 넓은 재현의 몸이 크게 보였다. 멱살을 잡힌 시완이 캑캑거리며 얼굴이 벌게졌다. 재현은 시완의 멱살을 거칠게 놓았다. 시완은 기침을 해 댔다.

"너 뭐 하는 놈이야?"

기침을 가라앉힌 시완은 대뜸 재현을 도전적으로 보았다.

"먼저 사과하시죠."

"뭐?"

재현은 어이없다는 듯이 보았다.

"전 멱살 잡힐 일한 적 없으니 사과하세요."

"넌 내 여자를 따라왔다는 것만으로도 멱살 잡힐 짓을 했어."

시완은 재현과 류진을 번갈아 보았다.

"어떤 사이예요?"

"말했잖아요. 나 결혼했다고."

류진이 끼어들었다. 시완은 믿을 수 없다는 표정으로 재현을 보았다.

"정말 결혼했어요?"

재현은 보란 듯이 류진을 팔로 끌어당겨 안으며 허세를 부렸다.

"그래. 우린 부부야."

시완의 눈길이 류진을 끌어안은 팔에 머물렀다.

"앞으로 후회할 짓은 하지 마."

조금은 감정이 가라앉은 재현이 충고하듯 말했다. 시완의 눈은 여전히 도전적이었다.

"후회 안 합니다. 그쪽 노땅보다 늦게 만난 걸 후회할 뿐이죠."

노땅이란 말에 재현의 감정이 다시 솟아올랐다. 저 자식이!

"일단 사과하죠."

시완은 재현에게 먼저 사과하고 류진을 보았다.

"그리고 앞으론 귀찮게 할 일 없을 겁니다."

시완은 인사를 꾸벅하고 유유히 사라졌다. 그 모습을 재현이 어이없다는 듯 보았다.

"뭐 저런 자식이 다 있어? 내가 뭐랬어? 당신은 혼자 다니면 남자들이 가만 안 놔둔다고."

아무리 자신에게 콩깍지가 씌었지만 이 정도면 병이었다. 자신이 대체 뭐기에 남자들이 다 반하겠는가?

"그렇다고 집에만 있을 수 없잖아요?"

"당신은 어떤 남자든 보면 반하지 않을 수 없어. 서로 궁리해보자고."

류진은 황당해서 말을 잃었다. 헛웃음만 나왔다. 박재현 이 남자를 어쩌면 좋을까. 류진은 고개를 절레절레 저었다.

류진은 새색시답게 주방에서 음식을 준비하고 있었다. 류진의 입에서는 저절로 흥얼거리듯 노래가 흘러나왔고 음식을 만드는 까닭에 볼은 복숭앗빛으로 붉어져 있었다. 류진은 시간을 확인하며 다 된 음식을 분주하게 식탁으로 나르고 준비를 서둘렀다. 식탁에 올려놓은 반찬들을 만족스런 미소를 지으며 보았다.

류진을 괴롭히던 답답한 가슴의 통증도 뼛속까지 스며들던 냉기도 거짓말같이 사라지고 없었다. 최근 들어 그녀에게 생긴 증상이라면 재현을 보는 것만으로도 가슴이 두근거리고 온몸이 행복으로 충만해진다는 사실이었다.

시간을 확인하고 문 쪽으로 눈을 돌린 류진은 정확하게 울리는 벨소리에 강아지처럼 쪼르르 현관으로 달려 나갔다. 문을 열자 다정한 얼굴이 자신을 보고 있었다. 류진은 기다렸다는 듯이 재현의 품으로 뛰어들었다.

"잘 지냈어?"

"심심해 죽는 줄 알았어요."

재현의 눈에 웃음이 묻어나왔다.

"그런 말도 할 줄 알아? 대체 날 언제까지 놀라게 할 참이야?"

"계속 놀라게 될 거예요."

류진은 재현에게 의미심장한 표정을 지었다. 재현의 손이 슬그머니 엉덩이로 갔다. 그 손을 류진이 탁 쳤다.

"어서 손 씻고 저녁 드세요."

"당신이 먹고 싶어."

"전 후식이에요."

류진이 웃음기를 머금은 얼굴로 말했다. 재현은 아쉬운 듯 류진의 엉덩이를 쓸어내린 뒤 욕실로 향했다. 재현은 금세 샤워를 끝내고 주방으로 들어왔다. 둘이 식탁을 마주하고 앉자 재현은 음식을 입에 넣어 맛을 보았다. 만족스런 맛이었다.

"근데 당신 정말 일 안 할 생각이야? 견딜 수 있어?"

"전 당신처럼 일중독이 아니에요. 일은 나에게 하나의 과시였어요. 내 자신이 못나지 않았다는 것을 증명하기 위한. 이제 당신이 있으니 그건 더 이상 필요 없어요."

"난 일중독이 아니야. 과거에 그랬다 하더라도 지금은 아니지. 그리고 증명은 식사가 끝나는 대로 곧 해주지."

류진의 입가에 은밀한 미소가 흘렀다.

"윽!"

그녀의 발이 어느새 재현의 중요한 부분을 가볍게 누르며 자극하고 있었다.

"이런 여우! 당신이 얼음처럼 차가운 여자라고는 도저히 믿겨지지 않는군."

류진은 음악 같은 웃음소리를 흘리며 도망갔다. 그 뒤를 재현이 쫓아갔다. 유치한 술래잡기에 류진은 숨을 헉헉거리며 자리에 주저앉았다. 전혀 숨 가쁘지 않은 얼굴로 재현은 주저앉은 류진을 가볍게 안았다.

"저녁을 못 먹게 한 건 당신이야. 이제 더 이상 못 기다려! 자 증명하러 가볼까?"

류진이 재현의 귓가에 소곤거렸다. 그 말에 재현이 더욱 흥분한 얼굴로 보았다.

"뭘 기대하라는 거지?"

"난 오늘 아주 아주 많이 당신을 자극할 거예요."

"대체 어떻게?"

"그건 직접 해보면 알아요."

재현은 급하게 침실로 향했다. 쉽게 열리지 않는 문을 안겨 있던 류진이 가볍게 돌려 열었다. 재현이 류진을 침대에 내려놓았다.

"어떤 식으로 자극할 건데?"

재현의 물음에 류진은 침실문을 닫았다. 그리고 자진해서 옷을 벗고는 실오라기 하나 걸치지 않은 몸으로 재현에게 다가갔다. 재현의 눈이 욕망으로 짙어졌다.

비하인드 스토리.

재현은 학교 도서실을 나오고 있었다.

"저기요."

긴 생머리에 창백하고 파리한 얼굴. 작고 깡마른 몸. 중학생으로 보이는 여자애는 당장이라도 쓰러질 것처럼 가녀렸다.

"여기가 서린대학교인가요?"

"그런데?"

여자아이는 재현의 말을 듣고 있지 않았다. 주위를 둘러보며 관심 가득한 표정으로 보았다. 평소라면 그냥 지나쳤을 것이다. 자신의 삶도 힘든데 남의 일 따위 신경 쓸 시간 없었다. 그러나 이 아이는 신경 쓰였다.

"누구 찾아왔니?"

"아뇨."

"그럼 무슨 일로 온 거야?"

여자아이는 재현을 빤히 보았다. 사슴같이 맑고 아름다운 눈이었다. 그러나 어둡고 슬퍼 보였다.

"엄마가 다니던 학교예요. 저도 여길 다니고 싶어요."

"다니면 되지."

아이는 슬프게 미소 지었다. 철저하게 벽이 쳐진 공간에서 느껴지는 혼자만의 외로움. 그 느낌을 아이는 갖고 있었다. 그 느낌이 어떤 것인지 재현은 누구보다 잘 알고 있었다. 순간 아이의 배 속에서 소리가 났다.

꼬르륵.

"밥 먹을래?"

"아뇨."

아이의 생각은 단호했다. 그러나 당장이라도 바스러질 것 같은 아이는 그에게 연민을 느끼게 했다. 바보 같은 놈. 네 앞가림도 못하면서 남을 걱정해?

꼬르륵.

아이의 배 속에서 다시 소리가 났다. 그래도 굶는 건 아니지.

"밥 먹자."

"괜찮아요."

재현은 아이의 팔을 잡고 억지로 교내식당으로 향했다. 끌려오는 아이의 무게는 가벼웠다. 식당으로 들어오자 아이는 다시 나가려고 했다. 재현은 아이를 붙잡아 의자에 앉혔다. 아이는 두려운 시선으로 재현을 보며 불안해했다.

"먹어. 밥 먹으면 보내줄게."

"어, 얼마예요?"

"뭐?"

재현은 아이가 말하는 뜻을 알아듣지 못했다.

"음식 얼마예요? 전 얻어먹는 거 싫어요."

"됐어. 여긴 공짜로 주는 곳이야."

물론 거짓말이었다. 아이의 부담을 들어주려고 말한 것이다.

"정말이에요?"

"그래."

"감사합니다."

아이는 들릴락 말락 하게 인사를 했다.

"엄마가 다녔다고 했지?"

"네."

"엄마랑 오지 그랬어?"

"엄마는…… 아프세요."

아이의 표정이 어두워졌다.

"그랬구나."

아이는 머뭇거리다 용기를 내는 듯 물었다.

"오빠는 엄마 있어요?"

"아니."

있었다. 4살까지는 재현에게도 어머니가 있었다. 그러나 계속되는 아버지의 학대에 어머니는 도망쳐버렸다. 그리곤 지금까지 소식을 알 수 없었다. 미웠지만 이해했다. 자신도 아버지를 죽이고 싶을 만큼 싫었으니까.

"아버지는?"

"아버진 많이 바쁘세요."

점점 어두워지는 아이의 모습을 보며 재현은 이 아이가 혹시 자신처럼 아버지에게 학대받은 건 아닐까 의심스러웠다. 여자애는 뭔가에 주눅 든 것 같았고 겁이 많아 보였다.

"아버지가 널 때리니?"

여자애는 깜짝 놀라며 말도 안 된다는 표정을 지었다.

"우리 아버지 절대 그런 사람 아니에요!"

"그럼 다행이고."

그럼 저 아이에게 보이는 어둠은 뭘까? 재현이 어렸을 때 느꼈던 환경에 눌렸던 어둠을 아이는 갖고 있었다. 밥을 말끔히 비운 아이는 재현을 따라 식당을 나왔다.

"더 구경할 거야?"

"아뇨. 안 보이면 언니한테 혼나요. 경서 언니 엄청 무섭거든요."

농담처럼 말하는 아이의 말 속에 이해되지 않는 슬픔이 있었다. 재현의 본능이 경고를 보내고 있었다. 재현은 아이의 손바닥에 자신의 전화번호를 적었다.

"무슨 일 생기면 전화해. 네가 정말 힘들 때 그럴 때 꼭 전화해. 오빠가 한 번은 도와줄게."

한 번이라는 말에는 재현의 나름의 계산이 있었다. 이 아이에게 연민이 일지만 그 연민이 자신의 발목을 잡는 건 싫었다. 한 번 정도라면 아이를 도와줄 수 있을 것 같았다. 재현은 한 번 뱉은 약속은 꼭 지켰다. 재현이 한 번이라는 단서를 붙인 것도 자신이 해줄 수 있는 한도를 뜻하는 것이었다.

"난 핸드폰이 없어요. 집전화도 가리켜주면 경서 언니한테 혼나요. 오빠 이름은 뭐예요?"

"박재현이야."

"아~ 고맙습니다."

아이의 인사에 재현은 아이가 전화를 하지 않으리라는 걸 짐작했다.

"넌 이름이 뭐야?"

"류진이에요."

"내 말 잘 들어! 혹시 너한테 무슨 일이 생기면 나한테 전화하고 아니면 경찰서로 뛰어가."

아이의 거절이 그를 더욱 마음 아프게 했다. 그는 메모지에 자신의 전화번호를 다시 적어서 아이의 손에 쥐여 주었다. 재현은 아이의 눈을 보며 진지하게 말했다.

"난 언제든 전화해도 돼. 널 도와줄게. 알았지? 꼭 전화해."

아이는 손을 흔들며 급하게 뛰어갔다. 아마도 무서워하는 언니가 닦달하는 것이 두려운 듯했다. 아이는 그의 예상대로 전화하지 않고 학교에 찾아오지도 않았다.

재현의 대학시절 한 조각의 기억이었다. 그렇게 시간이 흘러갔다. 그 사실을 기억해낸 건 얼마 전이었다. 외모는 달랐지만 재현은 그 여자아이가 류진인 것을 알아봤다. 잊을 수 없었던 그 눈빛을 지금도 가지고 있었다.

"난 당신과 약속을 지켰어. 그리고 평생 지켜줄게."

재현은 요리하는 아내를 주방 식탁의자에 앉아 지켜보며 추억에
잠겼다.

- THE END -

작가 후기.

　글은 나에게 어려운 과제다. 그러면서도 끊을 수 없는 이유는 즐겁기 때문이다. 어렸을 때부터 늘 공상 속에서 살아왔고 영화는 그런 내 공상을 만족시켜줬다. 영화는 또 다른 세계였다. 그 속에 있다 보면 빠져나오기가 힘들었다. 중학교 시절 단체관람으로 '바람과 함께 사라지다'를 본 적이 있었다. 영화가 끝나고 3일 동안 난 그 영화에서 헤어 나오지 못했다. 눈앞에는 영화의 스크린이 계속 펼쳐지고 있었다.

　버틀러가 떠나고 스칼렛이 '내일은 내일의 해가 떠오르니까'라는 희망적인 대사로 끝을 낼 때 난 결말을 내지 않는 영화에 원망을 하며 분명 스칼렛이 레트 버틀러를 찾아가 행복했을 거라고 자기만족을 했다. 슬픈 결말은 너무 싫었으니까.

로맨스의 결말은 해피엔딩이다. 영화든 책이든 슬프게 끝나는 건 아예 보지 않는다. 로맨스를 보는 건 행복해지기 위해서니까. 로맨스는 사랑의 판타지다. 그래서 남자주인공은 현실에서 존재하지 않는 완벽한 남자가 주인공으로 등장한다. 여자주인공은 그 반대다. 현실에서 있을 법한 가장 평범한 여자를 주인공으로 쓴다. 이 글을 보는 독자들은 여자들이고 그 누구라도 그런 남자주인공을 만날 수 있다는 가능성을 둔 채 자신이 주인공인 듯 이입되어 본다. 나 역시도 다르지 않다. 그리고 그만큼은 멋지지 않더라도 꽤 멋진 남자가 나타나지 않는다는 보장은 없다. 누가 알겠는가. 어느 날 그런 남자를 만나서 멋진 사랑을 꿈꿀지…… 사랑은 내 삶에, 내 인생에 활력소다. 꿈꾸는 것만으로도 행복하고 누군가를 만난다면 더 행복할 것이다.

원래의 책 제목은 '미스 몬테크리스토'였다. 몬테크리스토 백작이 다시 돌아와 복수를 하듯 여자 주인공 류진이 복수를 한다는 내용이었다. 아픈 두 주인공의 얘기지만 아픔보다는 사랑에 포커스를 맞췄다. 사랑을 통해 행복이 뭔지 기쁨이 뭔지 깨닫고 변해가기를 바랐다. 물론 내 글로 그걸 다 표현하기에는 부족했을 수도 있다. 그래도 쉽게 쓴 글은 아니니 애정 어린 시선으로 바라봐주길 바란다.

많지는 않지만 나를 지켜봐주는 독자들 그리고 내 주위의 좋은 사람들. 이 글을 다듬는데 힘드셨을 조은세상의 편집장님, 격려와 관심으로 지켜봐주시는 로망띠끄 사장님 그리고 항상 내 곁에서 나의 백그라운드가 되어주시는 하나님께 감사를 전한다. 마지막으로 내 동료인 부산작가들 사랑합니다.

해피엔딩을 꿈꾸며 오늘도 해피엔딩을 쓴다.

G O O D   W O R L D   R O M A N C E   N O V E L

한여름 태양에도 시린 가슴을 안고 사는 남자, 태욱.

"정 변은 잘해낼 거야. 좋은 변호사가 될 거라 믿어."
"오늘따라 왜 이렇게 따뜻한 말만 하세요? 부장님 원래 이런 캐릭터 아니시잖아요."
"그러게. 그래서 따뜻한 말은 이제 그만 하려고."

사랑이 두렵지만 그래도 이 여자라면, 용기를 내어볼까……?

정경하
장편소설

너무 이른 봄날, 날아온 노란 나비 같은 여자, 은.

"부장님, 궁금한 게 있는데요. 여쭤 봐도 돼요."
"간단하게 물어봐."
"우리 사귀는 거 맞아요?"

사랑 앞에서 언제나 용감하다.